Surgeon Elysee

외과의사
엘리제

외과의사 엘리제 4

유인 장편 소설

초판 1쇄 찍은 날 | 2016년 9월 27일
초판 7쇄 펴낸 날 | 2024년 1월 19일

지은이 | 유인
펴낸이 | 예경원

기획 | CL프로덕션
편집책임 | 박우진
편집 | 이즈플러스

펴낸곳 | 예원북스
등록번호 | 제396-2012-000132호
등록일자 | 2012. 7. 25
WFN | 제3-009호

주소 | 경기도 고양시 일산동구 호수로 646-24 위너스21Ⅱ빌딩 206A호 (우)10401
전화 | 031-819-9431 팩스 | 031-817-9432
E-mail | paperbook@naver.com

ISBN 979-11-5845-455-5 04810
　　　979-11-5845-459-3 (set)

Surgeon Elysee

외과의사
엘리제

유인 장편소설

4

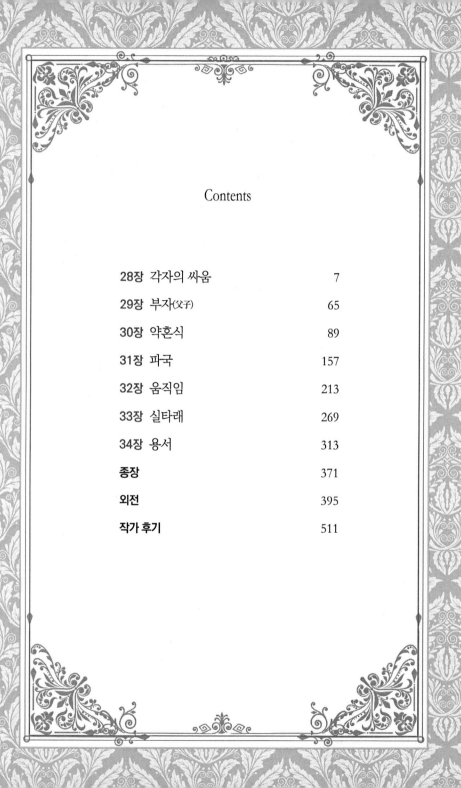

Contents

28장

각자의 싸움

납치를 빙자한 달콤했던 여행을 끝내고 엘리제와 린덴은 론도로 돌아왔다.

'일상으로 돌아왔구나.'

엘리제는 병원의 교수실에서 차를 마시며 멍하니 당시의 일들을 떠올렸다. 그와 함께 걸었던 소도시, 종탑, 맛있는 음식들, 즐거웠던 축제, 호텔에서 그와 함께 마셨던 맥주, 그리고 프러포즈. 모두 꿈과도 같은 기억들이었다.

'전하. 린덴.'

론도에 돌아온 그는 곧바로 궁내부장에게 일러 약혼식을 준비하라고 했다. 절차 따위는 상관없으니 최대한 빨리, 속도에 중점을 두고 진행하라고. 왠지 속마음이 보이는 것 같아 엘리제는 웃었다.

'내게 이런 날이 오다니.'

이 세계에 돌아왔을 당시가 떠올랐다. 그때 지상 최대의 목표는 황태자와의 결혼을 피하는 것이었는데, 어쩌다 보니 자신은 또 그만 바라보게 되었다. 이전 삶처럼. 하지만 싫은가? 그렇지 않았다. 이전 삶과는 달랐으니까. 자신과 그 모두, 이전 삶의 엘리제와 린덴이 아니었다.

자신은 그를 사랑하고, 그도 자신을 사랑한다. 누군가 그랬다. 두 사람이 똑같이 서로를 사랑하는 건 기적과도 같은 일이라고. 맞는 말인 것 같았다. 그가 자신의 마음에 들어왔을 뿐인데 온 세상이 달라 보이는 것을 보면. 세 번의 삶을 살고 있지만 이런 감정은 처음이었다. 그를 많이 사랑했던 첫 번째 삶 때도 이런 감정을 느끼지는 못 했다. 그만큼 서로 사랑한다는 것. 그건 기적과도 같은 감정이었다.

'보고 싶네.'

얼마 전 봤으면서 또 생각이 났다. 그도 그럴까? 난 이렇게 그를 생각하고 있는데, 지금 그는 뭘 하고 있을까? 혹시 그도 날 생각하고 있을까? 그렇게 멍하니 린덴만 생각하다 그녀는 얼굴을 붉히며 고개를 저었다.

'정신 차려, 엘리제. 할 일이 많잖아.'

꿈같은 납치를 당했다고 해서 할 일이 없어진 것은 아니었다. 할 일은 여전히 많았다. 그리고 마음속 가장 큰 근심이 아직 남아 있었다.

'그와 지금 이렇게 행복한데…… 난 앞으로 어떻게 해야 하는 걸까?'

엘리제의 얼굴이 어두워졌다. 그녀는 앞으로 이 론도에 일어날 일에 대해서 알고 있었다. 론도의 비극. 자신이 사랑하는 린덴과 자신의 소중한 친구인 미하일은 결국 충돌한다. 그 결과 자신에게 항상 기분 좋게 웃어주던 미하일이 죽는다. 아름답던 유리엔도 죽는다. 수

양아들을 걱정하던 암셀 후작도 죽는다. 귀족파의 무수히 많은 귀족이 죽는다. 그리고 자신이 사랑하는 린덴은 그 비극을 일으키고 마음이 망가졌었다.

엘리제는 깊게 한숨을 내쉬었다. 사실 말리고 싶었다. 소중한 이들이 피를 흘리는 것을 보고 싶지 않았다. 복수를 이루고 괴로워하는 그를 보고 싶지도 않았다. 엘리제는 알고 있었다. 자신이 사랑하는 무뚝뚝한 남자는 복수를 감당할 만큼 모질지 못했다. 무엇보다 복수는 그에게 후련함보다는 또 다른 괴로움만을 안겨 주었다. 동생 미하일을 죽였다는 죄책감과 수없이 많은 이의 피를 흘리게 했다는 자괴감을 말이다.

'하지만 어떻게? 어떻게 말려?'

혈탑의 비극은 오로지 마리엔 황비와 귀족파의 잘못으로 일어난 일이었다. 그러니 어머니의 원수를 갚으려는 린덴의 복수는 정당하다. 만약 그들을 용서한다 하더라도 그건 린덴 스스로가 결정할 일이었지, 다른 사람이 간섭할 수 있는 문제가 아니었다. 그건 사랑하는 연인인 그녀라도 마찬가지였다.

'주여, 제발 제가 할 수 있는 방법을 알려주세요.'

답답한 마음에 그녀는 기도했다. 할 수만 있다면 무슨 수를 써서라도 막고 싶었다.

✦✦✦

그녀의 기도와 다르게 상황은 갈수록 암담하게 흘러가고 있었다. 일단 민체스터의 건강이 하루가 다르게 나빠져만 갔다. 엘리제와 밴을 비롯한 여러 의사가 최선을 다해 노력하고 있지만 악화를 늦추는 데 그칠 뿐이었다.

"이거…… 약혼식과 결혼식에는 꼭 참석하고 싶은데, 가능할지 모르겠군."

민체스터의 힘없는 목소리에 엘리제는 가슴이 울컥했다.

"그런 말씀 하지 마십시오. 좋아지실 것입니다, 폐하."

그렇게 말했지만 아무리 등불을 든 여인이라도 불가능한 일은 있었다.

'이전 삶의 당뇨 합병증으로 사망하실 때와는 달라.'

그녀의 치료로 황제의 당뇨는 잘 조절되고 있었다. 하지만 하늘이 결정한 일일까? 당뇨와 상관없이 황제의 건강은 계속해서 안 좋아지고 있었다. 정확한 원인을 알아낼 수도 없었다.

'현대 지구라면 여러 분자진단학 기법 등을 통해서 원인을 알아낼 수 있었을 텐데.'

그녀는 그것이 안타까웠다. 현대 지구의 기술이 있다면 치료할 수 있을지도 모를 텐데. 하지만 이곳에서는 불가능한 일이다.

황제가 괜찮다는 듯 웃으며 그녀를 불렀다.

"영애."

"네, 폐하."

"그때 내가 했던 부탁은 기억하고 있지?"

엘리제는 입술을 깨물었다. 황제가 자신에게 큰 선물, 의사 겸업을 허락해 주며 했던 부탁을 어떻게 잊을 수 있겠는가.

"나중에 린덴과 미하일, 그 아이들을 부탁하네."

그녀는 어두운 얼굴로 고개를 끄덕였다.

"네, 잊지 않고 있습니다."

"그래. 내가 너무 큰 부담을 지우는 것 아닌지 모르겠군. 미안하네."

"아닙니다."

엘리제는 고개를 끄덕였다. 그의 부탁은 자신이 가장 바라는 바이기도 하다.

'하지만 방법을 알 수가 없어. 난 도대체 어떻게 해야 하는 걸까?'

그녀는 하늘을 올려다보며 한숨을 내쉬었다. 린덴를 생각하면 행복했지만 정세는 점차 비극을 향해 치닫고 있었다.

❀❀❀

황제의 건강이 악화됨에 따라 귀족파와 황제파 간의 긴장도 격화되어 갔다. 황위 계승이 코앞으로 다가온 것이다. 특히 황제가 정무에 손을 떼며 황태자 린덴에게 권력이 조금씩 이양되는 기미가 보이자 귀족파들의 초조함은 극에 달해 있었다.

"이대로는 절대 안 되오!"

콰앙!

메르키트 백작이 회의 테이블을 주먹으로 내려쳤다. 회의장에는 3황자 미하일과 암셀 후작을 제외한 귀족들이 모여 있었다.

"이렇게 진행되다가는 황태자가 그대로 황위를 계승받게 될 것이오!"

귀족파 귀족들의 얼굴이 심각해졌다. 그들은 모두 알고 있었다. 지금 그들 귀족파와 3황자의 상황은 최악이었다. 현재 돌아가는 상황을 볼 때 머지않은 시기에 황위 이양이 일어날 것 같은데, 그걸 막을 방법이 없었다. 정통성에서도 밀리고, 세력에서 압도하는 것도 아니었다. 황태자 개인의 흠을 잡을 수도 없다. 이미 린덴은 뛰어난 국정 능력을 연거푸 보여주었다. 이전이라면 지지율이 낮은 점이라도 트집을 잡았겠지만 지금은 아니었다. 현재 황태자 린덴의 지지율은 정상을 달리고 있었다. 크림전쟁의 승전과 예비 황태자비, 등불을 든 여인 때문이다.

"정식 약혼 발표가 난 후 지지율이 다시 폭등했소. 이대로는 그가 황위를 물려받는 것은 시간문제에 불과하오! 그리고 그가 황위를 물려받게 되면 우리는 끝이오."

귀족파 인물들의 얼굴이 침중해졌다. 혈탑의 비극을 눈앞에서 목격한, 그래서 복수의 칼을 평생 갈아온 린덴이 황제가 된다면 자신들의 처지는 불을 보듯 뻔했다.

"그래도 저희에게는 암셀 후작이 계시는데 설마……."

한 귀족이 불안한 얼굴로 말했다.

"그렇습니다. 아무리 황제가 되더라도 차일드 가문을 건드릴 수는 없지 않겠습니까?"

메기를 연상시키는 메르키트는 그 말에 인상을 찌푸렸다. 물론 틀린 말이 아니었다. 차일드가. 국제 금융계의 대재벌인 그들은 브리티아 제국이라도 감히 건드릴 수 없는 금융 제국을 구축하고 있었으니까.

지금은 봉건 영주의 시대가 아니다. 여섯 개의 대륙이 하나로 묶여 교역을 하고 있고, 서대륙 끝의 브리티아 섬에서 동방 끝의 청에 영향력을 행사하기도 한다. 산업화는 물류 생산을 폭발적으로 이끌어냈고, 론도에만 250만이 넘는 시민이 거주한다. 그런 거대한 세계란 생명체를 지탱하는 것은 '돈'이란 혈맥이었다. 돈이 없다면 세계의 모든 움직임은 한순간 정지한다. 세계 최강국이라는 브리티아 제국도 대혼란을 피할 수가 없다. 그리고 전 세계의 돈줄을 움켜쥐고 있는 차일드 가문은 그런 혼란을 일으킬 수 있는 힘을 가진 가문이다. 그들이 서대륙 열강에 빌려준 돈들을 일시에 회수하거나 대출을 멈춘다면 전 세계 경제는 한순간에 혼란에 빠져들 것이다.

가히 금융 제국의 황제라 부를 수 있는 강력한 금권. 그런 차일드 가문이었기에 현 황제 민체스터도 감히 아내의 복수를 할 생각을 못했던 것이다. 차일드가를 건드린 후 그 후폭풍을 감당할 자신이 없었기에.

'하지만.'

메르키트 백작의 얼굴은 밝아지지 않았다.

'그가 이 계산을 안 하고 있을까? 그 황태자 린덴이?'

오로지 일평생을 복수를 위해 살아온 황태자다. 그런 그가 차일드가의 금권을 고려하지 않고 있을까? 아니다, 아닐 것이다. 그라면, 그 황태자라면 분명히 계산했을 것이다. 그리고 그 금권의 사각을 뚫고 자신들의 목을 쳐낼 계획을 가지고 있겠지.

'젠장.'

메르키트는 초조하게 손가락을 깨물었다.

'이대로 가게 된다면 결국 최후의 방법밖에 남지 않게 돼.'

최후의 방법. 그건 바로 군사적 정변을 뜻한다. 메르키트와 귀족파라도 절대 고르고 싶지 않은 선택이었다. 하지만 린덴이 황제의 자리에 올라 자신들의 목을 치려 한다면 다른 방법이 없었다.

'우리에게는 검제 전하와 검기사단이 있다.'

정변을 일으킨다면 승산은 있었다. 아무리 황태자가 공제라 불린다지만 3황자는 서대륙 최강검인 검제. 그리고 론도 내 주둔 중인 검기사단은 전원이 오러 나이츠로 이루어진 말도 안 되는 전력을 가지고 있다. 반면에 황태제의 친위부대인 로열 나이츠 총기사단은 대부분 론도 교외에 주둔하고 있으니, 검기사단으로 길버트 백작의 로열가드만 제압하면 된다.

'아니야. 정변은 아니야. 다른 방법을 찾아야 해.'

메르키트는 깊은 한숨을 내쉬었다. 아무리 그라도 그런 최악의 수를 선택하고 싶지 않았다. 하지만 궁지에 몰린 쥐가 되면 그때는 어떻게 해야 할까?

"하아."

메르키트의 고뇌가 깊어졌다.

그렇게 일촉즉발의 나날이 지나가고 있을 때였다. 엘리제가 병원의 일, 보건 정책, 궁내부의 일에 더해 약혼 준비까지 하며 바쁜 시기를 보내며, 그 바쁜 와중에도 린덴과 가끔 만나 아쉬운 만남의 시간을 보내고 있을 때, 결국 폭탄의 도화선이 터져 버리는 대형 사고가 발생했다. 그것도 엘리제가 처음으로 그들의 다툼에 개입하게 되는 일이 일어나 버렸다.

⚜

발단은 대저택이 밀집한 화이트가의 도로에서였다.

콰앙!

히이잉!

요란스러운 충돌 소리와 함께 말의 비명이 울렸다. 간밤에 내린 비 탓일까? 도로 한가운데에서 마차 충돌 사고가 일어난 것이다.

"무슨 일이냐?!"

그렇지 않아도 심란한 메르키트 백작은 인상을 와락 쓰며 마차에서 내렸다. 충돌 시 벽에 부닥친 탓에 오른팔이 심하게 아파왔다.

"저쪽에서 마차가 들이닥쳐서……."

상대 마차를 본 메르키트는 얼굴을 찌푸렸다. 날아오르는 매 문양. 도리슨 백작이었다.

'젠장. 그렇지 않아도 싫어하는 놈이.'

도리슨 백작은 재정부 장관으로 재상인 엘 후작과 더불어 황제파에서 수위에 꼽히는 권력자이며, 린덴의 밀명으로 모종의 비밀 작전을 수행하고 있는 대귀족이었다. 사실상 황제파 서열 2위의 핵심 인물. 그런 도리슨 백작은 얄미운 말투로 다혈질인 메르키트와 툭하면 충돌하곤 했다.

과연 마차의 문이 열리며 메르키트가 세상에서 가장 싫어하는 빤질빤질한 얼굴의 중년 남자가 나타났다.

"이거 메르키트 백작 아니오? 마부 교육 좀 잘 시켜야겠소이다. 큰일 날 뻔하지 않았소?"

"뭐라고?! 잘 달리고 있는 마차를 들이받은 주제에 무슨 말도 안 되는 소리를?"

"허. 우리가 들이받았다고 말하셨소? 이거 참, 내가 창문으로 봤을 때는 정반대였는데 말이오. 여봐라. 저 메르키트 백작의 말이 참이냐?"

도리슨의 마부가 고개를 저었다. 그리고 주인처럼 얄미운 말투로 말했다.

"아닙니다. 저는 정해진 길을 그대로 가고 있었을 뿐입니다. 저 메르키트 백작가의 마부가 낮술이라도 했나 봅니다. 정해진 방향으로 가고 있던 저희에게 마차를 돌진하다니."

메르키트의 마부는 사색이 되어 고개를 저었다.

"아닙니다! 저도 정해진 방향으로 가고 있었습니다. 먼저 충돌한 쪽은 저쪽입니다!"

그 말에 도리슨 백작이 호통을 쳤다.

"허! 이 천한 놈이 거짓말을! 솔직히 말하지 못할까? 누구에게 배웠기에 그딴 거짓말이냐?!"

메르키트는 화가 머리끝까지 치솟아 올랐다. 누구에게 배웠기에? 그건 주인인 그를 대놓고 질책하는 말이다.

"지금 말 다했소, 백작?"

"다 안 했소. 마차 사고를 일으킨 것에 대해 사과를 받아야겠소. 다행히 아무도 안 다쳤지만 하마터면 크게 위험할 뻔했소이다."

"사…… 과?"

메르키트의 얼굴이 화통을 삶아 먹은 것처럼 붉어졌다. 실제로 누가 잘못을 했는지는 도리슨도, 메르키트도 모른다. 마차 안에서 밖을 직접 보지 않았으니까. 메르키트는 그래도 아마 자신의 마부가 실수했을 가능성이 있다고 생각은 했다. 왜냐하면 성품이 착하고 성실해 마부로 쓰고 있긴 해도 평소에도 이런저런 잔실수가 많은 이였으니까. 하지만 이 순간, 실제로 누가 잘못했느냐는 중요한 것이 아니었다. 원래부터 감정이 안 좋았던 도리슨 백작과 메르키트 백작은 그저 서로의 흠을 잡아 망신을 줄 의도였던 것이니까.

"왜 못 하겠소? 이거 실망이구려. 명망 높으신 메르키트 백작께서 자신의 잘못도 인정하지 못하는 소인배인 줄은 꿈에도 상상 못 했는데."

"지금 나한테 소인배라고 했나? 이 제비 같은 녀석이!"

도리슨 백작의 얼굴이 굳었다. 제비 같은 녀석. 빤질빤질한 얼굴 때문에 어린 시절부터 들었던 별명으로, 그가 가장 싫어하는 단어였다.

"제비? 그 말 당장 사과하시오."

"사과? 웃기지 마라. 네놈이야말로 나 메르키트를 모독한 것을 무릎 꿇고 사과해라."

도리슨 백작은 비웃음을 지었다.

"소인배를 소인배라고 한 것이 뭐가 잘못이오?"

"뭐?"

서로 지나치게 격해져 있던 탓일까? 아니면 원래부터 감정이 안 좋았던 사이인 탓일까? 도리슨 백작은 자신도 모르게 넘지 말아야 할 선을 넘어버렸다.

"레베카 황후께 백작이 한 일을 보면 딱히 틀린 말은 아닌 것 같소만."

아차. 도리슨 백작은 말을 내뱉고 나서야 자신이 지나치게 나갔다는 사실을 깨달았다. 메르키트 백작의 얼굴이 싸늘하게 굳어진 것이다. 도리슨 백작이 무언가 말을 하려 입을 열었다.

"이건……."

하지만 그 순간 무언가 날아와 도리슨의 얼굴을 때렸다.

철썩!

놀란 도리슨의 눈에 보인 건 메르키트가 끼고 있던 하얀 장갑이었다.

"……!"

갑자기 장갑으로 따귀를 얻어맞은 도리슨 백작의 얼굴이 딱딱하게 굳어졌다. 메르키트가 싸늘한 분노가 담긴 목소리로 말했다.

"그래, 말 잘했다, 도리슨. 내가 소인배라고? 그러는 넌 얼마나 대단한지 보지."

그러며 그는 품 안에서 기다란 은색 금속을 꺼내 도리슨에게 겨누었다. 7연발 리볼버였다.

"나 메르키트 백작. 도리슨 백작에게 귀족의 명예를 걸고 결투를 신청한다."

"……!"

"결투 시기는 지금 당장. 설마 소인배처럼 도망가진 않겠지, 도리슨?"

도리슨이 곤란한 얼굴을 했다.

"진정하시오, 메르키트 백작. 지금 이 화이트가에서 총질이라도 하겠다는 거요?"

메르키트가 피식 웃었다.

"왜 겁나나?"

"……!"

"결투는 전통적인 방식으로 하지. 서로 스무 걸음을 걸은 후 사격을 시작하는 것으로. 입회인은……."

마침 화이트가를 걸어가던 한 노귀족이 보였다. 랑슬 자작. 그는 문인으로 황제파도, 귀족파도 아닌 명망 높은 노귀족이었다. 입회인으로 딱 적절한 신분이었다.

"저 랑슬 자작에게 부탁하면 되겠군."

"……!"

"왜? 다시 한 번 묻지만, 겁나나? 주둥이만 산 네놈답게 겁나면 사과해도 좋아. 다만 개처럼 무릎 꿇고 하는 사과가 아니면 받지 않겠다."

결국, 그 말에 도리슨 백작의 얼굴도 싸늘하게 굳었다.

"지금 그 결정, 후회하게 될 것이오."

"얼마든지."

그렇게 이른 오전에 전혀 생각지도 않은 결투가 벌어지게 되었다. 그것도 귀족파와 황제파의 최고 핵심 인물들끼리. 메르키트 백작과 도리슨 백작은 서로 등을 맞대고 화이트가 한복판에 섰다.

"저, 정말 결투를 하시겠습니까?"

강제로 입회인이 된 노귀족 랑슬 자작이 사색이 된 얼굴로 물었다. 랑슬 자작은 중립파지만 둘의 결투를 말리고 싶었다. 그렇지 않아도 정국이 살얼음 같은데, 각 계파의 핵심 인물인 둘 중 한 명이라도 다치면 걷잡을 수 없는 파국이 일어날 것이 뻔했기 때문이다.

하지만 결투는 귀족의 고유 권한이었다. 그리고 감정 다툼 끝에 서로가 받은 명예 손상이 너무 컸다. 이런 상황에서 물러서면 둘 모두 두고두고 비웃음당할 것이다.

"자작은 걱정하지 말고 진행해 주시오."

둘은 이를 악물었다.

'이렇게 된 이상 이 기회에 저 재수 없는 녀석을 없애겠다.'

'어쩔 수 없다. 차라리 이번에 메르키트 백작을 제거해야지.'

둘 모두 각 계파의 핵심 인물. 생각지도 못 한 결투를 벌이게 되었지만 이렇게 된 이상 상대의 목숨을 뺏을 생각이었다. 이렇게 합법적으로 상대를 죽일 수 있다면 각 계파에 큰 이득일 테니까.

랑슬 자작은 어쩔 수 없이 신호를 내렸고, 둘은 양방향으로 얼굴을 굳힌 채 한 걸음씩 걸어갔다. 그리고 이윽고 스무 걸음째.

찰칵찰칵.

권총이 장전되는 소리가 섬뜩하게 울렸고, 곧바로 돌아선 그들이 서로를 향해 총을 쐈다.

타앙! 타앙!

첫 발은 불발! 그들은 두 번째 발사를 준비했다.

'한 번에……!'

도리슨은 이를 악물었다. 생각지도 못 한 결투에 휘말렸지만 질 생각은 없었다. 반드시 귀족파의 핵심 인물인 메르키트를 제거할 작정이었다. 그리고 그 생각은 메르키트도 마찬가지였다.

'반드시 심장을……!'

다시 타앙! 두 번째 총성이 울렸다.

"커억!"

외마디 비명이 거리에 울려 퍼졌다. 메르키트의 안색이 환해졌다. 자신의 총알이 도리슨을 관통한 것이다! 순식간에 도리슨의 배가 시뻘겋게 물들어갔다. 하지만 끝난 것이 아니었다. 도리슨이 격통을 참으며 다시 총을 겨눈 것이다. 아득해지는 의식을 붙잡으며 정확히 메르키트의 가슴을 향해.

"……!"

그 총구를 본 순간, 메르키트는 섬뜩한 기분을 느꼈다. 급히 총을 들어 다시 도리슨을 겨누려 했으나, 이미 늦은 뒤였다.

타앙!

또 한 발의 총성이 울렸다.

퍼억!

메르키트의 몸이 크게 흔들렸다.

'아…….'

메르키트는 도리슨과 달리 비명도 지르지 못했다. 가슴 한가운데
가 정통으로 관통된 것이다!

"아니, 이게 무슨?!"

그제야 총소리에 놀라 화이트가의 저택들에서 사람들이 튀어나왔
다. 하지만 이미 둘은 의식을 잃고 쓰러진 뒤였다. 그들이 흘린 피로
화이트가의 도로가 빨갛게 물들었다.

"비키시오! 도대체 이게 무슨?!"

마침 저택 안에서 업무를 보던 엘 후작이 사람들을 제치고 그들에
게 다가갔다. 그리고 그들의 얼굴을 확인하고 화들짝 놀라고 말았다.

"아니, 도리슨. 그리고 메르키트 백작? 도대체 이게 어떻게 된?"

옆에 서 있던 랑슬 자작이 허겁지겁 상황을 설명했다. 이야기를 들
은 엘 후작은 속으로 욕설을 내뱉었다.

'아니, 무슨 이 바보 같은! 애들도 아니고!'

물론 둘의 사이가 원래 안 좋았던 것은 안다. 그리고 말다툼을 하
다 명예가 손상된 귀족들끼리 결투를 하는 것은 흔한 일이었다. 하
지만 그래도 정도가 있지, 하필 이렇게 안 좋은 시기에!

그는 급하게 주변 사람들에게 지시했다.

"둘 모두 살려야 합니다! 빨리 병원으로 옮겨 주십시오!"

사람들이 허겁지겁 그들을 마차에 실어 병원으로 옮겼다. 엘 후작
이 직접 그들을 따라가며 초조히 입술을 깨물었다.

'둘 모두 살려야 해. 반드시.'

안 그래도 폭풍 같은 정국이다. 그런데 각 계파의 핵심 인물이 서로의 총을 맞고 사망한다? 어떤 후폭풍이 몰아닥칠지 모른다. 물론 언젠가는 부닥쳐야 할 그들이지만 이런 식의 예상치 못한 충돌은 황제파도, 귀족파도 원하는 바가 아니었다.

'하지만.'

그들의 상처를 본 엘 후작의 얼굴이 어두워졌다. 의학에 문외한이었지만 한눈에 봐도 상처가 가벼워 보이지 않았다. 한 명이라도 살릴 수 있을까? 잠시 후 화이트가에 바로 붙어 있는 로즈데일병원에 간 엘 후작은 청천벽력 같은 이야기를 들었다.

"죄송합니다. 이런 상처는 치료할 수가 없습니다."

로즈데일병원의 수석 교수 카일 준남작이 무거운 표정으로 고개를 저었다.

"그게 무슨…… 수술을 해도 안 되는 것이오?"

"메르키트 백작님은 현재 심장 손상이 의심됩니다. 그리고 도리슨 백작님의 경우도 간이 관통되었습니다. 단순히 위장이 관통된 것이 아니라서 치료가 불가능합니다."

"하아……."

엘 후작은 답답한 표정을 지었다. 이를 어쩐단 말인가?

"반드시 살려야 하는데……."

그는 한숨을 내쉬었다. 그렇지 않아도 일촉즉발의 상황인데, 앞으로 론도 정국이 어떻게 될지 막막했다.

그때, 수석 교수 카일이 한줄기 희망이 담긴 말을 하였다.

"그런데 어쩌면…… 불가능할 가능성이 높지만…… 제가 아는 한 의사라면 이런 총상을 치료할 수 있을지도 모릅니다.”

“그게 누구요?!”

카일은 익숙한 이름을 꺼내었다.

“황궁어의 겸 황실십자병원의 수석 교수인 레이디 클로랜스입니다.”

“……!”

“엘리제 자작, 그분이면 이런 총상을 치료할 수 있을지도 모릅니다.”

레이디 클로랜스 엘리제 자작. 딸의 이름이었다.

그때 엘리제는 린덴과 같이 있었다. 정확히 말하면 교수실에서 서류를 보며 일하는 중이었는데, 린덴이 찾아왔다.

“전하…… 아니, 린덴 무슨 일로?”

웬일이냐는 듯한 물음에 린덴은 살짝 인상을 찌푸렸다.

“왜? 오면 안 되는가?”

“아니, 그건 아니지만 혹시 용무가 있나 해서요.”

“그냥 보러 왔다. 보고 싶어서.”

보고 싶어서. 그 말에 엘리제의 얼굴이 살짝 붉어졌다. 이제 익숙해질 법하건만 저런 직설적인 표현이 꽂힐 때마다 가슴이 뛰었다.

“하지만 저 지금은 할 일이 있는데…… 끝나고 제가 찾아가면 안 될까요?”

“일 끝나고 나서 온다고? 어느 세월에? 내가 늙어 죽고 나서야 오겠군. 도대체 우리가 지난번 얼굴 본 게 언제였는지 기억은 하나? 이렇게 내가 일부러 찾아오지 않으면 얼굴을 구경도 할 수 없으니.”

뭐가 서운한지 린덴은 불퉁불퉁 말했다. 엘리제는 배시시 웃었다. 맨날 바쁜 것은 자신이니 미안한 마음이 들었지만 그가 저러니 그냥 왠지 기분이 좋았다.

린덴은 한숨을 내쉬었다.

“리제, 네가 일하는 것은 방해 안 하마. 나도 일할 것을 가져왔으니, 서로 같이 일이나 하자.”

“정말요? 거짓말 아니에요?”

그녀가 미심쩍은 듯 물었다. 그가 이렇게 일이나 같이하자고 찾아온 것은 처음이 아니었다. 하지만 그때마다 끝(?)이 좋지 않았다. 밀폐된 공간에 맹수와 단둘이 함께 있으니 예쁜 초식동물이 무슨 일을 당했겠는가.

‘하, 하여튼 정말 밉다니까.’

얼마 전 이 방에서 있었던 일들을 떠올리고 엘리제의 얼굴이 붉어졌다. 납치 사건 이후 변한 것이 있다면 그의 접근이 거침이 없어졌다는 것이다.

‘무, 물론 나도 시, 싫은 것은 아니지만.’

하지만 정신을 차릴 수가 없으니 곤란했다.

“오늘은 안 돼요. 재정부에 기획안을 제출해야 한단 말이에요.”

선을 긋는 그녀의 말에 린덴은 인상을 와락 찌푸렸다.

“누가 뭐라고 했느냐? 난 정말 일하러 온 것이다. 일.”

일이란 말을 강조하며 린덴은 서류를 펼쳐 보여주었다.

“알겠어요. 믿을게요.”

그간의 행적을 보면 솔직히 전혀 믿음이 가진 않았지만 엘리제는 고개를 끄덕였다. 그와 같이 일만 하는 거면 당연히 좋았다. 정말로 린덴은 보란 듯이 응접용 소파에 앉아 서류를 꺼내 읽기 시작했다. 얄미운 크리스가 가져다준 일거리였다.

'크리스, 그놈.'

그녀의 작은오빠를 떠올린 린덴은 인상을 찌푸렸다. 예상대로 그 납치 사건이 일어난 후, 그가 자신을 보는 시선이 한결 더 싸늘해졌다. 그나마 이전은 도둑'님'에 가까웠다면, 지금은 그냥 도둑 '놈'이었다. 유능하지만 않으면 잘라버리는 건데! 누가 그녀의 오빠 아니랄까 봐 너무 유능하니 자르지도 못 한다.

그는 엘리제를 힐끗 바라봤다. 그녀는 백금발을 한 갈래로 묶고 수술복에 가운을 입은 채 서류를 작성하고 있었다. 전혀 꾸미지 않은 모습. 하지만 그럼에도 불구하고 인형처럼 아름다웠다.

'엘리제. 리제.'

그는 속으로 그녀의 이름을 불렀다. 이번엔 정말로 같이 일하러 온 것인데, 자꾸 그녀가 신경 쓰여 서류에 집중이 되지 않았다. 그렇게 곁눈질로 엘리제만 바라보다 린덴은 살짝 미간을 찌푸렸다.

'정말 집중은 잘하는군. 나는 신경도 쓰이지 않는 건가?'

자신은 그녀가 의식돼 글자가 하나도 안 들어오건만 그녀는 전혀 그런 게 없는 것 같았다. 그야말로 최상의 집중력! 마치 자신은 먼지가 된 듯한 느낌이다. 의식은커녕 신경도 안 쓰고 있질 않은가.

'그렇단 말이지.'

그 때문에 심술이 난 린덴이 엘리제를 불렀다.

"엘리제. 리제."

하지만 대답도 없다. 일에 집중해서 못 듣는 것이다. 린덴은 입꼬리를 비틀었다. 정말 혼을 내줘야겠다. 물론 그녀가 잘못한 것은 없었지만 내 마음을 몰라주니 가만 내버려 둘 수 없다.

"크흠. 리제. 리제?"

"……네? 부르셨어요?"

목소리를 높이자 그제야 고개를 드는 엘리제. 린덴은 자신의 소파 옆자리를 두드렸다.

"잠시 할 이야기가 있으니 이쪽으로 와 보도록."

"할 이야기가 있다고요? 거기서 하셔도 되잖아요."

"너무 멀어."

"안 먼데……."

"멀다고. 잘 안 들리니 옆으로 와라."

시커먼 속이 훤히 보였다. 엘리제의 얼굴이 화악 붉어졌다.

"거, 거짓말하지 마요. 이상한 짓 하려고 그러는 거잖아요."

그녀도 학습 능력이 있었다. 지금껏 린덴이 찾아왔을 때 저 소파 옆자리에서 그에게 당한 게 도대체 몇 번인가? 떠올리기도 민망했다.

린덴이 얼굴을 구겼다.

"이상한 짓이라니, 아니야."

"그래도 싫어요. 일해야 해요."

결국 그는 작전을 바꿨다.

"그러면 이야기는 다음에 하고 차나 타주겠나?"

"차요?"

"응, 네가 끓여 주는 차."

엘리제는 미심쩍은 표정을 지었다.

"정말 차만 마실 거죠?"

"날 못 믿나?"

그렇게까지 말하니 거절할 도리가 없다. 그녀는 차를 끓여 그에게 가져다주었다. 청량한 향이 방 안에 퍼졌다.

"여기. 뜨거우니 조심히 드세요."

"그래."

그녀가 테이블 위에 찻잔을 내려놓고 몸을 돌려 자신의 책상으로 돌아가려는 순간이었다. 그의 차가운 손이 덥석 엘리제의 손목을 잡았다. 흠칫 놀라는 순간, 그가 그녀를 잡아당겼다. 자신의 품으로.

"리, 린덴?!"

그녀는 그의 가슴에 풀썩 안겼고 당황해 고개를 들었을 때였다.

"읍!"

그의 입술이 그녀의 입술을 덮쳤다. 엘리제는 '믿으라면서요!'란 표정을 지었으나 소용없었다.

"믿느냐고 물어봤지 키스 안 한다고는 안 했다."

거짓말쟁이! 하지만 그런 항의는 곧 사그라졌다. 그의 혀가 얽혀 들어가며 정신이 몽롱해진 것이다.

"아⋯⋯."

그는 탐닉하듯 한참이나 그녀를 괴롭혔다. 엘리제의 몸이 파르르 떨렸고, 눈가에 눈물이 살짝 맺힐 때쯤에야 그는 그녀를 놓아주었다.

"나, 나빠요."

"뭐가?"

"이상한 짓 안 한다고 했으면서."

"내가 그랬나? 잘 기억 안 나는데?"

린덴은 피식 웃었다. 왠지 위험해 보이는 그 미소에 그녀는 화들짝 고개를 저었다.

"이젠 그만. 절대 안 돼요. 나 일해야 해요."

"일해. 누가 하지 말래?"

"이러는데 어떻게 일해요!"

린덴은 쿡쿡 웃었다. 이 소녀는 왜 이렇게 사랑스러울까. 왜 이렇게 나를 애타게 할까. 그는 그녀의 귓가에 입술을 가져갔다.

"엘리제. 리제."

그녀의 네 번째 손가락에 끼여진 반지가 그의 마음을 흡족하게 했다. 나의 소녀. 절대 놔주지 않을 내 것.

'빨리 결혼해야겠어. 최대한 빨리.'

뾰로통한 그녀의 이마에 린덴이 가볍게 입맞춤했다. 밖에 나가면 지금 이 시각에도 그의 마음을 무겁게 하는 일이 수도 없이 많았다. 하지만 그녀와 함께인 이 순간만큼은 모든 것이 잊혔다. 가슴이 벅차왔다. 그런데 둘이 그렇게 알콩달콩한 시간을 보내고 있을 때였다. 그들의 행복을 산산이 부수는 일이 일어났다.

"자작님! 큰일 났습니다! 응급 환자입니다!"

린덴의 품에 안겨 있던 엘리제가 화들짝 놀라 일어났다.

"무, 무슨 환자인가요?"

동료 의사에게 민망한 모습을 들킨 그녀는 얼굴을 붉히며 물었다. 하지만 돌아온 대답은 그런 민망한 마음을 한순간에 날려 버렸다.

"권총 결투로 인한 총상 환자입니다! 한 명은 심장 손상이 의심되고, 한 명은 간 손상이 의심됩니다!"

그녀의 얼굴이 딱딱하게 굳었다. 심장 총상! 간 총상! 둘 모두 죽음에 이르는 치명적인 상처였다.

"지금 바로 내려갈게요. 전하, 저는 먼저 내려가 보겠습니다."

엘리제의 다급한 인사에 린덴은 아쉬운 표정을 지었다. 떨어지기 아쉬웠지만 어쩔 수 없는 일이었다. 환자에게 물불 안 가리는 열정을 보내는 그녀를 사랑한 것은 바로 자신이었으니까.

"응급처치는 하고 있는 거죠?"

"네, 그레이엄 남작이 하고 있습니다."

"그런데 권총 결투라니. 환자들은 누구죠?"

그때 의사가 한 말은 엘리제는 물론, 린덴의 얼굴도 하얗게 굳게 만들었다.

"상원위원장인 메르키트 백작과 재정부 장관 도리슨 백작입니다."

❅❆❅

엘리제는 물론, 린덴도 급하게 구호소로 뛰어 내려갔다. 그만큼 이번 일이 중대한 사태였기 때문이다.

'빌어먹을. 무슨 이런 시국에 권총 결투를.'

린덴은 속으로 욕설을 내뱉었다.

'물론 귀족 사회에서 권총 결투야 워낙 흔한 일이기야 하지만 그래도!'

사실 일반적인 서대륙 귀족 사회에 대한 상상과 다르게 서대륙 귀족들끼리의 결투는 굉장히 흔한 일이었다. 프러시엔이나 오스트리엔 국의 귀족들 같은 경우엔 조금만 시비가 붙어도 바로 칼부림이 일어났고, 결투로 난 얼굴의 흉터를 영광으로 여기는 경우도 있을 정도였다. 그래서 그들 나라의 귀족 젊은이 중엔 일부로 얼굴에 흠집을 내는 경우도 있었다. 그나마 브리티아는 조금 덜했지만 역시나 결투가 드물지 않게 벌어지는 편이었다. 그러니 정치적 적대 관계에 있는 이들끼리 사소한 일로 감정을 다투다가 명예를 훼손시켜 결투를 벌이는 것이 이상한 일은 아니었다.

'빌어먹을. 하필이면 메르키트 백작과 도리슨 백작이라니!'

여러모로 곤란했다. 모두 양 계파의 핵심 인물이 아닌가. 한 명이라도 죽으면 그렇지 않아도 날카로운 정국은 걷잡을 수 없는 갈등으로 치달을 것이다.

'아직은 안 돼. 아직은.'

더구나 이런 돌발적인 상황은 그가 원하는 그림이 아니었다. 린덴이든 미하일이든 아직은 그런 파국을 원하지 않았다.

'제길. 다들 나이도 먹을 만큼 먹은 사람들이! 무슨 일이 있었는지 모르지만 조금 참지!'

곧 엘리제와 그는 구호소에 도착했다. 워낙 중요한 인물들이어서 그런지 구호소에는 이미 사람들이 바글바글했다.

"비켜 주세요! 환자는 어디 있나요?"

"레이디 클로랜스!"

의사들이 구원자를 만난 듯한 표정으로 그녀를 반겼다.

"이쪽입니다!"

엘리제는 그들 사이를 헤치고 환자에게 다가갔다. 다급한 걸음에 하얀 가운이 펄럭였고, 걸음을 옮기는 그녀의 얼굴에서 린덴에게 뺨을 붉히던 소녀의 모습이 사라졌다. 남은 것은 오로지 철혈의 외과 의사!

그녀가 딱딱하게 굳은 표정으로 환자들을 살폈다. 둘 모두 상태가 심각했다. 특히나 안 좋은 것은 가슴에 정통으로 총알을 맞은 메르키트 백작이었다. 그는 시체처럼 변한 안색으로 지금도 피를 흘리고 있는데, 즉사하지 않고 이곳까지 살아서 온 것이 기적으로 여겨졌다.

'어쩌다 이렇게……!'

엘리제는 입술을 깨물었다. 메르키트 백작은 귀족파 인물 중 그녀에게 가장 적대적인 사람이었다. 뒤에서 이를 갈았을 뿐 아니라, 모두 무위로 돌아갔지만 어떻게든 흠집을 내려 음모를 꾸몄던 게 한두 번이 아니었다. 하지만 이 순간, 엘리제는 그런 것 따위는 생각하지 않았다. 오로지 의사로서 환자를 보았다.

"두 분 모두 바이탈이 어떤가요?"

"안 좋습니다. 우상 복부가 관통돼 간에 심한 손상을 입은 것으로 보이는 도리슨 백작님도 쇼크 상태이고, 메르키트 백작님은 더욱 심각합니다. 수축기 혈압이 고작 60에 불과합니다."

수축기 혈압 60! 당장에라도 사망할 수 있는 심각한 쇼크 상태다.

"혹시 메르키트 백작님의 가슴 엑스레이를 찍었나요?"

"네, 여기 있습니다."

환자를 살피던 그레이엄 남작이 방사선 소견을 그녀에게 보여주었다. 엘리제는 그것을 보고 표정이 더욱 굳었다. 총알이 그 심장 한 가운데에 정확히 들어가 있었다.

'심장 관통상!'

모든 부상 중 가장 치명적이라는 심장 관통상이었다. 아직까지 살아 있는 것이 기적이었다. 그리고 도리슨 백작의 부상도 만만치 않았다. 그녀가 급하게 상처를 살피니 총알이 간을 기다랗게 찢어발긴 것 같았다. 어쩌면 간 뒤쪽의 대정맥도 상했을 수 있다.

"어떻습니까? 레이디 클로랜스. 둘 모두…… 살릴 수 있겠습니까?"

그레이엄이 그렇게 물어보자 웅성거리던 구호소가 일순간에 조용해졌다. 그렇다. 제국 최고의 황실십자병원이라지만 이런 치명적 상처를 치료할 수 있는 의사는 아무도 없었다. 오로지 희망을 걸 수 있는 의사는 단 한 명. 기적의 천사이자 등불을 든 여인인 레이디 클로랜스! 그녀밖에 없었다.

황태자도, 메르키트의 사고 소식에 급하게 뛰어온 3황자 미하일도, 엘 후작도, 황제파, 귀족파 인물들도 모두 간절한 눈으로 그녀의 입만 바라봤다. 그녀가 안 된다고 하면 더는 방법이 없었다. 저들은 죽을 것이다.

"……"

하지만 엘리제는 좀 더 상처를 살필 뿐 바로 대답하지 않았다. 그녀의 침묵이 길어지자 구호소에 있는 인물들은 극도의 초조감을 느꼈다. 누구든 이렇게 죽어서는 안 될 인물들이다.

이윽고 그녀가 입을 열었다.

"가능해요. 제가 직접 수술하면 두 분 다 치료할 수는 있어요."

그 놀라운 말에 모두가 눈을 크게 부릅떴다. 특히 심장을 다쳤단 말에 거의 자포자기의 심정이었던 귀족파의 인물들의 놀라움이 컸다.

"저, 정말이야, 리제? 메르키트 백작을 살릴 수 있다고? 심장이 다쳤는데?"

미하일이 물었다. 심장을 다쳤는데 살릴 수 있다니. 믿을 수 없는 이야기였다. 엘리제는 무겁게 고개를 끄덕였다.

"가능은 해요. 물론 가능성은 높지 않아요. 하지만 시도해 볼 수는 있어요."

심장 총상. 일반적인 상식처럼 대부분 즉사한다. 하지만 극히 드물게 살아서 병원까지 이송되는 경우가 있다. 관통 시 심장마비가 일어나지 않은 경우다. 그럴 때엔 심장 수술을 통해 살릴 수 있었다. 다만 그 확률이 굉장히 낮았다. 현대 지구에서조차 사망률 80~90%! 소생할 확률이 극도로 낮았다. 하지만 시도해 볼 수는 있다. 그리고 어쩌면 살릴 수 있을지도 모른다.

"오오! 신이여! 감사합니다!"

"역시 레이디 클로랜스! 등불을 든 여인! 감사합니다!"

귀족파 인물들이 눈물을 흘릴 듯 기뻐했다. 그들 중 믿을 수 없다고 하는 사람은 없었다. 그녀는 다름 아닌 기적의 천사, 등불을 든 여인. 그녀가 가능하다면 가능한 것이다.

이전 엘리제를 깎아내려야 한다며 주장하던 사람들도 정신없이 그녀에게 감사를 표했다. 그런데 그때 엘리제가 고개를 저었다.

"하지만 문제가 있어요."

"무슨 문제?"

문제란 말에 미하일이 얼굴을 굳히며 물었다.

"메르키트 백작님, 도리스 백작님 모두 바로 수술을 받아야 해요."

그녀의 말을 알아들은 모두의 얼굴이 하얗게 굳었다. 생각지도 못한 사실을 떠올린 것이다. 환자는 두 명, 그리고 그녀의 몸은 하나. 둘 중 한 명밖에 살릴 수 없는 것이다!

구호소에 죽을 듯한 침묵이 깔렸다. 모두 간절한 얼굴로 그녀의 얼굴만 바라봤다. 하지만 그 침묵은 길지 않았다.

"레이디 클로랜스! 제발 부탁합니다! 메르키트 백작님을 살려주십시오!"

시작은 귀족파였다. 나이가 지긋한 한 귀족이 거의 무릎 꿇다시피 고개를 숙이며 그녀에게 외쳤다. 깜짝 놀란 황제파의 귀족들도 그녀에게 매달렸다.

"안 됩니다! 도리슨 백작님을 살려주셔야 합니다! 아시지 않습니까? 도리슨 백작님은 황태자 전하께 큰 힘이 될 인물입니다!"

"무슨 소리요?! 메르키트 백작님을 살려야 합니다!"

구호소가 순식간에 난장판이 되었다. 지체 높은 귀족들이 엘리제에게 매달렸다. 말로만 매달린 것이 아니라 직접 그녀에게 몰려왔다.

"무, 물러나십시오!"

"이러시면 안 됩니다!"

의사들이 깜짝 놀라 엘리제를 보호하려 하였으나 소용없었다. 귀족들에게 휩쓸리며 엘리제의 얼굴이 당혹으로 물들었다.

'어떻게 하지?'

몸이 하나니 두 명의 수술을 한꺼번에 할 수는 없다. 그러니 한 명을 선택해야 한다. 하지만 누구를? 도리슨 백작은 사랑하는 린덴의 중요한 인물이고, 메르키트 백작은 소중한 친구 미하일의 중요한 인물이다. 누구를 어떻게 선택한단 말인가?!

그 순간이었다! 두 개의 외침이 구호소를 갈랐다.

"이게 뭐 하는 짓인가?! 지금 당장 물러나라!"

"그만! 모두 리제에게서 물러나!"

황태자와 3황자였다. 엘리제가 곤란해하는 것을 본 둘이 동시에 고함을 친 것이다.

"하, 하지만 전하……."

귀족들이 각자 자신의 주인을 머뭇거리며 바라봤다. 특히 귀족파 인물들은 필사적이었다. 그들은 엘리제 자작이 도리슨 백작을 선택할 것으로 생각했다. 당연한 일 아닌가? 그녀는 황태자의 짝이었으니까.

미하일이 강하게 고개를 저었다. 약간의 분노를 담고서.

"다시 말하지만 당장 물러나. 그녀를 곤란하게 하지 마. 아니, 번잡하니 아예 구호소 밖으로 나가 있어."

황태자도 말했다.

"레이디 클로랜스한테서 물러나라, 당장! 그대들도 나가 있어라."

귀족들이 머뭇거리며 구호소 밖으로 나갔다. 이제 구호소에 남은 인물은 황태자와 미하일, 그리고 엘 후작뿐. 하지만 그들도 거의 동시에 이렇게 말했다.

"잠시 산책이나 하고 와야겠군."

"나도 나갔다 올게, 리제."

그들의 말에 엘리제의 눈동자가 흔들렸다. 저들은 자신이 선택에 부담감을 느낄까 봐 자리를 피해 주는 것이다. 자신들은 신경 쓰지 말고 소신에 따른 선택을 하라고.

'린덴. 미하일.'

분명 저들도 간절히 원하고 있을 것이다. 단 한 명만 살릴 수 있다면 자신의 중요한 인물을 살려주기를. 하지만 그녀가 부담스러워할까 그런 이야기는 일절 하지 않았다.

그때, 구호소를 나가며 린덴이 동생에게 물었다.

"넌 어딜 가려고?"

"나가서 담배나 피우게. 형님도 피울래?"

미하일이 형에게 답했다. 린덴은 고개를 저었다.

"담배 끊었다. 너는 원래 안 피우지 않았나?"

"형님이 자꾸 나를 핍박하니 가슴이 답답해서 피우게 됐네. 그런데 어떻게 끊었데?"

"원래 거의 피우지 않았다. 그리고 리제가 하도 걱정을 해서."

형의 말에 동생이 헛웃음을 터뜨렸다.

"그러셨어요? 좋겠네."

"너도 끊어라. 건강에 안 좋아."

"그게 형님이 할 말이야? 내가 누구 때문에 담배를 시작했는데?!"

이 급박한 상황과 어울리지 않는 둘의 대화를 들으니 엘리제는 실소가 나오며 왠지 가슴이 차분해졌다. 그녀는 생각했다.

'그래, 엘리제. 내가 지금 무슨 생각을 하고 있는 거야? 넌 의사야. 정신 차려.'

눈을 감았다. 메르키트 백작. 도리슨 백작. 그들의 이름을 머릿속에서 지웠다. 그저 의사로서 생각했다. 어떻게 해야 할지, 어떤 게 가장 환자들을 위한 선택일지.

'생각해. 어떤 게 가장 현명한 선택인지.'

둘을 동시에 수술할 수는 없다. 그러면 한 명만 살려야 할까? 한 명은 죽게 놔두어야 할까? 사실 답은 그게 맞았다. 정확히는 살릴 확률이 희박한, 심장이 다친 메르키트 백작은 포기하고 조금 더 확률이 높은 도리슨 백작을 수술하는 게 옳았다. 하지만 어쩌면 살릴 수도 있는 사람을 포기해야 한다는 것이 그녀의 선택을 주저하게 했다.

'정말 방법이 없을까? 둘 모두를 살릴 방법은? 생각해, 엘리제. 시간이 없어. 지금 당장 생각해 내야 해.'

그리고 그 순간이었다. 한 가지 방법이 떠올랐다. 어쩌면 둘 모두를 살릴 수 있을지도 모르는!

"……결정했어요."

그녀의 말에 구호소를 나가려던 린덴과 미하일이 흠칫 멈췄다. 엘 후작이 딸의 얼굴을 바라봤다.

"어떻게 할 거냐, 엘리제?"

엘은 염려하는 표정을 지었다. 정치적 관계에 그녀가 부담을 느끼는 게 아닐까 걱정하는 것이다.

엘리제가 짧게 답했다.

"메르키트 백작님을 살릴 거예요."

그 말에 모두가 놀란 표정을 지었다. 설마 그녀가 그런 선택을 할 거라고는 생각지 못한 것이다. 정치적인 이해관계를 떠나 의학적으로도 한 명을 고른다면 비교적 살릴 가능성이 높은 도리슨을 치료하는 것이 합리적이기 때문이다. 하지만 그녀의 말은 끝난 것이 아니었다.

"동시에 도리슨 백작님도 살릴 것입니다."

"……그게 무슨?"

모두 이해할 수 없다는 표정을 지었다. 몸이 하나건만 둘을 한꺼번에 살리겠다니?

"수술실을 두 개 열겠어요."

"네?"

"메르키트 백작님과 도리슨 백작님의 수술을 동시에 준비해 주세요. 지금 당장."

그렇다. 지금 그녀가 하려는 것은 양방 수술. 수술실을 두 개 열고 동시에 수술을 진행하려는 것이다. 하지만 의사들은 그녀의 말을 이해하지 못했다. 몸이 하나인데, 수술을 동시에 시작해서 무엇하겠는 가? 어차피 한 명의 수술밖에 못 할 텐데.

"지금 제가 하려는 일은 그레이엄 선생님, 피터 교수님의 도움이 필요해요."

그녀는 자신을 제외하고 최고의 수술 실력을 지닌 두 교수를 지목 했다. 피터 교수는 엘리제가 아니었다면 다음 대의 어의가 되었을 거 라 여겨지는 명의였고, 그레이엄 교수도 피나는 노력으로 괄목할 만 한 성장을 이뤄 그녀 다음가는 실력을 인정받고 있었다.

"특히 그레이엄 선생님의 도움이 절대적으로 필요해요. 만약 선생 님이 아니라면 지금 제가 하려는 일은 성공하지 못할 거예요."

그녀의 말에 그레이엄 남작의 눈동자가 흔들렸다. 저 기적 같은 소 녀가 무슨 일을 하려는지 모르지만 자신을 신뢰하는 말이었다. 그게 그의 가슴을 흔들었다.

"무엇입니까? 말씀만 하십시오. 꼭 그대로 시행하겠습니다."

엘리제는 감사하다는 듯 고개를 끄덕였다.

"전 상태가 급한 메르키트 백작님을 먼저 수술할 거예요."

그리고 그녀는 단호하게 말했다.

"그리고 그 수술을 30분 안에 끝내겠어요."

그레이엄의 눈이 커졌다. 심장 총상 수술을 30분 만에? 말도 안 되 는 일. 다른 이가 말했으면 미쳤다고 욕했을 것이다. 하지만 소녀는 등불을 든 여인. 빈말하는 것이 아니었다.

"그 안에 메르키트 백작님을 살리고, 도리슨 백작님의 수술실로 넘어가겠어요. 그러니 그레이엄 선생님께서는 그동안 도리슨 백작 님의 배를 열고 기본적인 수술을 진행하고 있어주세요."

"기본적인 수술이라면?"

"손실제어수술."

손실제어수술(Damage control surgery). 치명적인 외상 환자에서 본격적인 치료를 하기 전, 기본적인 지혈술 등 당장 생명을 살리기 위한 응급처치를 뜻한다.

"그러면 30분 뒤 제가 넘어가 나머지 본격적 수술을 할게요."

그레이엄을 비롯한 의사들의 눈이 커졌다. 그녀의 기적 같은 실력은 알지만 심장 수술을 30분 안에 마무리하고 간 손상마저 해결하겠다니. 말도 안 되는 일처럼 보였다. 하지만 그녀는 고개를 저었다. 30분 안에 메르키트 백작을 살린다. 그게 까마득히 어려운 일인 것은 맞다. 그렇다고 불가능한 일은 아니다. 불가능한 일이면 애초에 이런 말을 꺼내지도 않았을 것이다.

"물론 쉽지 않은 일인 것은 저도 알아요. 하지만 전 이 두 환자분 모두 살리고 싶어요. 그리고 가능하기도 하고요. 그러니 최선을 다하고 싶어요."

여전히 의구심을 품고 있는 의사들에게 엘리제는 굳은 얼굴로 말했다.

"시간이 없습니다. 지금 바로 시작해 주세요."

그렇게 의학사에 남을 법한 동시 대수술이 그녀의 손에 진행되었다.

※

곧바로 수술이 시작되었다. 둘 모두 심각한 쇼크 상태. 일분일초도 지체할 시간이 없었다.

"빨리! 빨리 옮겨주세요!"

"네, 교수님!"

"수술실에 올라가면서 수액도 계속 주입해 주세요! 준비한 혈액 수혈도 시작해 주시고요."

병원의 모든 의료진이 이 불가능해 보이는 수술을 성공시키기 위해 바쁘게 움직였다. 엘리제 자작을 비롯한 피터 교수, 그레이엄 남작, 그리고 제국 최고의 수술 실력을 지닌 의사들이 수술에 참가했다.

그렇게 바야흐로 의학사에 남을 법한 대수술이 시작되려는 순간, 어찌 보면 이 사태의 진정한 원흉이라 할 수 있는 두 남자가 수술실에서 벗어나 대화를 나누고 있었다. 황태자 린덴, 그리고 3황자 미하일이었다.

"오랜만이네. 승전 기념식 이후 처음인가? 잘 지냈어?"

"그래."

린덴은 그답게 무뚝뚝한 목소리로 답했다. 둘은 잠시 아무 말 없이 창밖의 풍경을 바라봤다. 원래도 친근하다고 할 수 있는 사이는 아니었고, 서로의 목을 노리고 있는 지금은 더욱 그러하다. 침묵이 어색했는지 미하일은 담배에 불을 붙였다. 그리고 연기를 한 모금 들이마시고 곧 인상을 찌푸렸다.

"크. 써. 이런 걸 지금까지 어떻게 피운 거야?"

"자주 안 피웠다. 지금은 끊었고."

미하일이 물었다.

"수술 잘되겠지?"

사실 이런 질문이 우스울 정도로 무모한 수술이었다. 30분 안에 심장 수술을 해내고, 그 뒤 간 손상 환자를 살려내겠다고? 다른 사람이 이야기했으면 미쳤다고 비웃었을 것이다. 하지만 그 말을 한 이는 그녀. 등불을 든 여인이다. 지금까지 수많은 기적을 낳아온.

린덴은 답했다.

"아무리 엘리제라도 한계는 있겠지. 이번 수술은 실패할 수도 있다고 생각한다. 사실 성공하는 게 이상할 정도로 힘든 수술이니. 그래도."

"그래도?"

"난 내 그녀를 믿는다."

미하일이 그 말에 입술을 삐죽거렸다. 마음에 안 드는 대답이었지만 그 생각만큼은 동감이었다. 자신도 그녀를 믿는다.

"그래, 잘되겠지."

그 뒤로 둘 사이의 대화가 사라졌다. 둘은 말없이 창밖의 풍경을 바라봤다.

"날이 좋네."

중얼거린 미하일은 담배를 비벼 껐다. 그리고 피식 웃으며 말했다.

"기분이 꿀꿀해서 피우기 시작했는데, 난 아무래도 담배 체질은 아닌 것 같네. 나도 끊어야겠어. 그만 들어가자. 수술이 어떻게 되는지 봐야지."

린덴은 고개를 끄덕였다. 미하일이 먼저 등을 돌려 휴게실을 나가려 했다. 그때 린덴이 그를 불렀다.

"미하일."

"응?"

린덴이 무언가 할 말이라도 있다는 듯한 표정으로 미하일을 바라봤다.

"왜? 무슨 할 말 있어, 형님?"

"……아니다."

미하일은 어깨를 으쓱했다.

"싱겁긴. 그러면 나 가볼게."

"……그래."

동생이 나간 문을 보고 린덴은 낮게 한숨을 내쉬었다.

'어쩔 수 없는 일이지.'

자신이 포기하지 못하듯, 동생도 포기하지 못한다. 수없이 생각했듯이 어쩔 수 없는 일이다. 그저 그런 일일 뿐이다. 고개를 저은 후 린덴은 수술실로 내려갔다. 그리고 그의 얼굴이 딱딱하게 굳어졌다.

엘리제 드 클로랜스. 그의 소녀는 작은 몸으로 혈투를 벌이고 있었다.

❈

수술 준비는 신속히 끝났다. 곧바로 메스를 들고 흉부 절개를 시작하려는 순간 간호사가 비명을 질렀다.

"엘리제 교수님! 환자가!"

메르키트 백작의 몸이 전기에 맞은 듯 경련하고 있었다! 엘리제의 눈이 커졌다.

'쇼크에 의한 간질 발작!'

그녀는 급히 외쳤다.

"지금 바로 혈압 확인해 주세요!"

"수축기 혈압 40입니다!"

수축기 혈압 40! 거의 사망 직전의 상태였다. 이래서는 30분은커녕 수술을 시작하지도 못 한다.

'빨리 쇼크 먼저 회복시켜야 해!'

그녀는 재빨리 원인을 파악했다.

'목 정맥이 팽창한 것을 보면 단순한 과다 출혈에 의한 쇼크는 아니야. 오히려 이런 상태는 심낭 압전!'

심낭 압전(Cardiac tamponade)!

출혈로 심장 주위에 피가 차 심장을 짓누르는 상태를 말한다. 짓눌린 심장은 펌프 기능을 못 해 심각한 쇼크가 온다.

'빨리 해소해 줘야 해.'

그녀는 주저 없이 행동했다.

"바늘 주세요! 최대한 굵은 걸로요."

"아? 네!"

간호사는 환자가 쇼크인데 왜 갑자기 바늘을 찾는지 의아한 마음이 들었으나 군말 없이 따랐다. 지금껏 보여준 능력으로 다들 엘리제의 말이라면 아무런 의심 없이 신뢰했다. 대못만 한 굵은 주사기를 받은 엘리제는 곧바로 찔러 넣었다. 다름 아닌 가슴의 정중앙! 심장이 위치한 쪽을 향해 칼을 찌르듯.

"교, 교수님?!"

어시스트하던 의사들이 깜짝 놀라 그녀를 불렀다. 심장에 주삿바늘을 찔러 넣다니?! 하지만 엘리제는 멈추지 않고 쭈욱 찔러 넣었다.

푸욱!

피부와 근육이 뚫리는 소리가 울렸다. 꽤 깊이 들어간 것 같은데 그녀는 더욱 바늘을 밀어 넣었다. 그 모습에 모두가 놀라 침을 꿀꺽 삼켰다.

'도, 도대체 어떻게 하시려고?'

심장을 잘못 건드리면 사망할 수도 있다. 그렇지 않아도 심장을 다친 환자가 아닌가? 그녀를 믿지만 너무나 위험해 보이는 시술이었다. 그런데 그렇게 모두가 긴장한 얼굴을 하고 있는 그때, 놀라운 일이 일어났다.

쭈우욱.

주삿바늘로 죽은피가 빨려 나오기 시작한 것이다. 심장 근처에 고여 심장을 짓누르던 피였다. 출혈량은 많았다. 주사기로 나온 피만 1리터가 넘었다.

"혈압 다시 재주세요."

심장을 짓누르던 죽은피가 빠져나가며 심장이 다시 박동하기 시작했다.

"네, 교수님! 수축기 혈압 80이에요! 올라갔습니다!"

엘리제는 한숨을 내쉬었다.

'심장 눌림증이 해소되었구나. 일단 다행이야.'

자칫하면 위험할 수 있는 심낭 천자를 시도한 보람이 있었다.

'하지만 잠시 시간을 벌었을 뿐이야. 곧 똑같은 쇼크가 올 거야.'

만일 다시 쇼크가 오면 그때는 이런 임시방편으로는 살릴 수 없다. 메르키트 백작은 사망할 것이다. 방법은 단 하나. 그 전에 수술을 끝마쳐야 한다.

'30분이란 시간이 말도 안 되는 소리 같아 보이지만.'

사실 그녀가 30분이란 시간을 제시한 것은 간단한 이유에서였다.

어차피 30분을 넘기면 메르키트 백작을 살릴 수 없다. 그때까지 못 살리면 포기하는 것이 옳았다.

'그 안에 살려야 해.'

그래도 다행일까? 이런 심장 관통상은 복합적 합병증이 일어나지 않는 한, 수술이 오래 걸리지 않는다. 다만 수술적 테크닉이 상상할 수 없을 정도로 어렵고 위험할 뿐이다.

'가슴을 연 후, 심장을 메스로 째 총알을 꺼내야 하니까.'

맥동하는 심장을 칼로 째는 것은 끔찍할 정도로 위험한 일이었다. 그 순간 환자가 죽을 확률도 엄청나게 높았다. 하지만 살리려면 그 위험을 감수해야 한다.

'내가 살릴 수 있을까?'

메스로 가슴을 열려는 순간, 그런 의문이 들었다. 그냥 지금 이 순간, 포기하고 도리슨 백작을 치료하러 가야 하는 것 아닐까? 괜한 욕심에 무모한 일을 하고 있는 것이 아닐까? 이곳은 현대 지구가 아니라 심장 수술을 보조하는 도구들도 없었다. 현대 지구라면 심장을 멈추는 약을 쓴 후, 심장을 대체하는 기계인 에크모(ECMO)를 돌리며 천천히 진행했을 것이다.

그녀는 쓴웃음을 지었다. 현대 지구에서 그런 도구들의 도움을 받아 수술해도 사망률이 80%가 넘는다. 지금 이 순간은 어떨까? 내가 수술하면 이 환자가 살아날 확률은 얼마나 될까? 아무리 높게 봐도 10%가 안 된다. 그래도 그녀는 둘 모두를 살리고 싶었다. 정치적 이해관계를 떠나서 자신에게 온 환자니까. 비록 확률은 낮지만 살릴 가능성이 있으니까. 물론 과욕일지도 모른다. 하지만 그녀는 최선을 다할 생각이었다.

'주여, 도와주소서.'

그녀는 마음속으로 짧게 기도한 후 말했다.

"바로 오픈합니다. 피터 교수님, 준비해 주세요."

"네, 레이디 클로랜스."

황실십자병원에서 그녀 다음가는 실력자인 피터 교수가 어시스트로 들어와 굳은 얼굴로 답했다.

"메스."

간호사에게 수술칼을 건네받은 그녀는 곧바로 절개를 시작했다. 가슴의 정중앙에서 왼쪽 갈비뼈 사이로 쭈욱 내리그었다. 메스가 지나가며 피부와 그 밑의 피하조직, 그리고 여러 겹으로 겹쳐진 근육들이 쩌억 입을 벌리며 갈라졌다. 울컥 피가 튀었지만 작은 소녀는 눈 하나 깜짝하지 않았다.

"철제 도구로 갈비뼈 사이 벌려주세요."

그녀가 낸 길을 따라 미리 준비해 둔 철제 도구가 들어왔다. 피터 교수가 도구를 조작해 강력한 힘으로 갈비뼈 사이를 벌렸다. 그러자 가슴의 상처가 모습을 드러냈다.

끔찍했다. 심장, 정확히는 우심실에 구멍이 뚫려 있었고, 그 구멍으로 심장이 뛸 때마다 울컥울컥 피가 솟구치고 있다.

'역시 총알이 심장 안으로 파고들었구나.'

그녀는 입술을 깨물었다. 만약 총알이 심장벽을 뚫지 못했다면 그냥 총알을 빼내고 심장벽만 치료하면 됐을 텐데 안으로 박혀 버린 상태다.

'총알이 박힌 위치를 보니 피의 흐름을 막고 있어서 가만히 놔둘 수도 없어. 어쩔 수 없이 심장벽을 메스로 더 째서 총알을 꺼내야 해.'

그녀는 한숨을 내쉬었다. 각오하고 있었던 일이지만 막막할 정도로 위험한 수술이 될 것이다.

"심장벽을 메스로 절개하겠습니다. 피터 교수님, 준비해 주세요."

"네, 레이디 클로랜스."

"이제 혈압이 계속 떨어질 겁니다. 잘 모니터해 주세요."

피터 교수가 긴장한 얼굴로 침을 꿀꺽 삼켰다. 엘리제는 숨을 크게 들이쉬고 메스를 움직였다. 끝없이 박동하고 있는 심장, 우심실에 구멍이 뚫린 부위부터 메스가 길을 냈다.

찌익.

절개 길이는 길지 않았다. 그저 기다란 철제 도구를 집어넣을 수 있고, 총알을 꺼낼 수 있을 정도의 크기만큼만 절개했다. 하지만 그 정도만으로도 아까와는 비교도 안 되는 양의 피가 쏟아지기 시작했다.

울컥울컥.

수술 필드가 순식간에 피로 뒤덮였고, 엘리제의 수술복도 피에 흠뻑 젖었다.

"혈압 떨어집니다! 수축기 혈압 70!"

혈압을 확인하던 간호사가 외쳤다. 하지만 간호사의 외침이 아니어도 혈압이 떨어지는 게 눈에 보였다. 갑작스러운 저혈량 충격에 심장의 맥동하는 힘이 약해진 것이다. 금방이라도 생명의 빛이 꺼질 것처럼 심장의 힘이 떨어졌다.

'10분! 아니, 5분 안에 총알을 꺼내고 심장벽도 치료해야 해!'

5분도 길었다. 이제부터는 시간 싸움이었다. 언제, 어느 순간 심장마비가 와 사망할지 모른다.

"피터 교수님! 거즈로 피를 닦아 시야를 확보해 주세요!"

"네!"

깊게 숨을 들이쉰 엘리제는 기다란 철제 집게 도구를 집어 들었다.

철컥.

집게의 잠금을 풀고 절개한 구멍으로 조심히 밀어 넣었다.

'제발……!'

총알이 심장 어느 부위에 박혀 있는지 정확히 모른다. 심장 안에는 피가 가득 차 있어 확인할 수가 없으니까. 엑스레이로는 대략적인 위치만 알 수 있을 뿐이다. 오로지 짐작만으로 위치를 캐치해 총알을 꺼내야 한다.

당연히 쉬운 일이 아니었다. 심장은 움직이는 기관. 더구나 빈방을 뒤지듯 아무렇게나 헤집으면 심장 전류 시스템을 건드려 치명적 부정맥으로 인해 곧바로 심장마비가 올 수도 있었다.

'가장 가능성이 높은 것은 심방으로 향한 삼첨판막 쪽!'

그녀는 조심히 집게를 움직였다. 하지만 없었다. 아무것도 걸리지 않았다. 그 순간 간호사가 다급하게 소리쳤다.

"교수님, 혈압 더 떨어져요! 60입니다!"

엘리제는 입술을 깨물었다. 정신이 아득해질 정도로 급한 상황이었지만 침착하려 애썼다.

'아직 괜찮아. 할 수 있어, 엘리제.'

심장에서 뿜어져 나오는 피가 그녀의 얼굴에 튀며 백금발이 붉은 피로 물들었다. 하지만 그런 것 따위는 신경 쓸 수도 없었다. 그녀는 다시 철제 집게를 움직였다. 그리고 판막 옆으로 이동한 순간이었다.

딸각!

무언가 집게에 걸리는 느낌이 들었다. 총알을 발견한 것이다! 엘리제의 얼굴에 일순 화색이 돌았다. 하지만 곧 정확한 위치를 파악한 그녀는 얼굴이 굳어졌다.

'이런! 코흐 삼각형 쪽이야!'

코흐 삼각형(Koch triangle).

심장을 움직이는 전류계의 중요한 지점인 방실 결절(AV node)이 있는 곳이다.

'급하게 잘못 빼내다가는 그대로 심장 전류 이상인 부정맥이 올 수도 있어. 그러면 곧바로 사망이야.'

간호사가 다시 혈압을 알렸다.

"교수님, 혈압 50입니다!"

그 순간, 엘리제는 손을 움직였다. 아무리 철혈의 그녀라도 이런 상황에서 긴장을 하지 않을 수 없었다. 하지만 그녀는 최대한 차분히, 흔들리지 않는 마음으로 총알을 제거하기 시작했다. 제발 심장의 전류 시스템을 건드리지 않길 기원하며.

'주여, 제발.'

찰칵.

철제 집게가 총알을 물었다. 다행히 구경이 큰 총알이 아니라 집게에 무리 없이 물렸다. 그녀는 조심히, 최대한 심장을 건드리지 않도록 노력하며 총알을 뒤로 빼내었다. 수술실 안에 있는 모든 사람이 숨을 삼키고 그 모습을 지켜봤다.

잠시 후 피에 젖은 철제 집게가 모습을 드러냈다. 집게 끝에는 작은 총알이 물려 있었다.

"아아……! 신이여!"

모두가 탄성을 터뜨렸다. 저 등불을 든 여인이 다시 한 번 기적을 일으킨 것이다. 천만다행으로 부정맥도 일어나지 않았다. 하지만 모두가 감탄하고 있을 때, 엘리제가 차분한 목소리로 말했다.

"아직 끝나지 않았습니다! 끝까지 집중해 주세요!"

"네, 교수님!"

그렇다. 고작 총알을 꺼냈을 뿐이다. 이제 가장 중요한 심장벽 치료를 해야 한다.

"수술 실 주세요."

엘리제는 짧게 숨을 들이켰다. 심장벽을 치료하는 방법은 간단했다. 실로 찢어진 부위를 다시 꿰매 봉합하는 것이다. 하지만 그 테크닉의 난이도는 상상을 초월했다.

심장은 움직이는 기관이다. 그냥 얌전히 움직이는 것도 아니다. 좌우심방, 좌우심실이 유기적인 흐름에 따라 비틀며 박동한다. 더구나 피도 끝없이 쏟아지고 있다. 갈기갈기 찢어진 근육을 외심막, 심근, 내심막의 층을 맞춰 꿰매야 하는데, 수술 부위를 눈으로 볼 수 없기 때문에 손끝의 감각에 의존해야 한다. 이 극악한 난이도의 봉합을 지극히 짧은 시간 안에 해내야 한다. 환자가 사망하기 전에. 제국에서, 아니, 전 세계를 통틀어 오로지 그녀만이 가능한 일이었다.

'할 수 있어. 아니, 해내야 해.'

그녀는 손을 움직였다. 피터 교수가 시야를 확보하기 위해 계속해서 피를 닦아냈지만 절개 부위에서는 끝없이 피가 쏟아졌다.

아무것도 보이지 않았다. 엘리제는 마치 눈을 감고 봉합을 하듯, 오로지 감각과 지금까지의 경험을 토대로 손을 움직였다.

수술실 안에는 깊은 물속처럼 무거운 침묵이 흘렀다. 시간이 흐를수록 혈압이 떨어졌지만 간호사는 입을 다물었다. 이 순간 혈압의 수

치를 알리는 것은 중요한 일이 아니었다. 이미 그녀가 조처할 방법
도 없었다.

어차피 엘리제도 손으로 심장의 힘이 떨어지는 것을 느끼고 있었
다. 심장마비가 코앞이었다. 그리고 심장마비가 일어나면 환자는 죽
는다. 방법은 단 하나. 그녀가 성공적으로 봉합을 마쳐야 했다.

그 숨이 막힐 듯한 침묵이 지나고, 흐르는 시간마저 아득하게 느
껴질 때, 드디어 봉합이 끝났다!

피터 교수는 눈을 부릅떴다. 그뿐 아니라, 다른 어시스트 의사도,
간호사도, 모두가 눈을 부릅뜨고 수술 필드를, 정확히는 메르키트 백
작의 심장을 바라봤다. 멈췄다. 심장의 벽이 깨끗하게 봉합되며 피
가 멈춘 것이다!

모두가 엘리제를 바라봤다. 저 작은 소녀가 또다시 믿을 수 없는
일을 일으켰다.

"하아."

엘리제는 힘든지 눈을 감고 긴 한숨을 내쉬었다.

"레, 레이디 클로랜스⋯⋯."

피터 교수가 경악과 경탄을 담은 목소리로 그녀를 불렀다. 하지만
그들의 안도가 너무 빨랐던 것일까? 봉합은 성공적으로 끝났지만 끔
찍한 일이 일어나 버렸다.

"교, 교수님! 시, 심장이! 심장이 움직이지 않습니다!"

엘리제가 급하게 눈을 떴다. 정지해 있는 메르키트 백작의 심장이
눈에 들어왔다.

'아⋯⋯.'

그 순간 엘리제와 그 자리에 있던 모두의 뇌리가 하얗게 비었다.

그렇게 노력했는데 결국 심장마비가 일어난 것이다!

"레이디 클로랜스……."

피터 교수가 안타까운 목소리로 그녀를 불렀다. 모두가 침통한 표정을 지었다.

그런데 그때! 모두가 포기하고 넋을 놓은 그 순간, 엘리제가 움직였다! 그녀는 망설임 없이 수술대 위로 올라가더니 무릎을 꿇고 허리를 숙여 심장 마사지를 시작한 것이다!

"교, 교수님?"

"아직 안 끝났어요! 아예 심장이 사망한 게 아니라, 저혈량 충격에 의한 일시적인 심근 기절일 수도 있어요! 빨리 최대한 수액 공급을 더해 주세요!"

그러며 그녀는 온몸으로 심장을 압박했다. 열려 있는 심장에 직접! 심폐소생술 중 개흉 심장 직접 압박이었다.

'조금만! 조금만! 심근 기절이야. 저혈량 쇼크만 회복시키면 살릴 수 있어!'

그녀는 입술을 깨물었다. 여린 체구가 안쓰러울 정도로 필사적으로 움직였다. 피 묻은 얼굴에 안타까운 땀이 맺혔다.

"빨리 수액 주입해! 빨리! 수혈도 더해!"

그렇게 그녀가 안간힘을 다해 메르키트 백작의 생명을 연장하는 사이 다른 의사들이 움직였다. 그리고 잠시 후 또다시 모두를 놀라게 하는 일이 일어났다.

두근두근.

메르키트 백작의 심장이 다시 맥동하기 시작한 것이다. 약하지만 확실히 심장이 뛰고 있었다!

"움직인다!"

"살았어! 살렸다고!"

수술실의 모든 사람이 환호성을 질렀다. 그 소리를 들으며 엘리제는 비로소 가슴을 쓸어내렸다.

'다행이다. 정말 다행이야.'

정말 아찔한 순간이었다. 이대로 환자를 잃는 줄 알았다.

'힘들어.'

수술대에서 내려온 그녀는 깊은 한숨을 내쉬었다. 이번 수술은 그녀로서도 정말 힘든 수술이었다. 짧은 시간이었지만 극도로 긴장해서 그런지 괴로울 정도로 힘들었다.

'조금만 더, 조금만 더 기운을 내자, 엘리제.'

다시 맥동하는 심장을 보자 긴장이 한 번에 풀리며 다리가 후들거렸다. 당장 주저앉고 싶었다. 하지만 아직 끝나지 않았다. 이제 곧바로 두 번째 수술을 진행해야 했다.

"피터 교수님."

"네, 레이디 클로랜스!"

기적 같은 일을 해낸 그녀에게 피터 교수가 존경을 담아 답했다. 오늘 목격한 수술을 그는 일평생 기억으로 간직하며, 이상향으로 삼을 것이다.

"뒤의 처치를 부탁해도 될까요? 두 번째 수술을 진행해야 해서요."

"맡겨만 주십시오."

"네, 감사해요. 아직 저혈량 쇼크가 회복된 것이 아니니, 추가적인 수액 처치와 수혈로 혈압도 회복시켜 주세요."

"네, 알겠습니다."

말을 끝내고 급히 몸을 돌려 방을 나가려는데, 순간 현기증이 일었다.

'아…….'

다리에 힘이 풀린 그녀는 한쪽 무릎을 꿇었다.

"레이디 클로랜스!"

의사들이 깜짝 놀라 그녀를 불렀다. 그러나 엘리제는 괜찮다는 듯 고개를 젓고 자리에서 일어났다. 너무 긴장해 그랬던 것 같다.

'정신 차려, 엘리제. 아직 수술이 끝나지 않았어.'

엘리제는 피에 젖은 장갑을 벗고 새로운 장갑을 끼며 생각했다. 피에 젖은 것은 장갑뿐이 아니었다. 수술복, 팔, 다리, 심지어 얼굴까지 피로 범벅이었다. 몸에 묻은 피를 닦고, 수술복을 갈아입고 싶었지만 시간이 없었다. 곧바로 도리슨 백작을 치료해야 했다.

'하아.'

한숨을 삼키고 옆의 수술실로 가려는데, 낮은 목소리가 그녀를 불렀다.

"리제."

황태자 린덴이었다. 지금껏 밖에서 수술하는 모습을 지켜보던 그가 그녀를 부른 것이다. 그런데 그의 눈빛이 평소와 조금 달랐다. 안타까움이 담긴 가라앉은 눈빛이었다.

'엘리제.'

린덴은 입술을 깨물었다. 그는 그녀가 수술하는 것을 직접 본 적이 거의 없었다. 그럴 일이 없었으니까. 하지만 이 순간, 그녀가 안간힘을 쓰며 수술하는 모습을 목격한 그는 안쓰럽고 안타깝기만 했다. 그녀가 무리하는 것을 보니 가슴이 찢어지듯 속상했다.

"전하?"

엘리제가 의아한 표정을 짓는 순간, 그가 다가왔다. 그리고 말없이 그녀를 꽉 끌어안았다.

"저, 전하? 피가?"

엘리제는 당황해 그를 불렀다. 다른 사람이 보는 것보다 자신의 몸에 젖은 피가 그에게 묻을까 걱정스러웠다. 그러나 린덴은 상관없다는 듯 고개를 저었다. 대신 그저 이렇게만 말했다.

"너무 무리하지 말아라."

"……!"

"네가 힘들면 내가 속상하니."

그 진심 어린 말을 듣는 순간, 엘리제는 가슴이 울컥했다.

"네…… 전하, 아니, 린덴."

그녀는 잠시, 정말 잠시 그의 품을 느꼈다. 가슴이 따뜻해지며 힘이 나는 듯했다. 그녀는 그의 몸에서 떨어지며 말했다.

"저 다녀올게요."

"……."

"나중에 메르키트 백작님한테 맛있는 거라도 얻어먹어야 할 것 같아요. 이번 수술은 너무 힘들었어요."

그녀의 농담 섞인 말에 린덴이 고개를 저었다.

"저놈 말고 내가 사줄게. 뭐 먹고 싶어? 딸기 케이크? 바싹 익힌 스테이크 요리?"

"음…… 딸기 케이크 말고 다른 거요."

린덴은 그 거절에 의아한 표정을 지었다. 그녀가 딸기 케이크를 거절하는 것은 처음이다.

"딸기 케이크도 좋지만 이번에는 다른 음식 먹어요."

"어떤?"

"맨날 제가 좋아하는 것만 먹었으니, 이번엔 린덴이 좋아하는 것으로 먹어요."

그 말에 린덴은 살짝 미소를 지었다.

"괜찮다. 네가 좋아하는 것이 내가 좋아하는 것이니까."

"치이, 그런 게 어디 있어요."

"어쨌든 절대 무리하지 마라."

린덴은 그녀의 이마에 살짝 입술을 맞추었다. 엘리제는 그에게서 떨어진 후, 옆의 수술실로 걸어갔다.

두 번째 수술. 이제 도리슨 백작의 간 총상을 치료해야 한다.

'조금만 더 힘내자, 엘리제. 할 수 있어.'

그렇게 마음을 다잡은 작은 소녀는 굳은 얼굴로 수술실의 문을 열었다.

"레이디 클로랜스!"

기다리고 있었는지 모두가 그녀의 이름을 외쳤다. 엘리제는 도리슨 백작의 상태를 살폈다.

"현재 바이탈은 어떤가요?"

"수축기 혈압 107. 맥박은 130회입니다."

그 말에 그녀는 놀란 표정을 지었다. 그의 상태는 걱정했던 것보다 훨씬 괜찮았다. 아까 전보다 호전된 상태인 것이다.

'그레이엄 선생님.'

그녀는 수술 필드 가운데에서 지혈에 열중인 그레이엄 남작을 바라봤다. 아마 그가 해낸 일일 것이다. 그레이엄도 그녀를 돌아보았다.

"오셨습니까, 레이디 클로랜스?"

"네, 선생님. 쉽지 않으셨을 텐데 감사해요."

그 말에 그레이엄이 까칠한 얼굴에 미소를 지었다.

"저도 이래 봬도 젊은 천재라 불리는 의사입니다. 이 정도는 할 수 있습니다."

엘리제도 그를 마주 보고 웃었다. 그녀는 간호사에게 부탁했다.

"수술 장갑을 주세요."

"네, 교수님."

찌익. 새롭게 장갑을 낀 그녀는 수술 필드 앞에 다가갔다. 이미 그레이엄이 배를 열어 놓아 커다란 간이 붉은 모습을 드러내고 있었다.

"철제 집게 주세요. 바로 수술 이어서 진행하겠습니다."

그렇게 그녀의 두 번째 싸움이 시작되었다.

◆◆◆

방금 극악한 난이도의 심장 수술을 마친 탓일까, 아니면 그레이엄 남작의 사전 처치가 훌륭해서일까? 병원에 실려 올 때만 해도 심각한 정도의 간 손상이었지만 엘리제는 한결 편안한 느낌을 받으며 수술을 진행했다.

"간십이지장 인대에 접근합니다. 시야 확보해 주세요."

"네, 교수님."

다른 어시스트 의사가 창자를 당겨 시야를 넓혔다. 그녀가 지금 하려는 것은 프링글 조작(Pringle Maneuver). 간으로 향하는 간 동맥, 문맥 정맥을 차단해 버리는 것이다. 그레이엄이 간을 손으로 당기며 그녀의 조작을 도왔다. 엘리제는 고맙다는 시선을 보낸 후 철제 집게를 움직였다.

"차단합니다."

찰칵!

금속성이 울리며 철제 집게가 간 동맥, 문맥 정맥을 단단히 물었다.

"이렇게 하면 간으로 향하는 혈류가 차단되는 것입니까?"

그레이엄의 감탄이 섞인 물음에 엘리제는 고개를 끄덕였다.

"네, 심한 간 출혈 때 사용할 수 있는 방법이에요. 하지만 이렇게 하면 간에 피가 부족해 간 손상이 올 수 있으니, 오랫동안 사용하는 것은 피해야 해요."

"그러면?"

"앞으로 최대한 빨리 수술을 끝내야 하죠."

늘 그렇듯 출혈 환자의 수술은 시간과의 싸움이었다. 환자가 저혈량 쇼크로 사망하기 전에 지혈을 완료해야 하니까.

"세임 선생님은 거즈로 출혈 부위를 패킹해 주세요. 그레이엄 선생님은 한 손으로 대동맥에서 간으로 향하는 혈관이 나오는 부위 위쪽을 지긋이 압박해 주시고요."

"알겠습니다."

그녀의 말을 따르자 놀라운 일이 일어났다. 울컥울컥 쏟아지던 피의 상당 부분이 멈춘 것이다. 간의 해부학적 구조를 정확히 이해한 조처 덕분이었다.

'이제 총알을 꺼내고.'

엘리제는 간 아랫부분에 박혀 있는 총알을 바라봤다. 메르키트 백작의 심장에 박혀 있던 총알보다 구경이 더 컸다. 만약 이 정도 구경의 총알이 심장에 박혔다면 메르키트 백작은 병원에 오기도 전에 즉사했을 것이다.

'그래도 심각한 손상이긴 하지만 다행히도 간을 절제해 내야 할 정도는 아니야. 문제는 총알이 박히며 생긴 동맥 손상들인데.'

그 동맥 손상을 치료하는 것이 그녀가 할 일이었다. 엘리제는 굳은 표정으로 총알을 조심히 간에서 빼내었다.

짱!

미리 준비해 둔 철제 그릇에 총알을 떨어뜨렸다. 금속성이 수술실을 울리는 순간, 총상 부위에서 울컥 다시 피가 솟구쳐 올랐다. 관통면에서 절단된 동맥들이 노출되며 출혈이 시작된 것이다.

'침착하게.'

순식간에 수술 필드가 피로 차오를 만큼 많은 양의 출혈이었지만 그녀는 당황하지 않았다. 거즈로 피를 닦아 달라고 부탁한 후 차분히 손을 움직였다.

"지혈용 철제 집게. 최대한 많이. 그리고 수술 실도 준비해 주세요."

찰칵! 찰칵! 찰칵!

그녀는 일단 지혈용 소형 철제 집게로 혈관들을 집었다. 집게가 혈관을 단단히 물자, 절단면이 입을 다물며 피가 멈추었다. 그렇게 임시방편으로 출혈을 멈추게 한 그녀는 한 손으로 수술용 실을 들었다. 그리고 손가락이 춤을 추었다.

"원 핸드 타이."

그 손가락의 움직임에 어시스트하던 의사가 감탄성을 토했다. 실로 혈관을 묶어 지혈하는 기법인 타이. 그녀의 손가락이 보여주는 움직임은 그야말로 최고의 경지에 이른 타이였다. 그 절제되고 정확한 움직임은 아름답게 느껴질 정도였다.

질끈.

잘린 동맥이 실에 묶였다. 그녀는 차분히, 그러나 멈추지 않고 손가락을 움직였다. 계속해서 이어지는 타이. 그리고 힘을 잃는 동맥들. 그렇게 시간이 지난 후, 총알이 박혔던 관통면은 완벽히 지혈되었다.

'이제 마지막. 하대정맥 손상만 치료하면 돼.'

그녀는 가장 어려운 간 뒷부분에 위치한 하대정맥을 바라봤다.

하대정맥(Inferior Vena Cava). 인체의 가장 깊은 곳에 위치한, 대동맥과 더불어 가장 큰 혈관 중 하나이다. 총알이 깊게 뚫고 가며, 그 하대정맥에도 상처가 났다.

"어떻게 하실 것입니까?"

그레이엄이 물었다. 천재라 불리는 그이지만 저 대정맥의 손상은 어떻게 해야 할지 감이 안 잡혔다. 엘리제는 짧게 답했다.

"간단해요. 꿰매면 돼요."

"혈관을…… 말입니까?"

그레이엄은 놀라 묻자 그녀는 당연하다는 듯 답했다.

"네."

"그게 가능합니까?"

"가능해요."

조금 전에는 심장도 꿰맸다. 그리고 과거 지구에서는 현미경을 보며 미세 혈관도 잇던 그녀였다. 저런 커다란 대정맥쯤 꿰매는 게 뭐가 어렵겠는가? 하지만 그레이엄의 눈에는 그렇게 보이지 않았다. 이 시대 의사들에게 혈관을 치료하는 것은 상상도 할 수 없는 일이었다.

그는 크게 한숨을 내쉬었다.

"정말…… 아무리 노력해도 당신을 따라갈 수가 없군요."

그는 그녀를 마음속으로 연모하고 있다. 드러낼 수 없는 괴로운 짝사랑이었다. 그래서 한 다짐이 있다. 한 남자로서 그녀에게 다가갈 수 없다면 의사로서 그녀의 옆에 서겠노라고. 그런 마음으로 노력하고 또 노력해 왔다. 하지만 아무리 노력해도 그녀는 닿을 수 없는 하늘과도 같아 좌절감이 들었다.

그때, 엘리제가 고개를 저었다.

"선생님도 하실 수 있으세요."

"제가…… 말입니까?"

"네, 안 해보셔서 그렇지, 선생님의 실력이시면 충분히 하실 수 있으세요."

"……!"

"이번에 제가 하는 거 보시고 다음에 해보세요. 제가 도와드릴게요."

엘리제는 그렇게 말했다. 그리고 그 말은 진심이었다. 그녀는 그레이엄에 대해 생각하고 있는 것이 있었다.

'어차피 앞으로는 지금처럼 내가 중환자 수술을 감당하는 것은 불가능하니까. 그레이엄 선생님이 뒤를 이어주셨으면 좋겠어.'

그녀는 황후가 될 것이다. 황후가 되면 지금처럼 병원에 매여 사는 것은 불가능하다. 당연한 이야기지만 아마 지금의 반의반도 병원 일을 할 수 없을 것이다. 그러니 그 전에 그녀는 이 황실십자병원의 의사들에게 가능한 많은 것을 전달할 생각이었다. 특히 저 노력하는 천재 그레이엄 선생님은 자신의 뒤를 이을 적임자라고 여기고 있었다.

"……감사합니다. 최선을 다하겠습니다."

그레이엄은 굳은 표정으로 고개를 끄덕였다. 왠지 그녀에게 인정을 받은 것 같아 가슴이 먹먹했다. 이게 그가 아픈 마음을 안고, 그녀 곁에 머물러 있는 이유였다.

"그러면 봉합 시작하겠습니다."

그들은 다시 수술에 몰두했다. 봉합용 철제 집게에 얇은 실을 끼운 엘리제는 대정맥을 한 땀 한 땀 꿰매기 시작했고, 그레이엄은 그녀의 손동작을 하나라도 놓치지 않기 위해 집중하며 지켜봤다.

그렇게 시간이 지났고 마침내 수술의 끝이 보이기 시작했다.

타악.

그녀는 지혈용 도구를 수술 테이블에 내려놓고 한숨을 내쉬었다.

"마무리하겠습니다."

길고 길었던 수술이 드디어 막을 내렸다. 메르키르 백작과 도리슨 백작, 둘 모두를 아무런 문제 없이 살려낸 것이다!

"수고하셨습니다!"

또 한 번의 기적을 일으킨 작은 소녀에게 모두가 존경을 담아 외쳤다. 엘리제는 장갑을 벗으며 힘겨운 미소를 지었다. 참 힘든 수술이었다.

그렇게 의학사에 한 획을 그은 또 하나의 대수술이, 그리고 터질 것 같은 론도 정국에 큰 영향을 끼친 수술이 마무리되었다.

29장
부자(父子)

메르키트 백작과 도리슨 백작이 살아났다. 두 눈으로 보고도 믿을 수 없는 일이었다. 심장 총상과 간 총상을 입은 환자를 동시에 살려내다니, 특히 심장 총상을 치료한 것은 가히 기적과도 같았다. 이 시대에 심장이 다친 사람을 치료할 수 있다고는 아무도 상상하지 못했기 때문이다. 아니, 현대 지구에서조차 심장 부상을 치료할 수 있는 경우는 거의 없었다.

메르키트 백작과 도리슨 백작의 수술은 각각 학회에 보고되었고, 제국 의학계는 물론 공화국, 프러시엔, 오스트리엔 등 서대륙 전체 의학계를 경악에 빠뜨렸다. 단 하나의 수술만 해도 의학사에 기록될 수술이었는데, 그런 대수술을 한 번에 해내다니!

"레이디 클로랜스? 엘리제 자작? 여자인가?"

"왜, 알지 않나? 크림반도의 등불을 든 여인, 그녀야. 브리티아 제국의 황태자비가 될.”

“아……! 정말 대단하군. 믿을 수 없어. 어떻게 이런 수술을 할 수 있지? 완전 기적이 아닌가?”

브리타아, 프랑소엔, 프러시엔 등 서대륙 전체 의학계가 그녀의 수술에 경악하며 감탄했다. 원래부터 제국 최고의 의사로 여겨지던 그녀는 다시 한 번 그 명성을 드높였고, 서대륙 전체에 그녀의 이름이 각인되었다. 그리고 그녀를 감탄하고 칭송한 것은 의학계뿐이 아니었다.

론도의 귀족들. 그들도 그녀를 칭송하기는 마찬가지였다. 어처구니없는 결투로 걷잡을 수 없는 소용돌이에 빠질 뻔한 정국을 안정시킨 것이다. 물론 곧 충돌할 테지만 지금 당장은 아니었다. 뜻하지 않은 파국은 아무도 원하지 않고 있었다. 그녀의 기적 같은 수술이 아니었다면 지금쯤 론도 정국이 어떻게 되었을지 상상도 하기 싫을 정도였다. 특히 귀족파의 인물들은 감탄을 넘어서 그녀에게 감동에 가까운 감사를 느꼈다. 자신들은 정적이라 적대시하던 그녀가 메르키트 백작을 살려낸 것이다.

사실 당시 상황을 봤을 때 그녀가 메르키트 백작을 포기했어도 아무도 비난하지 못했을 것이다. 정치적인 관계를 떠나 그만큼 심각한 상처였으니까. 하지만 엘리제는 오로지 환자를 살리겠다는 의사의 마음으로 큰 무리를 하면서까지 그를 살려냈다. 아무리 정치적으로 그녀를 적대하고 있었다지만 그런 그녀의 마음에 인간적으로 감동을 하지 않을 수 없었다.

“레이디 클로랜스에게는 정말 감사하구려.”

“그러게 말입니다.”

"그녀가 아니면 메르키트 백작은 어떻게 되었을지."

중책을 맡고 있으면서도 다혈질의 성격 때문에 결투라는 크나큰 실수를 한 메르키트였지만, 그는 차일드 가문과 더불어 귀족파의 중심이었다. 만약 그가 죽었으면 어떤 폭풍이 몰아닥쳤을지 생각하고 싶지도 않았다. 그리고 그런 감사의 마음이 가장 큰 것은 다름 아닌 메르키트 백작 본인이었다.

"백작님, 가슴의 통증은 어떤가요?"

"……괜찮소."

"숨이 차거나 어지럽거나 하는 증상은 없나요?"

"……좋아졌소."

"다행이네요. 혹시나 다른 불편한 증상은 없나요?"

메르키트는 하얀 가운을 입고 친절하게 증상을 체크하는 백금발 소녀를 보며 한숨을 내쉬었다.

'왜 날 살려준 거지……?'

수술 후 의식을 차린 메르키트는 혼란에 빠졌다. 일단 자신이 살아났다는 것에 놀랐고, 자신을 살린 것이 엘리제 자작이란 것에 더 놀랐다. 그리고 자신을 치료한 과정을 지인들에게 듣고는 놀람을 넘어 경악했다.

'어째서? 어째서 그런 무리를 하면서까지 나를 살린 것인가? 나는 그녀의 적인데.'

그녀를 헐뜯으려고 한 게 한두 번이 아니었다. 만약 주군인 3황자의 만류만 없었으면 그녀에게 수작을 부렸을지도 모른다.

'나라면 그냥 죽게 놔뒀을 텐데.'

도저히 이해가 되지 않아 물어보니, 소녀는 별 고민 없이 답했다.

"환자를 살리는 데 의사에게 특별한 이유가 필요한가요."

그녀는 웃으며 말했다.

"백작님께서도 이곳에서는 다른 생각 하지 마시고 편하게 몸을 회복하는 데만 집중하세요. 불편한 것 있으면 저한테 말씀해 주시고요."

그 친절한 말에 아무리 옹고집 메르키트라도 감동할 수밖에 없었다. 지금껏 귀족파에는 그녀에게 치료를 받은 이가 꽤 있었다. 본인이 받든 가족이 받든 말이다. 그들이 왜 레이디 클로랜스만큼은 정치적 이해와 상관없는 성역이라고, 무슨 일이 있어도 건드려서는 안 된다고, 존중해야 한다고 했는지 이해가 되었다.

'성녀.'

낯 뜨거운 단어였지만 메르키트는 자신도 모르게 그 단어를 중얼거렸다. 사실 그녀만큼 성녀란 단어가 어울리는 이도 없었다. 고귀한 몸으로 구제 병원에서 빈민을 위해 일했고, 론도를 대역병에서 구했으며, 크림반도에서는 병사들과 함께하였다. 더구나 지금은 예비 황태자비의 신분임에도 수많은 사람의 생명을 구하고 있다. 그런 그녀가 성녀란 칭호를 받지 못한다면 누가 그 단어를 사용할 수 있을까?

'그래, 다른 사람들의 말이 맞았구나. 이 소녀는 정치적인 눈으로 바라볼 존재가 아니야.'

귀족파든 황제파든, 이 소녀는 그런 이기적인 관계로 엮을 수 있는 존재가 아니었다. 메르키트는 지금껏 자신이 그녀를 어떻게든 헐뜯으려 했던 것이 미안하고 후회되었다. 고작 정치적인 목적으로 폄훼할 소녀가 아닌데.

'황태자는 복도 많군. 이런 소녀를 황태자비로 맞게 되다니.'

그는 씁쓸하게 생각했다. 저 소녀가 미하일의 짝이었으면 얼마나 좋았을까.

"……레이디 클로랜스."

방을 나가려는 엘리제를 메르키트가 불렀다.

"네, 백작님? 혹시 불편한 증상이라도?"

"……감사하오."

엘리제는 살짝 눈을 크게 떴다. 자신을 적대하던 그에게 이렇게 면전에서 감사의 말을 들을 줄은 몰랐다.

"아닙니다, 백작님. 의사로서 해야 할 일을 했을 뿐이니 신경 쓰지 마십시오."

그러나 백작은 고개를 저었다.

"아니오. 이 감사를 어떻게 해야 할지…… 뭐라도 은혜를 갚고 싶구려."

"괜찮습니다. 신경 쓰지 말고……."

"내 마음이 불편해서 감사의 선물이라도 하고 싶소. 혹시 나에게 부탁할 일은 없소? 정치적 입장 차이가 있어 큰 부탁은 들어주지 못하겠지만……."

엘리제는 곤란한 표정을 지었다. 하지만 원래 옹고집인 메르키트 백작은 완강했고, 결국 그녀는 말했다.

"딸기 케이크요."

"……딸…… 뭐요?"

"딸기 케이크요. 제가 제일 좋아하는 거예요."

메르키트는 메기 같은 얼굴로 잠시 멍한 표정을 지었다. 뭔가 잘못 들은 줄 알았던 것이다.

엘리제는 웃으며 말했다.

"퇴원하고 다음에 입궁하실 일이 있을 때 카린 베이커리의 딸기 케이크를 사다 주세요. 최근 론도에서 가장 맛있는 케이크 집이에요."

그 말에 메르키트는 결국 헛웃음을 터뜨렸다. 딸기 케이크라니, 자신의 심장을 살려낸 외과의사의 입에서 나오기에는 너무나 소녀 같은 단어가 아닌가?

"알았소. 카린 베이커리면 되겠소? 윈턴 베이커리의 딸기 케이크도 맛있는데 그건 어떻소?"

"윈턴 베이커리요?"

엘리제는 의외란 표정을 지었다. 윈턴 베이커리는 카린 베이커리와 맞먹는 전통의 딸기 케이크 강자였다. 그런데 귀족가 영애나 알 내용을 메르키트 백작이 어떻게 알고 있지?

메르키트는 살며시 웃었다.

"얼마 전 웨일 지방으로 시집간 딸이 가장 좋아하던 베이커리요. 나도 먹어봤는데 아주 달달한 게 맛있더구려. 단 음식 좋아하오?"

"좋아해요!"

'달달'이란 단어에 엘리제는 자신도 모르게 외쳤다가 곧 얼굴을 붉혔다.

"죄, 죄송해요. 저도 모르게…… 단 음식 너무 좋아해서……."

메르키트는 큭큭 웃었다. 저토록 천진난만한 소녀를 대상으로 자신이 그동안 해왔던 생각이 한심하게 느껴져 헛웃음이 나왔다.

"퇴원하면 바로 사다 주겠소. 카린, 윈턴 베이커리의 딸기 케이크 모두 다."

"네, 감사해요."

인사를 하고 엘리제가 정말로 밖으로 나가려는 순간이었다. 그녀의 등을 바라보며 메르키트가 말했다.

"레이디 클로랜스."

"……?"

"그냥 듣기만 하시오. 나중에 혹시…… 혹시라도 나에게 무언가 부탁할 일이 있으면 말하시오. 우리 계파와 주군인 3황자 전하에게 위해가 가지 않는다면 가급적 들어주려 노력하겠소."

엘리제는 백작을 돌아보았다. 메르키트는 무거운 눈으로 그녀를 바라보고 있었다. 그저 빈말로 하는 이야기가 아닌 것이다. 엘리제는 짧게 고개를 끄덕였다.

"네, 감사합니다. 편히 쉬십시오."

그녀는 방을 나섰다. 방금 메르키트가 한 약속이 앞으로 폭풍처럼 변할 론도 정국에서 어떤 의미를 지닐지는 모를 일이었다. 그 누구도.

그렇게 다소 어처구니없었던 결투 사건은 막을 내렸다. 중책을 맡고 있음에도 경솔하게 행동했던 두 사람에게 황태자와 3황자는 크게 꾸지람했다. 둘 모두, 특히 순간의 분노를 못 이겨 천추의 한을 남길 뻔한 메르키트는 묵묵히 고개를 숙였다.

지금 상황에서 본격적인 충돌은 서로 원하지 않는 바이기에 서로에게 사과 서신을 보내는 것으로 일을 마무리했다. 그렇게 론도 정국은 다소 안정을 찾는 듯했다. 결투 사건 이후로 서로 눈에 띄는 마찰을 피했기 때문이다.

하지만 그건 겉으로 보이는 모습일 뿐 황태자든 3황자든 드러나지 않게 각자의 싸움을 준비했다. 결정적인 순간에 서로의 목에 확실한 비수를 꽂아놓을 수 있게.

그렇게 불편한 고요가, 그리고 폭풍 전야의 시간이 흘러갔다. 여름이 지나고, 가을로 접어들며 그토록 고대했던 황태자와 레이디 클로랜스의 약혼식이 코앞으로 다가왔을 때, 커다란 사건이 일어났다.

황제 민체스터가 쓰러진 것이다.

❧☙

그 사건은 외교 정책을 정하는 회의 때 일어났다. 기력이 갈수록 쇠약해지며 대부분의 정무를 린덴에게 맡긴 민체스터는 가급적 몸에 무리가 가는 활동은 삼가고 있었다. 다만 이번 정책 회의는 최근 프랑소엔 공화국에서 일어난 쿠데타에 따른 대외 정책을 정하는 중요한 회의였기에 참석하였다.

"이번 쿠데타에 적극적으로 개입하는 것이 좋지 않겠습니까? 시몬 니콜라스가 암살당하면서 지금 공화국의 수도인 파리스는 복마전 그 자체라고 합니다. 우리 제국이 은밀히 지원하면 원하는 인물을 총통으로 세울 수 있을 것이라 봅니다."

"하지만 그러면 타국의 정치에 개입했다는 비난을 받을 수도 있지 않겠습니까?"

"뭐, 우리 브리티아에 친화적인 성향을 가진 인물을 총통으로 세울 수 있다면 그런 비난은 감수할 만하지요. 다른 나라도 아닌 프랑소엔 공화국이니까요."

프랑소엔은 서대륙 전통의 강국이었다. 과거 섬나라 브리티아가 삼류 국가 취급을 받을 때도 당당히 서대륙 최강국 중 하나로 군림하던 나라. 지금도 브리티아 제국과 더불어 전 세계를 아우르는 최강국 중 하나였다. 그런 프랑소엔 공화국을 대하는 외교 정책을 정하는 자리인지라, 회의는 쉽게 끝나지 않았다. 신하들은 서로 전문적인 근거를 토대로 의견을 나누었다.

"그래, 다들 이야기는 잘 들었네."

민체스터는 외교 전문가들의 이야기를 들은 후 고개를 끄덕였다.

"당장 쉽게 결정할 문제는 아닌 것 같군. 지금 결정에 따라 앞으로 공화국을 대하는 우리 태도가 결정될 테니까."

그러며 그는 황태자 린덴을 돌아보았다.

"이 결정은 너에게 맡기마. 내 대가 아닌 네 대에 영향을 미칠 결정이니까."

린덴의 표정이 굳어졌다.

"아바마마, 그런 말씀은……."

내 대(代)가 아닌 네 대. 지금 민체스터는 본인의 뒤를 생각하고, 나라를 물려받을 다음 대의 황제 린덴에게 말하는 것이었다. 물론 지금도 조금씩 권력을 이양받고 있지만 아버지에게 직접 듣는 그 말은 린덴의 마음을 한없이 무겁게 했다.

하지만 민체스터는 고개를 저었다.

"뭘 그런 표정을 짓느냐. 사람마다 다 때가 있는 것이거늘."

"그런 말씀하지 마십시오. 곧 쾌차하실 것입니다."

정색하며 간곡히 말하는 아들에게 민체스터는 웃음을 지었다.

"그래, 그래. 내가 말실수를 했구나. 물론 내 건강이 앞으로 어떻게 될지야 주님만이 아시는 일이긴 하지. 이러다 다시 좋아질 수도 있고 말이야."

"아바마마……."

"그래도 이 결정은 네가 하려무나. 내가 당장 어떻게 되지 않는다고 해도, 네 대에 영향을 끼칠 정책인 것은 맞으니까."

그러며 민체스터는 조언했다.

"나야 시몬 니콜라스 때문에 어쩔 수 없이 총으로 공화국을 대했지만 너까지 꼭 그럴 필요는 없단다."

"……."

"중요한 것은 시민을 위하는 마음으로 선택하는 것이야. 그러면 어떤 선택을 하든 크게 후회하지 않을 거다."

섬기기 위해 지배한다(Governance for serving).
황제의 권위는 신민들을 위하는 마음으로부터.

민체스터는 잔잔한 목소리로 로마노프 황가의 제왕학을 언급했다. 그가 일평생을 따른 통치 철학이었다.

"뭐, 너야. 내가 걱정하지 않아도 잘하겠지."

민체스터는 아들을 믿었다. 그가 사랑하는 똑똑한 아들은 이 브리티아 제국을 자신 이상으로 번영의 길로 이끌 것이다. 그건 걱정하지 않았다. 다만 걱정하는 것은 자신이 남긴 씨앗으로 인해 장차 일어날 비극이었다.

'내가 조금 더 잘할 수는 없었을까.'

민체스터는 그렇게 생각하며 씁쓸한 표정을 지었다. 어린 린덴의 가슴을 찢어놨던 혈탑의 비극은 결국 자신의 원죄 때문이었다. 당시 그가 조금만 더 성숙하게 행동했더라면 그 비극은 일어나지 않았을지도 모른다. 그게 그는 일평생 후회스러웠다. 더구나 그때 죄악의 씨앗이 다시금 또 다른 비극을 일으키려 하고 있었다. 자신으로서는 말릴 방법이 없었다.

린덴, 저 아이는 일평생 품어온 원한을 거두지 않을 것이다. 미하일, 그 아이도 물러나지 않을 것이다. 둘 사이는 결국 파국으로 끝날 것이다. 무언가 방법이 없을까? 하루에도 몇 번을 고민했는지 모른다. 하지만 답은 없었다.

'일방적으로 한쪽의 편을 들어주는 것은 가능하겠지.'

황태자 린덴의 편을 들어 귀족파를 모조리 쳐낸다? 물론 그러면 정권 다툼을 막을 수는 있을 것이다. 하지만 그건 자신의 또 다른 소중한 아들 미하일의 죽음과 귀족파의 몰락을 뜻한다. 분명 귀족파는 황제인 자신에게 눈엣가시 같은 지긋지긋한 존재이긴 하지만, 그렇다고 그들이 이 사회의 암적인 존재는 아니었다.

그들도 나름의 역할이 있었다. 황제파 귀족들이 도시 귀족과 신흥 부르주아를 대표하는 세력이라면, 귀족파 귀족들은 전통의 지방 봉건 지주를 대표하는 세력인 것이다. 정치적 입장이 달라 끝없이 부닥치지만 귀족파든 황제파든 모두 브리티아의 귀족이었다. 즉, 단순히 마음에 안 든다고 목을 칠 존재들은 아닌 것이다.

'하아, 괴롭군.'

속으로 한숨을 내쉰 그는 자리에서 일어났다.

"어쨌든 난 일어나 보겠네. 머리가 어지럽군."

황태자를 비롯한 대신들이 자리에서 일어나 예를 표했다.

"밴트 경과 같이 돌아갈 테니 자네들은 굳이 배웅할 필요 없네. 계속 사안을 논하게."

그런데 그렇게 그가 손을 내젓는 순간이었다. 민체스터는 갑자기 아찔한 현기증을 느꼈다. 그가 갑자기 떨리는 손으로 머리를 짚었다. 린덴이 놀라 아버지에게 다가갔다.

"아바마마! 갑자기 왜, 괜찮으십니까?"

"괜…… 찮다."

하지만 그 말이 끝나자마자 민체스터의 얼굴이 새하얗게 질렸다. 그리고 온몸에서 힘이 빠지더니 풀썩 쓰러졌다. 의식을 잃은 것이다.

"아바마마! 아바마마! 여봐라!"

대신들도 깜짝 놀라 소리쳤다.

"어의를 불러라! 빨리!"

마침 회의실 밖에는 의사가 대기 중이었다. 바로 제국 최고의 의사라는 레이디 클로랜스가! 최근 민체스터의 건강이 악화되자 어의인 그녀는 전임 어의인 밴 자작과 또 다른 명의인 피터 교수와 번갈아가면서 가급적 황제 곁에 머물러 있었다. 엘리제는 황제의 건강을 최우선으로 살피기 위해 당장 급한 일은 뒤로 미룬 상태였다.

"엘리제 자작님! 폐하께서!"

엘리제가 화급히 민체스터의 상태를 살피러 들어왔다. 민체스터는 린덴의 품 안에 쓰러져 있었다.

"전하! 갑자기 어떻게 된 일입니까?"

"자리에서 일어나시더니 갑자기 쓰러지셨다. 빨리 살펴다오, 엘리제."

린덴은 엘리제를 향해 다급한 목소리로 말했다. 엘리제는 입술을 깨물며 황제의 상태를 살폈다.

'동공반사는 정상이야. 다른 반사들도 괜찮고. 맥박 횟수도 괜찮아. 다만 혈압이 낮으신데…….'

그녀는 활력 징후를 확인한 후, 눈동자를 살피고 여러 신경 반사를 체크했다. 그 모든 것을 꼼꼼히 살핀 후 살짝 안도의 한숨을 내쉬었다. 조금 혈압이 낮은 것 외에는 모두 정상이었다.

"다행히 특별한 문제로 쓰러진 것은 아닌 것 같습니다, 전하."

엘리제는 대신들 앞이어서 황태자에게 공손한 존칭을 썼다.

"그러면 어째서 쓰러진 것인가?"

린덴이 걱정 어린 눈으로 물었다.

"아마 기력이 약해진 것에 따른 저혈압이 일시적으로 온 것 같습니다."

"병환 악화에 따른 것인가?"

"네, 전하."

엘리제의 대답에 린덴의 얼굴이 무거워졌다. 특별한 일이 아니라니 다행이었지만 아버지의 병환이 더욱 악화하였다는 말이 마음을 무겁게 했다.

"일단 병원으로 옮겨 혹시 다른 문제는 없는지 추가적인 검사를 해 봐야겠습니다. 보존적 치료를 받으시면 의식은 금방 회복하실 것입니다."

"……그래. 고맙다, 리제"

그렇게 황제 민체스터는 황실십자병원으로 이송되었다.

❦

이런저런 검사를 하였지만 다행히 특별히 다른 문제점은 발견되지 않았다. 그녀의 추측대로 병환 악화에 따라 일시적으로 저혈압이 발생했던 것 같다.

"그래도 일단 며칠은 더 입원해서 경과를 보는 것이 좋겠습니다."

엘리제는 그렇게 말했다. 귀족들을 진료하지만 황실십자병원은 기본적으로 황족, 특히 황제를 위한 병원이다. 따라서 의사들의 동선에 가장 가까운 층 하나가 오직 황제를 위한 병실로 준비되어 있다. 물론 황실십자병원 건립 50년 동안 그 층이 사용된 것은 전대 황제가 사망할 때 이후로는 없었다. 그런데 이제 민체스터가 처음으로 그 병실에 입원하게 되었다.

그 사건이 일으킨 파장은 굉장히 컸다. 한 시대를 풍미한 거인이 퇴장할 시기가 다가왔단 의미니까. 황위 계승이 코앞에 다가왔음을 느낀 론도 정국은 소리 없이 요동치기 시작했다. 모두 다음 대의 황제가 될 린덴과 그에 맞서고 있는 미하일만 바라봤다. 그들의 행보에 따라 앞으로 제국의 운명이 결정될 것이다.

머잖아 다음 대의 황제가 될 린덴은 그때 장미정원에서 꽃을 바라보고 있었다. 그의 눈은 한없이 무겁기만 했다. 그렇게 망연한 시선으로 꽃을 바라보고 있을 때였다.

가벼운 인기척이 뒤에서 들려왔다. 고개를 돌리니 엘리제, 그가 사랑하는 그녀가 그를 보고 있었다.

"……린덴."

"리제."

린덴은 씁쓸한 표정을 지었다. 평소처럼 다가가 그녀를 으스러지도록 안아주고 싶었지만 오늘은 왠지 기운이 나지 않았다.

"아바마마는 어떠신가?"

"괜찮아지셨어요. 이틀 정도 더 요양하면 퇴원하실 수 있으실 것 같아요."

"다행이군. 역시 등불을 든 여인이야."

그는 웃으며 말했지만 그녀는 왠지 그가 웃는 것처럼 느껴지지 않았다. 그저 아파 보였다.

"린덴……."

둘은 잠시 말없이 서로를 바라봤다. 바람이 불며 정원에 쌓인 낙엽을 쓸었다.

'아파.'

엘리제의 가슴이 저려왔다. 그를 사랑해서일까? 아무런 말도 없었지만 그녀는 그의 감정을 알 수 있었다. 그의 무뚝뚝한 금안은 지금 아파하고 있었다. 그리고 그가 아파하는 것을 보니 자신도 너무 아팠다. 린덴은 자신이 힘들어하는 것을 그녀에게 보이기 싫은지 고개를 돌려 다시 정원을 바라봤다.

"난 괜찮으니 걱정하지 않아도 된다. 오늘 수고가 많았을 텐데, 가서 쉬도록. 내가 나중에 다시 찾아가마."

"……린덴."

그녀는 머뭇거렸다. 하지만 린덴의 말처럼 그를 놔두고 떠나지 않았다. 그를 보는 게 저릿하게 아파서 놔두고 가고 싶지 않았다. 그녀는 그에게 다가갔다. 그리고 등 뒤에서 조심스럽게 그를 감싸 안았다.

등 뒤에 와 닿는 부드러운 느낌에 린덴은 흠칫 놀랐다.

"……리제?"

"네."

"난 정말 괜찮다. 신경 쓰지 않아도 돼."

하지만 그녀는 그의 등에 얼굴을 묻고 고개를 저었다. 이렇게 안고 있으니 그의 아픔이 더욱 절절이 느껴졌다. 그가 아파하니 속상했다.

"당신을 사랑하고 있어요."

"……."

"그러니 당신이 아프면 저도 아파요. 힘내세요."

엘리제는 자신이 조금 더 유창한 말로 위로를 할 수 있으면 좋았을 텐데, 라고 생각했다. 그저 가슴이 아파 힘내라는 말밖에는 나오지 않았다.

하지만 진심이 담긴 탓일까, 아니면 사랑하는 그녀의 말이기 때문일까. 그 짧은 위로는 백 마디 말보다 더 그의 가슴을 따뜻하게 어루만져 주었다. 린덴은 울컥한 마음이 들었다. 간신히 억누르고 있던 감정이 흔들렸다.

"……약한 모습을 보여서 미안하다."

"아니에요."

엘리제는 그의 등에 얼굴을 묻었다.

"그거 알아요? 저 늘 린덴과 하고 싶은 게 많아요."

"뭐지?"

"같이 맛있는 디저트도 먹고 싶고, 산책도 하고 싶고, 공연도 보고 싶고, 지난번 납치 때처럼 같이 여행도 다니고 싶어요. 그런데 그보다 더 하고 싶은 게 뭔지 알아요?"

린덴은 그녀의 답을 기다렸다.

"힘들 때 서로 같이 있었으면 좋겠어요. 제가 힘들 때는 린덴이 옆에 있었으면 좋겠고, 린덴이 힘들 때는 제가 옆에서 같이 있으면 좋겠어요."

"……."

"특별히 도움이 안 되더라도 그래도 그냥……."

린덴은 잠시 말이 없었다. 엘리제는 주저하며 물었다.

"혹시 제가 옆에 있는 게…… 싫으세요?"

린덴은 고개를 젓고는 그녀의 품에서 살짝 벗어났다. 그리고 몸을 돌려 의아한 표정으로 자신을 올려다보는 엘리제를 보더니 으스러지도록 꽉 껴안았다.

"린덴?"

"……고맙다."

린덴은 낮게 숨을 내뱉었다.

"정말, 정말로…… 고마워."

그 말을 듣고 엘리제는 가만히 손을 들어 그의 등을 마주 안아주었다. 힘내라는 듯이. 그런 그녀를 보며 린덴의 무뚝뚝한 얼굴이 살짝 흔들렸다.

'나의 리제. 나의 목숨. 어찌 이렇게 모든 것이 사랑스러울까.'

사실 마음이 정말 무거웠는데, 그녀의 말을 듣고 조금은 가벼워졌다.

"우습지? 이제 황제가 되어야 할 내가 감정에 흔들리는 게."

"아니, 절대 아니에요."

"이미 알고는 있었어. 아바마마의 건강이 많이 안 좋으시고, 어쩌면 빠른 시일 안에 각오를 해야 할 수도 있다는 것을."

"……."

"하지만 막상 눈앞에 닥치니 어쩔 수 없이 마음이 흔들리는군. 아버지니까."

그는 씁쓸한 표정을 지었다.

"황제가 되면 철혈의 마음을 지녀야 하는데 그런 점에서 나는 실격이야."

그때, 그녀가 고개를 저었다.

"저한테는 괜찮아요."

"응?"

"다른 사람은 몰라도, 저에게만큼은 괜찮아요. 그러니 힘들 땐 저에게 오세요. 그래 주시면 좋겠어요. 당신이 아플 때 곁에 있고 싶어요."

그 말에 린덴은 엘리제의 눈을 바라봤다. 자신을 향한 진심이 가득한 푸른 눈빛에 마음이 흔들렸고, 그는 가만히 고개를 숙여 입을 맞추었다.

"전하……."

아파하지 말라는 듯 그녀가 더욱 깊이 그를 끌어안았다. 입맞춤을 끝내고 린덴은 애정이 담긴 손길로 그녀의 머리를 쓰다듬었다.

"오늘 정말 고맙다. 사실…… 요즘 아버지 때문만이 아니라 여러모로 신경 쓰이는 일이 많았거든. 많이 위로가 됐어."

신경 쓰이는 일. 그 말을 들은 엘리제의 표정이 살짝 굳어졌다. 린덴이 말하는 일이 무엇인지 짐작한 탓이다.

'미하일과 귀족파를 칠 계획.'

린덴도, 미하일도 뒤에서 서로를 향해 비수를 겨누고 있었다.

'둘 다 나에게는 아무 말도 안 하고 있지만.'

그 둘과 모두 가까운 그녀였다. 하지만 다른 마음은 모두 털어놓아도 그들은 형제의 싸움에 대해서는 일절 말하지 않았다. 믿지 못해서가 아니라 그녀와 상관없는, 각자의 싸움이라 생각하는 것이다.

'하지만 난 다 알고 있는 걸…….'

직접 듣지는 않았지만 돌아가는 상황만으로도 눈치챌 수 있었다. 뒤에서 둘이 어떤 준비를 하고 있는지, 그래서 결과적으로 어떤 비극이 일어날지 이미 경험했던 일이니까.

'난 어떻게 해야 할까?'

당시엔 자신이 나설 일이 아니라고 모른 척 외면했다. 하지만 이번엔? 지난번 같은 외면은 답이 아니지 않을까?

그때, 린덴이 그녀에게 말했다.

"사실 요즘 이상하게 이유도 없이 심적으로 힘들군. 별다른 이유도 없는데 말이야."

"……린덴."

"하지만 리제, 그대 덕분에 괜찮다. 너만 있다면 무슨 일이 있어도 견딜 수 있을 것 같아."

그 말을 듣는 순간, 엘리제는 가슴이 울컥했다.

'여린 사람.'

저 무뚝뚝한 얼굴과 다르게 그의 마음 아득히 깊은 곳은 여렸다. 분명 그는 유능한 황태자다. 황제가 되면 눈부신 통치력을 발휘할 것이다. 그리고 강하기도 했다. 하지만 그럼에도 그는 여렸다. 아무도 모르고 있겠지만 이제 그녀만큼은 그걸 느낄 수 있었다.

'저 여린 마음으로 어린 시절 얼마나 아팠을까.'

눈앞에서 어머니와 누이의 죽음을 목격한 그. 그때 그가 받았을 고통을 생각하니 가슴이 찌르르 울렸다. 생각하는 것만으로도 눈물이 나올 것 같았다.

'그리고 앞으로 또 얼마나 아파할까.'

그가 최근에 이유도 없이 힘들어한 이유. 그건 본인이 세운 계획 때문일 것이다. 3황자도 나름의 비수를 준비하고 있었지만 그는 그걸 모두 꿰뚫고 있었다. 게다가 이미 동생을 포함한 귀족파 모두를 죽음의 올가미에 빠뜨릴 계획을 세운 상태다.

'아마 본인은 자신이 왜 심적으로 힘든지 자각하지 못하고 있는 것 같지만.'

한숨이 나왔다. 이전 삶, 모든 복수가 끝나고 그가 허망한 고통에 빠진 것이 떠올랐다. 그건 도대체 누구를 위한 복수였을까?

'난…… 또다시 그가 괴로워하는 것을 봐야 하는 걸까?'

상상하는 것만으로도 가슴이 옥죄어왔다. 그건 끔찍한 고통이었다.

그때, 린덴이 그녀를 자신의 품에서 놔주었다. 그리고 이마에 부드럽게 입을 맞춘 후 이야기했다.

"어쨌든 오늘 정말 고맙다. 약혼식이 얼마 안 남았으니 몸 관리 잘하고 있도록. 또 아프지 말고. 매번 툭하면 아프니까 말이야."

"네, 린덴."

"대신들이 기다리고 있어서 이만 나는 가보겠다. 나중에 내가 찾아가지."

그는 아쉬운 듯 그녀의 뺨을 잠시 만지다가 사라졌다. 바람을 맞으며 멀어지는 그의 등을 보며 엘리제는 멍하니 생각했다.

'나…… 도대체 앞으로 어떻게 해야 하지?'

이제 비극이 머지않았다. 하지만 방법이 없었다. 생각할수록 막막하기만 했다. 정말 어떤 방법도 없는 걸까? 그녀는 굳은 얼굴로 고개를 저었다.

"엘리제, 왜 계속 방법이 없다고만 하는 거야? 언제는 방법이 있는 문제에만 부닥쳤어? 본질을 생각해."

그녀는 강하게 중얼거렸다.

"너…… 그가 또 아파하는 것을 보고 싶지 않잖아. 또 그 일이 일어나는 것을 보고 싶지 않잖아."

가장 중요한 것은 그거였다. 그녀는 그가 아파하는 것을 보고 싶지 않았다. 비극이 일어나는 것도 보고 싶지 않았다.

"그러면 내가 해야 할 일은 이미 정해져 있잖아."

그녀는 입술을 깨물었다.

"방법이 없다고 하지 말고 어떻게든 생각해 내. 그를 위해, 그리고 모두를 위해."

그 순간 그녀는 앞으로 다가올 비극에 대해 자신의 행보를 결정했다. 더는 망연자실하지 않고 움직일 것이다. 물론 방법은 아직도 전혀 모르겠다.

'하지만 그래도 꼭 해야 해.'

그를 위해, 그리고 모두를 위해 움직일 것이다. 물론 자신이 할 수 있는 일이 아무것도 없을지도 모른다. 하지만 방법이 없어 보인다 할지라도, 그래도 최대한 자신이 할 수 있는 일을 하겠다고 결심했다. 자신이 사랑하는 그와 모두를 위한 방향으로. 그렇게 장미정원에서 엘리제는 결심했다. 그 결심이 어떤 일을 해낼지, 아직은 그녀 자신도 모르고 있었다.

30장
약혼식

그렇게 대망의 약혼식이 하루하루 다가왔다. 린덴이 간절히 원하는 서로 진정한 하나가 되는 것, 결혼식은 아니지만 그래도 감동이 아닐 수 없었다. 길고 길었던, 그리고 아픔과 행복이 있었던 그들의 사랑이 하나의 능선을 넘게 되는 것이니까. 약혼식이 끝나면 이제 그녀는 공식적으로 그의 짝이 된다. 그 사실이 린덴의 가슴을 벅차게 했다. 그 약혼식을 반기는 것은 린덴만이 아니었다. 일반 시민들도 그들의 약혼식에 환호성을 질렀다.

"드디어 레이디 클로랜스와 황태자 전하께서 약혼식을 올리는구나."

"진즉 올리지. 기다리다가 목이 빠지는 줄 알았네."

"결혼식도 곧바로 올려라!"

그들은 모두의 지지를 받는 연인이었다. 특히 엘리제, 등불을 든 여인은 제국 전체에서 가장 존경받고 사랑받는 명사였고, 황태자도 크림반도에서 그녀를 구출한 낭만적인 이야기로 크게 사랑받고 있었다. 폭풍 속 촛불과도 같은 정계의 긴장과 다르게 론도의 거리는 축제 분위기에 휩싸였다.

"레이디 클로랜스 만세!"

"등불을 든 여인 만세!"

"결혼도 바로 해라!"

"결혼식은 꼭 대경기장에서 해라!"

약혼식은 론도 대성당에서 올리기로 되어 있었다. 장소가 협소한 관계로 초대받은 황족과 귀족들 외에는 참석이 어려웠다. 시민들은 직접 등불을 든 여인의 예식을 보고 싶어, 결혼식은 꼭 대경기장에서 치르길 요청했다.

그런데 술에 취해 다소 다른 반응을 보이는 몇몇 시민도 있었다.

"크흑. 등불을 든 여인이 약혼하다니. 내 마음속 레이디였는데."

"난 크림반도에서부터 그분을 사모했단 말이야! 레이디 클로랜스 같은 분은 만인을 위해 독신으로 남아야 하는데!"

"그래! 아무리 황태자 전하라도 등불을 든 여인이 아깝다!"

"꼭 행복하게 해줘라! 등불을 든 여인을 울리면 가만 안 둔다!"

그녀의 극성팬들이었다. 어쨌든 약혼을 기뻐하든 아쉬워하든 그녀를 위하는 마음은 모두 같았다. 일반 시민들뿐 아니라, 귀족들도 약혼을 환영했다. 정확히는 황태자를 지지하는 황제파의 인물들이 크게 기뻐했다.

"드디어 두 분이 약혼식을 올리시는군요."

"그러게 말입니다. 크림원정이다 뭐다 해서 많이 늦어진 것 같습니다. 약혼 공표가 난 지 벌써 2년이나 되었는데."

"정말 기쁜 일입니다. 하하."

반면 황제파가 기뻐할 때, 속 쓰린 인물들도 있었다. 현 황태자의 가장 강한 우군이자 최측근, 제국의 2인자인 명재상 엘 후작과 그의 작은아들 크리스가 그러했다.

"재상 각하, 레이디 클로랜스의 약혼을 정말 축하드립니다. 온 제국의 경사입니다!"

"하하……. 그, 그렇습니까?"

"그렇고말고요! 이보다 기쁜 일이 어디 있겠습니까?"

하지만 엘 후작은 별로 기쁜 표정이 아니었다. 오히려 소태를 씹은 표정이었다. 그는 속으로 생각했다.

'사위는 다 도둑놈이라더니, 왜 이렇게 속이 쓰리지?'

분명 황태자인데, 곧 황제가 될 분인데, 자신의 새로운 군주인데 그냥 싫었다. 평생 애지중지 키웠더니 애먼 놈…… 아니, 애먼 분이 납치해 가는 기분이었다.

'물론 엘리제의 마음도 이전과는 다르지만.'

그 또한 알고 있다. 딸의 마음에 그가 들어가 있음을. 그런데 우습게도 그 사실이 더 싫었다. 딸이 다른 남자를 좋아한다니! 왜 그게 속이 쓰린 거지? 이해할 수 없는 일이었다. 비슷한 생각을 하는 엘과 크리스 부자는 어색한 얼굴로 축하 인사를 받았다.

한편, 큰오라버니 렌은 복잡한 눈치였다. 존경하는 주군이자 친우인 린덴과 막내 동생이 짝으로 이어진다니. 뭐, 이미 알고 있던 사실이고, 자신과 별 상관없는 일이라고 생각하고 있었는데, 왜 기분이 썩 좋지 않을까? 그게 동생을 뺏기는 오빠의 심정이란 것을 모르는 렌은 고개를 갸웃했다.

그리고 황제인 민체스터. 최근 주로 병석에 누워 있는 그는 정말 크게 기뻐했다.

"그래, 약혼식 준비는 잘하고 있는가?"

그녀를 만날 때마다 만면에 미소를 띠고 그런 질문을 해댔다. 엘리제는 살짝 얼굴을 붉히며 답했다.

"네, 폐하."

민체스터는 흡족한 얼굴로 고개를 끄덕이더니 말했다.

"이제 내 진료는 보러 오지 말도록 하게."

"폐하?"

"약혼식을 올릴 아가씨가 이런 데 시간을 뺏겨서야 쓰겠는가? 약혼식 준비에 집중하게."

"안 됩니다, 폐하."

엘리제는 고개를 저었다. 물론 약혼식 준비도 중요했지만 현재 그녀는 민체스터의 치료에 핵심적인 역할을 담당하고 있다. 그녀가 빠지면 굉장히 치료에 난항이 생길 것이다.

하지만 민체스터는 고개를 저었다.

"약혼식을 올리기 전인 지금이야 괜찮지만 이제 곧 황태자의 비가 될 것인데 지금처럼 있을 수는 없지 않겠는가? 어의직을 당장 그만두지는 않는다고 하더라도, 조금씩 황궁에 들어올 준비를 해야지."

틀린 말은 아니었다. 아무리 의사 겸업을 허가받았다 하더라도 황태자비가 되면 의사 일이 주 업무가 될 수는 없었다. 지금이야 공식적으로 황실과 아무런 관계가 없으니 병원 일을 주로 하지만, 약혼식을 올리면 내명부의 일을 우선하도록 조금씩 업무를 조정해야 할 것이다. 특히 어의직은 조만간 그만두어야 했다. 황태자비가 황족을 돌보는 어의를 할 수는 없으니까. 그것을 알고 있음에도 엘리제는 간곡한 얼굴로 간청했다.

"그래도 폐하의 진료를 보는 것은 허락해 주십시오. 제가 그러고 싶어서 그렇습니다."

엘리제는 안타까운 얼굴로 말했다. 그 부탁에 황제는 부드러운 미소를 지었다. 그녀가 자신을 염려하는 마음에 진료하려는 것임을 안 것이다. 시아비를 걱정하는 며느리의 마음을 그 어떤 시아비가 싫어하겠는가?

"그래, 하지만 너무 무리해서는 안 돼. 영애가 없어도 밴 그이와 다른 의사들도 잘할 수 있으니까 말이야."

"네, 감사합니다, 폐하."

"아, 그리고."

민체스터는 한 가지 이야기를 더했다.

"약혼식 때는 내가 꼭 참석하겠다."

"……폐하."

엘리제는 곤란한 표정을 지었다. 물론 황태자의 약혼식이니 아버지이자 황제인 그가 참석하는 게 당연하다. 문제는 그의 건강 상태였다. 대성당에서 치르는 약혼식은 전통 예법을 그대로 따르기 때문에 굉장히 장시간 치러지고, 체력적으로 힘들다. 단순히 앉아 있는 것이라 해도 이런저런 식을 다 진행하고 나면 족히 반나절은 지나게 될 터인데, 괜찮을까? 하지만 민체스터는 완고했다.

"내가 이날을 얼마나 기다렸는데, 절대 양보 못 하네. 약혼식뿐만 아니라 결혼식 때도 처음부터 끝까지 모두 참석할 거야. 그렇게 알고 있게."

엘리제는 걱정 어린 표정을 지었다. 하지만 아끼는 그녀와 아들의 약혼식에 참석한다는 것을 무슨 수로 말리겠는가?

'괜찮으셔야 할 텐데.'

이런저런 걱정 때문일까, 최근 생긴 두통이 다시 띠잉 하고 시작되자 그녀는 손으로 머리를 짚었다.

❈

귀족파의 귀족들도 그들의 약혼을 축하하기는 마찬가지였다. 물론 속마음은 쓰리기 그지없었지만 그래도 다른 이도 아닌 등불을 든 여인이었다.

"약혼식까지 올리면 황태자 전하의 지지율이 하늘을 찌르겠구려."

"그러게 말입니다."

그들은 씁쓸한 표정을 지었다.

"등불을 든 여인이 3황자 전하의 짝이었으면 참 좋았을 텐데."

"그걸 말이라고 합니까? 그러면 내 일평생 소원이 없겠소."

저 등불을 든 여인이 자신들의 편이면 얼마나 좋을까!

엘리제는 자각하지 못하고 있었지만 현재 제국에서 그녀의 영향력은 상상을 초월했다. 지금껏 유례를 찾을 수 없을 정도로 시민들의 사랑과 존경을 한 몸에 받고 있었다. 그것은 곧 힘이고 정치력이었다. 물론 그녀는 그걸 기반으로 무언가를 누릴 생각이 전혀 없지만 말이다.

"그래도 등불을 든 여인이 행복했으면 좋겠구려."

그 말에 귀족파의 인원들은 고개를 끄덕였다. 엘리제의 존재는 참

묘했다. 그녀 때문에 황태자의 지지율이 급등했고, 귀족파는 어려움을 겪고 있다. 하지만 그렇다고 미워할 수도, 적대할 수도 없었다. 그들도 그녀가 어떤 존재인지 잘 알고 있으니까.

"행복하길."

물론 그녀의 행복과 그들의 행복은 양립할 수 없었다. 그래도 이 순간, 귀족파의 인물들은 모든 정치적 사항을 잊고 약혼식을 올릴 그녀의 행복을 빌어주었다. 그렇게 모두가 그녀의 약혼을 축하하고 있을 때, 아픈 표정을 짓고 있는 인물이 있었다. 3황자 미하일이었다.

"리제."

그는 씁쓸히 중얼거렸다. 물론 그 또한 이미 알고 있었다. 그녀가 자신의 것이 될 수 없다는 사실을. 하지만 알고 있어도 아픈 것은 아픈 거다.

"리제."

그는 다시 그녀의 이름을 가만히 불러보았다. 아파서, 미련하게도 이 순간 그녀가 보고 싶어서.

그때, 끼잉 소리를 내며 강아지 한 마리가 그에게 다가왔다. 지난번 길거리에서 주운 녀석이었다. 이름은 장난삼아 지은 '리제'. 미하일은 따뜻한 표정을 지었다.

"그래도 너라도 내 옆에 있구나."

그는 강아지를 들어 품에 안았다. 끼잉 소리를 내며 강아지가 그의 얼굴을 핥았다. 미하일은 고개를 저었다.

"나 걱정해 주는 거야? 괜찮아. 괜찮아."

주인이 속상해하는 것을 안 걸까, 강아지가 낑낑거렸다. 미하일은 잔잔히 웃었다.

"고마워."

강아지가 설마 자신을 위로하려고 저런 애교를 부리는 것은 아니겠지만 그래도 이 순간 강아지의 칭얼거림은 작은 위안이 되었다.

❄❄❄

가슴 아파하고 있는 것은 미하일뿐이 아니었다. 그레이엄, 그녀의 곁에서 가슴앓이를 가장 오랫동안 해온 불쌍한 남자. 그가 주점에서 술로 아픈 속을 달래고 있었다.

"남작님, 그만 마시시죠."

주점 주인이 걱정스런 표정으로 그를 만류했다. 단골이라 서로 잘 아는 사이였지만 항상 냉철한 저 의사가 저렇게나 취하도록 마시는 것은 처음 봤다.

"그냥…… 오늘은 더 마시고 싶군."

그레이엄은 술에 취해 중얼거렸다.

'리제…….'

각오는 하고 있었지만 막상 약혼식을 올린다니 가슴이 너무 아팠다. 그녀는 짐작이나 하고 있을까? 자신이 그녀 때문에 이렇게나 아파한다는 것을.

'하아, 이 괴로움에서 벗어날 날이 올까.'

영원히 벗어나지 못할 것 같다. 자신은 평생 그녀의 옆에서 괴로워하겠지. 속마음을 드러내지도 못 하고. 고작 약혼식도 이렇게 아픈데, 결혼하면 얼마나 아플까.

'미안합니다. 이렇게 속이 좁아서.'

그레이엄은 쓰린 표정을 지었다. 그저 지켜볼 수밖에 없는 사랑이니 그녀의 행복을 축하해 줘야 할 텐데, 그게 잘 되지가 않았다. 머리로는 축하해 줘야 한다 생각하지만 가슴은 그저 아프기만 했다. 이 마음을 도대체 어떻게 해야 할까?

"하아."

그레이엄은 한숨을 내쉬었다. 그는 가슴이 너무도 아팠지만 속으로 중얼거렸다.

'행복하길…… 내가 사랑하는 분이여.'

그렇게 며칠이 지났다. 이윽고 그녀와 그의 약혼식 날이 다가왔다.

◆◆◆

대성당.

론도 황궁 인근에 위치한 대성당은 제국 최대 규모를 자랑했지만 이 순간 그 넓은 공간이 비좁아 보일 정도로 하객들로 터질 듯이 붐비고 있었다. 거국적인 약혼식을 앞두고 수많은 귀족이 몰려온 탓이었다. 론도 전체, 아니, 제국 전체에서 웬만한 귀족들은 전부 모여든 것 같았다. 론도 대성당은 제국뿐 아니라 서대륙 전체에서도 수위에 꼽히는 규모였지만 너무 많은 인파가 몰린 탓에 안에 발을 들이지도 못 하는 이도 있었다.

그 대성당 안 대기실.

인형 같은 한 소녀가 하얀 드레스를 입고 약혼식을 기다리고 있었다.

"많이 떨리시죠, 아가씨?"

"……조금."

엘리제는 고개를 끄덕였다. 처음 하는 약혼식도 아니어서 별다른 감흥이 없을 거라 생각했는데, 이게 웬걸? 막상 약혼식 날이 되니 굉장히 떨렸다. 긴장돼 어젯밤엔 잠도 설쳤다.

"나 오늘 이상하지 않니, 마리?"

어느덧 소녀가 된 어린 하녀 마리가 고개를 저었다.

"아니요. 너무 예뻐요. 너무너무."

"빈말은."

"빈말 아니에요. 정말 요정, 아니, 천사 같아요."

마리는 엘리제를 바라봤다. 원래도 예쁜 그녀지만 오늘은 정말 미의 천사가 강림한 것 같았다. 인형 같은 얼굴, 곱게 단장한 피부, 찬란한 백금발. 그리고 천사의 날개처럼 아름다운 예식용 백색 드레스. 지금 그녀의 모습은 너무나 아름다워 눈이 부실 정도였다.

"참, 마리. 내 가방에서 약 좀 가져다주겠니?"

"아…… 아직도 머리가 아프세요?"

"좀처럼 가라앉지가 않네. 꽤 시간이 지났는데."

마리가 걱정스러운 표정을 지었다. 저 아름답고 완벽한 아가씨의 유일한 단점은 약한 몸이었다. 툭하면 걸리는 감기는 기본이고, 최근에는 몹쓸 두통까지 생기셨다.

"너무 무리하셔서 그래요."

"괜찮아. 약 먹으면 돼."

두통이야, 뭐. 그녀는 그런 생각으로 약을 손바닥에 들고 물컵을 찾았다.

그때, 낮은 목소리가 들렸다.

"아직도 다 안 나은 건가?"

"아, 린덴."

린덴이 걱정 어린 눈으로 그녀를 바라보고 있었다.

"여긴 어떻게 오셨어요? 준비는 다하셨어요?"

"준비? 됐다. 대충하면 되지."

그렇게 말하는 그는 예식용 검은 정장을 입고 있었는데, 그 모습이 가슴이 두근거릴 정도로 멋졌다. 엘리제는 평소보다도 더욱 멋지게 느껴지는 그의 모습에 살짝 얼굴을 붉혔다.

그는 그녀에게 다가와 이마를 어루만졌다.

"살짝 미열도 있는 것 같군. 도대체 언제 낫는 거지?"

"금방 나을 거예요. 별것 아니니 걱정하지 마세요."

엘리제는 괜찮다는 듯 고개를 저었으나 그는 못마땅한 표정을 풀지 않았다.

"의사들에게 한 소리 해야겠군."

"네?"

"내 여자가 맨날 아프지 않나. 그렇게 의사가 많은데, 도대체 뭐하고 있는 건지. 그대가 아픈 것은 모두 그들이 그대에게 신경을 쓰지 않아서다."

빈말로 하는 이야기가 아니라 정말 그들에게 한 소리 할 기세라 엘리제는 그의 팔에 매달렸다.

"저 정말 괜찮아요. 신경 쓰지 마세요."

그는 자신에게 매달린 그녀를 내려다보았다.

"네? 네?"

엘리제는 애교 부리듯 눈을 깜빡이며 그를 올려다보았다. 그 모습이 너무나 사랑스러워 그는 그대로 고개를 숙여 입을 맞추었다.

"읍, 린덴! 지금은……!"

엘리제는 피하려 했으나 그는 놔주지 않았다. 머릿결을 잡고 혀를 안으로 밀어 넣었다.

"아…….."

아무리 해도 익숙해지지 않는 아찔한 느낌. 자신의 안을 헤집는 그의 느낌에 그녀의 다리가 풀렸다. 그래도 공들여 화장한 것을 아는지, 거친 키스가 들어오지는 않았다. 린덴은 부드럽게 혀만 움직였다. 하지만 그 부드러움이 그녀의 정신을 더욱 아득하게 했다.

"그, 그만…… 제발."

엘리제는 그의 팔에 매달려 애원했다. 린덴은 살짝 입을 떼고 그녀의 귓가에 짓궂게 말했다.

"싫은데?"

엘리제는 울상을 지었다.

"화, 화장 망가진단 말이에요. 힘들게 했는데……."

그 말에 그는 아쉬운 표정을 지었다. 마음만 같아선 저 예쁜 눈동자에 눈물이 맺힐 때까지 입맞춤을 나누고 싶었지만 오늘은 약혼식 날이니 이 정도로 참아야 할 것 같았다.

'앞으로도 시간은 많으니.'

이제 그녀는 자신의 것이 될 것이다. 그런 생각으로 아쉬운 마음을 달랬다. 하지만 그는 이내 인상을 구겼다.

'약혼이 아니라 바로 결혼을 해야 했는데.'

그게 이 순간 그의 천추의 한이었다. 오늘 예식이 약혼이 아니라 결혼이었으면 얼마나 좋았을까! 그러면 오늘 첫날밤을 치를 수 있을 텐데.

'궁내부장을 갈아치우는 한이 있더라도 밀어붙였어야 했는데.'

그때, 엘리제가 드레스를 가다듬고 물었다.

"저 이상하지는 않죠?"

린덴은 고개를 저었다.

"예뻐. 너무."

그는 조심히 드레스와 화장이 망가지지 않게 그녀를 끌어안았다. 그리고 자신의 품에 들어온 그녀에게 속삭였다.

"지금 바로 결혼하고 싶을 만큼 예뻐."

엘리제는 잠시 고개를 갸웃했다가 곧 그의 숨겨진 말뜻을 알아듣고 사과처럼 얼굴을 붉혔다.

"도, 도대체 무슨 이상한 생각을 하는 거예요?!"

하지만 린덴은 시치미 떼며 오히려 반문했다.

"무슨 이상한 생각? 난 그냥 결혼하고 싶다고 했을 뿐인데?"

엘리제는 의심의 눈빛으로 그를 흘겨봤다.

"그거 아세요?"

"뭐?"

"린덴, 조금씩 능글맞아지는 것 같아요."

그는 그 말에 피식 웃었다. 그런가? 그럴지도.

"그대가 너무 귀여워서 그렇지."

그러며 그는 그녀의 귓불을 살짝 깨물었다. 엘리제의 얼굴이 시뻘게지며 그의 가슴을 두드렸다.

"아, 좀! 다른 사람들이 본단 말이에요."

"보면 어때? 어차피 하나가 될 사이인데. 사이가 가까우면 좋은 일이지."

"그래도……!"

그녀는 안간힘을 쓰며 그의 품에서 벗어나려 했으나 늘 그렇듯 그는 놔주지 않았다. 오히려 다시 입을 맞추려는데 옆에서 멍하니 입을 벌리고 둘의 모습을 보고 있던 마리가 당황한 목소리로 말했다.

"저…… 아가씨……."

"응, 왜?"

"저…… 손님이…… 폐하가……."

"……!"

엘리제가 깜짝 놀라 그의 품에서 떨어졌다. 정말로 황제 민체스터가 와 있었다! 기력이 약해져 로열가드의 수장 길버트 백작이 끄는 휠체어에 앉아 있는 그는 아들과 예비 며느리의 다정한 모습에 살짝 민망한 표정을 지으며 헛기침을 했다. 엘리제는 쥐구멍에라도 들어가고 싶은 심정으로 예를 표했다.

"폐, 폐하를 뵙습니다."

"그래, 크흠. 둘이 사이가 좋군."

엘리제의 얼굴이 터질 듯 붉어졌다. 아, 린덴. 정말 미웠다. 정말로!

"그냥 식전에 우리 며늘아기 얼굴이나 보고 싶어서 왔네."

민체스터는 웃으며 '며늘아기'라고 그녀를 칭했다. 대제국의 황제가 황태자비에게 쓰기에는 지나치게 친근한 단어였다.

그 말을 듣는 순간, 엘리제는 자신도 모르게 울컥한 기분이 들었다. 저 단어는 이전 삶, 민체스터가 그녀를 부르던 호칭이었다. 당시 그는 당뇨 합병증으로 쓰러지기 전까지 그렇게 그녀를 부르며 예뻐해 주었다. 린덴과의 결혼 문제로 그녀의 속을 많이 상하게 하긴 했지만 과거든 지금이든 그는 한결같이 자신을 아꼈다.

'이번 삶은 언제일까.'

그녀는 안타까운 마음으로 생각했다. 당뇨는 그녀의 지식으로 큰 문제 없이 조절하고 있지만 하늘의 뜻일까? 그의 건강은 알 수 없는 병으로 악화일로였다.

'지금까지 봐온 병의 성격상 갑자기 빠른 시간 안에 돌아가시지는 않으리라 생각하지만.'

그래도 몰랐다. 언제, 어느 순간 어떤 일이 생길지. 걱정된 그녀는 이것저것을 물었다.

"폐하, 어제 수면은 편히 취하셨습니까?"

"그래, 영애가 준 약을 먹고 잘 잤네."

"어지럽거나 기력이 빠지거나 하는 증상은 없습니까? 팔다리에 저린 느낌이 들거나 혹시 불편하신데 무리해서 나오신 것은 아니신지……."

여러 질문에 민체스터는 너털웃음을 지었다.

"이런 날까지 환자 걱정인가? 오늘의 주인공은 바로 영애네. 그러니 오늘만큼은 다른 걱정하지 말고 린덴에게만 신경 써."

"……네."

엘리제는 고개를 끄덕였다. 하지만 걱정을 거두진 못했다.

"폐하, 만약 조금이라도 몸이 좋지 않으시면 바로 말씀해 주십시오. 식 중에라도 제가 달려가겠습니다."

"허허."

황제는 아들을 돌아보았다. 못 말리는 며느리라고, 고생 좀 하겠다고. 린덴은 동감한다는 듯 고개를 끄덕였다. '지금도 고생입니다, 아버지'라는 의미로.

"어쨌든 난 먼저 가보겠네. 곧 식장에서 보자꾸나."

민체스터는 그녀와 그의 약혼이 그렇게 기쁜지 만면에 웃음을 띤 채 휠체어에 의지해 자신의 자리로 돌아갔다. 떠나는 그에게 예를 표한 엘리제는 걱정 어린 표정을 지었다.

'정말 괜찮으신 걸까?'

왠지 오늘따라 민체스터의 안색이 더 하얘 보였다. 표정은 한없이 밝지만 말이다. 기쁜 날이라고 몸이 안 좋은데 무리하는 것은 아닌지.

곧 다른 사람들도 그녀에게 인사하러 왔다. 식이 시작되기 전 얼굴을 보러 온 것이다.

"리제, 축하해!"

3황자 미하일이었다.

그는 평소처럼 밝은 얼굴로 그녀에게 손을 흔들며 다가왔다. 지난밤 아픔은 갈무리한 걸까? 꽃처럼 화사한 얼굴에 축하의 미소가 떠 있었다.

"고마워요, 밀."

미하일은 너무 예쁘다느니, 형님은 도둑놈이라느니, 이런저런 이야기를 하다가 무뚝뚝한 얼굴의 린덴을 돌아보았다. 날카로운 정국 속, 칼을 겨누고 있는 두 형제의 눈이 마주쳤다. 아무래도 친근하게 이야기를 할 사이는 아닌지라 잠시 침묵이 흘렀다. 뭐라 서로 할 말이 없었던 것이다. 덕담을 나누기도 어색했다.

먼저 입을 연 것은 린덴이었다.

"……와 줘서 고맙다, 미하일."

미하일은 미소를 지었다.

"축하해."

짧은 답. 린덴은 고개를 끄덕였고, 미하일은 돌아갔다. 그리고 여러 손님이 찾아왔다. 그레이엄 남작, 유리엔 공녀, 황실십자병원의 동료 의사들. 크림반도에서 인연이 있었던 의료진들. 이제 곧 의사가 되어 황실십자병원에 수련을 받으러 올 예정인 제이. 그리고 그녀에게 도움을 받은 수없이 많은 이가 찾아왔다. 장기간 입원하다 얼마 전 퇴원한 메르키트 백작도 따로 찾아왔다. 아직 걷기가 쉽지는 않은지 지팡이를 짚은 채.

그렇게 많은 이의 축복을 받은 후, 드디어 식이 시작되었다.

"황태자 전하와 레이디 클로랜스께서 입장합니다!"

"와아!"

우레와 같은 박수가 쏟아졌다.

"레이디 클로랜스!"

"퍼스트레이디!"

"등불을 든 여인!"

린덴을 향한 외침도 있었다. 주로 그의 낭만적 구출에 반한 귀족 영애들이었다.

"꺄악! 황태자 전하! 로맨티스트!"

어쩌다 무뚝뚝한 린덴의 별명이 로맨티스트가 되었는지, 요지경인 일이었지만 린덴은 그 별명을 싫어하지 않는 듯했다. 곧 두 사람이 대성당의 단상에 올라가자 함성이 뚝 멈췄다. 이제 예식을 시작하는 것이다.

"먼저 주님 앞에 감사드리며 예배를 시작하겠습니다."

린덴과 엘리제는 고개를 숙였다.

브리티아 제국 황실의 약혼식은 전통적으로 종교 예식이었다. 그래서 약혼식 장소가 대성당인 것이다. 목회자의 인도로 약혼식이 진행되었다.

"그러면 먼저 자리에서 일어나 기도하겠습니다."

전통 종교 예식인 탓에 약혼식은 길고 길었다. 묵념, 기도, 찬양, 설교, 축도, 다시 기도, 언약 등등. 그 모든 절차를 진행하려면 족히 4시간이 걸리는 행사였다.

한창 설교를 들으며 린덴은 속으로 인상을 찌푸렸다.

'젠장, 뭐가 이렇게 긴 거야.'

언제나 생각하는 거지만 이런 행사들은 쓸데없는 허례허식이 많았다.

'결혼식도 아니고 고작 약혼식인데.'

그냥 '앞으로 결혼식 때까지 잘 지내다, 잘 결혼하십시오!'라고만 이야기하면 되지, 무슨 쓸데없는 과정이 이렇게 많은지. 그렇다고 자신들을 축복하는 내용인 것도 아니다. 그냥 전부 다 허례허식들. 마음에 안 들었다. 지루한 것보다 더 마음에 안 드는 이유는 단 하나.

'엘리제가 힘들잖아.'

그는 옆에 서 있는 엘리제를 바라봤다.

'저렇게 약한데 어떻게 계속 서 있으라고.'

다른 하객들이야 앉았다 잠시 일어나기만 하면 되니 무리할 것이 없었지만 엘리제는 달랐다. 처음부터 끝까지 단상 앞에서 계속 서 있어야 했던 것이다. 그렇지 않아도 몸이 약한 그녀가 힘들 거라 생각하니 린덴은 속에서 열불이 뻗쳤다.

'황위에 오르면 다 없애 버린다. 전통이고 뭐고 다 필요 없어.'

그때, 엘리제가 그를 돌아봤다. 걱정 어린 그의 눈빛에 그녀는 살짝 미소를 지었다. 자기는 괜찮으니 신경 쓰지 말라는 듯이. 린덴은 한숨을 삼켰다. 한시라도 빨리 끝났으면. 그는 결혼식만큼은 허례허식 없이 그녀가 편할 수 있는 예식을 진행하리라 결심했다.

한편 그때 엘리제는 황제 민체스터를 걱정하고 있었다.

'정말 괜찮으실까?'

오랜 시간 서 있어야 하는 자신도 힘들지만 긴 예식으로 민체스터의 몸에 무리가 갈까 걱정이었다. 편한 의자에 앉아 있으시긴 하지만 이런 긴 예식은 쇠약한 몸에 무리일 텐데…….

'더 강하게 만류를 했어야 했는데.'

그녀는 작게 한숨을 내쉬었다. 어쨌든 시간이 흘렀다. 길고 긴 여러 과정이 지나고, 약속의 입맞춤도 하였다. 그리고 드디어 마지막 절차가 다가왔다.

"황제 폐하께서 납십니다."

단상 뒤 상석에 앉아 있던 민체스터가 자리에서 일어나 길버트 백작의 부축을 받으며 단상으로 걸어왔다. 마지막 절차를 진행하기 위해서이다.

'감사의 축배.'

엘리제는 감사의 축배 절차를 떠올렸다. 로마노프 황실은 약혼식과 결혼식 마지막 순서로 아들이 아버지에게 지금껏 내려준 은혜에 감사하는 마음에 축배를 올리는 절차를 진행한다. 아버지가 아들이 준비해 온 축배를 마신 후, 축복의 말을 함으로써 예식이 끝나는 것이다.

린덴과 엘리제는 민체스터가 단상으로 올라오기를 기다렸다. 기력이 쇠한 상태로 오랜 시간 앉아 있어서일까? 민체스터의 다리가 희미하게 떨렸다.

"축하한다, 린덴. 그리고 엘리제."

단상에 오른 그가 다시 축하의 말을 건네었다. 엘리제와 린덴은 고개를 숙였다.

"그래, 린덴. 네가 주는 축배를 마셔 보자구나."

"네, 아바마마."

황실 시종이 실크에 싼 황금 술병을 가져왔다. 린덴이 직접 준비한 예식주였다. 술병은 자그마했다. 딱 한 잔 정도의 크기였다.

"한 잔 올리겠습니다, 아바마마."

"그래."

민체스터는 기쁜 얼굴로 잔을 받았다. 아버지의 건강을 생각해 약간의 술만 따르는 그에게 황제는 고개를 저었다.

"기쁜 날이니 더 주거라. 그리고 축배를 많이 마셔야 너희도 축복받을 것 아니냐."

"……네, 아바마마."

어쩔 수 없이 린덴은 잔에 술을 가득 따랐다. 예식용 작은 술병이라 한 잔 가득 따르니 술이 바닥났다. 은은한 황금빛이 도는 술이 스테인드글라스 빛을 반사했다. 워낙 마음이 기뻐설까? 민체스터는 아들이 올린 술을 한 번에 들이켰다.

꿀꺽.

잔을 내려놓은 그가 미소 지으며 축복의 말을 꺼냈다.

"오늘은 참으로 기쁜 날이구나. 내가 얼마나 이날이 오기를 바랐는지 너희는 모를 것이다."

"감사합니다."

"너희 모두……."

그런데 그 순간이었다! 민체스터가 말을 멈췄다. 고개를 숙이고 축복의 말을 기다리던 엘리제와 린덴은 의아한 표정을 지었다.

"커억!"

민체스터가 가슴을 움켜쥐더니 외마디 비명을 질렀다!

"쿨럭, 커억!"

그의 입에서 한줄기 선혈이 흘러나왔다.

"폐하?!"

엘리제가 깜짝 놀라 황제에게 다가갔다. 이게 도대체 무슨?!

"쿨럭. 가, 가슴이……."

가슴을 움켜쥔 민체스터의 손이 파르르 떨렸다. 그리고 눈이 하얗게 뒤집히더니, 그대로 무너져 내렸다.

"폐하!"

대성당이 경악에 빠졌다. 모두가 깜짝 놀라 자리에서 일어났다.

"여봐라! 의사를! 빨리 의사를 불러라!"

엘리제를 대신해 대기하고 있던 밴 자작과 황실십자병원의 의사들이 화급히 달려왔다. 그리고 그들이 도착하기 전, 바로 옆에 있던 의사, 엘리제가 쓰러진 황제를 살폈다.

"폐하! 정신 차리십시오! 폐하!"

손가락으로 목의 경동맥을 짚은 엘리제의 얼굴이 하얗게 질렸다. 맥이 없었다. 단순 실신이 아니라 심장마비가 온 것이다!

'어째서? 어떻게……?'

그녀의 머리가 백지처럼 새하얗게 변했다. 아무리 그녀라도 황제의 갑작스러운 심장마비에 냉철함을 유지할 수가 없었다. 하지만 하얗게 변한 머리와 다르게 몸이 반사적으로 움직였다. 황제를 살리기 위해!

파악!

곧바로 인공호흡을 한 엘리제는 하나로 겹친 손바닥으로 황제의 전흉부를 압박하기 시작했다. 멈춘 심장을 회복시키기 위한 심폐 소생술이었다.

"밴 자작님! 인공호흡을 도와주세요!"

엘리제를 다른 의사들에게 도움을 청하며 온몸으로 가슴 압박을 하였다. 곱게 차려입은 백색 드레스가 엉망으로 흐트러졌다.

"피터 교수님, 폐하의 몸에 바로 강심제를 투여해 주세요! 2분 간 격으로, 제가 말할 때마다요!"

"알겠습니다!"

혼비백산해 달려온 의사들이 그녀의 지시를 따랐다. 엘리제는 입술을 질끈 깨물었다.

'도대체 어째서? 왜 이렇게 갑자기?'

걱정은 하긴 했다. 혹시나 몸에 무리가 가지는 않을지. 하지만 이렇게나 갑작스러운 심장마비라니!

'병환이 안 좋긴 하셨지만 이렇게 갑작스러운 심장마비를 일으킬 병은 아니었어! 도대체 왜?'

물론 민체스터가 앓고 있던 병이 무엇인지는 정확히는 모른다. 그저 모종의 만성병이라고 짐작하고 있었을 뿐. 하지만 지금까지 쌓은 임상 경험으로 추정할 때 이런 급작스러운 심장마비를 일으킬 병은 아니었다. 그것도 객혈과 흉통을 동반하면서.

'술에 문제가 있었던 걸까?'

황태자 린덴은 생각지도 못 한 아버지의 쓰러짐에 뻣뻣이 굳어 있었다.

"아바마마……?"

그 모습을 보고 엘리제는 필사적으로 가슴을 압박했다.

'원인이 무엇이든 살려야 해! 무조건 살려야 해!'

이렇게 민체스터가 사망하게 놔둘 수는 없었다. 마비된 심장의 기능이 돌아올 때까지 인위적으로 피를 순환시키기 위해 허리를 숙여 전신의 힘을 이용해 가슴을 압박했다. 압박이 이어지며 허리와 팔이 끊어질 듯 아팠고, 그녀의 이마에서 굵은 땀이 끝없이 흘러내렸지만 한순간도 멈추지 않았다.

'제발! 제발……! 폐하!'

그렇게 몇 분이나 지났을까? 심장의 기능을 억지로 올리는 강심제가 몇 차례 들어가고, 그녀의 백색 드레스가 완전히 흐트러질 때쯤이었다.

두근.

경동맥을 짚고 있는 밴 자작의 손가락에서 희미한 맥박이 느껴졌다. 심장이 박동을 시작한 것이다!

"맥이 느껴집니다!"

"아아……!"

의사들은 안도의 한숨을 내쉬었다. 하지만 심장이 회생했다고 안심할 때가 아니었다. 엘리제는 이마의 땀을 훔치며 지시했다.

"급성 심장마비가 발생한 뒤라 언제 다시 문제가 생길지 몰라요! 지금 바로 활력 징후 먼저 확인해 주세요."

"네! 지금 바로 확인하겠습니다."

의사들이 분주히 움직였다.

"수축기 혈압 60입니다! 맥박은 140회, 호흡 수 30회입니다!"

엘리제의 얼굴이 굳어졌다. 심각한 쇼크였다. 간신히 심장박동만 돌아온 상태인 것이다. 지금 민체스터의 몸의 기능은 모두 엉망이라고 봐야 했다.

'빨리 쇼크 상태에서 벗어나게 해야 해. 그래야 후유증 없이 폐하의 몸을 회복시킬 수 있어.'

물론 원래부터 쇠약했던 민체스터다. 이번 심장마비로부터 회복된다 해도 완벽히 건강해지는 것은 불가능하다. 하지만 그래도 이렇게 돌아가시게 할 수는 없었다. 의사로서, 아니, 이제 그의 새로운 며늘아기의 마음으로서!

"지금 바로 황실십자병원으로 이송하겠습니다! 최대한 빨리 움직여 주세요."

"네!"

"이동하는 중에도 계속 맥을 체크해 주세요. 혹시라도 맥의 횟수가 줄어들거나 약해지는 느낌이 들면 바로 말씀해 주세요!"

"알겠습니다!"

그렇게 엘리제는 하얀 예식 드레스를 입은 상태 그대로 의사들을 지휘해 민체스터를 이송했다. 예식장에 모여 있던 귀족들은 황망한 눈으로 그 모습을 지켜봤다.

'지금 우리가 꿈을 꾸고 있는 것은 아니겠지?'

황제 폐하께서 왜 저렇게 갑자기 쓰러지신단 말인가. 모두가 이해할 수 없다는 얼굴이었다.

"이, 이거…… 앞으로 어떻게 되는 거지? 원래 건강이 안 좋긴 하셨지만 왜 이렇게 갑자기……?"

"다시 일어나실 수 있을까? 등불을 든 여인이 같이 가긴 했지만 심장마비가 오셨던 것 같은데……."

"도대체 왜?"

물론 민체스터의 몸이 원래 안 좋은 것은 모두가 알고 있다. 하지만 단순 실신도 아니고 갑작스러운 심장마비라니? 당황스러울 정도로 급작스러웠다.

"병이 갑자기 더 악화되신 건가?"

"그럴지도. 하지만 혹시……."

모두가 침을 꿀꺽 삼켰다. 감히 입 밖으로 꺼내지 못하는 의문.

'혹시 술에 문제가?'

하필 공교롭게도 민체스터는 황태자가 바친 술을 마시고 곧바로 피를 토하고 쓰러졌다. 마치 독을 마셨을 때와 비슷한 증상이었다. 모두의 시선이 황태자에게 향했다. 린덴은 평소의 냉철한 모습과 다르게 하얗게 질린 얼굴로 우두커니 서 있었다.

순간 대성당에 숨 막힐 듯한 침묵이 흘렀다. 모두가 황태자의 얼굴만 바라봤다. 물론 아닐 거다. 독살이라니? 황태자인 그가 그럴 이유가 없다. 모든 이가 그렇게 생각했다. 하지만 상황이 너무 공교로웠다.

그때, 로열가드의 수장인 길버트 백작이 황태자에게 다가갔다.

"……전하."

"길버트 백작."

길버트 백작은 곤혹스러운 표정으로 말했다.

"정말 죄송하지만…… 상황이 상황이니만큼 저희와 함께 가주셔야 할 것 같습니다. 정말 죄송합니다."

조사를 받아야 한다는 이야기다. 린덴은 묵묵히 고개를 끄덕였다.

"……알겠다."

"네, 그러면 실례하겠습니다."

그렇게 황태자도 로열가드의 인도를 받고 대성당에서 사라졌다. 남겨진 귀족들이 그때서야 입을 열고 웅성거렸다.

"뭐지? 이제 어떻게 되는 거지?"

"설마 정말 황태자 전하가 그러신 것은 아니겠지?"

"아니야, 그럴 리가 없잖아."

"하지만 왜 하필……."

"폐하는 회복되실까?"

사람들이 중구난방으로 떠들었다. 모두의 얼굴이 혼란으로 가득했다. 그리고 그 순간, 그 자리의 모두가 직감했다. 이제 고요한 폭풍 전야가 끝났음을. 황제가 저런 일을 당한 이상, 이제 론도에 혼돈의 폭풍이 몰아닥칠 것임을.

황제파와 귀족파의 인물들은 서로를 바라봤다. 각자 이 사태에 어떻게 움직여야 할지 고민하며. 그렇게 모두의 축복을 받던 약혼식이 생각지도 못 한 사고로 막을 내렸다. 그리고 그날의 일을 기점으로 론도 정국에 총성 없는 전쟁이 시작되었다.

❦

그날의 사건은 론도, 아니, 제국 전체를 뒤흔들었다.

[황제 폐하, 황태자가 바친 축배를 마시고 심장마비로 쓰러지다!]

신문의 기사를 읽고 온 시민이 경악했다. 모두가 축복하던 약혼식 날 이런 끔찍한 일이 발생하다니.

"이게 어떻게 된 일이지? 폐하께서는 어떻게 되시는 거야?"

"그러게. 정말 이대로 승하하시는 것은 아니겠지?"

시민들은 삼삼오오 모여 그날의 일에 대해 떠들었다. 황제 민체스터는 시민들의 존경을 받는 명군이다. 그런 명군이 아들이 바친 축배를 마시고 쓰러지다니! 세상에 이렇게 끔찍한 일이 일어날 수가.

"설마…… 황태자 전하가 일으킨 일은 아니겠지?"

"에이, 이 사람아! 무슨 큰일 날 소리를! 전하가 왜 그런 끔찍한 일을 저지른단 말인가?"

"그렇긴 하지만 상황이……."

"난 오히려 다른 게 의심되는데."

한 시민이 목소리를 낮추었다.

"뭐가 의심된다는 말인가?"

"이게 황태자 전하를 음해하려는 음모가 아닐까 하고 말이야."

그 이야기를 들은 다른 이들이 흠칫 놀란 표정을 지었다.

"음모라고? 누구의?"

"지금 상황에서 전하를 음해할 이들이 누구겠는가."

모두의 머리에 한 단어가 떠올랐다.

귀족파.

만약 이게 정말 음모라면 그들 아니면 이 음모를 꾸밀 이들이 없었다. 하지만 누군가 고개를 저었다.

"너무 앞서 생각하지 말게. 그렇게 함부로 이야기하고 다니다 경을 칠 수도 있어. 당분간 입조심하고 다니게. 이제 곧 론도의 분위기가 흉흉해질 테니까."

그 말이 옳았다. 황제가 이렇게 쓰러진 이상, 그리고 이런 사건이 일어난 이상 정국은 폭풍을 만난 것처럼 요동칠 것이다.

"앞으로 무슨 일이 일어날지 모르니, 몸조심해야 해."

시민들은 모두 굳은 얼굴로 고개를 끄덕였다.

그 시각, 차일드 가문의 저택에서는 이 중대한 사태를 논의하기 위해 귀족파 인물들이 모여 회동을 가졌다. 3황자 미하일도, 암셀 후작도, 몸이 불편한 메르키트 백작도, 핵심 인물들은 단 한 명도 빠지지 않고 모두 모였다. 그만큼 심각한 사태였다.

기다란 테이블에 앉은 그들은 쉽게 입을 열지 못했다. 황제의 심장마비라니. 엄청난 일이기도 했고, 사안이 너무 예민했다. 하필 황태자가 건넨 축배를 마시고 발생했으니까. 모두 각자의 생각을 정리하며 자신들의 주인인 3황자가 입을 열기를 기다렸다.

3황자 미하일은 깊은 생각에 잠긴 채 말이 없었다. 그의 표정은 딱딱하기 그지없었다.

'아버지.'

정치적 파장을 떠나 자신의 아버지가 쓰러진 일이다. 가슴이 요동치지 않을 수가 없었다. 그는 가만히 암셀 후작에게 물었다.

"외숙부."

"네, 전하."

"……그럴 리 없다고 생각하지만 혹시 손을 쓴 것은 아니시지요?"

3황자의 말을 듣고 귀족파의 인물들이 숨을 흡 하고 들이켰다. 황제의 독살. 지금 미하일은 그걸 언급하고 있는 것이다. 암셀 후작은 이전보다 더욱 마른 고개를 가로저었다.

"아닙니다. 물론 상황이 안 좋아 이런저런 생각을 안 해봤던 것은 아니지만, 아닙니다."

"그러면?"

"원래 앓고 있던 병환과 연관되어 일어난 일이겠죠."

귀족파의 인물들도 황태자가 설마 술에 독을 탔다고는 생각하지 않았다. 일단 그럴 이유가 없었다. 모든 것을 가진 황태자가 왜 술에 독을 타겠는가? 이번 일은 다소 이상하긴 하지만 원래 앓고 있던 병이 악화되어 생긴 일이라 보는 것이 합당하다. 문제는 상황이 너무 공교롭다는 것이다. 하필 황태자가 건넨 축배를 마시자마자 심장마비가 일어나다니.

"하지만."

암셀 후작이 나직이 말했다.

"이 기회를 그냥 넘기면 안 되겠죠."

암셀 후작은 '기회'란 단어를 사용했다. 귀족파의 인물들이 흠칫 그를 바라봤다. 그렇다. 급작스럽긴 하지만 이건 그들에게 있어 기회였다. 어쩌면 황태자를 실각시킬 수도 있는.

"실제로 폐하가 어떤 이유로 심장마비를 일으켰는지는 모릅니다. 하지만 확실한 것은 있죠. 원래부터 중병을 앓던 폐하가 회복될 확률은 거의 없다는 것입니다. 아무리 등불을 든 여인이 옆에 있다고 해도 말이지요. 어쩌면 오늘이나 내일 당장 승하하실 수도 있습니다."

귀족파 인물들은 쥐 죽은 듯이 그의 말을 들었다.

"그리고 황태자는 자신의 무죄를 증명해야 합니다. 하지만 무죄를 증명하려면 황제 폐하가 왜 심장마비를 일으켰는지를 밝혀내야 하는데, 그게 과연 쉬운 일일까요?"

어려울 것이다. 그들은 그렇게 생각했다.

"변수는 등불을 든 여인인데, 아무리 그녀라도 심장마비의 원인을 밝히긴 쉽지 않을 것입니다. 대부분 급성 심장마비는 원인 불명으로 결론 내려지는 경우가 많으니까요. 그래서 만약 황태자가 폐하의 심장마비 원인을 밝혀내지 못해 본인의 무죄를 입증하지 못한다면 혐의를 벗기는 어렵습니다. 그러면 그걸 빌미로 그를 폐위시킬 수도 있습니다."

모두가 침을 꿀꺽 삼켰다. 그렇다. 어쩌면 황제가 사망할 수도 있는 사건. 그러니 혐의를 벗지 못한다면 폐위까지 갈 수도 있었다. 아니, 그들 귀족파가 그렇게 만들 것이다.

암셀 후작이 지병인 폐병으로 쿨럭쿨럭 기침을 하더니 3황자에게 말했다.

"어쨌든 이 기회를 절대 놓쳐서는 안 됩니다. 전하께서 허락하신다면 제가 손을 쓰겠습니다. 무슨 수를 써서라도 황태자를 폐위로 몰아가겠습니다."

미하일은 입을 꾹 다물었다.

'형님.'

아비의 병환을 이용해 형님을 나락으로 떨어뜨리는 일이다. 그게 그를 주저하게 만들었다. 약혼식 때 환히 웃던 엘리제의 얼굴도 떠올랐다. 하지만 둘은 이미 전쟁을 시작했다. 지는 쪽이 모든 것을 잃는 전쟁을. 미하일은 씁쓸한 입맛을 참으며 입을 열었다.

"진행하도록 하십시오, 외숙부."

❊

차일드 가문은 먼저 신문사를 움직였다. 일단 자신들이 소유하고 있는 신문사를 움직였고, 그 밖에 신문사에도 손을 썼다. 곧 모호한 논조의 기사들이 거리를 장악했다.

[의문의 심장마비. 축배와의 관련성은 정말 없는 것인가.]
[갑작스러운 심장마비. 평소 질병 양상으로는 설명되지 않아.]

딱히 결론을 단정 짓기보다는 의문을 제기하는 기사들이 주요 언론에 등장했다. 하지만 의문에 불과하지만 파장은 컸다. 원체 상황이 공교로웠던지라 아니라 생각하던 시민들도 기사를 보며 조금씩 의문을 가지기 시작한 것이다.

"정말 그때 폐하께서 마셨던 술과 전혀 연관이 없는 걸까?"

"그러게. 하지만 황태자 전하께서 그럴 이유가 없으시잖아."

"그렇긴 하지만 왜 하필……."

그렇게 시민들은 목소리를 낮춰 의문을 이야기했다.

여론 조작은 그걸로 끝이 아니었다. 차일드 가문은 교묘히 시민들 사이에 소문을 냈다. 어쩌면 황태자가 정말로 황제를 독살한 것일지도 모른다는 소문을.

[사자궁의 시종이 시장에서 정체불명의 물체를 사는 것을 목격.]

[황태자가 마련한 축배는 이전에 예식 때 사용한 술과는 전혀 다른 종류로 밝혀져.]

명확한 근거는 없었다. 차라리 가십에 가까운 소문에 불과했다. 처음에 시민들은 에이, 설마 하면서 그 소문들을 흘려들었다. 하지만 소문은 끝이 없었고, 계속해서 이야기를 듣다 보니 점점 의구심이 피어나기 시작했다.

정말 황태자가 꾸민 짓이 아닐까? 아니라면 왜 하필 술을 마시자마자 황제가 쓰러졌단 말인가? 시민들은 조심스럽게 그런 이야기를 나누었다. 이래서 대중심리가 무섭다. 설마가 의혹으로, 의혹이 의심으로 바뀌는 것은 순식간이었다.

그때, 차일드 가문은 선동꾼을 움직였다.

"진실을 규명하라!"

"사건을 철저히 수사하라! 아무리 황태자라도 진실을 가릴 생각은 하지 마라!"

거리 여기저기서 이런 외침이 터져 나왔다. 그런 외침들은 그렇지 않아도 의심의 눈초리를 보내던 시민들의 마음에 불을 지폈고, 곧 대규모 시위가 일어났다. 론도의 피카딜리 거리, 대광장, 찰스 광장 등에 수많은 시민이 집결했다. 그들은 '독살범을 반드시 엄벌하라!'란 플래카드를 들고 시위를 벌였다. 심지어 이런 외침도 있었다.

"폐하를 독살하려 한 황태자를 폐위시켜라!"

"진실을 철저히 밝히고, 황태자를 단두대에 보내라!"

이전이라면 상상도 못 할 불경한 말. 마치 황태자가 황제를 독살했다는 것이 확정이라도 된 듯한 시위였다. 모두 차일드 가문의 사주대로였다. 시위가 격해질수록 시민들의 의심은 깊어졌고 여론은 점차 악화되었다.

◆◎◆

그 무렵 황태자를 추종하는 황제파의 인물들은 심각한 얼굴로 모여 있었다.

콰앙!

"절대 아닙니다! 전하께서 독살 모의라니요! 그게 말이 됩니까?!"

"그렇습니다! 다들 미친 것 아닙니까?"

"암살 모의를 했다면 그네들, 귀족파에서 했겠지요! 전하께서 왜 암살 모의를 합니까?!"

모두가 분노해 열변을 토했다. 암살 모의라니! 기가 차지도 않는 모함이었다.

'큰일이구나.'

엘 후작은 곤란한 표정을 지었다.

'말도 안 되는 중상모략이지만 당장 증명할 방법이 없으니.'

축배는 황태자가 직접 준비한 술이다. 운반을 담당한 시종을 심문하고 있긴 하지만 아직 특별한 혐의는 발견되지 않고 있다.

'술이 남아 있으면 그걸 다른 사람에게 먹여 보기라도 할 텐데. 그러면 독이 안 들어 있다는 것을 증명할 수 있었을 텐데. 하아.'

하지만 감사의 축배 절차 때 사용하는 예식주는 보통 한 잔 정도의 아주 적은 양만 준비한다. 민체스터 황제가 모두 마셔 버려 다른 이에게 실험해 볼 만큼 양이 남아 있지가 않았다.

"황태자 전하께서는 지금?"

"백원의 궁에 들어가셨습니다."

"허…… 거긴 죄인들이나 들어가는 곳 아니오. 어찌 황태자 전하를 그런 곳에."

"폐하의 상태는 어떻답니까? 꼭 쾌차하셔야 할 텐데."

한 귀족이 초조한 안색으로 물었다. 무혐의를 입증하지도 못 한 상태에서 황제가 승하하면 황태자의 무죄를 입증할 기회조차 잃을 수도 있었다. 어쩌면 최악의 상황이 올 수도 있었다.

"썩 좋지는 않은 것 같소. 등불을 든 여인이 잠도 안 자고 붙어 치료에 열중이긴 합니다만……."

"하아……."

그들은 한숨을 내쉬었다. 누군가 애써 희망 섞인 이야기를 하였다.

"그래도 등불을 든 여인이니 다시 한 번 기적을 일으켜 주지 않겠소? 나는 그녀를 믿소."

"그렇긴 하죠. 다른 누구도 아닌 등불을 든 여인이니……."

레이디 클로랜스. 제국 최고의 명의이자 지금까지 많은 기적을 일으킨 여인. 이 순간 그들 모두가 간절히 기원했다. 그녀가 다시 한 번 기적을 일으켜 주기를. 그래서 황제 폐하도 쾌유시키고, 나아가 이번 심장마비의 원인까지 밝혀내 황태자의 무혐의를 밝혀내 주기를.

'제발.'

하지만 상황은 녹록치 않았다. 귀족파에서 긴급회의를 요청한 것이다. 바로 황제의 독살 모의 사건과 관련한 황태자의 처벌에 관한 회의였다.

귀족파의 강력한 요구하에 긴급회의는 곧바로 소집되었다. 상석에 암셀 후작과 메르키트 백작이 자리했다. 그리고 3황자도 있었다. 3황자는 평소와 전혀 다른 딱딱한 얼굴이었다.

"갑자기 무슨 긴급회의입니까?"

엘 후작이 황제파를 대표해 발언했다.

"이 상황에서 다른 주제랄 것이 있겠습니까? 폐하의 독살 모의 사건과 관련해 논하고자 회의를 요청했습니다."

독살 모의 사건.

그 무시무시한 말에 황제파 인원들이 웅성거렸다.

"그게 무슨 말이요? 독살 모의라니! 근거도 없이 그런 모함을!"

암셀 후작이 입을 열었다.

"그러면 독살 모의가 아니란 말입니까? 그게 아니라면 왜 황제 폐하께서 축배를 드시자마자 피를 토하고 쓰러지셨단 말입니까?"

"그거야 원래 앓던 지병으로!"

"원래 앓고 계시던 지병의 증상 중 가슴을 움켜쥐고 피를 토하는 증상은 없었던 것으로 알고 있소만? 그런데 하필 황태자가 드린 술을 마시고 그런 증상을 보였다…… 이걸 독살 모의라고 생각하지 않는 게 더 이상한 것 아닙니까?"

그 말에 황제파의 인원들은 발끈한 표정을 지었으나 반박할 말이 없었다. 절대 독살을 시도한 건 아니었지만 상황이 너무 공교로웠다. 하필 술을 마시자마자 쓰러지셨으니!

"독살 모의가 아니라 다른 원인 때문에 그랬다는 증거가 있다면 모르겠지만 이런 상황에서는 독살을 하려 했다고 판단하는 것이 훨씬 합리적으로 보입니다만. 그게 아니란 증거가 있습니까?"

그 말에 황제파의 귀족들은 입술을 깨물었다. 증거는 없었다.

그때, 누군가 말했다.

"현재 폐하의 진료를 담당하고 있는 등불을 든 여인의 소견으로는 독으로 인한 증상일 가능성은 떨어진다 하였습니다."

암셀은 피식 비웃으며 물었다.

"확실한 이야기입니까? 그녀가 폐하의 원인을 정확히 밝혀낸 것입니까?"

"그건 아니지만…… 그래도 등불을 든 여인은 제국 최고의 의사입니다. 그런 그녀의 말보다 더 신뢰할 수 있는 정보가 있겠습니까?"

"제국 최고의 의사이지만 가장 유력한 용의자인 황태자의 약혼녀이자 클로랜스 가문의 딸이기도 하지요. 그러니 편견이 들어간 소견을 말할 수밖에 없을 터. 객관성이 떨어집니다. 그러니 명확한 진단을 밝혀낸다면 모를까, 인정할 수 없습니다."

황제파의 귀족들은 분한 표정을 지었다. 하지만 역시 반박할 말이 없었다. 그런데 그 순간, 엘 후작이 차분한 소리로 말했다.

"술에 독이 들어 있었다는 명확한 증거가 있는 것도 아니지 않습니까?"

"상황이 증명하고 있지 않습니까? 이런 상황에서 무슨 증거가 더 필요하겠습니까?"

엘 후작은 가만히 암셀을 바라봤다.

"대브리티아 제국의 황제 폐하가 쓰러지신 일입니다. 그런 대사건을 단순히 정황만으로 판단하자고 하시는 것입니까, 후작의 말은?"

"……!"

"그게 차일드의 방식입니까?"

그 말에 분위기가 싸늘하게 얼어붙었다. 암셀이 엘 후작을 노려보았지만 엘은 한 치도 물러나지 않았다. 엘도 알고 있었다. 지금 상황은 황태자에게 지극히 불리했다. 물론 명확한 증거는 어느 쪽도 가지고 있지 않았다. 하지만 정황이 너무 공교로웠고, 귀족파의 수작인지 여론도 지극히 안 좋았다. 이대로 가만있으면 정말로 황태자는 황제 시해범으로 실각될 위기였다. 그러니 무슨 수를 써서라도 밀려선 안 된다.

"제국법에 의하면, 독살 등의 살인죄는 단순한 정황만으로 그 죄를 추정할 수 없다고 되어 있습니다. 그러니 암셀 후작, 당신의 주장은 제국법의 근본적인 원칙을 무시하는 것입니다."

황제파의 다른 귀족들도 기세를 몰아 주장했다.

"그렇습니다. 단순히 정황만으로 이런 큰 사건을 급하게 판단하려 하다니, 도대체 그게 어느 나라의 법도입니까? 황태자 전하께 죄를 물으려면 명확한 증거가 있어야 할 것입니다."

그렇게 황제파와 귀족파는 한 치의 양보도 없이 논쟁을 벌였다. 이 정황보다 더 명확한 증거가 어디 있느냐는 주장과 그것만으로는 죄를 확정할 수 없다는 주장이 맞섰다. 그런데 그렇게 회의장의 분위기가 과열될 때였다. 가정 상석에 앉아 있던 미하일이 입을 열었다.

"그만."

"……!"

"엘 후작."

3황자가 자신을 부르자 엘은 그를 바라봤다.

"네, 전하."

"현재 이 제국에서 최종 사법권을 가진 이가 누구지?"

"황제 폐하입니다."

제국은 황제가 사법권을 가지고 있었다.

"그러면 아바마마가 의식을 잃은 지금은?"

"……!"

엘은 입술을 깨물었다. 원래는 황태자다. 하지만 지금은 용의자로 몰려 있으니 자연스레 다음 계승자에게로 그 권한이 넘어간다. 따라서 3황자 미하일이 최종 사법권자다. 황태자를 판결할 권한이 하필 적에게 있는 것이다.

"전하…… 이십니다."

"그렇군. 잘 말했다. 그러면 이 자리에 있는 이들 중 내가 이 사건을 판결하는 데 이의가 있는 사람이 있나?"

황제파 인물들은 주먹을 움켜쥐었다. 이의는 많았다. 하지만 황위 계승권자의 사법권 계승은 헌법에 명시된 일이다. 그러니 원칙적으로 맞았다.

"없는 것으로 알고 판결을 내리겠다."

미하일의 눈에 잠시 아픔이 깃들었다가 사라졌다. 이미 서로가 돌아올 수 없는 강을 건넌 상황. 치지 않으면 죽는다. 자신만 죽는 것이 아니라, 자신의 소중한 사람들도 죽는다. 그러니 어쩔 수 없었다.

"먼저 그대들의 의견을 모두 다 잘 들었다. 양측 모두 틀린 말은 아니라고 생각한다."

미하일의 말을 들으며 엘은 급히 생각했다.

'안 돼! 3황자가 판결을 내리게 하면! 후폭풍을 감당할 수 없어!'

최소 이 자리에서 황제 시해범으로 판결이 나는 것만은 막아야 했다.

'제국법상 독살 사건은 명확한 증거가 없으면 판결을 내릴 수 없게 되어 있어! 독살 시해범으로 몰아도 무조건 불복해야 해!'

그는 무슨 수를 써서라도 미하일의 판결을 막으려 했다. 하지만 미하일이 내린 판결은 그의 예상과는 조금 달랐다.

"독살 여부는 지금 이 자리에서 판결 내릴 것은 아니라 생각한다. 그대들의 주장처럼 어느 쪽도 명확한 증거를 가지고 있지 않으니까. 하지만!"

단호한 목소리에 황제파의 귀족들은 흠칫 놀란 표정을 지었다. 미하일은 평소와 다른 딱딱한 목소리로 말했다.

"형님의 축배를 드시고 부황이 쓰러진 것은 분명한 사실! 설사 의도된 독살이 아니었다 하더라도, 잘못된 술을 진상해 지엄한 옥체를 손상한 죄에 대한 책임은 벗을 수 없다고 생각한다."

"하, 하지만…… 그건 꼭 축배 때문이라고 볼 수는…….."

"축배를 드시고 쓰러지셨는데 축배 때문이 아니라? 그게 말이 되는가?"

아니다. 아닐 것이다. 그렇게 생각했지만 반박할 말이 없었다. 그리고 독이 아니어도, 실제로 술과 황제의 쓰러짐이 관련이 있을 가능성이 아예 없는 것은 아니었으니까.

미하일은 자리에서 일어나며 선포했다.

"오늘은 일단 이것으로 마치지. 부황의 치료 과정 중 명확한 다른 원인이 밝혀지지 않는 한, 형님은 죗값을 치러야 할 것이다."

말을 마친 3황자를 필두로 귀족파의 인원들이 우르르 먼저 회의실을 나갔다. 남은 황제파의 귀족들은 황망한 얼굴로 서로를 바라봤다.

"하아. 이를 어떻게 한단 말입니까? 다른 원인임을 밝혀내지 않는 한, 저들의 음해를 막아낼 방법이 없으니."

"그러게 말입니다. 어떻게 다른 원인임을 밝혀낼지."

생각지도 못 한 위기였다. 이 난관을 극복하지 못하면 황태자는 그 대로 몰락할 수도 있었다.

그때, 누군가가 말했다.

"결국…… 등불을 든 여인이 기적을 일으켜 주길 바랄 수밖에 없 겠구려."

그 말에 모두 입술을 깨물었다. 그렇다. 이제 남은 희망은 그녀밖 에 없었다. 그녀가 폐하가 쓰러진 진정한 이유를 밝혀내면 황태자의 혐의는 단번에 벗길 수 있었다.

'제발.'

모두가 간절한 마음으로 그녀가 있는 황실십자병원 쪽을 바라봤다.

◆◆◆

엘리제는 황실십자병원에서 황제를 진료하고 있었다.

"혈압은 어떻죠?"

"수축기 85에 이완기 40입니다."

"조금 나아지긴 하셨지만 아직도 낮군요."

"네, 교수님. 수액을 충분히 투입하였는데……."

그녀는 한숨을 내쉬었다. 할 수 있는 조처들을 다하고 있는데, 쇼 크 상태에서 좀처럼 회복되지가 않았다.

'도대체 원인이 뭘까?'

갑갑한 마음 때문일까? 최근 들어 계속 그녀를 괴롭히던 머리가 띠잉 하고 다시 아파와 엘리제는 한 손으로 잠시 머리를 짚었다. 그녀를 보조하고 있는 그레이엄이 걱정스레 말했다.

"너무 무리하시는 것 같습니다. 잠시라도 눈을 붙이는 게 어떻습니까?"

"괜찮아요."

"하지만 벌써 이틀째 한숨도 안 주무시지 않았습니까? 식사도 거의 안 하시고……."

그렇다. 약혼식 후 벌써 이틀의 시간이 지났다. 그동안 엘리제는 단 한순간도 민체스터의 곁을 떠나지 않고 치료에 매달렸다. 그렇지 않아도 약한 체력을 한계까지 몰아붙이고 있는 상황.

그러나 엘리제는 고개를 저었다. 지금은 자신의 몸이 중요한 상황이 아니었다. 무슨 수를 써서라도 민체스터를 회복시켜야 했다. 우선적으로 억울하게 시해범의 누명을 쓰고 있는 황태자를 위해서 그랬다. 황태자의 누명을 벗기기 위해서는 황제가 쓰러진 이유를 정확히 진단해 내고 살려내야 했다. 그리고 황제를 살리고 싶은 이유는 그뿐이 아니었다.

'폐하.'

그녀는 의식을 잃고 침대에 누워 있는 황제를 바라봤다. 그녀의 눈이 안타까움으로 물들었다. 의견이 엇갈릴 때도 있었고, 황태자비 문제로 대립할 때는 그가 미울 때도 있었다. 하지만 한 가지 확실한 것은 그는 자신을 한결같이 아꼈다는 것이다.

"영애 얼굴을 보니 오늘도 힘이 나는군. 맑은 차나 한잔 끓여 주지 않겠나?"

민체스터가 했던 말들이 떠오르며 가슴이 울컥했다. 그를 이렇게 허망하게 잃고 싶지 않았다. 물론 원래부터 병환이 있었으니, 언젠가는 헤어짐의 순간이 올 것이다. 그래도 이렇게 갑작스럽게는 아니었다. 암 환자의 가족들이 어떻게든 환자와 더 시간을 보내고 싶어 하는 것처럼 그녀도 그를 떠나보내고 싶지 않았다. 그가 자신을 향해 보내는 따뜻한 시선을 다시 한 번 보고 싶었다.

'뭘까? 엘리제, 생각해 내. 이런 쇼크를 일으키는 질환은 많지 않아. 네가 이미 다 알고 있는 질환일 거야. 생각해 내, 제발.'

엘리제는 그의 심장마비가 평소 앓던 병과 직접적인 연관이 있을 가능성은 낮다고 생각했다. 그의 병은 천천히 진행하는 만성질환이지, 이렇게 갑작스럽게 악화되는 병은 아니었다.

'그렇다고 독극물도 아니야.'

그것도 생각해 보았다. 혹시 귀족파에서 린덴을 함정에 빠뜨리기 위해? 설마 미하일이 이런 독한 수를 사용하지는 않았으리라 믿었지만 의사로서 모든 가능성을 확인해 봐야 하니까. 하지만 체내 반응이 독극물에 의한 급성 반응과는 조금 달랐다.

'완전히 아니라고 할 수는 없지만 일단 독극물일 가능성은 낮아. 오히려 당시 폐하의 증상은 폐나 심장 쪽에 문제가 생겼다고 봐야 해.'

당시 눈앞에서 목격한 것을 떠올렸다. 민체스터는 가슴을 부여잡더니 울컥 피를 토했다. 가슴 통증은 심장의 문제를 의미하고, 객혈은 폐의 문제를 의미한다. 분명 급성으로 심장이나 폐에 문제가 생겼던 것이다.

'그래서 심장 검사와 폐 엑스레이 검사를 했지만……'

엘리제는 입술을 깨물었다.

'둘 다 아무런 이상이 나오지 않아.'

문제는 그것이었다. 검사상 이상 소견이 발견되지 않았다. 저렇게 쇼크가 심한데!

'이건 단순히 기술력의 한계가 아니야. 뭔가 놓치고 있는 거야. 뭐지? 뭘 놓치고 있는 거야, 엘리제. 생각해 내.'

심장마비를 일으킬 정도의 쇼크를 일으키는 질환은 많지가 않다. 특히나 객혈과 흉통을 동반한 질환은 더더욱 그랬다. 그리고 그런 질환들은 대부분 지금의 기술력으로도 단서를 추정할 수가 있다. 심장에 문제가 있으면 심장 전류 검사에서 파형의 변화가 나오고, 폐에 문제가 있으면 엑스레이에서 병변이 나오니까. 하지만 가슴 통증과 피를 토했으면서 검사해 본 각 장기들은 정상이었다. 도대체 이게 어떻게 된 일이란 말인가?

"하아."

엘리제는 다시 깊은 한숨을 내쉬었다. 그런 그녀에게 그레이엄이 말했다.

"아무래도 안 되겠습니다. 쉬고 오십시오."

"괜찮아요."

"안 괜찮습니다. 그거 압니까?"

"네?"

"지금 평소와 전혀 다르단 것을."

엘리제는 의아한 표정을 지었다. 그레이엄이 짐짓 엄한 말투로 말했다.

"당신은 환자를 볼 때 항상 이성적이었습니다. 불같은 열정을 가지고 있지만 정작 판단과 처치는 지극히 냉철하게 하였지요."

그건 그레이엄이 그녀를 더욱 존경하는 이유 중 하나였다. 불같은 마음과 냉철한 이성. 의사로서 가장 이상적이라 여겨지는 태도였다.

"하지만 지금 당신은 냉철함을 잃고 있습니다. 물론 폐하를 어떻게든 살리려는 마음 때문인 것은 압니다. 하지만 의사가 그렇게 초조한 마음을 가지면 적절한 판단을 하기 어려운 법입니다."

엘리제는 입술을 깨물었다.

"무엇보다 본인 몸을 챙겨야 환자도 돌볼 수 있는 법입니다. 이틀 넘게 한잠도 안 자고, 식사도 거의 안 한 상태에서 어떻게 폐하를 제대로 진료할 수 있겠습니까?"

틀린 말이 아니었다. 확실히 그녀는 초조한 마음에 너무 무리하고 있었다.

'하아. 하지만 어떻게 초조하지 않을 수가 있겠어?'

엘리제는 그렇게 생각했다. 다른 사람도 아닌 민체스터다.

"아직 쇼크에서 다 회복되신 것은 아니지만 다행히 지금 폐하께서는 큰 변동 없이 활력 징후가 유지 중입니다. 그러니 지금이라도 잠시 쉬고 오십시오."

"하지만……."

"그러다 당신이 쓰러지기라도 하면 더 큰 문제입니다. 이곳엔 저도 있고, 밴 자작님도 있으며, 피터 교수님도 계십니다. 다른 의사도 많습니다. 큰 변화가 없는 상황에서 진료 정도는 충분히 할 수 있습니다. 변화가 있으면 당장 부를 테니 조금이라도 쉬고 오십시오."

그래도 그녀는 좀처럼 민체스터 곁을 벗어나지 못했다. 입술을 지그시 깨물며 활력 징후를 적어놓은 종이만 바라봤다. 결국, 그레이엄은 한숨을 내쉬었다. 그의 입장에서는 결코 권하고 싶지 않은 일이었지만 그렇게 해서라도 그녀를 잠시라도 쉬게 하고 싶었다.

"그러면 황태자 전하께라도 잠시 다녀오십시오."

"……!"

"얼굴이라도 뵙고 오십시오. 아마…… 그분께서도 기다리고 계실 겁니다."

엘리제의 눈동자가 흔들렸다. 린덴. 그녀도 그가 보고 싶었다. 그의 품에 안기고 싶었다. 엘리제가 흔들리는 것을 안 그레이엄은 씁쓸히 미소 지었다.

"갔다 오십시오. 오는 길에 잠시 눈도 붙이고요. 병원 안에서 주무시면 무슨 일이 있을 시 바로 연락드리겠습니다."

"……알겠어요. 잠시만 다녀올게요."

결국, 그녀는 주저하며 고개를 끄덕였다.

그녀가 린덴에게 향했을 때는 이미 자정에 가까운 늦은 밤이었다. 고요한 황궁을 걸어 백원의 궁에 도착했다.

"전하를 뵈러 왔어요."

"아…… 레이디 클로랜스. 바로 안내해 드리겠습니다."

로열가드는 그녀에게 안타까운 시선을 보냈다. 얼마나 많은 사람의 축복을 받았던 약혼식이었던가. 그런데 이런 끔찍한 일이 일어나다니. 시아비가 될 황제는 혼수상태고 약혼자인 황태자는 혐의를 받고 감금 중이다. 모두가 그녀의 행복을 바랐건만 최악의 약혼식이 되어버린 것이다.

"이쪽입니다."

로열가드는 백원의 궁 깊은 곳으로 그녀를 안내했다.

"들어가겠습니다, 전하. 레이디 클로랜스께서 오셨습니다."

끼익.

낡은 문이 열리고 린덴, 그의 얼굴이 나타났다.

"⋯⋯!"

엘리제의 눈동자가 흔들렸다. 린덴의 얼굴은 핼쑥했다. 지난 이틀 간 식사는 제대로 한 것일까? 초췌한 얼굴에 무뚝뚝한 금색 눈동자는 평소와 다르게 아픔이 깃들어 있었다. 아버지의 급환을 슬퍼하고 있었던 것이다.

"⋯⋯린덴."

그녀는 천천히 린덴에게 다가갔다. 그의 얼굴이 가까워질수록 가슴이 울컥거렸다.

"⋯⋯엘리제."

그가 자신의 이름을 부른 순간 그녀는 왈칵 치밀어 오르는 감정을 진정할 수가 없었다. 자신도 모르게 푸른 눈동자에 눈물이 차올라 뚜욱 떨어졌다.

"리, 린덴⋯⋯."

린덴이 그런 그녀를 가만히 안아주었다.

"울지 마라, 리제⋯⋯."

"죄, 죄송해요. 흐윽⋯⋯."

그의 품에 안겨 엘리제는 펑펑 눈물을 쏟았다. 위로를 받아야 하는 것은 그이건만 눈물이 멈추지 않았다. 그냥 다 속상했다. 황제 폐하가 그렇게 된 것도, 린덴이 슬퍼하는 것도 너무너무 속상했다. 가숨이 찢어질 것 같았다.

린덴은 그녀를 쓰다듬어주었다. 본인이 더 아플 텐데. 말없이. 묵묵히. 한참을 울고 난 그녀가 간신히 진정하자 그가 물었다.

"며칠 사이 왜 이렇게 말랐느냐? 밥은 잘 먹고 다닌 건가?"

"……네, 잘 먹었어요."

"거짓말. 누가 거짓말하라고 가르쳤지? 부탁이니 제발 그대의 건강도 챙겨. 머리 아픈 것은 어떻지?"

엘리제는 그가 걱정할까 거짓말했다.

"머리는 다 나았어요. 이제는 약도 안 먹어요."

거짓말이다. 잠을 못 자서일까, 아니면 민체스터가 그렇게 되어서일까? 두통은 오히려 더 심해지고 있었다.

"거짓말 아니지?"

"네, 정말이에요."

린덴이 그녀를 바라봤다. 그리고 이틀 사이에 더욱 마른 얼굴을 조심히 어루만졌다.

"제발 부탁이다. 몸을 챙겨. 그대마저 안 좋아지면…… 난 못 버틸 거다."

그 말에 엘리제의 마음이 다시 울컥 치밀어 올랐다. 그녀는 눈물을 참으려고 일부러 화제를 돌렸다.

"백원의 궁에서 지내는 데 불편하지는 않으신가요?"

"괜찮다. 귀족파 놈들이 거슬리게는 하지만 그거야, 뭐."

귀족파는 그를 어떻게든 시해범으로 몰아가려 안간힘을 쓰고 있었다. 그리고 그 공작은 실제로 굉장히 위협적이었다. 혐의를 벗지 못하면 최악의 상황이 올 수도 있었다. 하지만 무언가 따로 대비책이 있는 것일까? 린덴은 크게 동요하지 않는 눈치였다. 하긴 저 황태 자라면 이 최악의 상황에서도 무언가 대비책을 마련해 놨을 것 같다.

'내가 급성 심장마비의 원인을 밝혀내면 자연히 혐의가 벗겨질 텐데.'

엘리제는 주먹을 움켜쥐었다. 황제가 쓰러진 원인을 밝혀내면 그 의 혐의를 벗길 수 있다. 그뿐인가? 원인을 알면 황제를 치료할 수도 있을 것이다. 하지만 도저히 알아낼 수가 없으니 가슴이 미칠 듯이 답답했다.

'하아.'

이후 잠깐 다른 이야기를 하다가 린덴이 주저하며 입을 열었다.

"아버지의…… 상태는 어떠신가?"

처음 만났을 때부터 궁금했을 텐데 그는 이제야 질문했다. 아마 두 려웠으리라. 안 좋은 이야기를 듣는 것이.

엘리제는 흔들리는 마음을 다잡으며 입을 열었다.

"……아직은 좋지 않으세요."

의사로서 객관적인 답변.

"……그런가."

그는 낮게 탄식했다. 그 모습이 자신의 가슴을 더 아프게 해 그녀 는 입술을 깨물었다. 그가 아파하는 것을 보고 싶지 않았다. 황제를 어떻게든 살리고 싶었다.

"하지만 좋아지실 거예요. 제가…… 제가 그렇게 할게요. 최선을 다해서 꼭…… 꼭……."

왜일까? 말을 하는 중에 자꾸 울먹거리게 되었다. 그녀는 이를 악 물고 자꾸 눈물이 고이는 눈가를 손등으로 닦았다. 린덴은 잔잔히 그녀를 안아주었다.

"괜찮다, 리제. 알고 있어. 네가 최선을 다하고 있음을."

"흐윽. 흑…… 죄, 죄송해요. 저, 정말 죄송…… 흐윽."

"괜찮아. 정말로. 정말 괜찮아. 그대가 뭘 잘못했다고 울어."

그녀는 계속 떨어지는 눈물을 억지로 참으며 그의 품에서 벗어났다. 그리고 떨리는 입술을 깨물었다. 얼마나 강하게 깨물었는지 입술이 하얗게 질렸다.

"엘리제."

"저…… 정말로 폐하를 좋아지게 할게요. 정말로요. 정말……."

린덴은 잠시 가만히 그녀를 바라보았다. 그는 알고 있다. 그녀가 최선을 다하고 있음을. 그리고 그녀 이상 가는 의사는 이 세상에 없음을. 하지만 그런 그녀라도 한계는 있을 것이다. 그건 그녀의 잘못이 아니라 의학의 한계였다. 괜찮다고. 너는 최선을 다하고 있다고. 너무 무리하지 말라고 이야기하려다 그는 그저 짧게만 말했다.

"……고맙다, 나의 엘리제."

＊＊＊

짧은 만남을 가진 후, 엘리제는 백원의 궁에서 나왔다. 보고 싶던 그를 만났지만 마음이 더욱 무거워졌다.

"하아."

한숨이 끝없이 나왔다. 말없이 아파하던 그의 모습이 떠올랐다.

'어떻게 방법이 없을까?'

그녀는 아무도 없는 황궁 정원 벤치에 앉아 무릎을 가슴 쪽으로 끌어당겼다. 그리고 얼굴을 무릎에 파묻었다.

'제발. 생각해 내, 엘리제. 무슨 방법이 있을 거야.'

검사상 이상 소견이 없는 폐와 심장의 문제. 그것도 심장마비와 쇼크를 일으킬 정도의. 뭘까? 도대체 뭘까?

'하아, 주여. 제발 알려주시옵소서.'

그녀는 하늘을 올려다보았다.

그때였다!

"교수님! 교수님!"

저 멀리서 그녀를 부르는 다급한 소리가 들렸다. 황실십자병원의 젊은 의사였다. 엘리제의 얼굴이 딱딱하게 굳어졌다. 뭔가 안 좋은 예감이 들었다.

"큰일 났습니다! 폐하께서!"

"……!"

"다시 쇼크가 악화되셨습니다!"

바로 병원으로 달려갔다. 엘리제는 가운을 펄럭이며 다급히 물었다.

"활력 징후는 어떤가요?!"

"수축기 혈압 60에 맥박 160회입니다. 호흡 수도 35회로 빠릅니다!"

간신히 유지되던 활력 징후가 다시 심각한 쇼크에 빠진 것이다. 그녀는 다급히 민체스터를 살폈다. 얼굴이 백지장처럼 하얬다. 숨이 찬지 호흡도 가빴다.

'폐에 문제가?'

청진기로 폐음을 들었으나 여전히 정상이었다.

"검사에 이상은 없나요?"

"여전히 다 정상입니다."

도대체 뭐란 말인가? 검사는 정상인데 이런 쇼크에 호흡곤란이라니!

"수액 더 주세요! 약도 투입하고요!"

"네, 교수님!"

응급처치를 하며 그녀는 초조히 생각했다.

'생각해 내. 이제 더는 시간이 없어. 지금 바로 생각해 내지 못하면 폐하는 돌아가실 거야. 안 돼. 절대 그렇게는 되지 않게 하겠어.'

그녀는 필사적으로 생각했다. 모든 가능성을 다 고려했다. 마치 백과사전을 펼쳐놓고 쭈욱 훑듯 비슷한 증상을 가진 질환들을 떠올렸다. 그리고 당시 상황도 되짚어 보았다.

'술을 마시자마자 가슴을 움켜쥐며 피를 토했어. 술에 영향을 받는 질환이었을까?'

하지만 술에 영향을 받아 이런 증상을 일으키는 병은 그녀가 알기로는 없다. 술이 심장에 영향을 줄 수 있지만 그러면 검사에 이상 소견이 나왔을 것이다.

'당시에 다른 특이 사항은 뭐가 있었지? 술 말고…… 주여, 제발. 알려주시옵소서.'

그 순간이었다. 지금껏 지나쳤던 사실 한 가지가 떠올랐다.

'예식을 하며 4시간 동안 앉아계셨지. 한자리에서 움직이지 않고.'

그 생각이 떠오른 엘리제는 멈칫했다. 그녀의 머릿속에 황제의 문제 목록이 쭈욱 떠올랐다.

'원래 앓고 있던 만성질환. 4시간 동안 무리하게 앉아 있었던 상태. 그리고 객혈, 흉통, 쇼크, 호흡곤란. 여러 검사상 이상 소견 없음.'

침을 꿀꺽 삼켰다. 그 문제 목록을 기반으로 기적적으로 한 가지 추정 진단이 떠올랐다.

"설마…… 폐 색전증?"

폐 색전증(Pulmonary embolism)!

폐로 가는 혈관을 피딱지가 틀어막는 초응급 질환이다. 만성병을 앓는 환자에서 주로 생기는 그 질환이라면 현재 황제와 같은 증상을 나타낼 수 있다. 그것도 엑스레이나 심장 전류 검사상 아무런 이상 소견 없이. 하지만 엘리제는 고개를 저었다.

'아니야. 확실하진 않아. 그냥 가능성이 있을 뿐이야.'

폐동맥은 오른쪽 심장에서 곧바로 나온다. 그곳에 피딱지가 들어차면 심장에서 나가는 피의 흐름이 막히므로 심장이 기능을 못 한다. 그 결과 오는 것은 심각한 쇼크. 심장마비를 동반하는 경우도 종종 있다. 바로 민체스터의 경우처럼.

문제는 폐나 심장에 문제가 생기는 것이 아닌 혈관이 막히는 질환이기 때문에 엑스레이나 심장 전류 검사에서는 이상 소견이 나타나지 않는다. 그래서 진단해 내기가 굉장히 어렵다. 현대 지구에서도 병원에 입원해 있다가 갑자기 이유를 못 찾고 돌연사하는 경우, 많은 원인이 이 폐 색전증이었다.

'정말 폐 색전증일까?'

여러 임상 양상을 봤을 때 가능성은 있다. 하지만 그녀는 입술을 깨물었다. 의심은 가는데 확인할 방법이 없었다.

'폐 색전증은 이 시대의 기술력으로는 진단할 수가 없어.'

이 질환을 진단하려면 CT가 필요하다. 아니면 다른 핵의학 검사나 하다못해 초음파라도. 그것들은 모두 이 시대에는 불가능한 검사다.

'어떻게 하지? 확실하지 않으면 치료를 할 수는 없는데.'

엘리제는 고민했다. 그녀가 주저하는 이유는 험악한 치료 방법 때문이었다.

'폐 색전증을 치료하려면 가슴을 열어야 해. 그리고 폐동맥과 심장을 메스로 열어 피딱지를 꺼내야 하는데…….'

개흉 수술! 폐 색전증을 치료하려면 바로 그 개흉 수술을 해야 했다. 굉장히 위험한 방법이다. 특히나 저렇게 몸 상태가 안 좋은 환자에게는.

'만약 가슴을 열었는데 폐 색전증이 아니면? 그때는 돌이킬 수가 없어.'

폐 색전증이 정말 맞는다면 상관이 없다. 그러면 가슴을 여는 수술만이 민체스터를 살릴 수 있는 유일한 방법이었다. 하지만 아니라면? 그렇지 않아도 심각한 쇼크 상태인데 그대로 사망할 것이다.

'어떻게 하지?'

엘리제는 주먹을 움켜쥐었다. 너무나 어려운 선택이었다. 그녀는 무슨 수를 써서라도 황제를 살리고 싶었다. 하지만 그 선택이 오히려 그를 죽일 수도 있었다.

그때였다! 의사들이 다급하게 외쳤다.

"수액에 반응이 없습니다! 혈압 더 떨어집니다, 교수님!"

옆에서 밴 자작이 나지막이 탄식했다.

"폐하. 주여……."

다른 의사들도 눈을 감았다. 치료에 반응하지 않으니 더는 방법이 없었다. 아마 황제는 이대로 악화되다가 사망할 것이다. 밴 자작이 주먹을 움켜쥐고 있는 엘리제에게 조심히 말했다.

"레이디 클로랜스, 이제…… 황태자 전하를 불러야 하지 않겠습니까? 3황자 전하도요."

가족이 임종을 지켜볼 수 있게 하자는 것이었다. 하지만 엘리제는 답하지 않았다. 그저 굳은 얼굴로 황제의 얼굴을 바라볼 뿐. 밴은 그 작은 소녀에게 안쓰러운 목소리로 말했다.

"레이디 클로랜스, 당신은 최선을 다했습니다. 당신이 있었기에 폐하가 지금까지 버틸 수 있었습니다. 아마 폐하께서도…… 천국에서 당신께 감사할 것입니다."

그 말이 그녀의 가슴을 울컥하게 했다. 엘리제가 물었다.

"더는 방법이 없겠죠?"

"네, 이제는 없는 것 같습니다. 할 수 있는 모든 조처를 다했습니다."

"이대로 놔두면 폐하는 승하하시겠죠?"

밴은 씁쓸히 웃었다. 자신보다 더 잘 알고 있을 그녀가 이런 물음을 하는 것이 안타까웠다. 도저히 폐하를 놓아줄 수가 없기에 더욱 그러할 것이다.

"네, 더는 방법이 없습니다. 이제는 놔드려야 할 때인 것 같습니다."

그 말을 들은 엘리제는 마음을 결정했다. 이대로 놔두면 민체스터는 죽는다. 수술을 해도 죽을 수도 있다. 그렇다면 조금의 가능성이라도 있는 선택을 하는 것이 맞지 않을까? 조금이라도 살릴 수 있는 길을 택해야 하지 않을까?

"황태자 전하를 불러주세요."

"네, 그러겠습니다. 마음의 준비를 하시라고 말씀드리겠습니다."

하지만 엘리제는 포기하고 임종을 준비하려고 황태자를 부르려는 것이 아니었다.

"수술 준비도 해주세요."

"네?"

밴이 놀라 그녀를 바라봤다. 갑자기 무슨? 놀란 얼굴로 반문하는 밴에게 엘리제는 굳은 얼굴로 말했다.

"수술 준비를 하면서 최대한 빨리 전하가 이곳에 도착할 수 있도록 해주세요. 어쩌면…… 위험하지만 폐하를 살릴 수 있는 방법이 있을 수도 있어요. 그 방법에 대해 전하와 상의하겠어요."

만약 자신의 선택이 틀렸다면 큰 책임을 져야 할 수도 있지만 그녀는 그것을 감수하고 민체스터를 살리는 길을 선택하기로 마음먹었다. 위험하다 할지라도 이 길을 택하지 않으면 그를 살릴 방법이 없으니까. 하지만 수술은, 특히 이런 생명이 걸린 위험한 수술은 그녀 마음대로 진행할 수 없다. 가장 가까운 가족, 특히 장자인 황태자의 동의가 필요하다.

'전하께 말씀을 드려야 해.'

곧 린덴이 로열가드와 함께 황실십자병원에 도착했다.

"엘리제, 어떻게 된 일이지?"

그가 굳은 눈으로 물었다.

"설마 아바마마께서?"

최악의 상황을 짐작한 것인지 린덴의 얼굴이 딱딱하게 굳었다. 엘리제는 고개를 저었다.

"아직은 아니에요."

"……그 말은?"

"네, 많이 안 좋으십니다."

린덴의 눈이 괴로움으로 물들었다. 그는 낮은 목소리로 말했다.

"……그런가."

짧지만 깊은 슬픔이 담긴 음성.

그때 엘리제가 말했다.

"하지만 한 가지 시도해 볼 방법이 있어요. 어쩌면 폐하의 생명을 살릴 수도 있는…….."

린덴의 눈이 커졌다.

"그게 뭐지?!"

엘리제는 자신의 생각을 설명했다. 그녀의 말을 듣는 린덴의 표정이 시시각각 굳어졌다. 상황을 이해한 것이다.

"……위험하군."

"네, 위험합니다."

엘리제는 솔직히 말했다. 그녀의 생각이 맞다면 황제를 살릴 수 있다. 하지만 틀렸다면? 그에 대한 책임을 져야 할 것이다. 그럼에도 불구하고 그녀의 심정은 수술을 시도해 보고 싶었다. 수술하지 않으면 방법이 없지만 위험을 감수하면 어쩌면 황제를 살릴 수 있을지도 모르니까. 그러나 이런 사안은 의사 혼자 결정할 수 있는 것이 아니었다. 가족의 생각도 중요했다.

'더구나 그냥 환자가 아니니까.'

그녀는 의사로서 가급적 정치적 사항은 생각지 않으려 하고 있지만 이번 경우는 그럴 수가 없었다. 민체스터는 황제다. 린덴은 황태자고. 특히 공교로운 상황 때문에 혐의를 벗지 못하고 유폐 중이었다. 만약 수술해서 그녀의 생각이 맞는다면 더할 나위가 없지만 틀렸다면? 그래서 민체스터가 수술 중에 사망하기라도 한다면? 그러면 정치적으로 돌이킬 수 없는 일이 벌어질 수도 있다. 귀족파가 절대 좌시하지 않을 것이니까.

그때 린덴이 대답했다. 고민 없이 곧바로.

"진행해라."

그 거침없는 말에 엘리제는 살짝 놀랐다.

"……괜찮으시겠습니까?"

어쩌면 정치적 생명을 걸어야 하는 일이다. 그의 동의로 그녀가 수술했는데, 황제가 죽으면 그는 그대로 몰락할지도 모른다. 하지만 린덴은 말했다.

"아버지를 살리는 일이다. 가능성이 있다면 그게 무슨 방법이라도 당연히 시도해 봐야겠지. 정치적인 사안은 그다음 문제야. 그리고 무엇보다…… 난 그대를 믿는다."

믿는다. 그 말에 그녀는 그를 바라봤다. 그의 금안에는 깊은 신뢰가 담겨 있었다. 엘리제는 갑자기 울렁이려는 가슴을 참으며 고개를 숙였다.

"최선을 다하겠습니다."

◆◈◆

그렇게 자정을 넘어 새벽에 가까운 시간에 응급수술이 시작되었다. 집도의는 엘리제, 어시스트는 황실십자병원 최고의 의사인 밴과 피터 교수가 들어왔다. 그 외에도 수많은 의사가 유사 상황에 대비해 수술실 근처에서 대기했다.

"바로…… 진행하시겠습니까?"

밴과 피터가 불안한 눈으로 그녀를 바라봤다. 그들도 설명은 다 들었다. 분명 지금으로선 이 방법 외에는 없긴 했다. 하지만 무려 황제의 옥체다. 확실하지 않은 방법으로 그 옥체에 칼을 대야 한다니, 더구나 그냥 수술도 아닌 개흉 수술이다. 극악한 위험도로 꼽히는. 물론 방법이 없으니 다른 일반 환자였으면 주저 없이 위험을 감수했을 것이나, 그 대상이 황제인지라 꺼려지는 것은 어쩔 수가 없었다.

"네, 바로 진행하겠습니다."

하지만 엘리제는 굳건히 답했다. 이미 고민은 끝났다. 남은 것은 그저 기도하는 마음으로 최선을 다하는 것뿐!

'도와주시옵소서.'

짧게 기도한 후 그녀는 말했다.

"메스 주세요. 시작하겠습니다."

엘리제는 이 순간 눈앞의 환자가 민체스터인 것을 머리에서 지웠다. 이런저런 잡념은 수술을 방해할 뿐이다. 그저 환자로만 보고 수술을 진행했다.

찌익.

가슴 정중앙을 메스로 가르자 피가 흘렀다. 하지만 다른 부위와 다르게 바로 내부까지 가르진 못했다. 가슴 정중앙에는 복장뼈가 있기 때문이다.

'오른 심장과 폐동맥에 접근하기 위해선 저 복장뼈를 양옆으로 절단해야 해.'

"뼈 절단할 철제 칼 주세요."

밴과 피터 교수는 침을 꿀꺽 삼켰다. 그녀가 지금 하려는 것은 정중흉골절개술(Median sternotomy). 특별히 제작된 커다란 철제 칼로 가슴 중앙의 뼈를 위아래, 일자로 절단하는 것이다. 뼈를 절단하다니, 이야기만 들어도 끔찍한 시술이다. 더구나 과도하게 힘이 들어가거나 자칫 실수라도 하면 주변 갈비뼈가 손상되거나 바로 밑의 심장이나 대동맥 등이 상할 수도 있다.

"뼈 절단합니다."

하지만 저 여린 체구의 소녀는 커다란 철제 칼을 들고 주저 없이 뼈를 절단하기 시작했다. 커다란 칼과 뼈가 마찰하는 무시무시한 소리가 수술실에 가득 찼다. 온갖 산전수전을 다 겪은 의사도 흠칫하게 만드는 소리였다. 엘리제는 굳은 얼굴로 쇄골 부위부터 명치까지 일자로 뼈를 절단했다. 멈추지 않고 단 한 번에.

잠시 후 밴과 피터의 눈이 흔들렸다. 기다란 복장뼈가 좌우로 깨끗하게 절단되며 그 안의 심장과 대동맥, 폐가 모습을 드러냈다.

'완벽한 흉골 절개술!'

그들은 급박한 상황 중에도 감탄의 표정을 지었다. 저 작은 소녀 외에는 이 흉골 절개술을 제대로 시행할 수 있는 의사는 없었다. 황실십자병원의 의사들이 그녀에게 배우고 있긴 하지만 아직 까마득했다.

엘리제는 민체스터의 가슴 안 장기들을 살폈다.

'제발, 주여.'

정말 그녀의 짐작대로 저 폐동맥 안에 피떡이 차 있으면 그걸 빼내 주면 민체스터는 살아날 수 있을 것이다. 하지만 아니라면? 그때는 방법이 없었다.

'제발……'

그녀는 떨리는 마음으로 수술칼을 가져갔다. 현대 지구처럼 초음파나 CT가 있는 것도 아니기에 피떡을 확인하는 방법은 단 하나였다. 폐동맥을 메스로 째서 직접 확인해 봐야 했다. 물론 굉장히 위험한 일이다. 폐동맥은 대동맥과 더불어 인체에서 가장 큰 혈관. 메스로 째는 순간 어마어마한 출혈이 일어날 것이다.

'제발…… 제발…….'

찌익.

메스가 폐동맥의 중심 부분을 쨌다.

울컥!

분수처럼 피가 솟아오르며 그대로 그녀의 뺨에 피어올랐다. 눈을 부릅뜨고 혈관을 살핀 그녀는 아찔함을 느꼈다. 없었다, 아무것도. 그저 걷잡을 수 없는 피만 솟구치고 있을 뿐이었다.

엘리제의 손이 파르르 떨렸다. 폐 색전증이 아니었나? 그러면 민체스터는?

'아니야. 아직 먼 부위의 혈관들이 남아 있어. 그곳까지 확인을 해봐야 해.'

그런데 그 순간이었다! 울컥울컥 쏟아지는 피 사이로 먼 부위의 폐동맥 혈관 벽에 희끗희끗하게 검은 물체가 보였다.

"……!"

그녀는 벼락을 맞은 듯한 느낌을 받았다. 피떡(Blood clot)이었다. 희미하지만 분명했다. 피떡이 폐동맥 우측을 막고 있었다. 그녀의 짐작이 맞았던 것이다! 엘리제는 곧바로 처치에 들어갔다.

"철제 집게 주세요! 얇고 긴 것으로요!"

혈관의 절개한 부위로 얇은 집게를 넣었다. 그리고 혈관 벽을 손상하지 않도록 극도로 조심하며 길게 밀어 넣었다. 이윽고 탁하고 무언가 걸리는 느낌이 들었고, 그녀는 그걸 집게로 물었다.

철컥!

그녀가 집게를 뽑자 기다란 피딱지가 딸려 나왔다. 그걸 보고 의사들이 환호성을 질렀다.

"오! 맙소사!"

"신이시여!"

정말로 등불을 든 여인의 추측이 맞았던 것이다!

"저런 게 폐동맥을 막고 있었으니 쇼크가 회복이 안 되었던 거군요!"

"그러게 말입니다! 폐동맥은 우측 심장 바로 앞에 있는 혈관인데, 저런 게 피의 흐름을 막고 있었으니."

의사들이 흥분해 떠들었다. 저런 피떡이 심장의 길을 완전히 막고 있었으니, 몸에 혈액 공급이 안 돼 쇼크가 왔던 것이다.

엘리제는 길게 안도의 한숨을 내쉬었다. 이제 되었다. 이걸로 막힌 피의 흐름을 뚫어주었으니 심장도 제 기능을 할 것이고, 쇼크도 회복될 것이다.

'살릴 수 있어!'

과연 혈압을 체크한 간호사가 외쳤다.

"혈압 조금씩 올라갑니다, 교수님!"

밴과 피터 교수가 감탄을 넘어 존경이 담긴 얼굴로 엘리제를 바라봤다. 어떻게 또 이런 기적을 일으킨 것인지.

"이제 끝난 것입니까, 레이디 클로랜스?"

"아니요. 이런 피딱지는 여러 군데에 한꺼번에 생기는 경우가 많아 다른 부위의 폐동맥도 확인해 봐야 해요."

지금 빼낸 곳은 우측의 폐동맥이었다. 그녀는 반대 측의 폐동맥도 꼼꼼히 살펴 피딱지가 있는지 확인했다. 역시 추가적인 피딱지가 관찰되었다. 모든 부위를 꼼꼼히 살핀 후, 얇은 실로 동맥을 꿰매기 시작했다.

얇은 혈관을 봉합하는 엘리제의 손 기술에 밴 자작과 피터 교수는 눈을 동그랗게 떴다. 항상 느끼는 것이지만 그녀의 손 기술은 가히 하늘의 경지에 이르러 있었다. 다른 이들은 감히 흉내 내기도 어려웠다. 그렇게 일단 급한 처치를 끝낸 그녀는 잠시 숨을 돌렸다. 이제 막힌 길을 뚫어주었으니 민체스터의 쇼크는 회복될 것이다. 하지만 아직 끝난 것이 아니었다.

'아직 한 단계가 더 남았어. 가장 위험한.'

엘리제는 메스를 움직였다. 메스가 닿은 부위를 본 밴과 피터가 놀란 표정을 지었다.

"레이디 클로랜스? 거기는 왜?"

그녀가 메스를 가져간 부위는 우측 심장이었다.

"일단 동맥의 피딱지를 모두 제거했지만 피딱지가 우측 심장에 남아 있을 가능성이 높아요. 그걸 꺼내줘야 해요. 안 그러면 우측 심장의 피딱지가 다시 폐동맥으로 날아가 똑같은 상황이 반복될 거예요."

"아……."

물론 그녀도 심장을 여는 수술을 하고 싶지는 않았다. 워낙 위험했으니까. 그래도 완벽히 수술을 마치기 위해서는 불가피했다.

"절개합니다."

찌익.

벌컥! 심장벽이 열리는 순간, 피가 솟구쳐 올랐다.

'시간 싸움이야! 최대한 빨리!'

역시나 추가적인 피딱지가 관찰되었다. 그걸 철제 집게로 꺼낸 후, 엘리제는 곧바로 손을 움직였다. 절개한 심장을 다시 봉합하기 위해. 1초, 2초……. 회중시계의 초침이 움직일 때마다 민체스터의 몸에서 혈액이 빠져나갔고, 그녀의 몸도 피로 물들었다.

"교수님, 다시 혈압 떨어집니다!"

하지만 그녀는 듣지 않았다. 아니, 듣지 못했다. 모든 생각을 잊었다. 모든 감각을 닫았다. 오직 박동하는 우측 심장의 움직임에 온 정신을 집중했다. 작은 손에 달린 바늘이 심장벽을 뚫었다. 깊게 들어간 바늘은 반대 측 벽을 뚫고 다시 올라왔고, 질끈 실이 묶이며 벽이 닫혔다. 그렇게 그녀의 손이 움직일 때마다 절개된 벽이 오므라들었고, 잠시 후 심장의 벽이 완전히 닫히며 피가 멎었다.

순간 수술실에 침묵이 흘렀다. 모두 믿을 수 없는 일을 해낸 소녀를 바라보기만 할 뿐, 감히 입을 열 생각을 하지 못했다. 그리고 작은 소녀는 들고 있던 바늘을 살짝 떨리는 손으로 테이블 위에 올려놓더니 말했다.

"수술 끝났습니다. 클로즈하겠습니다."

수술의 성공을 선언하는 문장. 그녀의 말을 듣고 마치 약속이나 한 듯 수술실의 의료진들이 몸을 떨었다.

"와아아!"

"레이디 클로랜스 만세!"

"등불을 든 여인 만세!"

수술실이 터질 듯한 함성으로 뒤덮였다. 저 작은 소녀가 기어코 황제를 살려낸 것이다!

'……린덴.'

그녀는 고개를 돌렸다. 마침 린덴은 그녀를 바라보고 있었다. 둘의 시선이 마주쳤다.

"……리제."

"전하."

그가 그녀에게 다가왔다. 그리고 와락 피에 젖은 그녀를 껴안았다.

"저, 전하? 피가…….."

린덴은 고개를 저었다. 오히려 더욱 그녀를 강하게 안았다.

"……고맙다. 정말 고마워…… 정말로…….."

그의 말을 듣는 순간, 다시 가슴이 울컥했다. 다행이었다. 정말로. 민체스터가 이렇게 급하게 떠나는 것을 막을 수 있어서, 린덴이 더 아파하는 것을 보지 않을 수 있어서. 그리고 이런 피딱지를 발견했으니 그의 혐의도 완전히 풀리게 되었다.

'사랑해요, 린덴. 정말로…….'

속으로 중얼거린 그녀는 고개를 저었다.

"수술을 마무리해야 해요, 전하."

"그래."

복장뼈를 절단해 놨으니 서둘러 다시 봉합해야 했다. 엘리제는 절단한 복장뼈를 철심으로 다시 이을 준비를 하였다. 못에 가까운 커다란 쇠바늘을 이용해 철심을 박는 뼈 봉합은 굉장한 힘 소모를 요구한다. 솔직히 엘리제는 체구가 여려 뼈 봉합을 할 때마다 매우 괴로웠지만 그녀 말고는 제대로 할 수 있는 인물이 없었다.

'황태자비가 되기 전에 최대한 많은 교수님에게 이 기술을 전파해야 할 텐데.'

그런데 그 순간이었다. 뼈 봉합을 하려는데, 민체스터의 가슴 안쪽 깊은 곳에 이상한 물체가 보였다.

'어, 저게 뭐지?'

심장 뒤쪽 깊은 곳. 이렇게 가슴을 열지 않았으면 절대로 관찰하지 못하는 부위. 아니, 가슴을 열었어도 자세히 보지 않으면 모르고 지나칠 정도로 깊은 부위에 종괴가 있었다.

'……설마?'

황제의 병은 미지의 만성질환. 그녀는 그 질환을 모종의 혈액 질환이나 자가 면역 질환, 아니면 밝혀지지 않은 종괴로 추정했었다.

'혹시…… 저게 폐하의 질병의 원인인가?'

엘리제는 침을 꿀꺽 삼켰다. 그리고 메스와 철제 집게를 이용해 조심히 종괴를 떼어냈다.

의사들은 그것을 보고 깜짝 놀랐다.

"레이디 클로랜스? 그 종괴는?"

밖으로 나온 종괴를 관찰한 의사들과 엘리제의 눈이 흔들렸다.

'이건…… 임파선 종괴랑 비슷한 형태잖아!'

임파선 종괴, 임파종. 경험적으로 봤을 때 임파종과 거의 흡사한 형태의 종괴였다.

'임파종이면 폐하의 증상이 다 설명돼! 설명 불가능한 체중 감소, 기력 감소가 모두 임파종의 증상이니까.'

심지어 이번에 발생한 폐 색전증도 임파종에서 흔하게 오는 합병증이었다.

'제대로 확인해 봐야겠어. 임파종이면…… 프레밍이 남긴 약물을 이용해 어쩌면 치료를 시도해 볼 수도 있어.'

그녀는 떨리는 마음으로 생각했다. 대연금술사, 아니, 대약학자로 불러야 할 프레밍은 생전에 무수히 많은 약을 개발했다. 프레밍의 정체가 의심될 정도로 시대를 뛰어넘는 약도 많았는데, 대표적인 약들이 항생제, 강심제, 마취제, 승압제 등등이었다.

그런 약들 중에는 도저히 용도를 알 수가 없어서 버려져 있는 것들이 꽤 있었는데, 단 한 명, 엘리제만큼은 사용법을 알 수 있었다. 지구에서 사용했던 약들이기 때문이다.

'그런 약 중에 혈액병이나 임파종에 사용하는 면역 억제제가 있어. 그 약들을 잘 조합하면 어쩌면 치료할 수 있을지도 몰라!'

아직은 모른다. 저 종괴의 성질을 정확히 분석하고 연구해 봐야 한다. 하지만 어쩌면 민체스터를 회복시킬 길을 찾을지도 모른다.

'물론 심장마비까지 겪었으니 이전처럼 완전히 건강하게 되지는 못 하시겠지만.'

국정을 운영할 수 있을 정도로 회복하지는 못 할 것이다. 의식을 회복하는데 만도 어느 정도의 세월이 걸릴지 모른다. 그러니 권력 승계는 변함없이 일어날 것이다. 앞으로 일어날 정국의 혼란에도 큰 영향을 끼치진 못할 것이다.

그래도 나중에 많은 시간이 지난 후, 어느 정도 건강을 되찾으면 자신과 린덴을 보며 미소 지어줄 수 있을 것이다. 장미정원에서 자신이 끓여 주는 차를 마시며 즐거워할 수도 있을 것이다. 그것만으로도 의미 있는 것 아닐까? 아니, 그것보다 의미 있는 일이 또 있을까?

'폐하.'

엘리제는 입술을 깨물었다.

31장
파국

수술 성공 후 민체스터는 순조롭게 안정을 찾아갔다. 일단 쇼크가 회복되었고, 기타 활력 징후도 정상으로 돌아갔다.

"대단하군요. 이렇게 거짓말처럼 좋아지시다니."

황실십자병원의 의사들이 감탄을 토했다. 등불을 든 여인은 아무리 봐도 놀라울 따름이었다.

"심장마비를 일으킨 폐 색전증 같은 유의 질환은 수술로 원인을 제거하지 않으면 절대 좋아지지 않아요. 대신 수술해서 악화된 원인을 제거하면 금방 좋아지는 경향이 있어요."

"그렇군요. 항상 많이 배웁니다."

그 설명에 교수들은 존경의 얼굴로 고개를 끄덕였다. 그녀가 황실십자병원에서 일하게 된 지 이제 1년 정도. 그 기간 동안 제국 최고의 명의라는 황실십자병원의 교수들은 그녀의 말이라면 사과가 포도라고 해도 믿을 정도로 엘리제를 신뢰하고 존경하게 되었다.

"그러면 아바마마는 언제 깨어나시는 거지?"

"그건…… 더 시간이 걸릴 거예요. 조금…… 오래 걸릴 수도 있어요."

린덴의 물음에 엘리제가 답했다. 심장의 기능은 회복되었지만 약 혼식 당시 왔던 심장마비가 문제였다. 옆에 있던 엘리제가 곧바로 심 폐소생술을 시행했지만 아무래도 뇌에 피가 원활히 공급되지 않아 부담이 갔을 것이다. 이런 경우 의식이 언제 회복될지는 몰랐다. 굉 장히 오랜 시간이 걸리는 경우도 있다.

"그렇군. 그러면 그 임파…… 선 종괴라고 했나? 그 병에 대한 치 료는? 종괴를 뗀 것으로 치료가 완료되는 것은 아닌가?"

"다른 종괴와 다르게 임파선 종괴는 혈액병이기 때문에 추가적인 약물치료를 해야 해요."

"이제 바로 하는 것인가?"

"아니요. 지금은 몸 상태가 안 좋으셔서 가급적이면 의식이 회복 된 다음에 진행할 예정이에요."

"그러면…… 좋아지실 수 있는 건가?"

엘리제는 신중하게 답했다.

"완전히 이전처럼 건강해지시긴 어려워요. 치료 반응도 살펴야 하 고요. 그래도 특별히 무리하지만 않는다면 편하게 지내실 수 있을 정 도로는 회복될 가능성이 있어요."

그 대답에 린덴은 깊은 한숨을 내쉬었다. 안도의 한숨이었다.

"고맙다. 정말…… 정말로 고맙다."

엘리제는 고개를 저었다.

"아니에요. 제가 조금 더 잘했으면 좋았을 텐데……."

솔직히 그녀는 아쉬웠다. 더 빨리 민체스터의 병을 진단할 수 있었으면 얼마나 좋았을까? 물론 진단이 늦어진 것은 엘리제의 잘못이 아니었다. 아무리 그녀라도 심장 뒤에 숨어 있는 종괴를 알아낼 재주는 없었으니까. 그렇다고 확실한 추정 진단도 없이 목숨을 잃을지도 모르는 개흉 수술을 할 수도 없는 노릇이었다. 다만 이 시대에 CT나 기타 진단 검사 도구들이 있었으면 진즉 황제의 병을 진단할 수 있었을 텐데, 그게 너무 아쉬웠다.

"아니야. 정말…… 정말 고맙다. 이 나라의 황태자로서도, 그리고 아바마마의 아들로서도 너무 고마워."

엘리제는 고개를 저었다.

"전하, 아니, 린덴. 고맙다고 말하지 마세요."

그 말에 린덴은 의아한 표정을 지었다. 그녀는 살짝 쑥스러운 얼굴로 말했다.

"전…… 당신을 사랑하니까요. 그…… 사랑하는 사이끼리 그렇게 고맙다는 말…… 하는 것 아니래요."

린덴은 잠시 말없이 그녀를 바라봤다. 엘리제는 살짝 부끄러운 표정으로 그를 마주 바라봤다.

"……왜요?"

린덴은 대답 대신 그녀를 와락 껴안았다. 작은 몸이 으스러지도록. 몸에 닿는 단단한 품에 그녀의 심장이 쿵쾅거리도록. 그는 곧바로 고개를 숙여 붉은 입술을 훔쳤다.

"아……. 리, 린덴 여기서는……."

거침없이 탐하는 그의 혀에 그녀의 얼굴이 붉어지며 몸이 나른히 풀렸다. 그는 그녀를 한참이나 괴롭히고 나서야 입술을 떼었다. 엘리제는 사과처럼 붉어진 얼굴을 그의 품에 묻었다.

"여, 여기 병원 복도라고요. 사람들이 봐요."

"그래서? 보면 어때서?"

"부, 부끄러워요."

린덴은 웃었다. 귓불까지 붉어진 그녀가 너무나 사랑스러웠다. 그는 품 안에 안긴 백금발을 쓰다듬었다.

"그래, 네 말대로 고맙다는 말은 하지 않으마. 대신."

"대신?"

"너한테 상을 줄 거야. 황태자로서, 아니, 이 나라의 주인이 될 이로서 주는 감사의 상이니 그건 거절하지 말도록."

그 말에 엘리제는 고개를 갸웃했다. 뭘 주려고 그러지? 보석은 필요 없는데?

"전 상으로 딸기 케이크가 먹고 싶은데요? 아, 오늘은 바나나 타르트도."

린덴은 피식 웃었다. 그놈의 딸기 케이크랑 디저트는 지겹지도 않나?

"그대를 위해서 아예 황궁에 디저트 경연 대회를 열지. 그대를 심사 위원으로 해서. 제국 최고의 요리사만 참석할 수 있도록 하지."

농담이라 생각한 엘리제는 쿡쿡 웃었다.

"정말요?"

"그래, 우리 브리티아뿐 아니라 프랑소엔 공화국이나 스페냐 왕국, 로우랜드 등에서 초빙해도 좋겠군."

"와아, 좋아요. 세상에서 제일 행복한 날이 될 것 같아요."

그렇게 눈을 반짝이며 귀엽게 말하는 그녀를 보며 린덴은 생각했다. 저 눈을, 그녀의 모든 것을 가지고 싶은데. 상이고 자시고 결혼 먼저 할까?

"좋을 것 같긴 하지만 그래도 그렇게까지 하지 않아도 괜찮아요. 그렇게 대회를 열면 돈이 너무 많이 들잖아요. 저는 카린 베이커리 케이크면…… 읍?"

말을 잇던 엘리제는 숨을 들이켰다. 그가 다시 입을 맞춰왔던 것이다. 복도에서 '그만!' 하며 그의 가슴을 두드렸으나 그는 멈추지 않았다. 그대로 그녀의 입술을 탐하며 말했다.

"디저트는 디저트대로 받고, 상은 따로 줄 테니 거절하지 마. 뭐, 거절해도 줄 거지만."

도대체 무슨 상을 주려고? 엘리제는 키스를 당하며 몽롱한 정신으로 생각했다. 하지만 린덴은 알려주지 않았다.

❦

그녀의 수술 성공 소식은 곧 제국 전체를 뒤흔들었다.

[등불을 든 여인, 기적 같은 수술로 황제 폐하를 살려내다!]

전 세계를 아우르는 브리티아 제국의 황제를 구한 일이다. 제국, 아니, 전 세계의 모든 언론사가 그녀가 해낸 일을 대대적으로 보도했다.

"정말 다행이야. 폐하께서 고비를 넘기셨다니."

"그러게. 정말 많이 걱정했는데. 새벽마다 교회에 나가 기도했다고."

"이대로 폐하가 잘못되는 줄 알고 얼마나 마음이 졸이던지."

민체스터는 개인적으로 완벽한 성품을 가진 이는 아니었다. 젊은 시절 그의 편애는 혈탑의 비극이 벌어지는 단초를 마련했고, 여러 성격적 단점이 있었다. 하지만 그럼에도 황제 민체스터는 일평생 제국을 위해 봉사했다. 어떨 때 보면 그는 권력을 가진 황제가 아니라, 그저 제국이란 거대 기계의 부속품처럼 여겨질 정도였다. 그의 통치 아래 제국은 산업화를 성공적으로 마쳤고, 온 시민은 영광된 번영을 누렸다. 그런 만큼 그를 향한 시민들의 존경과 사랑은 이루 말할 수가 없었다.

"황제 폐하 만세!"

"등불을 든 여인 만세!"

"뇌제 민체스터 만세! 황태자비 만세!"

기사를 접한 시민들이 론도 거리에 뛰쳐나와 신문을 던지며 환호성을 질렀다. 살얼음 같던 정국 분위기는 아랑곳하지 않았다. 오늘만큼은 거리가 축제로 변했다. 시민들은 황제의 이름과 레이디 클로랜스의 이름을 부르며 열광했다.

그녀에게 감사하는 것은 시민들뿐만이 아니었다. 귀족들, 특히 황제파에 속한 이들은 크게 안도의 한숨을 내쉬었다. 그녀 덕분에 황제가 살아난 것은 물론 황태자도 혐의를 완벽하게 벗게 되었으니까.

"레이디 클로랜스 덕분에 살았구려."

"그러게 말입니다. 그녀는 정말 기적의 천사입니다."

다른 인물도 그녀에게 찾아와 감사의 인사를 하였다.

"고마워, 리제."

한참 황제의 진료를 보고 있을 때 찾아온 이를 보며 엘리제는 잠시 입을 다물었다. 3황자 미하일이었다.

"밀."

"정말 고마워."

미하일은 다시 말했다. 엘리제는 속으로 한숨을 삼켰다. 웃고 있는 그의 눈에 괴로움이 엿보였다.

'밀……'

그녀도 알고 있었다. 황제가 쓰러져 있을 때, 귀족파에서 황태자를 음해했던 것을. 그리고 그 음해는 저 미하일의 지시 아래 이뤄졌다.

하지만 그녀가 알고 있는 또 다른 사실. 깊은 밤, 병원마저도 고요에 잠든 늦은 밤마다 미하일은 민체스터를 찾아왔다. 그는 그때마다 괴로운 표정으로 아버지를 바라보다 돌아갔다. 그의 얼굴에 담겨 있던 아픔은 무엇이었을까?

'하아.'

이 두 형제는 왜 이럴까? 차라리 독하기라도 하지.

'하긴 독했으면 이런 싸움 자체가 일어나지 않았겠지.'

린덴이 비정했으면 어린 시절 어머니의 죽음을 모른 척했을 것이다. 아마 귀족파마저 자신의 세력으로 끌어안아 권력을 강화했을 것이다. 그리고 미하일이 비정했으면 어머니를 외면하고 그저 자신이 원하는 삶을 살았을 것이다. 로마노프령의 독립 왕이 되었을지도 모른다.

"정말 고마워."

"아니에요."

"얼굴이 안 좋아 보이는데, 어디 아파?"

미하일은 그녀를 보고 걱정스러운 표정을 지었다.

엘리제는 살짝 고개를 끄덕였다.

"그냥…… 괜찮아요. 최근 무리해서 그런 것 같아요."

미하일은 그녀의 이마에 손을 짚었다. 갑자기 닿은 그의 느낌에 엘리제는 살짝 놀랐으나, 특별히 사심이 없는 손길이란 것을 알기에 피하지 않았다. 미하일의 체온은 린덴과는 다르게 따뜻했다.

"약간 미열이 있는 것 같은데. 절대 무리하지 마, 알았지?"

"네, 그럴게요."

"밑에 의사들 많잖아. 혼자 하려고 하지 말고 최대한 부려 먹으라고. 너는 착해서 먼저 다 하려고 해서 문제야. 원래 높은 사람은 거들먹거리며 시키기만 하는 건데."

그 말에 엘리제는 미소를 지었다. 미하일도 마주 미소 지으며 그녀를 바라봤다. 둘은 잠시 그렇게 말없이 서로를 바라봤다.

"리제, 나 사실 할 말이 있어."

"네, 말하세요."

하지만 미하일은 주저하며 바로 말을 꺼내지 않았다. 엘리제는 의아한 표정을 지었다.

"……밀?"

"아니다. 몸 건강히 잘 지내."

그녀는 무슨 일이냐고 물었지만 그는 고개를 저었다.

"그만 가볼게. 다음에 봐."

그러고 그는 사라졌다.

⚜

얼마간의 시간이 지난 후, 민체스터는 완전히 안정을 찾았다. 아직 의식이 돌아오진 않았다. 그건 앞으로도 많은 시간이 걸릴 것이다. 그런데 한창 진료에 열중이던 엘리제는 생각지도 못 한 소식을 들었다.

"저에게…… 백작 위를 내리기로 결정되었다고요?"

"네, 자작님. 아니, 이제 백작님이 되시겠군요."

소식을 전하러 온 시종은 기쁜 표정으로 축하의 말을 건넸다.

"아니, 왜 어째서? 그건 너무 과한데……."

그녀는 당황해 말했다. 백작이라니! 얼마 전 받은 자작 위와는 차원이 달랐다. 자작이 일반적인 귀족의 계급이라면 백작부터는 고위 귀족의 반열에 들어간다. 봉건시대에는 수많은 남작, 자작을 거느리고 가히 한 지역의 왕과도 같이 군림하는 존재. 시대가 바뀌어 그런 권세는 없어졌지만 그 명예마저 사라진 것은 아니었다. 그런 백작 위를 자신에게 내리겠다니? 도대체 왜?

"너무 과해요."

하지만 시종은 고개를 저었다.

"전혀 과하지 않습니다. 자작님은 우리 대브리티아 제국의 황제 폐하의 생명을 구하셨습니다. 기적 같은 수술로요. 그리고 그 외에도 세운 공이 한둘이 아니지 않습니까?"

"하지만 그래도……."

그녀의 나이는 이제 18살이다. 이렇게 어린 나이에, 그것도 여인의 몸으로 백작 위를 받다니. 계승이 아닌 황실로부터 직접 하사받은 건 유례가 없는 일이었다.

하지만 시종은 오히려 이렇게 반문했다.

"저는 전혀 과하지 않다 생각합니다. 황제 폐하의 생명은 고작 백작 위에 비할 바가 아니지 않습니까?"

그렇게까지 이야기하는데 할 말이 없었다. 틀린 말은 아니니까. 어쩔 수 없이 그녀는 물었다.

"이 내용은 황태자 전하가 발의하신 건가요?"

혐의를 벗은 황태자 린덴은 의식을 잃은 민체스터를 대신해 대리청정을 시작했다. 사실상 황제와 같은 권위를 지니게 된 것이다. 귀족파는 그 대리청정에 반발했지만 반대할 어떤 명분도 없었다.

"그렇습니다. 하지만 어떤 대신도, 귀족도 반대하지 않았습니다. 오히려 모두가 흔쾌히 찬성했습니다. 아마 론도의 시민들도 자작님의 승작을 기뻐할 것입니다."

엘리제는 한숨을 내쉬었다. 부담되지만 어쩔 수가 없는 것 같았다.

'이런 걸 바라고 한 일이 아닌데.'

그렇게 그녀는 일개 귀족가의 영애에서 16살에 기사(Dame) 서임, 17살에 제국군 대령, 의무사령관 재직, 18살에 자작 위 수여, 그리고 같은 해에 백작 승작을 하는 유례없는 기록을 역사에 남기게 되었다. 머잖아 황후가 될 그녀이기에 이런 작위는 실제적 의미는 없었다. 하지만 어마어마한 명예였다. 제국 역사상 여성이, 그것도 이렇게 어린 나이에, 남편의 작위를 물려받는 것이 아닌 스스로의 공으로 백작이 된 것은 처음이니까. 서대륙 전체를 둘러봐도 없던 일이다. 그리고 린덴이 준비한 진짜 상은 고작 명예뿐인 승작이 아니었다.

"……전하?"

그녀는 작위 수여식 날 자신에게 주어진 또 다른 상에 깜짝 놀라 물었다.

"이건……?"

린덴은 입꼬리를 비틀며 말했다.

"내가 말하지 않았나? 상을 줄 거라고. 받아."

"하, 하지만 이건 너무 과합니다. 부디 거두어 주시옵소서."

그녀는 무릎을 꿇으며 사양했다. 정말 너무 과했다. 그가, 아니, 황실에서 그녀에게 내린 것은 무려 '황실 십자가'였으니까!

황실 십자가(Royal cross).

머나먼 옛날부터 내려온 황실의 보물로, 다이아몬드로 수놓아진 십자가에 못 박힌 그리스도가 조각된 목걸이였다. 신이 세상 사람들의 죄를 용서해 주었다는 성서의 교리처럼 황실 십자가의 소유자에게는 한 가지 권한이 부여된다. 바로 무소불위의 면책권! 한 대에 한하여 이 보물의 소유자는 그 어떤 죄를 지어도 황제의 용서를 받을 수 있었다. 그야말로 황실에 어마어마한 은혜를 끼친 자에게만 수여되는 보물로, 브리티아 제국의 역사를 통틀어도 이 십자가가 수여된 적은 10번이 되지 않는다.

"감히 받기 어렵습니다."

엘리제는 곤란한 얼굴로 거절했다. 너무 과했다. 그리고 자신이 저걸 받아 어디에 쓰겠는가? 하지만 린덴은 완강했다.

"황제 폐하의 권한을 대신하여 내리는 상이다. 거절은 허락지 않는다."

그래도 쉽게 고개를 끄덕이지 못하는 그녀를 보며 린덴은 한숨을 내쉬었다. 그래서 작위 수여식에 온 다른 사람들이 못 듣도록 작은 목소리로 말했다.

"받아라. 혹시 모르지 않느냐? 나중에 부부 싸움하고 써먹을 일이 생길지."

엘리제의 얼굴이 붉어졌다. 부부 싸움으로 이 면책권을 쓰다니?

말이나 되는 소리인가?

'하아.'

결국, 문무대신들이 자신만 보고 있어 엘리제는 어쩔 수 없이 고개를 끄덕이며 상을 받았다.

짝짝짝!

수많은 사람이 그녀의 작위 수여를 축하해 주었다. 그렇게 그녀는 엘리제 백작이 되었다. 한 번에 한하여 어떤 죄를 지어도 용서받을 수 있는 면책권도 얻었다. 지극히 영광스러운 작위 수여식이었다.

그녀의 작위 수여가 끝난 후, 황태자 린덴은 사자궁으로 돌아왔다. 시종 란돌과 비서관인 크리스가 그를 맞았다.

"차를 내올까요?"

"그래, 엘리제가 알려준 레시피대로."

엘리제는 그를 위해 사자궁의 시종장 란돌에게 레시피를 자세히 알려주었다. 덕분에 그는 이전과는 비교도 할 수 없을 정도로 깊은 차 맛을 내게 되었다. 곧 란돌이 차를 내왔고, 린덴과 크리스는 테이블에 마주 앉아 차를 마셨다.

"지금까지 수고하셨습니다, 전하."

크리스가 먼저 입을 열었다. 수고. 그가 백원의 궁에 감금돼 고초를 겪었던 것을 말하는 것이다. 린덴은 고개를 저었다.

"뭘, 그런 걸 수고라고. 부황께서 좋아지셔서 천만다행이지."

그는 진심을 담아 말했다. 크리스는 부드럽게 웃으며 고개를 끄덕였다.

"네, 정말 다행입니다."

둘은 잠시 말없이 차를 마셨다. 약간은 긴장된 침묵을 깨고 크리스가 먼저 입을 열었다.

"언제 시작하실 것입니까?"

린덴이 그를 바라봤다. 크리스는 여전히 부드러운 표정을 짓고 있었다. 하지만 눈가는 지극히 차가웠다.

린덴은 잠시 창밖으로 시선을 돌렸다. 그리고 한참이나 론도의 풍경을 바라봤다. 크리스는 가만히 그의 대답을 기다렸다.

"준비는?"

"끝났습니다. 역설적인 이야기지만 이번 전하의 감금이 도움이 될 듯합니다."

"그런가?"

"네, 이번 사건 때 귀족파에서 여론을 조작해 전하를 음해하려고 한 증거를 확보했습니다. 그 사실을 터뜨리면 그나마 유지하고 있는 3황자의 지지율을 폭락시킬 수 있을 듯합니다."

민체스터는 모든 이의 존경을 받는 황제이다. 그런데 그런 황제의 위급을 이용해 형제를 음해하려고 한 사실이 세상에 알려지면 친근한 3황자의 이미지는 한순간에 무너질 것이다.

"그렇군."

"네, 그렇게 일단 시민들이 등을 돌리게 한 후, 손가락부터 하나하나 쳐내면 될 듯합니다. 손등, 손목, 팔꿈치, 어깨까지."

"……그래."

"나름 3황자도 대응하겠지만 그게 우리가 노리는 것이니까요. 결국, 그들은 이 올가미에서 벗어나지 못할 것입니다."

올가미에서 벗어나지 못한다는 것은 곧 그들의 죽음을 뜻한다.

"그래, 이제 시작해야겠군. 자네가 수고가 많군."

크리스는 가장 믿을 수 있는 우군인 클로랜스가의 직계로 황태자가 꾸민 암계에 수족 역할을 했다.

"이후 자네의 공을 절대 잊지 않겠네."

크리스는 고개를 저었다.

"아닙니다. 저는 그저 전하의 신하로 해야 할 일을 했을 뿐. 그런데 외람되오나, 한 가지 질문을 해도 괜찮겠습니까?"

린덴은 고개를 끄덕였다.

"말하게."

"혹시…… 정말 혹시나 싶어 여쭈옵니다. 그들을 치는 게 꺼려지십니까?"

그 물음에 린덴의 얼굴이 딱딱하게 굳었다.

"갑자기 그게 무슨 말이지? 자넨 내가 그들에게 무슨 원한을 가지고 있는지 모르고 있나?"

"알고 있습니다."

"알고 있는데 그런 질문을 하는 건가?"

눈에 띄게 불쾌해하는 황태자에 크리스는 급히 고개를 숙였다.

"실례되는 질문 정말 죄송합니다. 그저 얼굴이 좋지 아니하여 외람된 질문인 줄 알면서도 여쭈어 보았습니다."

"내 얼굴이 좋지 않은 것은 피로해서 그렇다. 그러니 다시는 그런 질문은 하지도 말도록. 아무리 그대가 엘리제의 오라버니라도 받아 줄 수 없는 것이 있어."

"……죄송합니다."

크리스는 깊이 사과했다. 린덴은 굳은 얼굴로 명했다.

"알겠으면 곧바로 가서 시작하게. 모든 준비가 무르익었으니 지체할 필요 없다."

"네, 알겠습니다."

"그리고 앞으로 로열가드의 길버트 백작은 부황이 아닌 내 호위를 서도록 하고."

오로지 황제만 따르는 로열가드의 수장 길버트 백작. 대리청정을 시작한 그가 사실상 제국의 황제나 다름없게 되었다지만 길버트 백작을 호위로 쓰는 것은 도리에 맞지 않는 일이었다. 부황이 엄연히 살아 있고, 아직 정식으로 황위를 계승받은 것이 아니기 때문이다. 일단 길버트 백작이 먼저 반발할 것이다. 그가 현재 충성을 바치는 대상은 민체스터지, 린덴이 아니기에. 평소 사려 깊은 황태자답지 않은 명령이었다. 하지만 크리스는 의문을 표하지 않았다. 저 길버트 백작이야말로 황태자가 꾸민 암계에 방점을 찍을 존재였으니까.

"네, 바로 진행하겠습니다."

"그래."

크리스가 나가자 린덴은 인상을 구겼다.

"꺼려지느냐고? 내가 그럴 리가 없잖아."

평생을 바라온 염원이다. 오로지 이 복수 하나만을 원하며 살아왔다. 지금도 밤마다 나타나는 피에 젖은 어머니와 누이. 그들의 한을 풀어주어야 했다. 복수를 끝내면 피에 젖어 눈물 흘리는 그들도 더는 자신의 꿈에 나타나지 않으리라.

'어머니, 누이.'

그는 매일 반복되는 꿈을 떠올렸다. 비참하게 피에 젖어 있는 그들은 항상 자신에게 무언가를 말하려 했다. 안타까운 얼굴로. 하지만 자신은 늘 듣지 못했다. 그들은 자신에게 무엇을 말하려는 걸까.

'이 복수를 끝내면 들을 수 있을까?'

그는 그렇게 생각했다. 이 일이 끝나 그들의 한이 풀리면 그들도 악몽에서 벗어날 수 있지 않을까. 그 마지막 순간에 본인들이 하고 싶었던 말을 해주지 않을까.

'이제 정말 얼마 남지 않았어.'

❧

다음 날 론도 시내에 묘한 소문이 돌았다. 황제의 위급 당시, 기자들이 모종의 사주를 받고 일부러 황태자에게 불리한 기사를 썼다는 소문이었다. 그리고 얼마 지나지 않아 그 소문은 사실로 드러났다. 황태자의 명을 받은 크리스가 모아둔 증거를 터뜨렸던 것이다.

[신문사의 기자들, 3황자의 사주를 받아 편향된 기사를 작성해!]
[황제 폐하의 병환 시 3황자, 황태자를 음해해!]

심지어 그뿐이 아니었다. 당시 시위를 일으켰던 선동자들 대부분이 귀족파, 3황자의 사주를 받았다는 사실도 밝혀졌다. 그 이야기를 들은 론도 시민들은 술렁거렸다.

"이게 정말이야? 3황자 전하가 그러셨다고?"

"믿을 수 없는데……."

미하일은 시민들에게 굉장히 친근한 이미지로 호감을 받고 있었다. 높은 신분임에도 한 치의 거리낌 없이 자신들과 술잔을 나누는 소탈하고 호방한 황자. 그게 그에 대한 시민들의 생각이었다. 그런 그가 이런 음흉한 흉계를 꾸미다니! 그것도 존경받는 황제가 위중한 틈을 타서. 시민들은 믿을 수 없다는 반응이었지만 드러난 증거가 너무도 확고했다. 크리스가 무슨 수를 쓴 것인지, 당시 귀족파의 사주를 받던 기자들이 속속 자백을 했던 것이다. 그것도 3황자에게 불리하게.

"3황자 검제 전하의 부탁을 받고 일부러 편향된 기사를 썼다."
"원하지 않았는데, 강요받았다."

선동꾼들도 경찰에 체포돼 자백했다.

"모두 3황자 전하의 명을 받고 한 일입니다. 살려주십시오."
"차일드 가문과 3황자 전하께서 명하셨습니다. 최대한 황태자 전하에게 안 좋은 쪽으로 시위를 몰아가 달라고."

그 내용을 전해 듣고 시민들은 혀를 찼다.
"허, 세상에 정말 믿을 사람 하나 없구먼."
"그렇게 착해 보이던 3황자 전하께서 뒤에서 이런 음해 공작을 하시다니."
"그러게 말이야."
3황자에 대한 시민들의 시선이 급속도로 싸늘해졌다. 3황자는 원래부터 권모술수에 능한 정치인보다는 시민들의 사랑을 받는 인기인에 가까웠다. 그 시민들의 사랑과 지지가 그의 정치력의 가장 큰 밑천이었다. 하지만 아버지의 병환을 틈타 형을 음해하려고 했다는 사실이 대대적으로 퍼지자 그의 지지율은 곤두박질하기 시작했다.

그 소문의 여파가 가라앉기 전, 황태자는 3황자에게 두 번째 공격을 벌였다. 다음 수는 그의 손발을 끊는 것이었다.

"랑함 자작님, 치안총감 하슬입니다. 지금 당장 저희와 함께 가주셔야 하겠습니다."

"무슨?!"

가족과 식사를 하던 귀족파의 일원, 남부의 대지주 랑함 자작은 갑자기 들이닥친 경찰에 놀라 소리쳤다. 치안총감 하슬은 딱딱한 얼굴로 죄목을 읊었다.

"세금 탈세죄, 뇌물수수죄, 농작물 거래법 위반죄로 지금 이 시각부로 귀하의 신병을 구속하겠습니다."

"무슨 말도 안 되는! 이거 놓지 못할까?!"

랑함 자작은 강하게 반발했으나 치안총감은 법원에서 발급한 구속영장을 내밀었다.

"변론은 법정에서 하십시오."

"놔라! 이건 모함이야!"

그렇게 귀족파 랑함 자작은 경찰에게 끌려갔다. 그리고 이런 광경이 론도 여기저기에서 동시에 일어났다. 황태자와 치안부가 공조해 확보한 증거들을 한 번에 터뜨린 것이다. 특히 이번 일은 황태자가 대리청정을 시작함으로써 사법권을 손에 넣게 된 점이 큰 힘으로 작용했다. 귀족파는 순식간에 공황에 빠졌다.

"이건 말도 안 됩니다!"

"우리를 어떻게 보고!"

구속의 칼바람을 피해 간 귀족파들이 차일드 가문의 저택에 모여 분노를 토했다.

"물론 우리가 일부 불법적인 일을 저지르긴 했지만, 어느 정도는 관례적인 일 아닙니까?!"

"그렇습니다! 저들 황태자파는 어디 깨끗하답니까? 오히려 상법이나 거래법 위반 등은 저들이 더 심합니다!"

그들이 법을 어긴 것은 분명 잘못되었다. 하지만 세상사 어디나 그렇듯, 털어서 먼지 안 나오는 이들이 어디 있겠는가? 특히 그들처럼 고위직에 있는 이들이라면 더욱더 그러했다. 그들이 대단한 부패를 저지른 것도 아니었다. 지금까지 하던 대로 관례적인 정도의 불법을 저질렀을 뿐이다.

"이건 너무 과합니다. 벌금형으로 끝낼 수 있는 정도도 일부러 구속하여 감옥으로 끌고 가다니. 이건 대리청정을 시작한 황태자의 탄압입니다."

그래, 이건 탄압이었다. 그것도 노골적인.

"어떻게 합니까?"

모든 인원이 상석에 앉아 있는 3황자와 암셀 후작, 메르키트 백작을 바라봤다. 3황자는 나직이 한숨을 내쉬었다. 그런 그를 보며 암셀 후작이 가만히 말했다.

"이 문제에 대해서는 전하와 제가 긴밀히 논의를 해보겠습니다. 다들 일단 돌아가서 기다려 주십시오."

"알겠습니다, 각하."

귀족파의 인원들은 불안한 눈으로 차일드 가문의 저택을 나섰다.

메르키트 백작, 그리고 차일드 가문의 차기 당주 유리엔까지 4명만 남게 되자, 암셀 후작이 무거운 목소리로 말했다.

"상황이 생각보다 더 안 좋습니다, 전하."

"구속 사태 말고 무슨 일이 더 있습니까?"

"얼마 전 재정부에서 첩보를 입수했습니다."

그 말에 미하일은 의아한 표정을 지었다. 재정부?

"황태자가 재정부를 통해 은행을 설립한다더군요."

"은행 말입니까?"

"국가가 직접 운영하는 은행 말입니다."

미하일은 의아한 표정을 지었다. 국가가 직접 운영하는 은행이라니? 획기적 발상이긴 하나, 지금 상황과 무슨 상관이란 말인가? 그리고 그가 알기에 브리티아 제국의 재정은 은행을 운영할 만큼 넉넉지 않다. 나라는 부유했지만 워낙 국가의 규모가 커 돈 나갈 일이 많으니 적자를 면하기도 어려웠으니까. 그런 만성적인 재정 부족은 로마노프 황실이 차일드 가문을 함부로 손을 대지 못한 이유이기도 했다. 만일 차일드 가문이 작정하고 한꺼번에 돈을 회수하면 나라가 마비될 수도 있으니까.

"그 은행의 주 역할은 우리 차일드 가문의 은행들처럼 예금이나 대출을 하는 게 아닙니다."

"그러면?"

"바로 새로운 화폐를 만들어내는 것입니다. 정확히는 '지폐'를 만드는 것입니다."

미하일은 알 수 없다는 얼굴을 했다.

"종이로 만든 돈이요? 왜 그런 말도 안 되는 짓을? 금이나 은이 섞이지 않은 돈은 이 세상 어디에서도 화폐로 인정받지 못하는데?"

미하일이 말한 것은 금화본위제도. 현시대 전 세계의 기축 통화는 금화나 은화다. 제국의 펀드화도, 공화국의 돈도, 동방 청에서 유통되는 동전도, 모두 모양만 다를 뿐 금이나 은을 기반으로 한다. 금이나 은이 섞여 있지 않으면 통화로 인정받지 못한다. 그렇기에 제국이든, 어떤 나라든 마음대로 돈을 찍어낼 수 없는 것이다. 금의 생산은 한정되어 있으니까. 그리고 이것이 바로 차일드 가문이 서대륙을 호령할 수 있는 이유 중 하나였다. 금화와 은화의 흐름을 독점하고 있었으니까.

"종이로 돈을 만들어도 아무도 인정해 주지 않을 텐데요. 왜 형님이 그런 허튼 수고를?"

하지만 암셀은 무거운 얼굴로 고개를 저었다.

"그런 간단한 일이 아닙니다. 이건 화폐의 혁명입니다."

"네?"

"종이로 만든 돈은 로마노프 황실과 브리티아 제국의 직인이 찍힌다고 합니다. 언제, 어떤 상황이든 지급 능력을 보증할 수 있도록."

미하일의 얼굴이 굳어졌다. 그때서야 그 의미를 깨달은 것이다.

"그 말은……?"

"네, 다른 나라도 아닌 전 세계 최강국인 제국의 보증입니다. 금, 은을 넘는 보증 효력을 가지고 있지요. 이 종이로 만든 화폐는 금화나 은화와 더불어 순식간에 새로운 기축 통화로 자리매김할 것입니다. 어쩌면 후에는 금화와 은화의 자리를 대체할 수도 있습니다."

그 말뜻은 자명했다. 여태껏 서대륙 돈의 흐름을 장악했던 차일드 가문의 금권이 상당수 약화된다는 것이다. 차일드 가문의 은행들이 장악하고 있던 금화와 은화 말고도 새로운 기축 통화를 사용하면 되니까.

"그렇게 우리 가문의 눈치를 보지 않게 되면…… 황태자의 다음 행보는 하나일 것입니다."

"……."

"기회를 봐서 치겠지요. 우리 모두를."

정확한 상황 판단이었다. 지금껏 민체스터가 이를 갈면서도 차일드 가문에 손을 못 댄 이유는 바로 그 어마어마한 금력 때문. 유사시에 차일드 가문이 돈의 흐름을 막아버리기라도 하면 대혼란을 피할 수가 없었기 때문이다. 하지만 황태자가 고안한 새로운 화폐가 있다면 금화의 흐름이 막히더라도 그런 혼란을 상당 부분 상쇄할 수 있다. 더구나 황태자는 평생 원한을 갈고닦은 인물이다. 방패가 사라진 그들을 가만히 놔둘 리가 없었다.

"이렇게 된 이상 방법은 하나입니다."

"……."

"정변을 일으켜 우리가 먼저 그를 쳐야 합니다."

장내에 숨이 막힐 듯한 침묵이 감돌았다. 정변. 반역을 뜻한다. 차마 입에 담기에도 무서운 단어. 하지만 더 이상 그들에게 남은 선택지는 없었다. 모든 면에서 밀리고 있었다. 지지율도, 여론도, 정통성도, 세력도. 이대로 가면 황태자는 곧 황제가 될 것이다. 황제가 된 그는 그들에게 죽음의 철퇴를 내릴 것이다. 그러니 죽임당하기 전에 먼저 황태자를 죽여야 한다.

"꺼려지십니까?"

그 물음에 미하일은 입술을 깨물었다. 꺼려지느냐고? 형제를 치는 일이니 꺼려지는 게 당연했다.

'형님을 쳐야 한다고? 내가?'

그는 주먹을 움켜쥐었다. 어찌나 세게 움켜쥐었는지 피가 통하지 않아 주먹이 하얗게 변했다.

"다행히 승산은 충분합니다. 저희에게는 전하와 검기사단이 있으니까요."

서대륙 최강검 검제! 전원이 오러나이츠로 이루어진 검기사단! 전 대륙에서 적수를 찾을 수 없는 최고의 전투 전문가들.

"물론 아무리 검기사단이라도 대규모 병력과 싸우는 것은 무리지만 어차피 우리의 목적은 황태자의 목. 대규모 군대와 싸울 필요가 없습니다. 기회를 틈타 전하와 검기사단이 한 번에 몰아쳐 황태자를 죽이기만 하면 정변은 성공입니다."

암셀 후작의 말에 모두가 침을 꿀꺽 삼켰다. 그렇다. 다른 것은 필요 없다. 오로지 황태자만 죽이면 된다. 그러면 모든 명분과 세력을 떠나 3황자의 승리였다. 그리고 황태자를 죽이는 것은 충분히 가능한 일이었다. 그들에게는 3황자, 검제가 있으니까. 아무리 공제라 불리는 황태자라도 3황자의 무력에 비하면 한 수 아래였다.

"천만다행으로 저희를 돕는 자가 있습니다."

"돕는 자? 그게 누구입니까?"

"……로열가드인 길버트 백작이 저희 편으로 돌아섰습니다."

모두가 놀라 암셀을 바라봤다. 길버트 백작이면 미하일을 제외하고 제국 최고의 검사이자 로열가드의 수장이었다. 현 황태자를 호위하는 자이기도 하고. 그만 돕는다면 황태자의 목을 베는 것은 손바닥을 뒤집는 것보다 쉬운 일이 될 것이다.

"그가 어째서?"

"그의 부인이 차일드 가문의 먼 친척입니다. 가문 자체가 우리 귀족파와 인연이 없다고 할 수는 없는 관계지요. 그리고 그런 것보다는 최근 황태자의 경호를 서며 많은 마찰을 빚고 있다고 합니다."

"마찰이요?"

"네, 사실 아직 황위를 물려받지도 않았는데, 그가 황태자의 호위를 서는 것 자체가 말이 안 되는 일이고, 그 외에도 여러 가지 일로 의견 충돌이 잦다고 합니다. 그러다 보니 황태자가 아예 선언했다고 하더군요. 황위에 오르면 길버트 백작을 내칠 것이라고."

"허……."

메르키트 백작은 놀란 표정을 지었다.

"만약 길버트 백작만 도와준다면 일이 생각보다 쉽게 풀릴 수도 있겠군요. 어차피 론도 내에 있는 부대라고 해봐야 로열가드와 소수의 수도 경호대인데, 우리가 거사를 한다면 로열가드를 배제할 수 있으니까요."

"네, 총기사단이야 근교에 머물고 있으니, 결정적인 순간에는 나서지 못할 것입니다. 그리고 어차피 황태자 한 명의 목숨을 뺏는 것은 오랜 시간이 걸리지도 않을 테니까요."

암셀은 그때까지 아무 말도 않고 있는 3황자를 향해 굳은 표정으로 말했다.

"전하."

"……."

"전하."

그 거듭된 부름에 미하일은 입을 열었다. 짓눌린 듯한 목소리였다.

"말씀하시오."

"마음을 굳게 먹으셔야 합니다. 그를 죽이지 않으면 우리가 죽습니다."

그 말에 3황자는 다시 입술을 깨물었다. 그래, 알고 있다. 피할 수 없는 일이란 것을. 암셀의 말처럼 그를 죽이지 않으면 자신들이 죽을 것이다. 이건 서로가 서로를 죽여야만 하는 비정한 싸움이었다. 하지만 왜일까. 무뚝뚝한 형님의 얼굴이 떠올랐다. 그리고 그를 보며 웃던 리제의 얼굴도 생각났다. 가슴이 아팠다. 괴로웠다.

"전하."

재촉하는 암셀의 말에 미하일은 결국 입을 열었다.

"……알겠습니다, 외숙부. 걱정하지 마십시오."

암셀은 굳게 고개를 끄덕였다.

"그러면 저는 길버트 백작과 은밀히 연락을 취하며 때를 살피겠습니다. 전하는 검기사단을 잘 준비해 주십시오."

대화를 끝낸 미하일은 방 밖으로 나왔다. 문을 닫은 그는 벽에 몸을 기대며 한 손으로 얼굴을 감쌌다.

"빌어먹을……."

손가락 사이로 괴로운 신음이 새어 나왔다.

그렇게 차일드 가문의 깊은 방에서 역모가 결정되었다. 론도의 하늘에 핏빛 구름이 감돌기 시작했다.

◆◐◈

메르키트 백작과 3황자가 돌아간 후, 방에는 암셀 후작과 딸 유리엔만 남게 되었다. 몸이 안 좋은 그가 딸의 부축을 받아 일어나려는 순간이었다. 갑자기 그는 배에서 격통이 올라와 크윽 하고 신음을 흘렸다.

"아버지?"

"괜…… 찮다."

"빨리 진통제를."

"아…… 니, 소…… 용없다. 잠깐만…… 이대로…….."

암셀은 손을 부들부들 떨었다. 유리엔의 얼굴이 어두워졌다. 사실 아버지가 저렇게 고통스러워하는 것은 하루 이틀의 일이 아니었다. 로즈데일병원의 의사에게 들었던 말을 떠올렸다.

"현재 상태가 많이 좋지 않습니다. 어쩌면 조만간 급격히 안 좋아질 수도 있습니다."

"안 좋아진다는 말이 무슨 뜻이죠?"

"어쩌면 급하게 안 좋아져 최악의 경우 사망하실 수도 있습니다."

암셀은 한참이 지난 후에야 통증이 가라앉았는지, 한숨을 내쉬었다.

"하아."

그는 딸이 걱정스러운 눈으로 자신을 보고 있자 고개를 저었다.

"이제 괜찮다. 걱정 안 해도 된다. 가자꾸나."

"아버지."

그녀는 주저하다 말했다.

"혹시…… 레이디 클로랜스의 진료를 받아볼 생각은 없으세요?"

레이디 클로랜스. 제국 최고의 의사인 등불을 든 여인. 하지만 암셀은 고개를 저었다.

"아무리 그녀라도 특별한 방법이 있겠느냐? 이미 췌장의 기능이 다 망가진 것을."

"그래도……."

"무엇보다, 지금 우리는 황태자와 전쟁을 치르려 하고 있다. 그런데 그녀의 진료라니, 있을 수 없는 일이다."

그 말에 유리엔은 한숨을 내쉬었다.

'정말 이런 방법밖에 없는 걸까? 그를 죽여야 한다니.'

유리엔은 가슴이 답답해졌다. 그녀는 황태자를 연모하고 있었다. 오래된 짝사랑이었다. 그녀는 어린 시절 그에게 온 마음을 뺏겼다. 하지만 자신은 그에게 다가갈 수 없었다. 자신은 그의 어머니와 누이를 죽음으로 몬 차일드 가문의 적녀였으니까.

'사랑이 이뤄지는 것은 바라지도 않아. 감히 내가 어떻게 그런 것을 원하겠어?'

그래, 언감생심 바라지 않는다. 황태자는 자신들을 죽여 원한을 갚으려 하고 있다. 자신들도 황태자를 쓰러뜨리려 하고 있다. 이런 비극적 상황에서 무슨 사랑을 바라겠는가?

'다만 한 가지 바라는 것은…….'

그녀는 속으로 중얼거렸다. 사랑이 이뤄지는 것은 바라지도 않지만 다만 그의 손에 죽고 싶지도 않았고, 그를 죽이고 싶지도 않았다.

'무리한 바람이겠지.'

그녀는 쓸쓸히 웃었다. 항상 당당하고 도도한 그녀였지만 앞으로 펼쳐질 미래를 떠올리자 눈물이 울컥 솟아올랐다. 자신들이나 황태자, 둘 중 하나는 죽는다. 그 사실이 그녀의 가슴을 미어지게 했다.

"왜 그러느냐, 유리엔?"

"……아버지."

아버지의 의아한 물음에 유리엔은 조심히 물었다.

"저희와 황태자 전하는…… 하나의 길을 갈 수는 없겠지요?"

암셀의 얼굴이 굳었다.

"그게 무슨 말이냐?"

"말 그대로예요. 사실 황태자의 입장에서도 저희 차일드 가문과 귀족파를 품으면 강력한 힘이 생기는 것이니까요."

대륙 전체의 금력을 장악한 차일드 가문과 전통 지주 세력인 귀족파. 황태자파에 더해 그들 귀족파까지 하나로 품으면 린덴은 어마어마한 통치력을 가진 황제가 될 것이다. 물론 일어나지 않을 일이었지만 말이다.

"그렇게 되면 미하일 전하는?"

"전례에 따라 로마노프령의 대공이 되시겠지요. 그리고 아시잖아요. 미하일 전하는 황위를 진정으로 바라고 있는 것이 아니란 것을."

하지만 암셀은 완고한 얼굴로 고개를 저었다.

"네가 말한 것은 불가능한 일이다. 황태자는 절대 우리를 용서하지 않을 거야."

유리엔은 입술을 깨물었다. 그녀는 속으로 중얼거렸다.

'전하께 용서를…… 구한 적도 없잖아요.'

문득 그런 생각을 한 적이 있다. 황태자는 정말 자신들을 용서하지 않을까? 그렇게 그가 피에 미친 복수귀일까? 모른다. 왜냐면 차일드 가문은, 아니, 정확히 말하면 암셀 후작과 마리엔 1황비는 그에게 용서를 구한 적이 없으니까. 눈앞에서 어머니와 누이의 죽음을 목격한 어린 소년은 아무런 사과도 받지 못했다. 당시의 일은 차일드 가문의 위세에 유야무야 대충 넘어갔다. 그들은 아무런 처벌도 받지 않았고, 아무런 사과도 하지 않았다.

그런 그들에게 린덴이 복수의 칼을 갈아온 것은 어찌 보면 당연하지 않을까? 만일 그들이 황태자에게 진심 어린 사과를 했으면 혹시나 뭔가가 달라졌을까? 그래도 황태자는 자신들의 피로 어머니의 원한을 갚으려 했을까? 물론 그것은 여러 정치적 상황상 적절하지 않은 가정이었다. 그래도 유리엔은 그게 항상 궁금하고 안타까웠다.

"아버지."

"왜 그러느냐?"

그녀는 한참을 머뭇거리다 물었다.

"실례되는 질문을 하나 해도 될까요?"

"해봐라."

암셀은 선선히 고개를 끄덕였다. 하지만 유리엔은 당돌한 평소 성격과 다르게 쉽게 입을 열지 못했다. 아무리 딸이라도 아버지의 기분을 너무 상하게 할까 봐 꺼려졌던 것이다.

"괜찮다. 말해봐라."

결국, 유리엔은 조심스러운 목소리로 물었다.

"……혹시 황태자 전하께 그날의 일을 사과할 생각은 지금까지 한 번도 없으셨나요?"

딸의 질문을 받은 순간 암셀의 표정이 차갑게 굳었다. 마치 얼음장처럼. 한동안 둘 사이에 불편한 침묵이 흘렀다. 암셀은 얼굴을 굳힌 채 아무런 대답도 하지 않았다. 유리엔은 괜한 질문을 한 것 같아 후회스러운 마음이 들었지만 한번은 꼭 물어보고 싶었다. 이 모든 비극의 시작이 된 그날의 일을 아버지가 어떻게 생각하고 있는지.

"사과? 무슨? 난 네가 무슨 이야기를 하는지 잘 모르겠구나. 왜 우리가 사과해야 하지?"

"아버지."

암셀은 배에서 다시 통증이 올라오는지 인상을 찌푸리며 말을 이었다.

"넌 우리가 왜 그런 일을 벌였다고 생각하고 있는 거냐? 이 암셀이 왜 그런 죄악을 저질렀겠어?"

"……아버지."

"자그마치 20년이다, 20년. 내 동생 마리엔이 황제 민체스터 때문에 고통받은 시간이."

복통 때문일까? 암셀은 입술을 깨물었다. 입술을 깨문 그의 이가 부르르 떨렸다.

"어린 시절부터 마리엔은 한결같이 민체스터만 바라봤다. 그가 자신에게 어떻게 대하든 상관없이. 아무리 냉대하고, 외면하고 고통을 줘도. 한없이 그만 바라보며 그를 도와주었다. 하지만 민체스터는 그런 내 동생에게 어떻게 했지? 외면하는 것도 모자라, 근본도 없는 여인을 황후로 앉혔어. 숱한 세월 동안 자신만을 바라본 내 동생은 보잘것없는 황비의 자리로 밀어버리고!

"……."

"그래, 황후, 황비의 자리 따위는 아무래도 괜찮아. 하지만 마리엔이 그 긴 세월 동안 얼마나 고통받았는지 너는 아느냐? 그렇게 광증에 빠질 때까지 20년, 무려 20년이야! 그 시간 동안 내 동생이 눈물 없이 잔 날이 며칠이나 될까? 그 모습을 지켜보며 내가 얼마나 아팠는지 너는 모를 것이다."

그 순간, 격통이 다시 덮쳐 암셀 후작은 신음을 흘리며 말을 끊었다.

"아, 아버지! 의사를……."

"아니, 됐다. 불러도 소용없어. 어쨌든."

암셀은 고개를 저었다.

"황태자와 우리는 이미 돌이킬 수 없는 강을 건넜다. 어쩔 수 없는 일이다. 둘 중 한 명은 피를 흘려야 해."

어쩔 수 없는 일이다! 그 말에 그녀는 입을 다물었다. 알고 있는 일이지만, 가슴이 답답했다.

암셀이 딸의 머리를 쓰다듬었다.

"유리엔, 내 딸. 마음이 그렇게 약해서 쓰겠느냐. 그래도 걱정하지 말거라. 내 너를 위해서라도 지지 않으마. 비록 몸이 이렇다 하나 이 싸움이 끝날 때까지는 버틸 수 있다."

✦❀✦

한편 황태자 측은 계속해서 귀족파를 압박했다. 대리청정을 통해 얻은 사법권으로 사소한 꼬투리라도 잡아 귀족파를 구속해 옥에 가뒀고, 일체의 참작도 없는 엄한 벌을 내렸다. 그리고 때맞춰 출범한 '로마노프 은행'은 차일드 가문의 날개를 꺾었다. 로마노프 은행이 새로이 발행한 '지폐'가 기존 화폐 질서를 완전히 개혁한 것이다. 그 결과 차일드 가문이 수호하던 금화본위제도가 흔들리기 시작했다.

정권 다툼과 상관없이 만성적인 통화 부족을 해결한 '지폐'의 개발은 훗날 역사에 린덴의 대표적 업적으로 칭송받는 일이었다. 그 여파를 몰아 린덴은 귀족파를 더욱 압박하는 발표를 하였다. 정식으로 황위를 이양받는 대관식 일정을 잡은 것이다. 더구나 이런 선언도 했다.

"황위에 오른 후, 혈탑의 비극 때 일어났던 일을 철저히 재조사하겠다! 죄가 있는 이는 단 한 명도 심판을 피하지 못할 것이다!"

귀족파로서는 간담이 서늘하다 못해 목이 떨어지는 듯한 말이었다. 무소불위의 권력을 쥔 그가 당시의 일을 재조사하면 어떤 일이 벌어지겠는가? 당시의 일에 가담했던 그들은 단 한 명도 화를 피하지 못할 것이다. 특히 차일드 가문과 마리엔 황비는 무조건 죽임을 당할 것이다. 그들을 지키려는 미하일도 마찬가지였다. 이 3명은 반드시 죽을 것이다.

그 압박에 맞서 3황자 측은 조용히 정변을 준비했다. 모든 면에서 밀리고 있는 그들에게 남은 수는 오로지 하나, 군사적 반역밖에 없었다. 그들은 은밀히 길버트 백작과 연락을 취하며 검기사단을 정비했다. 기회를 틈타 황태자의 목을 칠 수 있도록.

황태자의 사자궁.
린덴은 길버트 백작과 단둘이 면담하고 있었다. 그런데 사이가 틀어졌다는 소문과 다르게 둘의 분위기는 가까워 보였다. 아니, 단순히 가까운 게 아니라 대화 내용을 보니 뭔가 심상치 않았다.
"자네가 수고가 많군."

"아닙니다, 전하."

"그래, 하지만 조심해야 해. 귀족파 놈들이 눈치채서는 곤란하니까."

길버트 백작은 고개를 끄덕였다.

"네, 명심하고 있습니다."

"귀족파의 의심을 덜기 위해 자네가 조금 더 궂은일을 겪어야 할 텐데, 괜찮겠나?"

"제국의 불순분자를 솎아내는 일입니다. 얼마든지 감수할 수 있습니다."

믿을 수 없는 내용의 대화가 연이어 이어졌다. 귀족파가 믿고 있던 길버트 백작의 배신은 그들을 반역의 올가미로 얽어맬 황태자의 계략이었다. 황태자는 일부러 길버트 백작을 자신의 경호로 삼았고, 사람들이 보는 앞에서 연거푸 모욕을 주었다. 사이가 벌어진 것처럼 보이기 위함이었다.

"정말 수고가 많네. 이 공은 절대 잊지 않을 거야. 그러면 앞으로도 귀족파 놈들과 은밀히 연락을 유지해 주게."

"네, 전하."

"저들은 곧 미끼를 물 것이다. 초조할 테니까. 그때를 기다리고 있다가 한 번에 목을 칠 것이니, 그렇게 알고 있도록."

길버트가 나가자 린덴은 눈을 감았다.

'이제 곧 끝나겠군.'

린덴은 중얼거렸다. 이 함정으로 모든 것이 마무리될 것이다.

'모조리, 한 명도 빠짐없이 얽어맬 수 있어.'

그는 일부러 귀족파가 역모를 일으키도록 유도했다. 혈탑의 비극과 연관된 인물을 한 명도 빠짐없이 단두대로 보내기 위해서였다. 사실 그가 황제의 자리에 오른다고 해서 무작정 복수를 할 수는 없었다. 혈탑의 참사는 끔찍한 비극이었지만 워낙 오래된 일이었고, 그 당시의 일만으로 피의 복수를 하기는 어려웠다. 법적인 테두리 안에서는 어느 정도의 징역을 선고하기도 쉽지 않을 것이다. 그렇다고 황제라고 막무가내의 폭력을 행사할 수도 없었다. 그래서 생각한 계책이 귀족파가 군사적 정변을 일으키도록 유도하는 것이었다. 무려 군사 정변, 반역이니까 연관된 귀족파의 인원들을 모조리 단두대에 보낼 수 있었다. 오로지 복수를 위한 계책이었다.

'어머니, 누이. 정말 얼마 남지 않았습니다. 조금만 기다리십시오.'

린덴은 눈을 감은 채 중얼거렸다. 이 일만 끝나면 그는 과거에서 벗어날 것이다. 어머니와 누이의 한을 달래고, 그들을 악몽에서 해방할 것이다. 그런데 왜일까? 눈을 감은 그의 머릿속에 기뻐하는 어머니와 누이의 얼굴이 잘 떠오르지가 않았다. 그저 안개에 갇힌 듯 머릿속이 뿌옜다. 가슴도 이상하게 답답했다.

'너무 과로했나.'

린덴은 고개를 저었다. 최근 확실히 무리하긴 했다. 그는 피로한 눈을 감고 잠시 잠을 청했다.

늘 그렇듯 그는 똑같은 꿈을 꾸었다. 어머니와 누이가 나오는 꿈. 린덴은 꿈에 나타난 어머니와 누이에게 말했다.

"조금만 기다리십시오. 이제 정말 얼마 남지 않았습니다."

그런데 이번 꿈은 조금 이상했다. 원래 그가 어떤 말을 하든 일체의 표정 변함없이 가만히 그의 얼굴만 바라보다 끝나야 하는데, 그들의 눈빛이 살짝 변했다. 어딘지 안타까운. 슬픔이 깃든 눈빛으로.

린덴은 그들의 눈빛을 보고 의아한 표정을 지었다. 뭐지? 하지만 그 변화는 지극히 짧았다. 곧 그들의 눈동자는 평소의 무감정한 빛으로 돌아왔다. 마치 그가 잘못 보기라도 했던 것처럼.

그런 그들에게 린덴이 무어라 입을 열려는 순간이었다. 무채색의 세계가 흐트러지며, 그는 번뜩 눈을 떴다. 꿈에서 깨어난 것이다.

"아……."

린덴은 고개를 흔들었다. 무언가 멍한 느낌이었다. 뭐였지, 방금 꿈은? 그들이 왜 그런 눈빛을? 긴 세월 동안 꾸어온 악몽이지만 그들의 그런 표정은 처음이었다.

"내가 많이 피로하긴 한가 보군."

린덴은 쓴웃음을 지었다.

'이 악몽도 곧 마지막이야.'

그는 한숨을 내쉬었다. 그때 문득 그녀가 떠올랐다. 엘리제, 자신의 소녀. 갑자기 그녀의 얼굴이 보고 싶었다. 아무런 말도 하지 않고 그냥 옆에서 그녀를 느끼고 싶었다.

그렇게 서로가 서로의 목숨을 노리는 살얼음 같던 대치 속에서 그 균형이 깨지는 일이 발생했다. 지병을 앓던 암셀 후작이 쓰러진 것이다. 그만 바라보던 귀족파로서는 청천벽력 같은 일이었다.

❧

로즈데일병원의 최상층, VVIP 입원실. 오로지 차일드 가문을 위한 그곳은 층 전체가 하나의 병실로 이루어져 있었다. 그 병실의 깊은 곳, 병상의 침대에 파리한 안색의 장년인 암셀 후작이 누워 있었다.

'외숙부.'

미하일은 침중한 얼굴로 그를 바라봤다.

"몸은 좀 어떻습니까, 외숙부?"

"……괜찮습니다, 전하."

암셀은 애써 차분한 목소리로 답했지만 전혀 괜찮은 얼굴이 아니었다. 거의 시체 같은 낯빛. 미하일은 방금 전 의사에게 들었던 말을 떠올렸다.

"원래부터 췌장이 기능을 거의 못 했는데, 거기에 괴사성 췌장염이 합병되었습니다."

"괴사성 췌장염이 뭐지?"

"쉽게 말해 감염증으로 췌장이 썩어 들어간다고 생각하시면 됩니다."

"치료는 할 수 있는 건가?"

"항생제를 쓰고는 있지만 어렵습니다. 마음의 준비를 하고 계셔야 할 듯합니다. 짧으면 며칠, 길면 일주일에서 열흘 정도 안에 사망하실 확률이 높습니다."

절망적인 대답이었다.

암셀 후작이 미하일에게 나직이 말했다.

"그런 표정 짓지 마십시오, 전하. 저는 괜찮습니다."

"뭐가 괜찮습니까? 이렇게 안 좋으면서……!"

미하일은 주먹을 움켜쥐었다. 암셀은 쓸쓸히 웃으며 속으로 생각했다.

'하필 이렇게 정국이 안 좋을 때 쓰러지게 되다니. 내가 며칠이나 더 버틸 수 있을지 모르겠구나.'

그도 직감하고 있었다. 자신의 목숨이 얼마 남지 않았음을.

'내가 쓰러지면 앞으로 어떻게 한단 말인가.'

암셀은 탄식했다. 귀족파의 수장인 그가 급환으로 사망하면 귀족파는 끝장이었다. 그렇지 않아도 흔들리고 있었는데, 모래성처럼 무너질 것이다.

'죽는 것은 두렵지 않다. 하지만 내 딸 유리엔은? 마리엔은? 저 미하일 전하는?'

잠시 눈을 감았다.

'안 돼, 이렇게 세상을 떠나면. 죽기 전에 정변을 마무리해야 해.'

자신이 죽으면 귀족파는 무너질 것이다. 그러면 정변을 일으키기도 전에 끝이었다. 그러니 서둘러 정변을 마무리해야 했다.

"전하."

"네, 외숙부."

"아무래도 시기를 앞당겨야 할 것 같습니다."

미하일의 얼굴이 굳어졌다.

"다행히 길버트 백작에게서 얼마 전 연락이 왔습니다. 조만간 황태자가 론도 근교를 방문할 예정이라고요."

암셀은 떨리는 목소리로 말했다.

"마침 그곳은 총기사단의 주둔지와는 거리가 멀고 검기사단의 군영과는 일직선으로 가까운 곳입니다. 거사를 시행하기에 가장 최적의 시기와 장소입니다."

"……."

"이제 더는 미룰 수 없습니다. 제가 죽으면 정변을 일으키기도 전에 귀족파는 무너질 것입니다. 그러니 이번이 마지막 기회입니다."

암셀은 고열에 달뜬 얼굴로 힘겹게 말을 이었다.

"그러니 이번 기회에 반드시 황태자의 목을 쳐야 합니다. 마음 굳게 먹으십시오, 전하."

"……알겠습니다."

미하일의 무거운 목소리에 암셀이 미하일의 얼굴을 유심히 살폈다.

"전하, 혹시 아직도 황태자에게 검을 빼 드는 것이 꺼려지십니까?"

미하일은 잠시 답을 하지 못했다. 하지만 곧 고개를 저었다.

"아닙니다. 이 방법 외에는 다른 수가 없다는 것, 잘 알고 있습니다. 마음 굳게 먹고 있으니, 외숙부는 걱정하지 마십시오."

그러며 미하일은 병실에서 일어났다.

"이만 가볼 테니 외숙부는 몸조리 잘하고 있으십시오. 만약 다음에 왔을 때 더 안 좋아져 있으면 혼내줄 것입니다."

암셀 후작은 옅게 웃으며 답했다.

"네, 좋아질 테니 걱정하지 마십시오."

병실을 나온 미하일은 창밖을 보며 한숨을 내쉬었다.

'마음을 굳게 먹어야 하는데.'

그는 씁쓸히 생각했다. 도저히 잘 되지가 않았다. 형님을 죽이지 않으면 자신들이 죽는다. 어머니도 죽는다. 그러니 형님을 죽여야 한다. 그것은 변하지 않는 명제였다. 하지만 왜 이리 가슴이 답답할까? 왜 이리 가슴이 터질 것 같을까?

"하아."

도저히 상상이 되지 않았다. 자신이 형님의 목을 베는 장면을 생각하는 것만으로도 손이 떨렸다.

'내가 과연 할 수 있을까?'

하지만 해야 했다. 이제는 이 방법밖에 남지 않았다.

'빌어먹을. 빌어먹을.'

어떻게든 다른 방법은 없을까?

'리제.'

미하일은 창밖을 바라봤다. 그곳엔 황실십자병원이 있었다. 자신이 사랑하는 엘리제가 있는 곳. 갑자기 그녀의 얼굴이 보고 싶었다. 이미 이뤄질 수 없는 사랑이지만 그래도 그냥 잠시라도 좋으니 얼굴이 보고 싶었다. 환자를 진료하며 반짝이는 그 눈이 보고 싶었고, 시시껄렁한 농담에 웃는 미소도 보고 싶었다. 잠시라도 좋으니 함께 있고 싶었다.

"하아."

그는 깊고 깊은 한숨을 내쉬었다.

❦

엘리제는 그때 병원에서 민체스터의 진료를 보고 있었다. 이제 정식 약혼자가 되었으니 진작에 어의직에서 사퇴하는 것이 맞지만, 황제가 아직 건강을 되찾지 못한 관계로 그녀의 퇴직도 뒤로 미뤄지게되었다. 그래도 그녀의 노력 덕에 민체스터는 많이 안정되었다. 혈압을 비롯한 활력 징후도 완전히 정상으로 돌아왔고, 여러 수치도 안

정적이었다. 다만 의식만이 아직 회복되지 않은 상태였다.

'언젠가는 돌아오시겠지.'

그녀는 그렇게 생각했다. 심장마비 후 심폐소생술을 한 경우, 원래 의식 회복이 더디다. 그래도 그녀가 옆에서 곧바로 심장 마사지를 시작했었고, 심폐소생술 시간도 길지 않았기 때문에 언젠가는 의식이 회복될 거라 생각했다.

'하아. 그것보다.'

그녀는 황제의 병실 한편에 놓인 진료 책상 앞에 앉아 한숨을 내쉬었다.

'정국은 어떻게 되는 것일까?'

돌아가는 소문들이 심상치 않았다. 귀족파의 구속, 로마노프 은행의 출범, 대관식, 암셀의 급환.

'이전 삶과 똑같아.'

그녀는 쓸쓸한 표정을 지었다. 어떻게 이렇게까지 똑같을까? 비록 시기는 달랐지만, 지금 론도에서 일어나고 있는 일들은 과거를 그대로 재현하고 있었다.

'암셀 후작의 급환 소식까지.'

그녀는 허리를 숙여 책상 위에 팔을 대고 얼굴을 묻었다. 복잡한 소식 때문인지, 마음이 답답했다.

'난 어떻게 해야 하지.'

린덴과 미하일을 위해 노력하겠다고 결심했다. 하지만 이 소용돌이치는 정국 속에서 어떻게 해야 하는 걸까?

'이대로 가만히 있을 수는 없어.'

곧 정변이 일어난다. 궁지에 몰린 귀족파가 들고 일어설 것이다.

하지만 그건 황태자의 함정이다. 정변은 철저히 제압되고, 관련된 수많은 이의 피가 흐르게 된다. 미하일도 죽고, 1황비도 죽고, 유리엔도 죽는다. 자신에게 원던 베이커리의 케이크가 최고라고 말하던 다혈질 메르키트 백작도 죽는다. 그 밖에 지금껏 자신의 치료를 받고 감사하다고 말하던 수많은 이가 죽는다.

하늘이 눈물 흘린다고 역사서에 기록될 정도로 비참했던 론도의 비극. 그 비극이 곧 일어난다.

'밀에게 정변을 포기하라고 부탁해 볼까?'

부탁이 대수겠는가? 비극만 막을 수만 있다면 무릎을 꿇고 빌 수도 있다. 하지만 그건 근본적인 대책이 되지 않는다. 서로가 칼을 들게 된 과거의 괴로움을 해결하지 않는다면, 그들은 결코 칼을 거두지 않을 테니까.

'내가 할 수 있는 것이 무엇일까?'

그녀는 자신이 할 수 있는 것을 떠올려 보았다. 최대한 객관적으로 생각해 보았다.

제국 최고의 의사.

시민들의 많은 지지를 받는 명사.

황태자의 약혼녀.

귀족파와 황제파가 동시에 가깝게 생각하는 이.

절대 면책권인 황실 십자가의 소유자.

이것들이 바로 그녀가 가지고 있는 것이다. 이걸 통해 과연 무엇을 할 수 있을까?

'엘리제, 이제 시간이 없어. 곧 비극이 일어날 거야. 그 전에 네가 할 수 있는 것을 해야 해.'

물론 그녀도 본인을 과대평가하지는 않았다. 비록 많은 명성을 얻고 있지만, 자신이 힘없는 사람임은 알고 있다. 두 거대한 세력끼리의 정권 다툼에 일개 의사인 자신이 무슨 영향을 끼칠 수 있겠는가?

'그래도 어떻게든 해보고 싶어. 소중한 사람이 죽는 것을, 그리고 나중에 그가 후회로 괴로워하는 것을 보고 싶지 않아.'

그녀는 책상에 엎드린 채 한숨을 내쉬었다. 고민 때문인지 몸이 무거웠다. 엘리제는 무거운 머리를 짚고 허리를 폈다. 띵하고 현기증 나는 시야를 바로잡으며 자리에서 일어나려는 순간이었다. 그녀는 생각지도 못 한 인물을 보고 놀란 표정을 지었다.

"린…… 덴?"

검은 머리, 조각 같은 얼굴. 황태자 린덴이 그녀를 바라보고 있었다.

"언제…… 오셨어요?"

"아까."

"죄송해요. 오신 줄 몰랐어요."

린덴은 고개를 저었다.

"아니다. 그냥 얼굴만 보려고 온 것이니까. 아바마마는 괜찮으신가?"

"네, 많이 좋아지셨어요."

"그렇군. 항상 고맙다."

"아니에요. 당연히 제가 해야 하는 일인걸요. 그런데……."

그녀는 그의 얼굴을 보며 머뭇거렸다.

"왜 그러지?"

"……아니요."

엘리제는 한숨을 삼켰다. 그녀와 그는 제법 오랜만에 보는 거였다. 3황자 측과 이런저런 다툼으로 린덴은 엘리제를 만나러 오지 못했다. 그런데 오래간만에 마주한 그의 얼굴은 좋지 않았다. 평소와 달리 피로감이 가득한 긴장된 얼굴이었다.

"왜 그러는가? 말해봐라."

린덴이 엘리제에게 말했다. 그녀는 머뭇거리다 입을 열었다.

"……잘 지내셨는지요?"

많은 의미가 함축된 물음에 린덴이 잠시 입을 다물었다가 답했다.

"잘 못 지냈다."

"아……."

"그대가 보고 싶어서 말이지."

린덴은 그녀에게 다가오더니 백금발을 부드럽게 쓰다듬었다. 그리고 가만히 그녀를 자신에게 끌어당긴 후 이마에 입을 맞추었다.

"리제."

"린덴……."

그가 그녀의 볼을 어루만졌다.

"넌 잘 지냈느냐? 몸은 아프지 않았고?"

작금의 어지러운 정국과 전혀 다른 따뜻한 말에 엘리제는 이유 없이 울컥한 마음이 들었다.

"……괜찮았어요."

"거짓말. 조금 전에도 몸이 안 좋은 것 같던데. 왜 이렇게 자주 아픈 거지? 속상하게."

"정말, 정말로 괜찮아요."

엘리제는 그의 품속에 얼굴을 파묻었다. 마음이 답답해서일까? 그의 단단한 품을 느끼고 싶었다.

"하아, 안 되겠어. 아바마마의 진료는 밴이나 다른 교수에게 맡기고 그대도 입원시켜야겠어. 이렇게 맨날 아픈데 무슨 놈의 진료야."

그녀는 가만히 웃었다. 그 미소에 린덴은 불만 섞인 표정을 지었다.

"웃지 마라. 난 진지하니. 입원시킨 후 머리끝부터 발끝까지 다 검사해 봐야겠어. 하여튼 이 병원의 의사들은 뭘 하는 것인지. 내 비가 될 그대가 툭하면 아픈데 보고만 있다니, 다 잘라버려야겠어."

린덴은 다시 한숨을 내쉬더니 그녀를 바라봤다.

"리제."

"네."

"잠시 산책이나 할까, 우리? 혹시 바쁜가?"

엘리제는 고개를 저었다.

"안 바빠요."

둘은 황궁의 정원을 걸었다. 언제 시간이 그렇게 간 것일까? 벌써 겨울이었다. 이미 낙엽이 진 나무에는 흰 눈이 희끗희끗 쌓여 있었다.

"춥지는 않나?"

"괜찮아요. 날씨가 제법 따뜻한걸요. 하나도 안 추워요."

"거짓말하지 마라. 얼굴이 빨가면서."

그는 자신이 입고 있던 코트를 벗어 그녀에게 둘러주었다. 그리고 한 손으로 그녀의 어깨를 감싸 안았다. 최대한 춥지 않도록.

"추운데 괜히 나왔군. 빨리 돌아가야겠어."

하지만 엘리제는 고개를 저었다.

"저 정말 괜찮아요. 그리고……."

"그리고?"

"조금 린덴과 걷고 싶어요. 이렇게 같이 걷는 게 좋아서……."

그 말에 린덴은 엘리제의 눈을 바라봤다. 그녀도 그를 바라봤다. 둘의 눈동자가 잠시 허공에서 얽혔다.

"사랑한다, 엘리제."

"……저도요, 린덴."

둘의 얼굴이 겹쳐졌다. 입술과 입술이, 혀와 혀가 섞여 들어갔다. 달콤한 사랑이 담긴 키스. 그는 세상에서 가장 소중한 보석을 다루듯 그녀의 뺨을 어루만졌다.

'아, 린덴.'

왜일까? 그의 사랑을 느끼는데 가슴이 울렁거렸다. 달콤했지만 슬픈 느낌이 들었다. 아마 자신이 그를 사랑하기 때문일 것이다. 곧 그가 일으킬 혈사, 복수를 끝내고 그 피의 무게를 감당하지 못하고 괴로워할 그를 생각하는 게 아팠기 때문이다.

깊은 입맞춤 후 그는 그녀를 놔주었다.

"그러면 잠시만 걸을까?"

"……네."

"추우면 바로 이야기하고. 감기 걸리면 혼내줄 테니."

그렇게 둘은 정원 길을 산책했다. 손을 잡고 말없이 서로를 느끼며. 그렇게 조용히 걷다가 엘리제가 눈 덮인 나무를 보며 문득 말했다.

"이러고 있으니까 그곳이 생각나요."

"어디?"

"크림반도의 우크라산맥이요."

"아…… 힘든 기억이었지."

린덴은 혀를 찼다. 포로로 잡혀간 그녀를 그가 구출해 둘은 우크라산맥을 통해 탈출했었다. 확실히 힘든 기억이었다. 둘 모두 죽을 뻔했으니까.

하지만 엘리제에게는 애틋한 기억이기도 했다. 그녀는 그에게 몸을 기댔다.

"그래도 지금 생각해 보면 나쁘지 않았던 것 같기도 해요."

"왜?"

"린덴…… 당신과 같이 있었잖아요."

그 말에 린덴은 잠시 그녀를 빤히 바라봤다. 그 깊은 시선에 엘리제는 약간 민망한 마음이 들어 얼굴을 피했다.

"왜…… 그렇게 보세요?"

그 순간, 그가 와락 그녀를 껴안았다. 마치 품에서 절대 놔주지 않겠다는 듯.

"린…… 덴?"

엘리제는 놀라 린덴을 불렀다. 그가 말했다.

"사랑한다."

짧지만 강렬한 마음이 담긴 문장. 그가 그녀를 안은 그대로 귓가에 대고 말을 이었다.

"리제, 하나만 부탁해도 되겠느냐?"

"네, 말씀하세요."

"내 곁에 영원히 있어주겠느냐?"

뜻밖의 부탁에 엘리제는 흠칫 놀라 그를 바라봤다. 바로 눈앞에 놓인 그의 금색 눈은 그녀를 갈망하고 있었다.

"그게…… 갑자기 무슨 말씀이세요?"

"그냥."

린덴은 그녀의 눈가에 입을 맞추었다.

"네가 없다면 난 한순간도 못 버틸 것 같아서, 그래서 부탁하는 거다. 제발 내 곁에 영원히 있어주지 않겠느냐?"

"전 린덴의 곁에 영원히 있을 거예요."

"그렇지?"

"네, 영원히. 영원히 함께할 거예요."

린덴은 잔잔히 미소 지었다.

"고맙다. 난 너만 있다면 다 상관없다. 모두 괜찮아. 하지만 네가 없다면 견디지 못할 거다."

"린덴……."

엘리제는 그의 말을 듣는데 이유 없이 가슴이 울렁거렸다. 그녀는 손을 들어 그의 등을 껴안았다. 그렇게 둘은 겨울 정원에서 잠시 말 없이 서로를 안고 있었다. 싸늘한 바람이 둘의 볼을 스칠 때쯤, 린덴이 그녀를 놔주었다. 그는 고개를 저었다.

"미안하다. 내가 요즘 피로해서 괜히 쓸데없는 이야기를 한 것 같군. 그냥 해본 말이니, 크게 신경 쓰지 말도록."

린덴은 아쉬운 듯 다시 그녀의 볼을 어루만진 후 말했다.

"바람이 차니 그만 들어가자."

그리고 그는 궁 쪽으로 발걸음을 옮겼다. 엘리제는 따라가지 않고 우두커니 서서 그의 등을 바라봤다.

'전하…… 린덴…….'

왜일까? 왜 이렇게 가슴이 먹먹할까?

'보고 싶지 않아.'

그래, 그가 비극을 일으키는 것을 보고 싶지 않았다. 그로 인해 수많은 이가 죽는 모습을 보고 싶지 않았고, 그 피의 무게를 감당하지 못하고 그가 괴로워하는 모습도 보고 싶지 않았다. 왜냐면 자신은 그를 사랑하니까. 이미 그는 자신에게 너무나 소중한 사람이 되었으니까. 그래, 이제 그는 그녀 자신보다 소중한 사람이었다.

'아……'

그 사실을 떠올린 순간, 그녀의 머릿속에 한 가지 생각이 떠올랐다.

'가능할까?'

엘리제는 침을 꿀꺽 삼켰다. 대단한 방법은 아니었다. 아니, 오히려 방법 자체는 단순했다. 문제는 이 방법이 과연 효과가 있을까 하는 것이었다. 어쩌면 역효과만 불러일으킬 수도 있다. 단순히 역효과가 아니라, 그녀는 그의 분노에 직면할 수도 있다.

'하지만 이 방법 외에는 없어.'

엘리제는 자신의 역량을 잘 알고 있다. 그녀는 다가올 비극을 막을 능력이 없다. 자신은 그저 일개 의사이자 황태자의 약혼녀일 뿐 힘을 가진 세력가가 아니었으니까.

그러나 방금 떠올린 이 방법은 오로지 그녀만이 가능한 것이었다. 아니, 이 방법 외에는 그녀가 다가올 비극에 맞서 할 수 있는 것이 없었다.

'그런데 해도 될까? 전하께서 많이 분노하실 수도 있어.'

그녀는 그를 사랑한다. 이제 그녀도 그가 없으면 살 수가 없다. 하지만 이 방법을 잘못 사용하면 그는 자신에게 분노할 수도 있다. 어쩌면 너무나 실망한 나머지 자신을 떠날지도 모른다. 그만큼 그의 원한은 크고 깊었으니까.

'하지만 전하가 아픈 걸 보고 싶지 않아…….'

엘리제는 입술을 깨물었다. 그의 분노를 사는 것은 무서울 정도로 싫었다. 하지만 그래도 사랑하기 때문에 감수해야 하는 것 아닐까?

"엘리제?"

앞서 가던 린덴은 의아한 얼굴로 그녀를 돌아보았다.

"오지 않고 뭐 하지?"

엘리제는 주저하며 말했다.

"전하."

그녀는 린덴이 아닌, 전하란 단어를 사용했다.

"왜 그러지?"

"지난번 승작식 때 저에게 황실 십자가를 주셨잖아요."

"그랬지. 그런데 그건 왜 이야기하지?"

"그러면 저는 한 가지 잘못을 해도 전하의 용서를 받을 수 있는 것인가요?"

린덴은 흠칫 그녀를 바라보았다. 작은 소녀는 떨리는, 하지만 굳은 눈동자로 그를 보고 있었다. 무언가 가벼운 이야기가 아니란 것을 깨달은 그도 표정을 굳혔다.

"무슨 일이길래 그러지?"

"아직은 말씀드릴 수 없어요."

그는 인상을 찌푸렸다. 뭐지, 갑자기? 억지로 더 물어보려다 입술을 깨물고 있는 엘리제를 보고 고개를 저었다. 궁금하긴 했지만 그녀가 자신에게 해로운 일을 하진 않을 것이라 믿은 것이다.

"아니, 황실 십자가를 사용하는 것은 허락하지 않겠다. 이제 곧 황위에 오를 이로서 면책권은 인정하지 않겠어.”

“네? 그게 무슨? 분명 황실 법에 무조건적인 면책권을 인정한다고…….”

엘리제는 당황해 그에게 항의했다. 피식 웃은 린덴은 엘리제에게 다가가 부드럽게 끌어안았다. 그 다정한 포옹에 엘리제는 눈을 크게 떴다.

“……전하?”

“엘리제, 뭘 그렇게 두려워하는 거냐? 면책권? 그게 우리 사이에 왜 필요하지?”

린덴은 고개를 저었다.

“왜 네가 이런 이야기를 하는 것인지는 모르겠지만, 네가 설마 진짜 잘못을 저지르거나 하지는 않겠지. 아니, 잘못을 저질러도 상관없다. 내가 널 사랑하니 다 용서해 주마. 그러니 무슨 일이든 마음껏 해도 좋아.”

“……전하.”

그 한없는 애정에 엘리제는 고개를 숙였다.

“내가 너에게 황실 십자가를 준 것은 죄를 지었을 때 그걸로 용서를 빌라는 것이 아니었다. 어차피 네가 그런 죄를 저지를 리도 없고, 우리 사이에 무슨 면책권이냐? 그저 아바마마를 구해준 것에 대한 감사의 표시일 뿐이었다.”

따뜻한 그의 말 덕분일까? 엘리제는 조금 용기를 가졌다. 그래서 조심히 물었다.

“그러면 전하. 저…… 조금은 주제넘은 짓을 해도 괜찮을까요?”

“주제넘은 짓?”

"네."

린덴은 눈썹을 찌푸렸다. 도대체 이 소녀가 무슨 일을 하려는 것일까? 엘리제가 다시 떨리는 목소리로 물었다.

"제가 혹시 기분을 상하게 하더라도…… 그래도 저 싫어하지 않으실 건가요?"

결국, 린덴은 와락 그녀를 안았다. 그리고 거칠게 그녀의 입술을 덮쳤다. 린덴은 그녀의 입술을 범하며 불쾌하다는 듯 내뱉었다.

"네가 무슨 일을 하려는 것인지는 몰라. 궁금하지만 네가 원치 않으니 더 물어보지 않겠다. 하지만 내가 너를 싫어하게 된다니, 그걸 지금 질문이라고 하는 건가? 응?"

"저, 전하……."

"내가 널 싫어하는 일 따위는 절대 있지 않아. 알겠어?"

그러며 그는 그녀의 붉은 입술을 지그시 깨물었다. 똑똑히 알라는 듯, 일부러 아프게. 엘리제는 그를 느끼며 눈을 감았다.

'네, 감사해요. 사랑해요, 린덴.'

그러며 그녀는 간절히 마음속으로 바랐다. 물론 알고 있다. 지금 자신이 하려는 일을 해내도 비극을 막을 수 있는 확률은 굉장히 적다는 것을. 그래도 모두가 행복하게 되었으면, 제발 그럴 수 있었으면.

❀

린덴과 헤어진 엘리제는 병원으로 돌아왔다. 그리고 전임 어의인 밴 자작을 찾았다.

"무슨 일입니까, 백작님?"

"죄송하지만 잠시만 폐하의 진료를 맡아주실 수 있으실까요?"

"아, 네. 물론이죠. 그런데 무슨 일로?"

"어디 다녀올 데가 있어서요. 오래 걸리지는 않을 거예요."

밴은 의아한 표정을 지었으나, 엘리제는 더 이상의 설명은 하지 않았다. 그녀는 이곳 병원의 일만 하는 것이 아니니, 무언가 용무가 있을 거라 생각한 밴은 고개를 끄덕였다.

"네, 조심해서 다녀오십시오."

"감사해요. 폐하는 현재 대부분 호전된 상태라서 기본적인 처치만 하면 될 듯해요. 지금 들어가고 있는 보조약들과 수액은…… 그리고 영양 공급은…… ."

그녀는 밴에게 황제의 상태에 대해 소상하게 설명하고 진료 기록표를 인계했다. 하나라도 놓칠까 봐 꼼꼼하게 재확인하기까지 했다. 마치 가족을 걱정하는 듯해 밴은 웃으며 말했다.

"너무 걱정하지 마십시오. 폐하는 제가 책임지고 진료하고 있을 테니까요."

그녀는 자신의 방으로 돌아와 가운과 진료복을 벗고, 활동이 편한 가벼운 외출복으로 갈아입었다. 그리고 코트를 걸치고 왕진 가방을 들었다. 엘리제는 방을 나서며 스스로에게 물었다.

'그런데 내가 지금 하려는 일이 정말 옳은 것일까?'

솔직히 잘 모르겠다. 확신이 없었다. 무엇보다 어떤 결과를 가져올지 예측할 수가 없다. 자신이 이렇게 행동한다고 해도 아무런 의미가 없을지도, 황태자의 분노만 자극할지도 모르겠다. 아니, 이 일을 하면 자신은 그의 분노를 살 확률이 높았다. 어쩌면 그는 자신에게 실망할 수도 있었다.

그녀는 입술을 깨물었다.

'싫어.'

그가 자신에게 실망하다니. 그래서 싫어하게 된다니. 그것을 떠올리는 것만으로도 까마득한 아픔이었다. 가슴이 무너지는 것 같아 상상하고 싶지도 않았다. 하지만 해야 했다. 그를 사랑하니까. 자신이 할 수 있는 일은 이 방법 외에는 없으니까. 그러니 미움받을 것을 각오하고 해야 했다.

'주여, 도와주시옵소서.'

짧게 기도한 엘리제는 방을 나섰다. 시간이 없었다. 암셀 후작이 급환으로 쓰러진 이상, 과거를 비추어 볼 때 앞으로 남은 시간은 고작해야 2~3일. 그 안에 모든 것을 해결해야 했다.

"백작님을 뵙습니다!"

로열가드들이 그녀를 알아보고 경례했다.

"어디로 가십니까? 마차를 부를까요?"

로열가드의 물음에 엘리제는 고개를 저었다. 마차는 필요 없었다. 그녀의 목적지는 바로 옆이었으니까. 엘리제는 고개를 들어 황궁 안 한 건물을 바라봤다. 황태자 린덴의 사자궁 옆의 흰색 건물, 장미궁이었다.

"밀."

엘리제는 그 장미궁 주인의 이름을 가만히 불러보았다. 그녀가 찾아가는 곳은 장미궁, 바로 3황자 미하일을 만나러 가는 것이었다.

32장
움직임

엘리제가 장미궁을 방문하자 시종이 곤란한 얼굴로 말했다.

"아, 전하께서는 지금 궁에 계시지 않는데…… 죄송합니다."

"언제 돌아오시나요?"

"아마 3시간 정도 걸릴 듯합니다. 돌아오시면 방문 사실을 고해 드릴까요?"

3시간. 기다리고 있기에는 긴 시간이었다. 하지만 엘리제는 고개를 저었다.

"아니요, 그냥 여기서 기다리고 있을게요."

다른 용무였으면 돌아갔다 다시 왔겠지만 그럴 만한 사안이 아니었다.

"알겠습니다. 안쪽으로 안내해 드리겠습니다."

시종은 그녀를 안쪽 응접실로 안내했다. 엘리제는 시종이 내온 차를 마시며 가만히 미하일을 기다렸다.

'잘되어야 할 텐데.'

그녀는 생각했다. 이 일을 하려면 일단 미하일의 승낙이 필요했다.

'밀은 거절하지 않을 거야. 오히려 환영할 거야.'

3황자는 한결같이 싸움을 원하지 않았다. 사실 그가 원하는 것은 황위가 아니라 자유로운 새처럼 저 하늘을 훨훨 나는 것. 문제는 혈탑의 비극의 당사자인 암셀 후작과 황태자의 반응이었다. 일단 황태자의 반응을 차치하고라도, 암셀 후작에게 어떻게 말을 해야 할지도 막막하긴 했다.

그때였다. 응접실 안에서 생각지도 않은 소리가 들렸다.

끼잉.

'응?'

웬 강아지였다. 품종 좋은 혈통이 아닌 길거리에서 흔히 볼 수 있는 누런 강아지.

'웬 강아지지? 밀이 강아지를 키웠었나?'

엘리제는 고개를 갸웃했다. 강아지는 그녀에게 다가와 혀를 내밀어 다리를 핥았다. 그녀는 간지러운 느낌이 들어 다리를 의자 위로 올렸다.

"애, 간지러워."

강아지는 이번엔 왕진 가방을 바라봤다. 이런저런 물건이 잔뜩 든 가방이 신기한 눈치였다. 엘리제는 귀여운 마음이 들어 가방에서 청진기를 꺼내 강아지에게 보여줬다.

"이건 청진기야. 처음 보지? 그런데 넌 이름이 뭐니? 밀이 네 아빠니?"

끼잉!

맞는다는 듯 소리 지르는 강아지.

'강아지라니.'

누군가 선물한 것은 아닌 것 같았다. 족보가 있는 고급 품종도 아닌, 누리끼리한 평범한 강아지를 황족에게 선물하는 이는 없을 테니까.

'길에서 주어온 걸까? 밀답네.'

너무 미하일다운 행동에 엘리제는 자신의 상황도 잊고 쿡쿡 웃으며 강아지의 털을 어루만졌다.

끼잉.

강아지는 간지럽다는 듯 몸을 털었다. 그 모습을 보며 그녀의 눈동자가 점점 애잔해졌다.

'내가 하려는 일이 실패하면…… 이 강아지는 밀을 잃겠지?'

한숨이 나왔다. 어깨가 한층 무거워졌다. 그런데 그때 생각지도 못한 일이 일어났다.

멍!

강아지가 돌연 소리를 지르더니 그녀의 손에 들린 청진기를 낚아채 달아난 것이다.

"어! 안 돼?!"

엘리제는 깜짝 놀라 강아지를 쫓았다. 저 청진기는 장인에게 부탁해 특별히 제작한 최고급품이었다. 아니, 그걸 떠나 린덴이 선물해준 것이라 잃어버리면 안 됐다.

"얘! 이리 가져오렴!"

하지만 강아지는 장난을 치는 거로 생각했는지, 열심히 그녀에게

서 달아났다. 그렇게 장미궁에서 생각지도 못 한 술래잡기를 한 그녀는 숨을 몰아쉬었다.

"하아, 하아. 잃어버리면 안 되는데……."

엘리제는 허리를 숙여 손으로 무릎을 짚은 채 숨을 몰아쉬었다. 원래 바닥인 체력이라 조금만 뛰었는데도 숨쉬기가 힘들었다.

'어디로 간 거지? 아니, 여긴 어디지?'

정신없이 쫓아 장미궁 깊은 곳에 들어와 버렸다. 그런데 다시 응접실로 돌아가려고 몸을 돌렸을 때였다. 그녀의 발목을 우뚝 잡는 목소리가 들려왔다. 그녀가 서 있는 복도 옆에 자리한 방 안에서였다.

"그러면 그때 황태자의 목을 치는 것이오?"

"네, 그때가 아니면 더는 기회가 없습니다."

"총기사단이 움직이지는 않겠지요?"

"네, 그럴 걱정은 없습니다."

그 낮은 소곤거림을 듣고 엘리제는 침을 꿀꺽 삼켰다.

'이건?'

생각지도 않게 엿듣게 된 역모 모의였다! 심지어 아는 목소리도 있었다.

"길버트 백작이 정확한 시기를 알려주기로 했소. 황태자가 교외로 나가면 검제 전하와 검기사단이 급습할 것이오. 아무리 황태자가 공제라 불릴 정도로 강하다 해도 서대륙 최강의 오러 나이츠인 3황자 전하에 비할 바는 아니겠지요."

"이번이 우리에게 주어진 마지막 기회요. 반드시 성공해야 하오. 그를 죽이지 않으면 우리가 죽소."

엘리제는 손으로 입을 가렸다.

'이곳을 벗어나야 해.'

손이 파르르 떨렸다. 물론 그녀는 그들의 계획을 이미 알고 있었다. 하지만 그를 죽이려는 계획을 직접 귀로 듣자, 충격을 받지 않을 수 없었다.

'빨리 이곳을.'

혹시라도 자신이 그들의 계획을 엿들었다는 것을 들키면 상황이 곤란해진다. 다른 음모도 아닌, 역모다. 자신은 차기 황후가 될 신분이 아니던가. 아무리 귀족파가 그녀를 존경한다지만, 역모 계획을 엿들은 것을 알면 고분고분 놔주지 않을 것이다. 그들의 모든 것이 걸린 일이었기에 어떻게든 입을 막으려 할 것이다. 그리고 그렇게 되면 그녀의 계획은 시작부터 꼬인다.

'조심히. 발소리 내지 말고.'

워낙 긴장해서인지 발끝이 떨렸다. 그래도 다행인 것은 주군인 3황자의 장미궁이라서 그런지, 모의하는 이들이 크게 밖에 신경을 쓰고 있지 않다는 점이었다. 그렇게 한 걸음 한 걸음 옮기는 중이었다. 엘리제의 가슴이 철렁 내려앉는 소리가 울렸다.

멍! 멍!

청진기를 물고 있던 강아지가 엘리제에게 다시 돌아와 큰 소리로 짖었던 것이다.

'아! 안 돼!'

엘리제는 아득한 마음이 들었다. 등줄기로 한줄기 식은땀이 흘렀다. 그와 동시에 덜컥 문이 열렸다.

"누구냐!"

놀라 뛰쳐나온 이들은 그녀를 보고 눈을 부릅떴다.

"아니? 레이디 클로랜스? 어째서 이곳에?"

숨 막힐 듯한 적막이 그들 사이에 흘렀다. 엘리제는 최대한 당황하지 않으려 애썼다. 자신이 저들의 대화를 엿들었다는 것을 티 내면 안 된다.

"오, 오랜만이에요. 메르키트 백작님. 최근 몸은 괜찮으신지요?"

모의하던 이들 중, 가장 익숙한 메르키트 백작에게 말을 걸었다. 하지만 그는 친근하게 인사하던 평소와 다르게 한없이 딱딱한 얼굴로 물었다.

"……어디서부터 들었소, 엘리제 백작?"

"무슨 말씀이신가요?"

엘리제는 목소리가 떨리지 않도록 노력하며 반문했다. 그러나 메르키트는 백전노장의 정치인. 엘리제의 눈동자를 보고, 그녀가 자신들의 대화를 눈치챈 것을 직감적으로 알아챘다.

"……들어버렸구려."

엘리제는 흠칫 놀랐지만 태연을 가장하며 고개를 저었다.

"뭘 들었다는 건가요?"

"시치미 떼지 마시오. 허어……. 하필 다른 사람도 아닌 백작에게 들켜 버리다니."

메르키트는 깊게 탄식을 내뱉었다. 옆에 있던 다른 이들도 탄식을 뱉었다. 귀족파의 인원들은 모두 엘리제를 존경했다. 정치적 이념을 떠나 성녀와도 같이 여기고 있었다. 하지만 그녀에게 역모 모의를 들키다니, 이를 어떻게 한단 말인가? 이렇게 된 이상 아무리 등불을 든 여인이라도, 놔줄 수 없었다. 그녀를 놔주었다가는 거사를 치르기도 전에 음모가 새어 나갈 것이고, 그건 그들의 몰살을 뜻하는 것이었으니까.

"무슨 말씀을 하는지 잘 모르겠어요. 전 미하일 전하를 뵈러 온 것이니 돌아갈게요."

그녀도 곤란한 마음으로 말했다. 자신은 이미 저들의 음모를 알고 있었다. 하지만 지금 상황에서 괜찮다고 잠시만 날 믿으라고, 내가 어떻게든 해보겠다고 말할 수도 없었다. 그들은 결코 받아들이지 않을 것이다.

찰칵.

그때 역시나 섬뜩한 금속성이 울렸다. 그리고 그녀의 관자놀이에 차가운 느낌이 전해졌다.

옆에 서 있던 한 중년 귀족이 총을 겨눈 것이다. 귀족파의 중핵인 유트 자작이었다.

"이렇게 총을 겨눠 정말 죄송합니다, 백작님. 하지만 저희와 함께 가주셔야 할 것 같습니다."

그렇게 엘리제는 생각지도 않은 납치를 당하게 됐다.

'이런.'

그녀도, 귀족파도 모두 곤혹스러운 상황이었다. 특히 그녀보다는 귀족파가 더 곤혹스러워했다.

"이 일을 어찌 해야 한단 말이오? 하필 레이디 클로랜스에게 들켜 버리다니."

다른 이도 아닌, 황태자비가 될 그녀였다. 그녀를 놔주는 순간, 그들의 역모 모의는 곧바로 황태자의 귀에 들어갈 것이다.

"이대로 놔둘 수는 없습니다. 입을 다물게 해야 합니다."

한 귀족의 말에 다른 이가 쏘아붙였다.

"어떻게 입을 다물게 한단 말이오? 등불을 든 여인을 죽이기라도 하겠단 말이오?"

그 말에 모두가 침묵에 빠졌다. 입을 다물게 할 수 있는 가장 확실한 방법은 그녀를 죽이는 것이었다. 하지만 차마 그 방법을 원하는 이는 귀족파 중 아무도 없었다. 다른 이도 아닌, 등불을 든 여인 아닌가? 아무리 역모를 앞두고 있다지만 그런 고귀한 여인을 죽인다는 건 상상할 수도 없는 일이었다.

"감정적 이유를 떠나서도 그녀를 죽이면 안 됩니다. 우리가 그녀를 죽였다는 것을 시민들이 알면 그 후폭풍을 어떻게 감당합니까?"

"그러면 어떻게 합니까?"

"이대로 거사 날까지 그녀를 가둬두면 되지 않겠습니까?"

그 제안에 모두가 고개를 저었다.

"안 됩니다. 그녀가 사라졌다는 것을 곧 클로랜스가와 황실에서 알게 될 것입니다. 그러면 우리에게 혐의가 돌아올 게 불을 보듯 뻔한 일. 그러니 그것도 답이 되지 않습니다."

결국, 귀족파의 인원들은 한숨을 내쉬었다. 답이 없었다. 그녀를 가둬도 안 되고, 풀어줘도 안 된다. 그렇다고 죽이는 것도 답이 아니었다. 어차피 죽여도 변고를 눈치챈 황실이 그들을 의심할 것은 뻔했으니까.

'하아, 어떻게 해야 한단 말인가?'

메르키트 백작이 하늘을 보며 탄식했다.

'과연 우리는 성공할 수 있을까?'

연달아 악재만 터지다 보니 앞에 펼쳐진 운명이 너무나 어둡게 느껴졌다. 자신들은 과연 이 싸움에서 승리할 수 있을까?

그때였다. 한 거친 음성이 그들 사이를 갈랐다.

"이렇게 된 이상, 방법은 하나입니다!"

"칼라일 자작."

머리가 희끗희끗한 거친 인상의 남자는 육군 장성 출신인 칼라일 자작이었다. 그는 과거 검은 대륙에서 여러 전투를 경험한 경력의 소유자였다.

"지금 당장, 늦어도 내일 해가 떠오르기 전에 황태자를 쳐야 합니다!"

그 전격적인 말에 모두 흠칫 놀라 칼라일을 바라봤다.

"그게 무슨 말씀입니까? 당장 황태자를 쳐야 한다니?"

"간단합니다. 이제 남은 시간이 없기 때문입니다."

그러며 칼라일은 설명했다.

"저 엘리제 백작을 풀어줄 수도 없고, 그렇다고 우리가 가두든, 입을 막든 황실은 곧 그녀의 부재를 알게 될 것입니다. 단번에 우리를 의심하겠지요. 그러니 우리에게 주어진 시간은 황태자가 아직 그녀의 부재를 눈치채지 못한 지금뿐입니다."

무거운 침묵이 내리깔리며 귀족파의 분위기가 침중해졌다. 칼라일의 말이 맞았다. 이렇게 상황이 꼬인 이상, 원래의 계획을 밀고 갈 수는 없었다. 급작스러웠지만 황실이 그녀의 변고를 눈치채기 전, 일을 마무리해야 했다.

한숨을 토한 메르키트가 침묵을 깨고 입을 열었다.

"알겠습니다. 3황자 전하가 도착하면 이야기해 보겠습니다."

그런데 그때였다. 마침 벌컥 문이 열리며 미하일이 방으로 들어왔다. 그는 평소와 다르게 딱딱하기 그지없는 얼굴이었다.

"전하."

"이야기는 오면서 다 들었다."

그는 말했다.

"리제는 지금 어디에 있지?"

엘리제가 납치된 곳은 론도 근교의 별장이었다. 인적이 드문 그곳은 테즈강이 내려다보이는 위치에 있었다. 엘리제는 별장 안 침대에 누워 잠들어 있었다. 손은 묶여 있었다. 그 모습을 본 미하일의 얼굴이 더욱더 딱딱해졌다.

메르키트가 곤란한 얼굴로 말했다.

"그게…… 도주 우려 때문에…….."

"풀어. 지금 당장!"

서늘한 기세에 메르키트는 침을 꿀꺽 삼켰다. 미하일이 차갑게 물었다.

"그리고 왜 이렇게 자고 있는 거지? 이 향은? 설마 수면향인가?"

"……네, 전하."

미하일은 한숨을 내쉬었다. 낮은 한숨에 불과했지만 듣는 이는 이유 없이 섬뜩한 느낌을 받았다.

"치워. 당장."

"……네."

감시하던 기사들이 허겁지겁 밧줄을 풀고 수면향을 치웠다. 미하일은 굳은 눈으로 잠들어 있는 엘리제의 얼굴을 바라봤다. 안타까움과 아픔이 담긴 눈동자로.

'리제.'

그는 속으로 그녀의 이름을 부르며 손을 뻗어 조심히 그녀의 백금발을 어루만졌다. 간절히 바라지만 이제 절대 닿을 수 없는 그녀. 마음 깊은 곳에서 한숨이 새어 나왔다.

'하아.'

그때, 메르키트가 주저하며 입을 열었다.

"전하, 어떻게…… 하시겠습니까?"

거사에 대한 물음이었다.

"이야기를 들으셨겠지만 이렇게 된 이상, 원래 계획대로 진행하기는 어렵습니다. 곧 그녀의 실종 사실을 클로랜스가와 황태자가 눈치챌 것입니다."

미하일은 입을 다물었다. 메르키트는 말을 이었다.

"칼라일 자작의 말처럼 오늘 밤밖에 기회가 없습니다."

미하일은 고개를 끄덕였다.

"……그렇겠지."

"어떻게 하시겠습니까?"

미하일은 잠시 침묵하다가 답했다.

"검기사단에 전해. 오늘 밤, 야간 훈련이 있을 거니 준비하라고."

야간 훈련은 검기사단에서 흔하게 하는 일정이었다. 하지만 메르키트는 3황자의 말에 숨은 속뜻을 알아들었다. 그는 침중한 얼굴로 답했다.

"알겠습니다. 바로 준비하도록 하겠습니다."

미하일은 고개를 끄덕였다.

"먼저 나가 봐. 나는 곧 따라갈 테니."

"네, 전하."

조심스럽게 문이 닫히고 방 안에는 아직 잠에서 깨어나지 못한 엘리제와 미하일만 남게 되었다. 미하일은 그녀의 얼굴을 물끄러미 바라봤다.

"리제."

그는 다시 그녀의 이름을 불렀다. 조용히. 그녀가 깰까 봐 조심하며.

"이제 이렇게 널 보는 것도 마지막이겠지? 난 이제 형님과 싸우러 가야 하니."

그는 쓴웃음을 지었다.

"나 사실 너한테 하고 싶은 말 있다? 어쩌면 짐작하고 있을지도 모르지만……."

그의 손이 그녀의 백금발을 다시 어루만졌다.

"나 너 사랑해."

마음속에만 담아두었던, 지금까지 꺼내지 못했던 고백.

"많이. 정말 많이 사랑해."

미하일은 작게 중얼거렸다.

"모든 걸 다 잊고 네 얼굴만 보고 있고 싶을 정도로. 그냥 네 손만 잡고 있고 싶을 정도로."

그의 얼굴에 옅은 미소가 걸렸다. 이마를 가린 백금발을 쓸어 올린 그는 주저하며 살짝 입술을 맞췄다. 입술을 뗀 그는 그녀의 얼굴을 담으려는 듯, 하염없이 그녀를 바라봤다.

"나 이제 형님을 죽이러 갈 거야. 그런데 우스운 이야기지만 나……
잘할 수 있을지 모르겠어."

이제 마지막이라 생각해서일까? 그는 계속해서 가슴에 담아두었
던 이야기를 혼잣말로 꺼내었다.

"하긴 잘할 수 있는 게 이상한 거겠지? 형제끼리 죽이는 건데, 그걸
어떻게 잘할 수 있겠어? 역사서나 소설책 보면 황가의 형제들끼리 서
로 잘도 죽이던데, 어떻게 그렇게 잘하나 모르겠어. 말도 안 돼."

그는 이해할 수 없다는 듯 고개를 저었다.

"아니, 이상한 것은 나인가? 원래 황위를 앞에 두고는 피도 눈물
도 없이 비정해져야 하는데. 후세의 역사가들은 날 얼간이라 비웃을
지도 모르겠어."

거기까지 이야기한 그는 잠시 입을 다물었다. 그리고 다시 말했다.

"사랑해, 리제."

그는 한 번 더 그녀의 이마에 입술을 맞춘 후, 자리에서 일어나 자
신의 검을 들고 방을 벗어났다. 문을 닫기 전, 미하일은 고개를 돌려
그녀의 모습을 눈에 담았다. 아마 자신이 그녀를 보는 것은 이 순간
이 마지막이리라.

'우리, 이렇게 만나지 않았더라면 얼마나 좋았을까?'

그는 그렇게 생각했다. 만약 자신이 3황자가 아니었다면 얼마나
좋았을까. 아쉬운 건 그녀와의 관계뿐이 아니었다. 형님과도 이렇게
만나지 않았더라면 얼마나 좋았을까. 물론 의미 없는 가정일 뿐이다.
오늘 밤이 지나면 형님과 자신 중 누군가는 죽는다.

'내가 할 수 있을까.'

미하일은 자신의 검을 바라봤다. 급작스러운 거사였지만 승산이

없지는 않았다. 그건 그가 서대륙 최강검인 검제였기 때문이었다. 어떤 병력이 지키고 있어도 그의 앞을 막을 수는 없었다. 이 론도에서 그의 발걸음을 멈추게 할 수 있는 이는 오로지 공제 린덴뿐이었다. 아니, 사실 황태자도 객관적인 무력에서는 그의 상대가 되지 못했다. 방심만 하지 않는다면 그는 황태자와 비교해 몇 수 위의 무력을 지니고 있었다. 하지만 그럼에도 미하일은 자신이 형님의 목을 베는 모습이 상상이 되지 않았다.

'싸우기도 전에 이런 꼴이라니. 정신 차려. 오늘 싸움에 모든 것이 달려 있어.'

미하일은 복잡한 상념이 거추장스럽다는 듯 머리를 흔들었다. 그는 방 밖으로 나와 별장 앞을 흐르는 테즈강을 바라봤다. 고요한 강물을 보며 마음을 가다듬고 얼굴을 굳혔다.

'이제 가자.'

미하일은 자신의 말에 올라타려 몸을 돌렸다. 그런데 그 순간 등 뒤에서 들린 하나의 목소리가 그의 발걸음을 잡았다.

"……밀."

"……!"

수면향에서 덜 깬 것일까, 약간은 흔들리는 음성. 미하일이 그토록 듣고 싶어 했던 그녀의 목소리였다!

그는 잠시 대답하지 못했다. 흔들리는 마음을 부여잡고, 평소처럼 밝은 미소를 띠었다.

"일어났어, 리제? 조금 더 자지."

등을 돌리니, 작은 소녀가 안타까운 표정으로 그를 바라보고 있었다. 겨울바람에 백금발이 옅게 흔들렸다.

"……밀."

"추울 텐데 들어가 있어."

"밀."

엘리제는 그를 반복해 부르며 다가왔다. 한 걸음 한 걸음. 그녀와 그의 거리가 좁혀졌다. 마지막이라 생각해서일까? 그녀가 다가올수록 미하일은 흔들리는 마음을 붙잡기 힘들었다. 결국, 그는 그녀를 처음으로 밀어냈다.

"다가오지 마."

"……."

"다가오지 말라고! 난 네가 사랑하는 사람을 죽이러 가야 하니까!"

하지만 엘리제는 멈추지 않았다.

"밀."

그는 입술을 깨물었다.

"다가오지 말라고."

엘리제는 한숨을 내쉬었다. 그리고 손을 들어 그의 얼굴을 쓰다듬었다.

"왜 이렇게 울고 있어요……."

미하일의 눈동자가 흔들렸다. 그제야 그는 자신이 눈물을 흘리고 있다는 것을 깨달았다. 투명한 물이 뺨을 타고 흘렀다.

"울지 마요, 밀."

미하일은 급히 손등으로 눈물을 훔쳤다.

"웃기지 마. 안 울어. 내가 무슨 눈물이야. 이건 바람이 불어서 그런 거라고."

"……."

"왜 그렇게 봐? 정말 아니야. 아니라고."

지금까지 쌓여온 한이 터져 버린 것일까? 말과 다르게 끝없이 눈물이 흘러내렸다. 엘리제는 고개를 끄덕였다.

"네, 알아요. 바람이 강하네요."

"그렇지? 왜 이렇게 바람이 강해서."

그런데 그 순간 미하일은 눈을 부릅떴다. 그녀가 발꿈치를 들더니 작은 팔로 자신을 감싸 안은 것이다.

"……리제?"

"그냥 바람이 세서 잠시만 이러고 있을게요."

미하일은 이를 악물었다. 눈물을 참으려 했으나 지금까지의 고통 때문일까, 아니면 자신을 감싸 안은 그녀의 작은 몸 때문일까. 결국, 그는 참지 못하고 어깨를 들썩이며 소리 없이 울었다. 그녀는 가만히 그 등을 두드려 주었다.

'밀…….'

엘리제는 아련한 눈으로 그런 그를 바라봤다. 왜 이렇게 아파야 할까? 린덴도, 미하일도. 둘 모두 자신에게 너무나 소중한 존재인데. 그녀는 나직이 말했다.

"밀, 이전에 약속했던 거 기억나요?"

"무슨?"

"저와 여행 가기로 했던 거요."

미하일은 씁쓸한 표정을 지었다.

"기억나지."

이전 크림전쟁 때 차일드가의 후계자 알버트를 수술하며 했던 약속이다. 저 동방의 청과 려, 신대륙의 오대호까지 같이 여행을 가자고. 절대 이룰 수 없는 꿈같은 약속이었다.

"그 약속 안 지키실 거예요?"

미하일이 애써 웃었다.

"지키고 싶지. 하지만 어렵잖아. 무엇보다 형님이 내가 너와 단둘이 여행 가는 것을 지켜보겠어?"

여행이라니, 정말 간절히 가고 싶었다. 그녀와, 아니, 혼자라도. 모든 걸 내려놓고 바람같이 떠나면 얼마나 좋을까. 그런데 엘리제가 의외의 말을 하였다.

"3명이 같이 가면 되잖아요."

"응?"

"3명이 가족 여행 가면 안 돼요?"

미하일은 눈을 동그랗게 떴다가 그녀가 농담하는 것으로 생각하고 웃었다.

"그러게. 3명이 가면 되겠네. 그런데 형님이 싫어하지 않을까? 너랑 단둘이 가고 싶어 할 텐데."

분명 그 독점욕 많은 린덴은 싫어할 거다. 혼자 그녀를 독차지해야 하니까. 하긴 그 어떤 남자가 좋아하겠는가.

"무엇보다…… 형님과 나는 절대 여행을 같이 갈 수 없어. 이유는 너도 알지?"

오늘 밤, 둘 중 한 명은 죽을 테니까. 미하일은 그 말을 삼켰다. 그런데 엘리제가 고개를 저으며 생각지도 않은 물음을 던졌다.

"같이 갈 방법이 있으면요?"

"응? 그게 무슨?"

"혹시…… 밀과 린덴이 싸우지 않을 수 있는 방법이 있으면요?"

미하일은 놀라 엘리제를 바라봤다. 그녀도 그의 금색 눈동자를 바라봤다. 린덴과 똑 닮은 눈동자.

"밀, 한 가지만 먼저 물을게요. 황위를 진정으로 바라시나요?"

미하일은 고개를 젓고는 한 치의 주저도 없이 답했다.

"알잖아. 난 그런 거에 관심 없어."

"그러면 만약 린덴과 싸우지 않을 수 있다면, 황위를 포기하고 물러설 수 있나요?"

그 물음에 미하일은 입을 다물었다. 그럴 수만 있다면야 왜 안 그러겠는가? 얼마든지 물러설 수 있다. 하지만 물러나면 자신의 소중한 사람들이 죽는다. 그 때문에 싸우지 않는 것은 불가능하다.

"밀, 한 가지만 더 물어볼게요. 저를 믿나요?"

"당연히 믿지."

미하일은 고개를 끄덕이며 의아한 마음을 품었다. 도대체 무슨 이야기를 하려는 거지? 엘리제는 잠시 숨을 들이켠 후, 말했다. 그녀의 입에서 나온 말은 도저히 믿을 수 없는 것이었다.

"제게 한 가지 방법이 있어요. 어쩌면 둘의 싸움을 막을 수 있을지도 모르는……. 물론 실패할 가능성이 훨씬 높지만요."

미하일은 말도 안 된다는 얼굴을 했다.

"그게 뭐지?"

엘리제는 자신의 생각을 말했다.

그녀의 말을 듣는 미하일의 표정이 놀람으로 시시각각 변했다.

"하지만 그건……."

"네, 물론 알고 있어요. 실패할 확률이 훨씬 높죠. 오히려 역효과만 날 수도 있고요. 하지만 어차피 지금보다 더 상황이 안 좋아질 수는 없잖아요."

"너는? 그건 형님의 역린(逆鱗)이야. 네가 그 말을 하면 너에게 분노할 수도 있어."

그 말에 엘리제는 어두운 표정을 지었다. 그건 그녀가 지금 가장 걱정하고 있는 것이다. 단지 분노하는 것이면 괜찮다. 하지만 실망하면? 그래서 날 싫어하게 되면? 그러면 난 어떻게 하지? 그 아픔을 견딜 수 있을까? 그래도 해야 한다. 그를 사랑하니까. 소중한 사람들이 죽는 것을 보고 싶지 않으니까.

"네, 알고 있어요. 그래도 린덴과 밀을 위해 해내고 싶어요."

미하일은 잠시 입을 다물고 그녀를 응시했다. 그가 사랑하는 작은 소녀는 그를 간절한 눈으로 바라보고 있었다.

"저에게 잠시만, 잠시만 시간을 주세요. 부탁해요."

고민 끝에 미하일은 그녀의 제안을 승낙했다. 사실 그도 그녀의 시도가 성공할 가능성이 높다고 생각하지 않았다. 하지만 어차피 더 이상 악화될 상황도 없었다. 파국을 피할 수 있다면 도박을 걸어보는 것도 나쁘지 않을 것이다.

귀족파 인물들의 반발은 미하일이 억눌렀다. 다행히 엘리제와 연관된 오늘의 일을 알고 있는 이들 자체가 소수였기에 가능했다. 다만 귀족파의 중핵인 메르키트 백작이 문제였는데, 이전 심장 총상을 입었을 때 그녀에게 목숨을 구함받아, 반대 의견을 낼 수가 없었다. 당시 그는 엘리제에게 그녀의 부탁이라면 어떤 것이라도 들어준다고 약속한 적이 있었던 것이다.

엘리제가 미하일과 헤어져 론도에 돌아오니 늦은 오후였다. 납치당한 시간이 점심경이었던 탓이다.

"어머, 아가씨? 이 시간에 웬일로 들어오셨어요?"

하녀 마리가 놀라 그녀에게 말했다. 저녁 10시 이전에는 들어온 적이 거의 없었기 때문이다.

"아, 일이 있어서. 마리, 그보다 나 좀 도와줄래? 부탁할 게 있어."

엘리제의 말을 들은 마리는 의아한 표정을 지었다.

"황태자 전하께 기별을 넣어달라고요? 오늘 저녁에 찾아뵈어도 될지?"

"응."

"어째서……?"

마리가 알기로 엘리제는 이렇게 황태자에게 기별을 넣은 적이 없었다. 어의라 늘 황궁을 들락날락했고, 그녀가 찾기 전에 황태자가 먼저 찾아왔기 때문이다.

"따로 드릴 말이 있어서. 그리고 드레스를 갈아입고 싶은데, 도와줄래?"

"아, 네. 어떤 스타일로 준비할까요? 최근에 론도에 유행하는 어깨가 파인 스타일로 할까요?"

엘리제는 고개를 저었다. 원래부터 그런 드레스는 취향이 아니었고, 진중한 이야기를 해야 하니 최대한 단정하게 입고 싶었다.

"그냥 단정하게."

마리는 그녀의 요청에 따라 그녀의 치장을 도왔다. 단정하지만 곱게. 최대한 깔끔한 스타일이었지만 원체 아름다운 그녀이다 보니 그것만으로도 빛이 났다.

치장이 끝난 후 곧 황궁에서 답변이 왔다. 당연히 승낙이었다. 마리가 황궁에 다녀온 이의 말을 전했다.

"'그대의 방문이면 언제든지 환영한다고, 당장 오라고' 하셨다는데요?"

엘리제는 그 말에 미소를 지었다. 사랑하는 나의 린덴. 오늘 대화가 끝난 후에도 웃으며 그를 마주할 수가 있을까? 두려웠다.

"그러면 다녀올게."

❦

마차를 타고 엘리제는 사자궁에 도착했다. 어의로서, 그의 연인으로서 수시로 들락거렸던 사자궁이지만 오늘따라 가슴이 떨렸다.

'제발, 주여.'

짧게 기도 후, 방문 사실을 알렸다. 시종인 란돌이 먼저 마중 나왔다.

"어서 오십시오, 백작님. 전하께서 기다리고 계십니다."

란돌은 그녀를 보고 살짝 눈을 떴다. 수수하게 입고 다니던 평소와 다르게 곱게 단장한 모습이 너무나 아름다웠다. 물론 평소에도 아름다웠지만 오늘은 눈이 부시달까? 단정한 검은 드레스가 인형 같은 하얀 얼굴을 더욱 돋보이게 했다.

"란돌 경?"

"아, 죄송합니다."

멍하니 그녀를 보다 화들짝 놀란 란돌은 고개를 젓고 안내했다.

"이쪽으로 오십시오. 전하께서 기다리고 계십니다."

그때, 린덴은 집무실에서 급한 서류를 검토하고 있었다.

'엘리제가 온다고?'

고개를 갸웃했다.

'아까 봤는데?'

그가 황실십자병원을 방문했다가 그녀와 같이 정원을 산책한 게 오전쯤이었다. 물론 그녀가 오는 것은 좋다. 그는 언제나 그녀를 보고 싶어 했으니까. 여러 복잡한 상황으로 머리가 답답한 이 순간에도, 그녀를 볼 수 있다는 사실에 행복감이 차올랐다. 다만 의아한 생각이 들었다. 평소 이런 식의 방문을 거의 안 하는 그녀였으니까. 더구나 가문의 사람을 보내 정식 방문 요청까지 하다니?

'무슨 할 이야기가 있는 건가?'

똑똑.

"전하, 란돌입니다. 엘리제 백작께서 오셨습니다."

그 노크 소리에 린덴은 서류를 내려놓았다.

"들어와라."

"네, 전하."

끼익 문이 열렸다. 그리고 나타난 그녀의 모습에 린덴은 눈을 크게 떴다.

"리제?"

"전하."

평소와 다르게 곱게 단장한 모습에 놀란 것이다. 다른 이들에게도 아름다워 보이니, 사랑하는 그의 눈에는 얼마나 아름답게 보이겠는가? 한참이나 넋을 잃고 바라보다 엘리제가 민망한 표정을 짓자 린덴은 헛기침을 하였다.

"그래, 이쪽으로 와서 앉아라. 그런데 혹시 무슨 일이 있는 건가?

이렇게까지 차려입고, 정식으로 방문 요청까지 하면서 말이야. 무슨 하고 싶은 이야기라도?"

그의 앞에 앉은 그녀는 잠시 입을 다물었다. 막상 입을 열려고 하니 떨렸다. 그의 반응이 무서웠다.

"……?"

린덴은 그녀가 침묵하자 의아한 마음이 들었다. 반응을 보니 정말 그냥 온 것은 아닌가 보다. 그는 함께 산책할 때 그녀가 했던 말을 떠올렸다.

"한 가지 잘못을 해도 전하의 용서를 받을 수 있는 것인가요?"

도대체 무슨 일인 거지?

'안 좋은 일은 아니겠지?'

물론 그녀가 자신에게 해가 되는 일을 할 리야 없겠지만 원체 종잡을 수 없는 그녀다. 2년 전에는 부황과 내기를 해, 전쟁에 참전한 적도 있으니까. 안심이 되지 않았다.

"말해봐라."

엘리제는 주저하다 입을 열었다.

"전하, 먼저 한 가지만 부탁해도 되나요?"

"무엇이지?"

"제가 전하께 차를 한잔 끓여 드려도 될까요?"

린덴은 차보다는 그녀의 용무를 먼저 듣고 싶었지만 고개를 끄덕였다.

'이야기해 주겠지.'

곧 방 안에 고요히 차를 끓이는 소리가 들렸다. 사람의 마음을 평안하게 하는 차향이 퍼졌다. 린덴이 가장 좋아하는 향이다. 잠시 후 린덴은 엘리제가 내온 차를 마셨다. 역시 부황 민체스터가 극찬한 맛답게 란돌 따위와 비교할 수준이 아니었다.

둘 사이에 잠시 침묵이 흘렀다. 린덴은 엘리제가 입을 열길 기다렸으나, 그녀는 말이 없었다.

'도대체 뭐지?'

다만 그녀의 표정이 심상치 않았다. 지그시 깨물고 있는 입술, 치마 위로 꽉 움켜쥐고 있는 주먹을 보며 린덴은 눈살을 찌푸렸다. 그녀는 지금 자신 앞에서 긴장하고 있었다. 도대체 뭐에? 무슨 이야기를 하려고? 린덴은 알 수가 없었다.

"차 맛이 좋군."

린덴은 그녀가 자신 앞에서 긴장하고 있다는 사실이 심히 마음에 안 들었으나 그녀를 다그치지 않았다. 대신 그녀가 편하게 말을 꺼낼 수 있도록 먼저 다른 화제를 꺼냈다.

"이제 결혼하면 그대가 끓여 주는 차를 매일 마실 수 있는 건가?"

"……네, 전하."

"그 말 정말이지? 꼭 매일 끓여 주어야 한다고. 알았지?"

그 말에 엘리제는 살며시 미소를 지었다. 린덴은 한숨을 내쉬고 말했다.

"리제."

"네."

"내 옆으로 와보겠나?"

"……네."

엘리제는 주저하다가 그의 곁에 앉았다. 그녀가 오자 린덴은 부드럽게 어깨를 안아주었다.

"……!"

"잠시 이러고 있지."

그 따뜻한 말에 엘리제는 갑자기 울컥한 마음이 들었다. 그를 사랑한다. 그가 자신에게 화내는 것이 무서웠다. 혹시나 실망이라도 하면 어떻게 하지? 그녀는 한참을 주저하다가 말했다.

"……린덴."

"그래."

"사랑해요."

린덴은 그녀를 바라봤다. 사랑한다는 목소리에 은은한 떨림이 담겨 있었다.

"리제?"

"사랑해요. 정말로. 정말 많이 사랑해요."

그러며 엘리제는 그의 품 안에 안겨들었다. 린덴은 그녀의 태도에 당황하였지만 그래도 부드럽게 그녀를 쓰다듬어주었다.

"도대체 왜 그러느냐? 말해보아라. 다 괜찮다. 무슨 일이지? 누가 속상하게 하기라도 했느냐? 다 혼내줄까?"

그녀는 자신을 쓰다듬는 손길에 눈을 감았다. 다 잊고 그의 손길을 느끼며 살고 싶었다. 이 따뜻함을 놓고 싶지 않았다.

'하지만 안 돼.'

말해야 했다. 그를 사랑하니까. 나중에 그가 아파하는 것을 보고 싶지 않으니까.

그때, 린덴이 말했다.

"넌 내 거다. 그러니 무슨 일인지는 모르지만 다 괜찮다. 편하게 말해."

엘리제는 그의 품에서 벗어났다. 그리고 살짝 흐트러진 머리를 가다듬었다.

"전하, 사실 오늘 제가 온 것은 한 가지 드릴 말씀이 있어서입니다."

"알고 있다. 편히 말해봐라."

엘리제는 잠시 그의 눈을 바라봤다. 이제 자신이 입을 열면 저 사랑이 담긴 눈동자가 차갑게 변하겠지? 이건 그의 역린이다. 사랑하는 사이여도 절대 건드려서는 안 되는. 아무리 상대가 자신이라도 분노하리라. 그가 자신에게 차갑게 변하는 것은 상상만 해도 아프고 무서운 일이었지만 물러서서는 안 된다.

결심을 굳힌 엘리제가 말했다.

"혹시…… 그들을 살려주실 수는 없으신지요?"

그 말을 꺼내는 순간 따뜻하던 그의 표정이 딱딱하게 굳었다. 입가에 걸려 있던 옅은 미소가 사라졌다. '그들'이라 에둘러 표현했지만 황태자는 그녀의 말을 정확히 알아들었다.

"그게 무슨 말이지?"

그가 물었다.

"지금 잘못 이야기한 거겠지, 리제? 아니면 내가 잘못 들었거나."

나직하지만 그래서 더욱 무겁게 느껴지는 목소리. 엘리제는 떨리는 마음을 감추며 고개를 숙였다.

"죄송합니다, 전하. 하지만 잘못 말한 것은 아닙니다. 혹시나 그들에게 자비를 베풀어주실 수는 없으신지요."

그녀는 일부러 그들이란 표현을 사용했다. 마리엔 황비와 암셀 후작의 이름을 직접적으로 거론하면, 그를 더욱더 자극할 것 같아서.

"……."

엘리제의 걱정과 다르게 그는 불처럼 분노하진 않았다. 다만 무표정한 얼굴로 그녀를 바라봤다. 그가 화를 내는 것보다 그녀는 그게 더 가슴이 떨렸다.

"하아."

그는 탄식을 터뜨렸다.

"고개를 들어라."

그녀가 자신을 마주보자 그가 말을 이었다.

"엘리제, 너는 내가 과거에 무슨 일을 겪었는지 모르고 있는 것인가? 하긴 그때 너는 굉장히 어렸을 때이니까. 몰라서 그렇게 이야기한 것이겠지?"

"……."

"난 절대 그들을 용서할 수 없다. 몰라서 그렇게 이야기한 것 같으니 이해하마. 하지만 다시는 내 앞에서 그 이야기는 꺼내지 않았으면 한다."

"……전하."

그는 자리에서 일어나 등을 돌렸다.

"오늘은 더 할 이야기가 없을 것 같군. 조심히 돌아가도록."

대화의 단절을 뜻하는 몸짓이었다. 엘리제는 입술을 깨물었다. 알고 있다. 자신의 부탁이 주제넘은 것임을. 더 이야기하면 그는 정말로 분노할지도 몰랐다. 아니, 지금도 자신이기에 이 정도로 참고 있는 것이리라. 하지만 여기서 물러설 수는 없었다.

"저…… 알고 있어요. 당시 무슨 일이 있었는지, 당신이 얼마나 아파했는지."

린덴은 인상을 찌푸리며 고개를 돌렸다.

"알고 있다고? 그런데 이런 부탁을?"

그는 감정을 다스리기 위해 깊은 한숨을 내쉬었다.

"난 그대를 사랑한다. 깊이, 세상 그 무엇보다도. 어떤 부탁이라도 들어주고 싶을 만큼."

"……전하."

"하지만 이 부탁만큼은 들어줄 수 없다."

그는 입술을 지그시 깨물었다.

"난 절대 그들을 용서하지 않아. 아니, 할 수 없어. 너라면 할 수 있겠는가?"

그는 말을 이었다. 감정이 격해진 탓일까. 그의 목소리가 점차 커져 갔다.

"눈앞에서 어머니가, 누이가 죽었다. 아무런 죄도 없는 그들이 핏물로 변했어. 너라면 그런 끔찍한 일을 일으킨 자들을 용서할 수 있겠는가?"

"……."

"자신이 경험하지 않은 일이라고 그렇게 쉽게 이야기하면 안 되는 거야. 용서? 하!"

린덴은 화를 참기 위해 이를 악물었다. 그녀가 아니었다면 벌써 고함을 질렀을 것이다.

"내 아픔을 알고 있다고? 지금도 어머니와 누이가 밤마다 내 꿈에 나타나. 내가 어떤 마음으로 잠이 드는지 그대는 알고 있나? 밤마다 죽은 그들을 보는 게 어떤 기분인지 아느냐고."

"린덴……."

"그들도 얼마나 한이 맺혔으면 이 기나긴 세월 동안 내 꿈에 나타

날까. 어머니와 누이를 위해서라도, 그들을 고통에서 해방하기 위해서라도 복수를 멈출 수는 없다."

고통으로 일그러진 얼굴을 그녀에게 보이고 싶지 않다는 듯 그는 다시 등을 돌렸다.

"……그대에게 화내고 싶지 않으니 돌아가. 오늘은 그대와 더 이야기하고 싶지 않군."

하지만 엘리제는 떠나지 않았다. 그저 아련한 눈으로 주먹을 움켜쥐고 있는 그를 바라봤다.

'린덴……'

가슴이 아팠다. 그의 마음이 이해가 갔기에 더욱 아팠다. 어머니와 누이의 죽음을 눈앞에서 지켜본 어린 소년은 과연 무슨 생각이 들었을까? 그 원한을 품고 살아온 세월은 얼마나 힘들었을까?

'하지만 이 복수가 과연 그의 어머니가 원하는 것일까?'

엘리제는 속으로 한숨을 삼켰다. 모르겠다. 죄 없이 죽었으니, 복수를 바랄 수도 있겠지. 하지만 그의 어머니는 아들이 저렇게 괴로움에 묻혀 사는 것을 과연 바랄까?

"린덴…… 한 가지만 물을게요."

그는 대답하지 않았다. 그녀는 조심히 물었다.

"만약 혹시나 전 황후 마마와 황녀 전하의 한을 다른 식으로 풀 수 있다면…… 그래도 그들을 살려주실 수는 없는지요."

린덴은 그녀를 다시 돌아보았다. 그리고 짓눌린 목소리로 말했다.

"복수 말고 다른 방법? 불가능한 일이야."

그는 차갑게 웃었다.

"혹시나 모르지. 암셀 후작과 마리엔 황비가 어머니의 무덤 앞에 무릎 꿇고 용서를 빈 후 스스로 목숨을 끊으면, 그러면 그들의 한이 풀릴지도. 하지만 그런 일은 일어나지 않아. 절대로."

그는 감정을 조절하기 위해서 숨을 들이켰다.

"쓸데없는 말을 너무 많이 했군. 제발 이제 그만 돌아가."

"······린덴."

"부탁이다. 아까도 이야기했지만 난 그대에게 화내고 싶지 않아. 그러니 이만 가줘."

더는 이야기할 수가 없어 엘리제는 고개를 숙였다.

"죄송합니다, 전하. 제가 주제넘은 말로 심기를 어지럽혔습니다."

"······."

"이만 돌아가 보겠습니다. 편히 쉬십시오."

엘리제는 그의 궁에서 물러났다. 그녀가 사라진 후, 린덴은 입술을 깨물었다. 그는 선반에 놓여 있는 위스키를 집어 들었다. 그리고 잔에 가득 채운 후 한 번에 들이켰다.

"하아, 다른 방법으로 어머니와 누이를 위로한다고?"

그는 주먹을 움켜쥐었다.

"그런 게 가능할 리가 없잖아."

❈❅❈

사자궁 밖으로 나온 그녀는 추운 겨울바람을 맞으며 한숨을 내쉬었다. 겨울바람이 차가웠지만 마음이 안 좋아서일까, 추위가 잘 느껴지지 않았다.

'어떻게 해야 할까?'

역시 그는 완강했다. 사실 당연한 일이었다. 평생을 쌓아온 원한이다. 그녀의 말 몇 마디로 풀어질 리가 없지 않은가.

"하아."

그녀는 답답한 마음에 한숨을 내쉬었다. 알고 있다. 지금 자신이 하려는 일은 주제넘은 일이다. 그녀는 당사자가 아니니까. 용서하든 목숨으로 혈채를 갚든 그건 모두 당사자의 권리였다. 하지만 그렇다고 이대로 그의 의견을 존중해 물러서야 할까? 그래서 비극이 일어나는 것을 그대로 지켜보고, 나중에 그가 후회하며 괴로워하는 것을 봐야 하는 걸까?

'아니야. 그건 아니야.'

엘리제는 고개를 저었다. 사실 그와의 관계를 생각하면 이대로 물러나는 것이 맞았다. 단순히 이야기를 언급하는 것만으로도 저렇게 분노한다. 자신이 한 걸음 더 나아가면 정말 그의 역린을 깊숙이 찌르게 될 것이고 그때는 단순히 분노로 끝나지 않을 수도 있었다. 심지어 성공할 확률도 높지 않았다. 자신이 할 수 있는 것은 그저 '계기'를 만드는 것뿐이니까.

'그 이상은 당사자들끼리의 문제야.'

그녀가 하려고 하는 것은 한줄기 계기를 만드는 것. 그 계기가 어떤 씨앗이 될지는 아무도 모른다. 그냥 땅에 떨어져 죽을 수도 있고, 역효과를 일으킬 수도 있다.

'그렇긴 하지만…….'

어쩌면, 정말 어쩌면 죽은 황후와 황녀의 한을 풀어줄 수도 있지 않을까? 늘 악몽에 나타나는 그들이 미소로 그를 바라보게 될 수도 있지 않을까? 한줄기 가능성에 불과할지라도, 그것만으로도 의미 있는 일 아닐까?

"전하. 린덴."

엘리제는 그가 있는 사자궁을 바라보며 나직이 중얼거렸다.

"사랑해요."

그 말을 꺼내는 순간, 가슴이 찌르르 울렸다.

"저 주제넘은 일을 하려고 해요. 정말 죄송해요. 정말로. 당신이 나 싫어하게 되면 어떻게 하죠? 나 이제 당신 없으면 살 수가 없게 되었는데."

그녀는 입술을 깨물었다.

"사랑해요."

그를 사랑한다. 그러니 한줄기 가능성에 불과하지만 마지막 노력을 하고 싶다. 설사 그 일로 미움받게 될지라도 말이다.

엘리제는 그길로 왕진 가방을 들고 어딘가로 향했다. 목적지는 로즈데일병원. 병석에 누워 있는 암셀 후작을 향해서. 그 '계기'를 위해서는 그와 이야기를 해야 했다.

그런데 병원에 도착해 보니 생각지도 못 한 사태가 그녀를 기다리고 있었다.

"아…… 엘리제."

병실에서 유리엔이 눈물을 훌쩍이고 있었다. 그리고 눈물을 흘리고 있는 이들은 그녀만이 아니었다. 수많은 귀족파의 인원이 병실에 모여 있었다.

"……언니?"

"아버지가 의식을 잃으셨어. 곧 임종하실 거래."

엘리제의 얼굴이 하얘졌다.

'임종한다고? 곧?'

너무 늦게 온 걸까? 이대로 암셀 후작이 죽으면 그녀가 하려던 일은 시도도 못 해 보고 끝날 것이다. 엘리제는 침대에 다가가 암셀 후작을 살폈다. 창백한 안색과 펄펄 끓어오르는 고열, 그리고 미약한 맥박. 그녀는 단번에 그의 상태를 알아챘다.

'패혈성 쇼크!'

패혈성 쇼크(Septic shock).

몸을 감염시킨 균이 전신을 떠돌며 온 장기를 망가뜨리며 쇼크를 일으키는 상태. 현대 지구에서도 가장 흔한 사망 원인 중 하나를 차지하는 심각한 상태.

'괴사성 췌장염이라고 했지? 췌장을 썩게 한 균이 전신에 퍼지기 시작했구나.'

괴사성 췌장염은 굉장히 무서운 질환이다. 적절히 치료받지 못하면 대부분 사망한다.

'이런 상태면 수술을 해야 하는데.'

하지만 그 수술도 굉장히 위험하다. 그건 암셀이 앓고 있던 지병 때문이었다. 그는 원래 폐에 지병이 있었다. 그리고 만성적으로 췌장 기능이 안 좋았다. 단순히 안 좋은 정도가 아니라 췌장이 기능을 거의 사실한 상태였다. 그런 상황에서 췌장의 썩은 부분을 도려내는 수술을 하는 것은 굉장히 위험하고 고난이도의 수술이다.

'하지만 이대로 손을 안 쓰면 무조건 사망할 거야. 어떻게 하지?'

그때, 귀족들이 그녀에게 다가왔다. 곧 임박한 암셀 후작의 죽음

앞에서 귀족들의 얼굴은 지극히 어두웠다.

"……엘리제 백작님."

누군가 그녀에게 물었다.

"암셀 후작님의 임종을 보러온 것입니까?"

엘리제는 입을 다물었다. 임종을 보러온 것은 아니었다. 아니, 오히려 그녀는 암셀을 치료하러 왔다. 그를 치료해 내고 용무를 이야기하려 했다. 하지만 이미 이렇게까지 상태가 악화된 줄은 몰랐다.

"하아, 후작님. 이렇게 가시면 어떻게 합니까? 하필 이런 상황에서."

옆에 있던 메르키트가 길게 탄식했다. 비록 황태자의 화폐 개혁으로 날개가 꺾였다지만 차일드 가문은 여전히 대륙 최고의 금융 재벌이었고, 귀족파의 구심점이었다. 그가 사망하면 귀족파는 수장을 잃게 된다. 뿌리부터 줄기까지 통째로 흔들릴 것이다. 어차피 곧 일으킬 정변에 모든 것이 달렸지만 이래서 과연 승리할 수 있을까? 메르키트는 솔직히 회의적이었다.

'하아, 이를 어떻게 해야 한단 말인가. 죽어가는 사람을 살릴 수도 없고.'

그 순간이었다. 한 가지 생각이 메르키트의 머리에 떠올랐다. 그런 사람이 있질 않은가. 불가능하다고 여긴 이를 수없이 치료한 사람이. 그것도 지금 바로 옆에. 그는 작은 소녀를 바라보며 기적을 바라는 마음으로 말했다.

"……엘리제 백작."

"네, 백작님."

"혹시…… 백작께서 후작님을 살려주실 수는 없으시오?"

그 말에 방 안에 모든 이가 엘리제의 얼굴을 바라봤다. 그렇지 않아도 모두가 묻고 싶었던 물음이다. 물론 다들 알고 있다. 지금 암셀의 상태는 지극히 어렵다는 것을. 하지만 그래도 등불을 든 여인 아닌가? 제국, 아니, 세계 최고의 명의. 다른 의사와는 차원이 다른, 하늘에 닿은 실력을 가지고 있는 여인.

"……."

엘리제는 말없이 암셀의 얼굴을 바라봤다. 그리고 잠시 후, 대답 대신 유리엔에게 말했다.

"레이디 유리엔."

평소의 편한 호칭이 아닌 경칭으로 자신을 부르자 유리엔도 존칭으로 답했다.

"……네, 백작님."

"제가 잠시 후작님의 몸을 살펴도 될까요?"

유리엔은 고개를 끄덕였다. 엘리제는 활력 징후를 확인하고 청진기로 폐의 소리를 확인했다. 배의 사방면을 만져 보는 등, 후작의 상태를 꼼꼼히 살폈다.

그 모습을 지켜보던 로즈데일병원의 수석 교수 카일 준남작이 입을 열었다. 그는 암셀의 주치의로 치료를 전담하고 있었다.

"원래 췌장에 만성적 염증이 있었는데, 이번에 괴사가 오면서 썩어 들어갔습니다."

"괴사 부위는 어딘가요? 췌장 머리 쪽인가요?"

카일 준남작은 고개를 끄덕였다.

"네, 머리 쪽으로 보입니다. 부위가 췌장 몸체나, 꼬리 쪽이면 어떻게든 접근해 수술로 썩은 부위를 잘라내겠는데, 머리 쪽은 워낙 인접해 있는 장기가 많아 손을 대는 것이 불가능합니다."

그 말에 엘리제는 잠시 입을 다물었다. 확실히 상태가 좋진 않았다. 그녀는 고개를 흔들며 말했다.

"……아니, 가능해요."

"네?"

그리고 이어진 그녀의 말에 모두가 눈을 크게 떴다.

"치료할 가능성이 있어요."

"……!"

그녀는 다시 말했다.

"물론 실패 확률이 높아요. 지병인 폐병도 있고, 기존 췌장에 만성적인 염증도 있었으니까요. 그래도 치료를 시도해 볼 수는 있어요."

주치의인 카일은 말도 안 된다는 표정을 지었다.

"백작님? 물론 백작님의 수술 실력이 하늘에 닿아 있음은 알고 있습니다. 하지만 췌장 머리 쪽에는 무수히 많은 장기가 있습니다. 그 장기들을 피해서 접근하는 것은 불가능하지 않습니까?"

카일의 말은 정확했다. 췌장의 몸체나 꼬리 쪽은 앞을 가로막은 위와 장만 치우면 어느 정도 접근이 가능하지만, 머리 쪽은 아니었다.

"췌장 머리 앞에는 위, 십이지장, 담관, 담낭이 있습니다. 이 장기들을 어떻게?"

"다 잘라내면 돼요."

"네?"

카일은 멍하니 반문했다. 다 잘라낸다고?

"네, 위 앞부분과 십이지장, 담관, 담낭 다 잘라내면 돼요. 그러면 췌장 머리 쪽으로 접근할 수 있어요."

"하, 하지만 그러면 잘라낸 장기들은 어떻게 합니까?"

췌장 머리의 병이 문제가 아니라 그렇게 장기들을 잘라내면 죽는다. 어떻게 하려고?

"문합 테크닉을 통해 끌어 올린 소장 옆에 췌장의 남은 부분을, 그 앞에 담관을, 그리고 마지막으로 위를 연결하면 돼요."

카일은 입을 벌렸다. 그 역시 전문가였음에도 무슨 뜻인지 머릿속에 잘 그려지지 않았다. 단지 이야기를 듣는 것만으로도 어마어마한 수술이란 것을 느낄 수 있었다.

"그런 게…… 가능합니까?"

하지만 엘리제는 고개를 끄덕였다.

"네, 가능해요."

그녀가 하려는 것은 바로 휘플 수술(Whipple operation).

췌장 머리에 병이 있을 때, 표준적으로 시행하는 수술이다. 휘플 수술은 이식을 제외하고 외과 분야의 최고 난이도로 꼽는다. 대학 병원의 능숙한 교수들도 보통 6~8시간 이상 걸리고, 10시간 이상 걸리는 케이스도 수두룩했다. 그만큼 고난도의 대수술이다.

"그, 그럴 수가……."

카일 준남작은 그런 수술이 가능하단 것에 충격을 받은 듯 말을 잃었다. 그가 알고 있는 의학적 상식으로는 납득이 되지 않았던 것이다. 하지만 다른 이들은 달랐다.

"백작님, 혹시……."

"가능하다면 후작님을……."

귀족파의 인원들이 주저주저하며 말했다. 그들은 의학적 사항은 몰랐다. 그러나 그녀가 지금껏 많은 기적을 일으킨 등불을 든 여인이란 것은 알았다. 그러니 그녀라면! 그녀라면 그 어떤 어려운 상황에서도 또다시 기적을 일으킬지도 모르리라! 하지만 강하게 매달리지는 못 했다. 작금의 상황이 걸렸던 것이다. 자신들은 황태자를 치려고 하고 있다. 그리고 그녀는 황태자의 약혼녀다.

그때, 유리엔이 엘리제에게 말했다.

"……백작님."

그녀의 그런 호칭은 단순히 친분 있는 사이가 아닌, 차일드가의 후계자로서 말하는 것임을 뜻했다. 그녀는 고개를 숙였다.

"차일드가의 차기 당주 유리엔 드 차일드가 엘리제 백작님께 부탁합니다. 저희 아버지를 치료해 주실 수 있겠는지요? 만약 저희 아버지를 살려주신다면, 차일드는 백작님의 은혜를 결단코 잊지 않을 것입니다."

차일드의 차기 당주로서의 약속을 듣고 엘리제는 고개를 끄덕였다. 저런 거창한 부탁이 아니어도 어차피 그녀는 암셀 후작을 치료하러 이 병원에 왔다. 그가 살아나야 자신이 생각하는 '계기'를 마련할 수 있다.

"레이디 유리엔, 아무리 저라도 위험할 가능성이 높아요. 실패할 수도 있어요. 아니, 수술이 성공적으로 되더라도 그저 일시적으로 생명을 연장하는 것이 될 수도 있어요."

그녀는 정확한 사실을 설명했다. 수술에 실패할 가능성도 높고, 성공하더라도 그저 죽음을 몇 개월 미루는 결과가 나올 확률도 높았다. 원래부터 몸 상태가 안 좋았기 때문이다. 하지만 유리엔은 고개를 저었다.

"최선을 다해 줄 것이니, 믿고 있겠습니다. 어떤 결과가 나오더라도 받아들이겠습니다."

그 말에 엘리제는 굳게 고개를 끄덕였다.

"그러면 바로 치료를 시작하겠어요. 패혈성 쇼크에 대해 제가 이야기한 처치들을 먼저 해주고, 수술 준비를 해주세요."

카일 준남작이 답했다.

"알겠습니다. 그런데 수술 어시스트는? 저희 병원에서 혹시 원하는 의사가 있습니까?"

카일은 수석 교수였지만 외과 수술에는 능숙하지 못했다. 하지만 엘리제는 고개를 저었다. 로즈데일병원도 론도의 유수한 병원 중 하나였지만, 이번 수술은 워낙 대수술. 최고의 의사가 어시스트를 서야 했다.

"지금 바로 황실십자병원에 사람을 보내, 제가 말하는 분을 데려와 주세요."

"누구입니까?"

그녀는 자신이 가장 신뢰하는 의사의 이름을 꺼냈다.

"그레이엄 드 팰론. 그분을 불러주세요."

◆◆◆

그렇게 암셀의 수술이 시작되었다. 그녀의 부름을 받은 그레이엄은 곧바로 로즈데일병원으로 달려왔다. 암셀의 상태를 확인한 그는 인상을 찌푸렸다.

"췌장 머리 쪽 괴사군요."

"네."

엘리제는 고개를 끄덕였다.

"기존 췌장의 기능이 워낙 나쁜데, 치료하실 수 있겠습니까?"

"최선을 다해 봐야죠."

그 대답에 그레이엄은 자신이 어리석은 질문을 했음을 깨달았다. 이런 중한 질환에 치료할 수 있느냐가 어디 있겠는가. 그저 의사는 최선을 다할 뿐이지.

"어떻게 접근하실 것입니까?"

"지난번 설명해 드린 휘플 수술을 할 거예요. 기억나시나요?"

그녀는 점점 병원의 일을 정리할 준비를 하고 있었다. 아예 의술에서 손을 떼지는 않겠지만, 결혼 후 내명부의 일에 좀 더 집중하기 위해서다. 그 일환 중 하나가 교수들에게 자신의 수술 노하우를 전파하는 거였다. 휘플 수술도 그런 과정 중 설명한 적이 있었다.

"네, 기억납니다. 그 고난도의 수술을 한다는 말입니까?"

그레이엄은 놀란 표정을 지었다. 당연히 기억났다. 듣기만 해도 고난도라 굉장히 인상적이었다.

"네, 시간이 없으니 지금 바로 시작할게요."

엘리제와 그레이엄은 수술대 위에 누운 암셀의 양옆에 섰다. 그녀는 메스를 들고 잠시 눈을 감았다.

'반드시 살려야 해.'

암셀이 이대로 사망하면 비극을 막을 방법이 없었다. 물론 그녀가 그를 살려낸다고 해도 비극을 무조건 막을 수 있는 것은 아니었다. 아니, 누누이 생각했던 것처럼 결국 아무 의미 없을 확률이 훨씬 높았다. 하지만 계기를 마련해 볼 수는 있었다. 실낱같은 희망일지라도 노력해 볼 수 있었다.

'도와주소서.'

짧게 기도한 그녀는 메스를 움직였다.

"오픈합니다."

✦❖✦

황궁의 사자궁.

늦은 시간임에도 황태자 린덴은 크리스가 전해 준 서류를 들여다보고 있었다.

"준비는 잘되고 있나?"

"네, 예정된 날짜에 맞춰 총기사단이 움직일 것입니다. 개틀링 기관총의 성능 확인도 끝났습니다."

개틀링!

지구에서는 1862년에 개발된, 역사상 처음으로 모습을 드러내게 되는 기관총이다. 린덴은 그 기관총을 검기사단과 미하일을 상대할 수로 준비했다. 아무리 오러나이츠라도 분당 600발의 연사가 가능한 그 괴물 앞에서는 방법이 없으리라.

"귀족파는?"

"길버트 백작이 전해 준 날짜에 맞춰 움직일 듯합니다. 아, 검기사단이 야간 훈련을 준비하다가 취소했습니다."

"야간 훈련?"

황태자는 인상을 찌푸렸다.

"돌발 변란의 징후는 아니었나?"

"그럴 가능성을 고려해 유심히 주시했으나, 특별한 이상 움직임은 없었습니다."

"그렇군. 로열가드와 수도 경비대, 총기사단에 전해 언제든 돌발 사태에 대비할 수 있도록 해.

"네, 전하."

말을 마치자 황태자는 입을 다물었다. 그리고 말없이 한참이나 서류를 바라보았다.

"······?"

크리스는 그 모습을 보며 고개를 갸웃했다. 뭔가 황태자의 분위기가 평소와 달랐다. 기분도 무척 가라앉아 있었고 눈은 서류를 향해 있는데, 읽는 것 같지는 않았다. 어떤 생각에 골똘히 빠져 있는 듯했다.

"전하? 혹시 불편한 일이라도 있으십니까?"

"······아니다."

린덴은 고개를 저었다.

"잠시 쉬어야겠군. 크리스, 그대도 볼일 보도록."

"알겠습니다."

크리스가 나가자 린덴은 한숨을 내쉬었다.

'하아.'

기분이 좋지 않았다. 사랑하는 그녀가 자신의 예민한 부분을 건드려서일까, 아니면 사랑하는 그녀에게 화를 내어서일까? 모르겠다. 어쨌든 그녀 때문에 기분이 좋지 않았다.

'내가 화내서 많이 놀랐을까?'

그녀에게는 항상 좋은 말만 하고 싶고 사랑만 속삭이고 싶은데 화를 내버렸다. 엘리제가 자신에게 사죄하고 궁을 나가던 것을 생각하자 기분이 더욱 엉클어졌다. 그녀는 잘 돌아갔을까. 내가 화내서 마음에 상처는 받지 않았을까. 그런 생각이 들며 마음이 좋지 않았다.

'하지만 어쩔 수 없었어.'

린덴은 한숨을 내쉬었다. 어머니와 누이의 죽음은 그의 가장 예민한 부분이었다. 그 누구도, 그녀라도 건들 수 없는.

"혹시나...... 그들에게 자비를 베풀어주실 수는 없으신지요."

몇 시간 전 엘리제가 했던 말이 떠오르자 린덴은 쓴 표정을 지었다. 그런 게 어떻게 가능하겠는가?

"그들의 한을 다른 식으로 풀 수 있다면 그래도...... 그들을 살려주실 수는 없는지요."

그는 중얼거렸다.
"가능할 리가 없잖아."
눈앞에서 핏물로 변한 어머니와 누이. 밤마다 나타나 고통스러워하는 그들의 한을 어떻게 풀겠는가? 오로지 복수밖에 없었다.
그런데 왜일까? 자꾸 가슴이 답답한 느낌이 들어 그는 깊게 한숨을 내쉬었다. 왜 이런 기분이 드는지 모르겠다.

❈

췌장 머리를 잘라내는 휘플 수술은 외과 분야에서 고난도로 꼽히는 수술이다. 췌장 머리 주위로 온갖 장기와 혈관이 모여 있기 때문이다. 수술에 걸리는 시간도 장시간. 숙련돼도 일반적으로 6~8시간 이상 걸린다.
'그래도 차분히 하면 어려울 것은 없어. 심장이나 혈관 수술처럼

한순간 한순간에 생명이 오가지는 않으니까. 하지만.'

문제는 시간이었다. 암셀 후작은 그렇지 않아도 쇼크에 빠져 있다. 8시간이나 되는 수술을 버텨낼 몸 상태가 아니었다.

'최대한 빨리 끝내야 해. 주변 장기를 잘라내는 것도 최소한으로. 몸에 부담이 안 가는 방향으로.'

그러며 그녀는 타임 리미트를 결정했다.

'3시간. 그 안에 끝내도록 하자. 그 안에 끝내지 못하면 쇼크를 견디지 못하고 사망할 가능성이 높아.'

3시간! 불가능한 일은 아니다. 일반적인 숙련자가 8시간이라면, 최고 수준의 췌장 외과의사들은 3~4시간 만에 수술을 끝내기도 한다. 다만 약해진 몸에 최대한 부담을 안 주면서 진행해야 한다. 빠르지만 섬세하게. 난이도가 한층 더 높았다.

'그래도 해내야 해. 무조건.'

굳은 각오로 암셀 후작의 배를 가른 그녀는 첫 번째 단계를 밟았다.

"간을 뒤로 젖혀 주세요."

육중한 간이 물러나며 시야가 확보되자 가위를 들었다. 그녀는 일체의 망설임도 없이 간에서 뻗어 나오는 관을 싹둑 잘라내었다.

"……!"

그레이엄의 눈이 커졌다. 방금 엘리제가 자른 것은 간의 담즙이 흐르는 중요한 관이다. 잘못되면 생명을 잃는데, 저렇게 한 치의 주저도 없이 잘라 내다니. 하지만 그녀는 그걸로 멈추지 않았다. 곧바로 옆에 위치한 동맥을 짚더니 지시했다.

"타이(Tie) 해서 묶어주세요."

그레이엄이 실로 그 동맥을 묶자 역시 잘라버렸다. 정확하면서도 신속한 수술 진행.

"최대한 빨리 진행할 것입니다. 잘 따라와 주세요."

"네, 백작님."

곧이어 움직이는 그녀의 손놀림. 엘리제의 손이 펼치는 광경을 본 그레이엄의 눈이 흔들렸다.

'이건……!'

원래도 그녀는 수술 속도가 빠른 편이었는데, 이번은 현란할 정도였다. 잘라낸 담관과 동맥 사이로 손가락을 집어넣더니, 췌장 머리를 후복막강에서 찌익 뜯어내 올렸다. 그리고 메스로 췌장에 붙어 있는 십이지장의 앞부분을 잘라냈다. 그러자 췌장의 머리 부분이 드러났다.

'거의 다 괴사했구나.'

엘리제는 신음을 삼켰다. 췌장 머리가 썩으며 진물이 차 있었다. 저기서 균이 자라 전신을 떠돌며 몸을 망가뜨렸던 것이다.

'저 부분을 잘라내야 해. 하지만 썩지 않은 다른 췌장 부위도 만성 염증으로 많이 상해 있어서 최대한 조금만 잘라내야 해.'

그렇지 않아도 만성 염증으로 상해 있는 상태라 너무 많이 자르면 취장이 완전히 기능을 상실하게 될 것이다.

'조심히.'

그녀는 신중히 메스를 움직였다. 날카로운 칼이 움직이며 췌장을 잘라내기 시작했다.

썩은 부위가 남지 않도록, 하지만 절개 부위를 최소한으로 줄이며 그녀는 메스를 움직였다. 또 주변 장기가 상하면 안 되니 섬세한 손놀림이 필요했다.

"혈압은 어떤가요?"

수술 보조를 하던 카일 준남작이 말했다.

"수축기 70입니다."

지속적인 쇼크 상태.

"시간은 얼마나 지났죠?"

"1시간 정도 지났습니다.'

그녀는 입술을 깨물었다. 췌장 절제까지 한 시간. 어마어마하게 빠른 속도였지만 쇼크에 빠진 암셀 후작이 얼마나 더 버텨줄 수 있을지 알 수 없었다. 조금 더 속도를 내야 했다.

"계속 진행합니다."

툭.

이윽고 췌장 머리가 몸에서 완전히 잘라 떨어져 나갔다. 그와 동시에 췌장 머리와 연결된 혈관에서 피가 거세게 솟구쳤다.

"선생님, 타이로 지혈 부탁합니다!"

"네, 백작님!"

순식간에 피가 흥건히 차올랐지만 지혈은 그레이엄에게 맡기며 그녀는 다음 단계로 나아갔다. 다음엔 십이지장 끝을 잘라낼 차례였다.

쩌억!

처음에 십이지장 앞부분을 자르고, 이제 뒷부분마저 자르니 십이지장 전체가 잘려 나갔다. 그러자 십이지장에 연결되어 있던 췌장 머리도 같이 몸에서 떨어졌다.

"아…… 이렇게 췌장 머리 부분을."

그레이엄은 감탄을 뱉었다. 췌장 머리 부분은 십이지장과 붙어 있기 때문에 접근이 어려웠다. 그런데 저렇게 십이지장과 한 번에 잘라 내다니, 역시 엘리제이기에 가능한 테크닉이었다.

"그러면 오염된 부분을 세척하겠습니다."

썩은 부위는 잘라냈지만 여기저기 균이 남아 있을 것이다. 깨끗한 물로 꼼꼼히 복강 안을 씻어낸 후, 그녀는 이제 재건을 시작했다. 담관과 췌장, 십이지장을 한 번에 잘라 냈으니 그걸 모두 일정한 규칙에 따라 이어주어야 했다.

'이제부터가 진짜 오래 걸리는데.'

잘라낸 부위들을 실로 하나하나 이어주어야 했다. 당연한 말이지만 아무렇게나 붙이면 안 된다. 섬세히 한 치의 오차도 없이 확실히 이어야 한다.

그녀는 다시 초조한 목소리로 물었다.

"혈압은 어떤가요?"

"60입니다!"

여전히 심각한 쇼크였다. 어쩌면 수술 중에 사망할 수도 있는 상태.

'빨리. 최대한.'

엘리제는 급히 손을 움직였다. 먼저 소장을 끌어 올려 수술 실로 소장의 벽과 췌장의 몸 쪽을 두 개의 층으로 이어나갔다. 특히 췌장 안의 효소가 나오는 길, 췌관을 소장 벽에 조심히 이었다. 그야말로 절정의 단단 문합술! 그리고 얇은 담관의 길을 소장 쪽으로 새로 내주었다. 둘 모두 한 치의 오차만 있어도, 몸 안으로 췌장액이나 담즙액이 새어 나가며 치명적 합병증을 일으킬 수 있는 어려운 테크닉. 암셀 후작의 몸 상태를 봤을 때 그런 합병증이 일어나면 돌이킬 수 없었다.

그녀는 심혈을 기울이며 수술 실을 움직였다. 최대한 서둘렀지만 워낙 손이 많이 가는 작업이라 시간이 훌쩍 지나가 버렸다.

'이제 조금만 더!'

마지막은 소장과 위를 연결해 주는 것이었다. 그녀는 계속해서 수술실을 움직였다. 역시 마찬가지로 위장의 내용물이 밖으로 새어 나가서 문제를 일으키는 일이 없도록 심혈을 기울였다.

한편, 귀족파의 귀족들은 수술실 밖에서 침을 꿀꺽 삼키며 그런 그녀의 수술을 지켜보고 있었다. 그들 귀족파에게는 암셀 후작이 필요했다. 이렇게 그가 사망하면 귀족파는 뿌리째 흔들릴 것이다.

'제발. 등불을 든 여인이여. 기적을……!'

그들은 의학의 문외한이기에 수술이 어떻게 진행되고 있는지 알 수 없었다. 다만 어마어마한 수술이 펼쳐지고 있다는 것만 느낄 수 있었다. 그리고 그들 옆에서 유리엔은 눈을 감았다.

'아버지, 제발.'

정치적 사안도 사안이지만 자신의 아버지였다. 아버지를 이렇게 보내고 싶지 않은 그녀는 간절히 수술이 잘 끝나길 기도했다.

수술을 시작한 지 3시간 남짓 지났을 때, 엘리제가 긴 한숨을 내쉬며 다시 물었다.

"혈압은 어떤가요?"

"80입니다. 다행히 조금 올라갔습니다."

그 말에 그녀는 고개를 끄덕였다.

"그러면 클로즈하겠습니다."

배를 닫겠다는 말에 귀족파의 인물들은 떨리는 눈으로 그녀를 바라봤다.

"엘리제…… 수술은 혹시?"

유리엔이 수술실 문 사이를 통해 떨리는 목소리로 물었다. 엘리제는 옅게 웃으며 고개를 끄덕였다.

"수술은 잘 끝났어요."

그 말에 유리엔은 손으로 입을 가렸다.

"……그러면?"

"네, 경과를 봐야겠지만…… 아마 회복하실 수 있을 거예요."

그 말과 동시에 사람들의 입에서 짧은 감탄성이 터져 나왔다. 유리엔의 눈동자에도 눈물이 돌았다. 등불을 든 여인이 다시 한 번 기적을 일으킨 것이다.

❦

수술이 끝났다고 쇼크가 바로 회복되는 것은 아니었다. 엘리제는 암셀 후작의 곁에서 집중 치료를 하였다. 수액을 적절히 투입하고 항생제를 쓰고 약물을 조절하고. 고된 수술을 끝냈지만 여러 치료를 하느라 엘리제는 전혀 쉬지 못했다. 원체 상태가 안 좋았기 때문에 쇼크를 회복시키는 것도 굉장히 어려웠다.

한편 귀족파의 인원들은 그렇게 고군분투하는 그녀를 보며 감사와 감동을 느꼈다.

'성녀.'

그녀는 정말 성녀였다. 그녀를 성스럽다 하지 않으면 도대체 그 단어를 어디에 사용할 수 있겠는가? 어쨌든 엘리제의 그런 노력 덕분일까? 암셀 후작은 다음 날 쇼크에서 회복되어 의식을 차릴 수 있었다. 눈을 뜬 아버지를 보며 유리엔은 울컥 울음이 터질 것 같아 손으로 입을 가렸다.

"……유리엔?"

"네, 아버지. 흐윽."

죽는 줄 알았던 아버지가 살아서 자신을 보고 있었다. 그녀는 흘러나오는 눈물을 참을 수가 없었다. 반면 암셀 후작은 얼떨떨한 얼굴이었다. 분명 마지막 순간, 흐릿하게 의식이 꺼져 가며 죽는다고 생각하고 있었는데, 이게 어떻게 된 일이란 말인가?

'죽어 지옥에 온 건가?'

그는 자신이 죽어 갈 곳은 당연히 지옥이라고 생각하고 있었다. 하지만 이런 지옥이라니? 그 순간, 그는 지병인 폐병으로 쿨럭 기침을 했다가 배에서 격통을 느꼈다. 평소 느끼던 췌장의 통증과는 전혀 다른 통증에 절로 입이 벌어졌다. 그가 놀라 배를 보니 상처를 꿰맨 수술 부위가 눈에 들어왔다.

'이건?'

그때, 염려 섞인 목소리가 들려왔다.

"통증이 매우 심할 겁니다. 당분간 거동에 조심하셔야 해요."

"……!"

고개를 돌리니 여린 체구에 인형 같은 얼굴의 소녀가 보였다. 엘리제 드 클로랜스. 제국 최고의 명의. 그녀의 얼굴을 본 암셀 후작은 상황을 파악했다.

'그녀가…… 날 살려준 건가? 하지만 어떻게?'

모두가 포기했던 자신의 병이었다. 아무리 등불을 든 여인이라도 방법이 없을 거로 생각했는데?

"……백작이 날 치료해 준 것인가?"

"네, 후작님."

그 말에 암셀은 자신의 몸을 다시 살폈다. 수술 상처에 통증은 있었지만 배 깊은 곳에서 뻗어 나오는 격통이 없어졌다. 펄펄 끓어오르던 고열도 호전된 것 같았다. 그는 믿기지 않는다는 얼굴로 허공을 응시했다. 죽음에서 벗어난 것이다.

"……백작."

암셀이 엘리제를 불렀다.

"네, 후작님."

그는 가만히 그녀를 바라봤다. 그 시선에 엘리제가 의아한 표정을 지었다.

"후작님?"

그 순간, 놀라운 일이 일어났다. 독사라 불리는 암셀이, 서대륙 최고의 금권을 가진 그가 깊은 감사를 표한 것이다.

"감사하네. 정말…… 정말로."

단순히 말뿐이 아니었다. 후작으로서의 위신도 생각하지 않고 크게 고개를 숙였다. 엘리제는 놀라 급히 그를 만류했다.

"아, 아닙니다, 후작님. 몸을 그렇게 움직이시면 상처에 좋지 않습니다."

"고맙네. 정말로…… 어찌 나를…….."

진심으로 암셀은 마음 깊이 감동을 받았다. 자신을 살려주다니. 단순히 어려운 병을 치료해 주어서가 아니었다. 그가 저 소녀에게 감사와 감동을 느끼는 이유는 자신이 '암셀'임에도 어려움을 무릅쓰고 치료를 해주었기 때문이다.

암셀, 그는 엄밀히 말해 소녀의 적이었다. 황제 민체스터의 눈엣가시였고, 황태자의 원수였다. 동시에 클로랜스가의 대적이었고, 지금은 황태자와 서로 목숨을 다투는 귀족파의 수장이었다. 그가 지금까지 엘리제의 진료를 받지 않았던 것은 그녀라도 방법이 없을 것이라 생각한 면도 있지만, 이런 정치적인 사안 때문이 컸다. 물론 저 소녀야 그런 정치적인 면을 고려하지 않을 거라 생각했지만, 그래도 자신만큼은 도저히 저 소녀의 진료를 받을 수 없었다.

"나 암셀은, 그리고 우리 차일드는 자네, 엘리제 백작의 은혜를 결단코 잊지 않겠네."

"각하."

그러며 암셀은 감사가 가득한 눈으로 엘리제를 바라보았다. 생각해 보면 저 소녀에게는 도움을 받은 적이 많았다. 여러 귀족파의 귀족을 치료해 준 것도 그렇고, 최근 메르키트 백작을 살려주었으며, 과거에는 그가 아끼던 수양아들 알버트의 목숨도 살려주지 않았던가? 그리고 이제는 자신마저도 죽음에서 건져 주었다. 단순히 감사하다는 말로는 갚을 수 없는 은혜들이었다.

"그런데 날 어떻게 수술한 건가? 카일은 절대로 불가능하다고 하던데."

엘리제는 수술 과정을 설명해 주었다. 그런데 그 이야기를 듣고 감탄하던 암셀은 어느 순간 무슨 생각이 들었는지 얼굴이 어두워졌다.

"아버지?"

유리엔이 아버지의 표정을 보고 그를 불렀다. 암셀은 고개를 젓더니 말했다.

"유리엔, 잠시만 나가 있거라. 내 엘리제 백작과 잠시 따로 할 말이 있으니."

"무슨 말씀을……?"

"특별한 것은 아니다. 그저 물어볼 게 있어서니."

유리엔이 나가자 엘리제는 그와 단둘이 남게 되었다. 암셀은 우선 그녀에게 다시 한 번 감사를 표했다.

"힘든 수술이었을 텐데, 정말 고맙네."

"아닙니다. 그런데 저에게 따로 무슨 할 말이?"

"엘리제 백작, 사실은 물어볼 것이 있네. 솔직히 대답해 주길 바라네."

엘리제는 의아한 표정을 지었다. 암셀은 입을 열었다.

"나에게 남은 시간이 정확히 얼마나 되는 것인가?"

엘리제의 얼굴이 굳어졌다. 암셀은 씁쓸한 표정을 지었다.

"알고 있네. 지금 당장 급한 치료는 하였지만, 근본적인 병이 치료된 것은 아니지 않은가? 오히려 이 수술로 원래 병은 더 악화하였을 것으로 생각되네."

"……그렇습니다, 각하."

엘리제는 솔직히 답했다. 어차피 숨길 일도 아니었고, 숨길 상황도 아니었다.

"얼마나 남았다고 보면 되겠는가?"

엘리제는 그의 상태를 생각했다. 췌장의 기능이 현재 거의 남아 있지 않다. 곧 여러 내분비적인 문제가 생길 것이다. 그리고 췌장에만 문제가 있는 게 아니다. 만성적인 폐병도 있었다.

'후작님의 폐병은 아마 간질성 폐질환의 종류일 가능성이 높아. 현대 지구에서도 치료할 수 없는 병이야.'

그 폐병도 계속해서 진행 중이었다.

"정확히는 모릅니다. 길면 2~3년이지만 빠르면 몇 달 안에 다시 안 좋아질 수도 있습니다."

다시 안 좋아진다. 후작은 말뜻을 알아들었다. 그때는 사망한다는 뜻이었다. 슬플 정도로 짧은 기간이지만 그래도 후작은 감사했다. 오늘 죽을 뻔한 것이 몇 달이나 연장되지 않았는가? 그 시간이면 급한 일들을 정리하기에 충분했다. 무엇보다 그때쯤이면 정권 다툼도 마무리되어 있을 것이다. 그때까지만 살아 있으면 됐다.

"백작."

"네, 각하."

"이전부터 백작에게는 고마운 일이 참 많네. 우리…… 이런 사이가 아니었다면 더 좋았을 텐데."

이런 사이. 그 말이 엘리제는 왠지 슬프게 들렸다.

"어쨌든 이 은혜를 어떻게 갚아야 할지 모르겠군. 혹시 나에게 바라는 것이 있는가? 원하는 게 있다면 무엇이든 말해보게. 백작도 알겠지만 최근 정국 상황상 나중에는 들어주지 못할 가능성이 높네. 그러니 혹시 원하는 것이 있다면 지금 바로 말해보게. 내가 할 수 있는 일이라면 무엇이든 들어주겠네."

그 말에 엘리제는 암셀을 바라보았다. 사실 그렇지 않아도 그녀는 그와 나눌 말이 있었다.

"그러면…… 실례지만 한 가지 부탁을 해도 되겠습니까?"

33장
실타래

"무엇이든 말해보게."

암셀은 고개를 끄덕였다. 엘리제는 숨을 크게 들이쉬었다. 그리고 잠시 머뭇거리다 단도직입적으로 말했다.

"······그날, 혈탑에서 벌어졌던 비극에 대해서 이야기를 나눌 수 있겠습니까?"

그 순간 암셀의 표정이 딱딱하게 굳어졌다. 마치 다른 사람으로 변한 것처럼. 황태자와 같은 반응, 아니, 그보다 더 거부감이 심했다. 당연한 일이었다. 그날의 일은 황태자뿐 아니라, 그에게도 뼈저린 역린이었으니까.

"그날의 일? 혈탑의 비극? 무슨 말을 하려는 건가? 내가 잘못했다고?"

암셀은 굳은 얼굴로 말했다.

"황태자가 시키던가? 죽기 전 죄라도 뉘우치라고?"

"그건 아닙니다."

엘리제는 고개를 저었다.

"하아."

암셀은 손가락으로 미간을 짚었다. 그는 잠시 그렇게 감정을 다스리더니 말했다.

"미안하군. 내 생명을 구해 주었지만 그 일만큼은 도저히 좋게 받아들일 수가 없어."

"……."

"그래, 무슨 이야기를 하려고? 분명히 말하지만 그때의 일은 더 이야기할 거리가 없네. 그날의 일로 황태자와 난 원수가 되었고, 그걸로 끝난 거야."

그러며 암셀은 한숨을 내쉬었다.

"덕분에 황태자와 죽고 죽이는 관계가 되어 이런 상황까지 되었지만 그래도 난 내가 잘못했다고 생각하지 않네."

엘리제는 말없이 그의 말을 듣고 있었다. 암셀은 다시 말했다.

"당시에 내 동생이 얼마나 괴로워했는지 알고 있으니까. 난 가여운 내 동생을 도저히 가만히 지켜보고 있었을 수가 없었어. 그러니 그날의 일에 대해선 더할 이야기가 없네."

그 말을 들은 엘리제는 가슴이 답답했다. 그래, 그도 나름의 사정이 있었다. 아무런 이유 없는 악의로 당시의 일을 저지른 것은 아니었다. 미쳐 버린 1황비 마리엔, 암셀의 깊은 한. 혈탑의 비극은 일평생 민체스터의 냉대를 받아온 동생의 고통 때문에 저지른 일이었다. 동생의 고통이 아니었다면 암셀도 그런 일을 저지르지는 않았으리

라. 하지만 그래도 그는 잘못 생각하고 있었다.

'이유가 있다고 해서 잘못이 정당화될 수 있는 것은 아닌데.'

엘리제는 씁쓸히 생각했다.

'하지만 지금 내가 무슨 말을 한다 해도 받아들이지 않겠지.'

한두 마디 말을 듣는다고 해서 평생을 가져왔던 암셀의 생각이 갑자기 바뀔 리는 없다. 그녀도 그걸 알았다.

"실례지만 한 가지만 여쭙겠습니다."

"무언가?"

"그때…… 황후 레베카 마마의 죽음을 바라셨습니까?"

"……."

암셀은 입을 다물었다. 잠시 불편한 침묵이 방 안에 흘렀다.

"그게 중요한가? 황후의 죽음을 의도한 것은 아니었어."

의도한 비극은 아니었다. 하지만 정말 의도하지 않았을까? 남편의 냉대에, 그리고 황후를 향한 편애에 매일매일 눈물로 밤을 지새우던 동생을 보며 정말 황후의 죽음을 바라지 않았나?

"그러면 황후 마마의 죽음을 정말 후회하지 않으십니까?"

암셀은 입술을 깨물었다.

"그거 아나, 백작? 아무리 그대가 내 생명을 연장해 주었다 해도 그건 너무 주제넘은 질문이야. 후회하느냐고? 그럴 리가. 내 동생이 황제 때문에 얼마나 많은 고통을 받았는지 아나? 무려 20년이야! 20년! 결국엔 저렇게 미쳐 버리기까지 했지."

암셀은 짓씹듯 말했다.

"차라리 마음을 받아주는 척이나 하지 말지! 황위에 오르기 위해, 우리 차일드 가문을 이용하기 위해 약혼을 해놓고, 철저히 외면했어!

당연히 돌아가야 할 황후의 자리는 천한 평민에게 줘버리고, 선심 쓰듯 황비 직위만 던져 놓고 돌아보지도 않았지. 내 동생이 유리궁에 유폐되듯 버려지고 나서 얼마나 많은 눈물을 흘렸는지, 상상이나 할 수 있겠는가?"

엘리제는 속으로 한숨을 내쉬었다. 그의 말은 옳았다. 분명 마리엔 황비에 대한 처신은 민체스터가 잘못한 면이 많았다. 그건 분명한 사실이었다.

'폐하도 그걸 알고 있으시지.'

브리티아를 번영으로 이끈 명군 민체스터의 유일한 오점. 그건 바로 혈탑의 비극과 마리엔 황비였다. 만약 젊은 시절의 그가 제대로 처신했다면 혈탑의 비극은 일어나지 않았을 것이다.

'그 사실을 일평생 후회하셨어.'

이전 삶, 그는 아끼는 며늘아기인 그녀에게 속마음을 언뜻언뜻 내비쳤다. 자신이 젊은 시절의 일을 후회한다고.

"조금 더 잘할 수는 없었을까? 그러면 그때의 일을 막을 수 있지 않았을까?"

민체스터는 늘 씁쓸히 웃으며 그녀에게 말했었다. 그리고 그건 이번 삶도 마찬가지다. 그는 그때의 일을 오로지 자신의 잘못으로 여기고, 속죄하는 마음으로 살았다. 하지만 그때의 비극이 오로지 민체스터 혼자만의 잘못이었을까?

물론 그렇다고 암셀과 마리엔 황비가 전적으로 잘못했다는 것은 아니었다. 그들도 나름의 이유는 있었다. 그들도 원래부터 악인은 아니었다. 오히려 마리엔 황비는 혈탑의 비극을 일으키기 전, 론도 시내에서 현숙하고 어질기로 명성이 높았다. 지금은 상상할 수 없는 일이었지만 정말이었다. 그런 그녀가 얼마나 한이 맺혔으면 그런 죄악을 저질렀을까? 그 심정이 아예 이해가 안 되는 것은 아니었다.

무엇보다 이전 삶, 엘리제도 비슷한 잘못을 저지르지 않았던가? 그녀도 린덴의 냉대를 못 견디고 큰 잘못을 저질렀다. 그녀도 처음부터 악했던 것은 아니었다. 못된 버릇을 가지고 있긴 했지만 그건 사소한 문제였다. 하지만 끝없는 냉대가 그녀를 변하게 했고, 결국 그런 죄악까지 저지르게 만들었다. 그만큼 돌아오지 않는 사랑은, 그리고 질투는 사람을 비뚤어지고 일그러지게 한다. 그러니 당시 혈탑의 비극을 일으켰던 마리엔 황비의 마음도 이해할 수는 있었다.

'그렇다고 옳은 일은 아니지.'

그것이 그녀의 결론이었다. 그래, 어떤 괴로운 마음으로 그런 일을 저질렀든, 잘못은 잘못이었다. 자신이 괴로운 마음을 가지고 있었다고 이전 삶의 잘못이 정당화되지 못하듯이 이 일도 마찬가지였다.

"이게 백작이 하려는 말의 전부인가? 미안하군. 좋은 답을 들려주지 못해서."

엘리제는 고개를 저었다.

"아닙니다."

"그러면 무슨 할 말이 더 있지? 분명히 말하지만, 난 그 일을 후회하지 않아. 잘못했다고 생각하지도 않고."

알고 있다. 자신이 무슨 말을 해도, 암셀 후작의 생각이 하루아침에 바뀔 리는 없다는 것을.

"각하."

"말하게."

"……정말 죄송하지만 아까 전 저에게 말씀하셨던 것. 후작님께 드리는 부탁을 지금 해도 되겠습니까?"

암셀은 인상을 찌푸렸다.

"그날의 일을 회개하라거나 사과하라거나 그런 것이라면 듣지 못한 걸로 하겠네."

"아닙니다."

"그러면?"

"미하일 전하의 아픔을 봐주실 수는 없으십니까?"

"……!"

뜻밖의 말에 암셀은 흠칫 놀라며 엘리제를 직시했다. 엘리제는 마지막 부탁을 하였다.

"그리고 일평생 괴로워해 온 황태자 전하의 마음도 한 번만 생각해 주시면 안 되겠습니까? 저는 각하와 황비 마마의 마음을 이해합니다. 하지만 분명한 것은……."

엘리제는 입술을 깨물었다.

"황태자 전하는 그날의 일로 일평생을 고통스러워하셨습니다. 각하께 마리엔 황비 마마가 소중하듯이 황후 마마와 황녀 전하도…… 황태자 전하의 소중한 어머니와 누이였습니다."

그러며 그녀는 고개를 숙였다.

"죄송합니다. 지금 제 말이 주제넘은 것임을 압니다. 하지만 평생을 고통받아온 황태자 전하의 사랑하는 이로서, 그리고 미하일 전하의 소중한 친우로서 부탁합니다. 그날의 일로 고통받아온 두 사람의 고통을 한 번만 생각해 주시면 안 될까요?"

왜일까. 말을 하는데 눈물이 맺히려고 했다. 아마 린덴, 미하일.

그들의 아픔이 떠올라서였을 것이다. 자신이 사랑하는 린덴은 어머니와 누이의 죽음으로 평생을 고통받아왔다. 지금 이 순간도, 그리고 앞으로도 고통받을 것이다. 그리고 미하일은? 자유롭게 저 하늘을 나는 것이 꿈인 그는 그날의 비극의 굴레에 사로잡혀 고통받고 있다. 그들을 생각하니 가슴이 울컥했다.

"각하께서도 알고 계실 것입니다. 제가 지금껏 귀족파에 정치적 이념과는 상관없는 도움을 드려 왔다는 것을. 물론 큰 도움이라 생각하진 않습니다. 보상을 바라고 한 것도 아니고요. 하지만⋯⋯."

엘리제는 입술을 깨물었다.

"조금이라도 도움이 되셨다면 제 부탁을 한 번만 숙고해 주셨으면 합니다. 그들은⋯⋯ 황태자 전하와 미하일 전하는 그날의 비극으로 인해 평생을 괴로워하셨습니다."

암셀은 굳은 얼굴로 그녀를 바라봤다. 그는 한참이나 아무런 대답도 하지 않았다. 도저히 끝날 것 같지 않은 길고 무거운 침묵이 지나갔다. 그가 입을 열었다.

"⋯⋯이만 가보게."

엘리제는 주먹을 움켜쥐었다. 하지만 더는 뭐라고 말하지 않았다. 충분히 자신의 마음을 전달했다. 더 이상의 말은 의미가 없었다.

"편찮으신데 죄송합니다. 이만 가보겠습니다. 쾌유하시길 주님께 기원합니다."

엘리제는 병실을 나섰다. 그런데 그녀가 방문을 나서려는 순간 암셀이 그녀를 불러 세웠다.

"백작."

암셀이 그녀에게 말했다.

"네, 각하."

"……오늘 날 치료해 준 것 고마웠네."

그녀는 고개를 저었다.

"아닙니다. 편히 쉬십시오."

❄❄❄

로즈데일병원을 나온 엘리제는 길게 한숨을 내쉬었다. 싸늘한 바람이 그녀 주위를 떠돌았다.

'다른 방법을 써야 했을까?'

그녀는 정말 많은 고민을 했다. 도대체 어떻게 해야 하는 걸까? 처음에는 자신이 받은 황실 십자가로 귀족파의 죄를 감해 달라고 린덴에게 빌까 생각했다. 하지만 그건 근본적인 해결책이 될 수가 없었다. 그의 한 서린 원한은 어떻게 푼단 말인가? 그가 납득할 수 있는 근본적인 해결책이 필요했다.

'아무런 의미가 없는 걸까?'

그녀는 씁쓸히 생각했다. 알고 있다. 방금 자신이 한 행동이 얼마나 의미가 있을까? 자신의 말을 듣고 과연 암셀 후작이 죄를 뉘우칠까? 글쎄. 그럴 가능성이 얼마나 될까? 그리고 만약 암셀 후작이 뉘우친다면? 그래서 황태자에게 사과를 한다면? 그러면 황태자는 그 사과를 받아줄까? 그렇게 평화롭게 끝난다면 더 바랄 나위 없겠지만 그것도 역시나 회의적이었다.

'현실은…… 동화가 아니니까.'

솔직히 말해 지금 그녀가 이리저리 뛰어다닌 일은 남들이 보면 비웃음이 나올 정도로 어리석은 일이었다. 이렇게 한다고 다가올 현실이 바뀔 가능성이 얼마나 있다고! 그녀는 고개를 저었다.

'알아. 나도 안다고.'

하지만 그럼에도 이런 일을 했던 이유는 그야말로 기적이라도 일어나길 바라서였다. 자신이 사랑하는 린덴이 행복하길 간절히 바라기에, 그리고 소중한 미하일이 죽길 바라지 않기에. 무력한 자신이 할 수 있는 일은 고작 이런 것밖에 없으니까.

'주여.'

엘리제는 하늘을 올려다보았다. 그가 자신에게 내린 황실 십자가를 움켜쥐었다.

'도와주소서.'

그녀는 그렇게 기도했다.

살얼음 같은 정국 속, 하루가 더 지났다. 수술이 성공적으로 끝난 덕에 암셀의 몸 상태는 확연히 좋아졌다. 쇼크도 완전히 회복되었고, 수술 부위에 통증이 있긴 했지만, 병실 안을 걸어 다닐 정도로 거동이 가능했다. 하지만 몸이 좋아졌음에도 그의 얼굴은 어두웠다.

"아버지, 통증이 많이 심하세요?"

걱정스러운 딸의 물음에 암셀은 고개를 저었다.

"아니, 아니다."

그의 얼굴이 어두운 이유는 어제 엘리제가 남기고 간 말 때문이었다.

"그들은…… 황태자 전하와 미하일 전하는 그날의 비극으로 인해 평생을 괴로워하셨습니다."

암셀은 생각했다. 그날의 일을 저지른 것은 동생을 위해서였다. 그러니 잘못했다고 생각하지 않는다. 그 생각은 변하지 않았다. 하지만 맞는 건가? 정말로? 그는 되묻지 않을 수 없었다.

'미하일 전하. 지펠 전하.'

마리엔의 아들들이자 자신의 조카들을 떠올렸다. 그들은 그날의 비극 이후 웃음을 잃었다. 장미정원에서 도원결의 놀이를 하며 우애를 맹세하던 형제들은 그날 이후 '적'이 되었고, 행복을 잃었다. 대신 아픔을 얻었다. 왜 그걸 지나쳤을까? 아니, 왜 모른 척했을까? 그리고 무엇보다 시간이 흘러도 잊히지 않은 기억이 있었다.

"후작. 후작."

뒤뚱뒤뚱 걸으며 자신을 친근하게 불렀던 그 귀여운 아이. 당시 린덴은 참 순하고 착한 아이였다. 사람을 가리지 않고 좋아하던 그 순한 아이는 그날 이후 표정을 잃었다. 오로지 가슴속에 칼을 담았다. 자신은 잘못하지 않았다. 하지만 자신으로 인해 많은 이가 불행해졌다. 고통받았다. 그런데도 자신이 옳았다고 말할 수 있는 건가?

"유리엔."

그는 딸을 불렀다.

"네, 아버지."

유리엔이 의아한 얼굴로 아버지를 바라봤다.

"……넌 그날의 일에 대해서 어떻게 생각하느냐?"

"……!"

그녀는 놀란 표정을 지었다. 지난 세월 동안 아버지가 혈탑의 비극에 대해 먼저 이야기를 꺼낸 적은 처음이었다. 꺼내기는커녕 그녀가 언급하기만 해도 불쾌한 얼굴로 화를 내곤 했었다.

"그건 갑자기 왜?"

"그냥 네 생각이 듣고 싶구나."

유리엔은 머뭇거렸다. 하지만 대답을 피하진 않았다. 그녀는 이 문제에 대해 아버지에게 꼭 하고 싶은 말이 있었다.

"숙모님, 마리엔 황비 마마가 괴로우셨을 것 같아요."

"그렇게 생각하느냐?"

"네."

자신이 황태자를 짝사랑하고 있기에 그 고통을 짐작할 수 있었다. 보답받지 못하는 사랑은 정말 괴로웠다.

그러나 그것이 모든 것을 정당화시킬 수는 없다고 그녀는 생각했다.

"그렇지만 그날의 일만큼은 아버지와 숙모님이 잘못했다고 생각해요."

암셀은 딸의 얼굴을 바라봤다. 유리엔은 아버지의 심기를 거슬렸을까 봐 조심스러운 표정이었다. 하지만 눈을 피하진 않았다.

"……이유가 있다고 잘못이 정당화될 수는 없으니까요."

평생 하고 싶었던 말을 단도직입적으로 해버린 유리엔은 아버지의 눈치를 살폈다. 하지만 암셀은 평소처럼 화내진 않았다. 그저 그는 창밖을 바라봤다. 차일드 가문의 재력으로 만든 로즈데일병원은 워낙 고층의 건물이라 론도 전경이 한눈에 들어왔다. 암셀은 저 끝에 있는 황궁을 보았다. 그리고 그 황궁 깊숙이 있는 백원의 궁, 혈탑도 보았다. 모든 비극이 일어났던 곳. 그는 눈을 감았다. 그리고 한참이나 말없이 있다가 입을 열었다.

"유리엔."

"아버지, 혹시 기분이 상하셨다면…….."

"아니다. 내 너에게 이를 말이 있는데, 듣겠느냐?"

"네?"

유리엔은 의아한 표정을 지었다. 딸을 보는 암셀의 눈이 따스함을 담고 있었다.

"아버지?"

"우리 차일드의 금언을 가슴에 새기고 있느냐?"

"아, 네."

금언. 차일드의 당주가 될 자가 가슴에 새겨야 할 문장이었다.

"네, 당연히…… 그건 왜요?"

갑작스러운 말에 유리엔은 고개를 갸웃했다.

"아니다. 잠시만 이쪽으로 와보거라."

그녀는 오늘따라 이상한 아버지의 태도에 머뭇거리며 다가갔다. 병상 침실에 딸이 다가오자, 암셀이 뜻밖의 행동을 하였다. 딸을 어깨를 잠시 살짝 껴안은 것이다.

"아, 아버지? 왜 갑자기?"

유리엔이 당황하자 암셀은 고개를 저었다.

"아니다. 그냥, 한 가지 생각이 나서 말이다."

"무슨 생각이요?"

하지만 암셀은 답하지 않았다. 대신 다른 말을 하였다.

"지금 바로 외출 준비를 해주겠느냐?"

"아버지?"

유리엔은 눈을 동그랗게 떴다. 그는 바로 어제 수술을 받았다. 물론 침실에 누워 있기만 할 필요는 없지만, 그런 몸으로 외출이라니. 말도 안 됐다. 하지만 암셀은 힘주어 다시 말했다.

"오늘 꼭 가야 할 곳이 있단다. 반드시 가야 하니, 준비해 주거라."

⟡

차일드 가문의 마차가 암셀을 태우고 론도 시내를 달렸다.

"괜찮으십니까, 각하? 너무 무리하시는 것은 아닌지."

그를 모시기 위해 따라온 중년의 기사가 걱정스러운 표정을 지었다. 마차 밖의 풍경을 말없이 바라보던 암셀은 문득 입을 열었다.

"스탠 경."

"네, 각하."

"자네가 우리 가문에서 일한 지 얼마나 됐지? 오래된 것 같은데."

중년의 기사, 스탠은 살며시 웃으며 답했다.

"35년째입니다."

"그런가. 정말 오래되었군."

"네, 화기의 발달로 기사단이 해체돼 갈 곳 없는 종자였던 저를 소공자였던 후작님께서 받아주셨지요. 그땐 정말 감사했습니다."

암셀이 물었다.

"자네는 자네의 삶을 후회하지는 않나? 평생을 우리 차일드를 위해, 나를 위해 살았는데."

스탠이 영문을 모르겠다는 듯 고개를 저었다.

"무슨 말이십니까, 각하. 각하를 모실 수 있어서 정말 기뻤습니다. 후작님은 저의 은인이십니다."

스탠의 말은 빈말이 아니었다. 물론 그도 자신의 주군이 밖에서 어떻게 불리는지는 알고 있었다. 독사, 돈놀이꾼, 혈탑의 비극을 일으킨 이. 명망 높은 엘 후작과 반대로 악명만 높은 주군이었다. 그래도 암셀은 주변 사람들을 아꼈다. 특히 스탠, 그에게는 은인이나 다름없는 분이었다.

"그런가?"

"네."

그 말에 암셀은 웃었다.

"그렇게 생각해 주니 고맙군."

"그런데 갑자기 왜 그런 질문을?"

암셀은 고개를 저었다.

"아무것도 아니네. 갑자기 궁금해서."

이후 암셀은 다시 침묵에 잠겼다. 그리고 스쳐 지나가는 론도의 풍경을 보며 무언가를 골똘히 생각했다. 평소와 다른 주군의 모습에 스탠은 고개를 갸웃했다.

따각따각.

그렇게 한참을 달린 마차가 목적지에 도착했다. 브리티아 제국의 황궁이었다.

"황궁에 도착했습니다. 유리궁으로 가겠습니까?"

스탠이 물었다. 그는 암셀의 목적지가 당연히 1황비 마리엔이 머무는 유리궁이라 생각했다. 하지만 암셀은 고개를 저었다.

"아니, 유리궁에 가려는 것이 아니네."

"그러면?"

"백원의 궁으로 가지."

스탠은 깜짝 놀라 주군을 바라봤다.

"백원의 궁…… 말씀이십니까?"

평소 혈탑의 이야기를 꺼내는 것도 싫어하는 주군이었다. 그런데 그곳을 직접 가겠다고?

암셀은 고개를 끄덕였다.

"그래."

"그곳은 어째서?"

그 물음에 암셀은 하늘을 올려다보았다. 어째서? 그도 모르겠다. 그냥 한번 가봐야겠다는 생각이 들었다.

"글쎄. 안내해 주게."

백원의 궁은 죄를 지은 황족이 유폐되는 장소다. 따라서 수많은 사연이 맺혀 있는 곳. 정권 다툼에 밀려 억울하게 목숨을 잃은 이도 있었고, 정말 죄를 저질러 갇힌 이도 있었다. 황후 레베카도 이곳에 갇혔다. 그리고 그녀의 딸과 같이 목숨을 버렸다.

암셀은 잠시 말없이 건물의 외벽을 바라보았다. 숱한 사연을 품고 있는 백원의 궁은 그냥 평범한 석재 건물이었다. 건물 위로 높은 탑이 솟아 있었다. 혈탑이란 별명처럼 피 칠이 되어 있지도 않았고, 그렇다고 감옥처럼 삼엄하지도 않았다.

"이곳인가."

암셀은 중얼거렸다. 외벽을 보던 그는 시선을 돌렸다. 백원의 궁 주위에는 가시덩굴이 있었는데, 눈에 띄는 곳이 있었다. 아무런 나무도, 꽃도, 가시덩굴도 없이 휑한 땅. 바로 혈탑의 꼭대기에서 몸을 던진 황후 레베카와 황녀 이블린이 떨어진 장소였다.

하늘이 억울하게 죽은 그들을 슬퍼한 것일까? 저 땅에는 그날 이후, 어떤 식물도 자라지 않게 되었다.

"마리엔 황비 마마가 소중하듯이 황후 마마와 황녀 전하도 황태자 전하의 소중한 어머니와 누이였습니다."

작은 소녀의 말이 떠올랐다.

"그런가."

암셀은 중얼거렸다. 그런 것 따위 생각하지 않고 살았다. 자신의 것을 챙기는 것도 벅차다고 생각했다. 실제로 자신의 것을 챙기는 것도 그에게는 벅찼다. 그래서 자신만, 주위만 생각하며 살아왔다. 그게 잘못됐다고 생각하지 않았다. 암셀은 고개를 저었다.

"안으로 들어가 보지."

백원의 궁은 비어 있었다. 애초에 죄를 지은 황족이 유폐되는 곳인데, 로마노프 황실은 손이 귀해 황족이 많지 않았다.

로열가드가 잠깐 제지했으나, 제국 최고의 권세가 차일드 후작인 것을 알고 떨떠름한 얼굴로 비켜주었다. 암셀은 말없이 백원의 궁 내부를 살폈다. 내부 역시 평범했다. 약간은 낡은 방에 기본적인 가구들이 있을 뿐이었다.

"백원의 궁에 황족이 유폐되면 방 안에만 있게 되는 건가?"

"네, 각하. 원칙적으로 방 밖으로 나오는 것은 허락되지 않습니다."

"그런가."

로열가드의 답에 암셀은 방 안을 다시 살폈다.

"이곳이 황후 마마가 머물렀던 곳인가?"

"……네."

로열가드는 살짝 인상을 찌푸리며 답했다. 저 암셀 후작은 황후 레베카를 죽게 한 자다. 그런 그가 황후에 대해 물어보니 좋게 보이지 않았던 것이다.

"그렇군."

그는 고개를 끄덕였다. 다른 곳과 비슷한 구조의 방. 낡은 침대와 테이블이 있었다. 안쪽에 작은 창문이 트여 있었다.

"6개월인가?"

"네?"

"황후 마마가 머물렀던 기간이?"

암셀은 방구석에 난 창문을 바라보았다. 문득 한 가지 의문이 떠올랐다. 황후는 6개월이나 이 방에 갇혀 있으면서 저 작은 창을 바라보며 무슨 생각을 했을까? 이전에는 한 번도 떠올리지 않았던 의문이다.

"폐하! 거짓입니다! 아닙니다! 제발 믿어주시옵소서!"

당시 그녀가 울부짖던 것이 생각났다. 암셀은 알고 있었다. 그녀의 말이 사실이란 것을. 왜냐면 그녀의 죄는 모두 그가 꾸며낸 음모였으니까.

'저 창을 보며 희망을 품었을까? 황제가 자신을 구해 줄 것이라는?'

하지만 그 희망은 자신의 손으로 모두 끊어버렸다. 결국, 황후는 6개월 동안 말라 비틀어갔다. 그래서 죽었다.

"이유가 있다고 잘못이 정당화될 수는 없으니까요."

딸이 자신에게 했던 말도 떠올랐다.

"하아."

암셀의 입에서 자신도 모르게 한숨이 새어 나왔다. 그를 부축하던 스탠 경이 놀라 물었다.

"각하? 괜찮으십니까?"

"아, 괜찮네."

암셀은 고개를 가로젓더니 로열가드에게 물었다.

"건물 위 탑은 지금 개방 중인가?"

"……네."

스탠 경이 급히 고개를 저었다.

"탑에 올라가시려고요? 안 됩니다. 지금도 무리하고 있는데."

대수술을 받은 지 이틀도 안 됐다. 이렇게 돌아다니고 있는 것도 터무니없이 무리하고 있는 것인데, 종탑이라니?

"괜찮네. 등불을 든 여인이 워낙 단단하게 수술해 놔서 끄떡없는 것 같군."

"하, 하지만 절대 안 됩니다."

하지만 암셀은 고개를 저었다.

"아니야. 한번 올라가 보고 싶어."

스탠이 강하게 만류했으나, 도대체 무슨 생각인 걸까? 암셀은 늘 이성적이던 평소와 달리 고집을 부렸다. 더군다나 그는 수행원까지 물리려 하고 있었다.

"나 혼자 올라갔다 오겠네. 자네는 여기에 있게."

"각하?!"

지금도 부축을 받아서 걷고 있는 암셀이다. 그런데 탑의 계단을 혼자 걸어 올라가겠다고?

'오늘따라 도대체 왜 이러시지?'

스탠은 흔들리는 눈으로 암셀을 바라봤다. 주군이 이상했다. 단지 이상한 것을 떠나서 어쩐지 위태위태해 보였다. 하지만 결국 스탠은 주인의 고집을 이기지 못했다. 암셀은 홀로 탑에 올라갔다.

"하아, 하아."

탑은 가파른 나선형 계단이었다. 원래 폐병이 있던 그인지라, 한 걸음 한 걸음 올라갈 때마다 숨 쉬기가 괴로웠다. 수술받은 부위에서도 찢어지는 듯한 통증이 느껴졌다. 하지만 암셀은 걸음을 멈추지 않았다. 한 걸음 옮기고 쉬고, 다시 한 걸음 옮기고 쉬면서 그렇게 힘겹게 탑에 올라갔다.

끼익!

암셀의 이마가 땀으로 흠뻑 젖었을 때 낡은 철문이 열리며 탑의 꼭대기 층이 나타났다. 건물에 솟아 있는 탑. 백원의 궁이 혈탑이란 별명을 갖게 한, 황후 레베카가 몸을 던진 곳. 암셀은 입을 다물었다. 워낙 높이 솟아 있는 탑이라 황궁은 물론 론도 시내가 한눈에 내려다보였다. 그는 탑 아래를 내려다보았다.

"높군."

다리가 후들거릴 만큼 아찔할 정도의 높이였다. 이곳에서 황후는 딸과 함께 몸을 던졌다.

"난…… 잘못하지 않았어."

그는 중얼거렸다. 하지만 정말 그런가? 그 의문이 끊임없이 떠올랐다.

"그날의 일로 고통받아온 두 사람의 고통을 한 번만 생각해 봐 주시면 안 되겠습니까?"

등불을 든 여인. 모두에게, 심지어 적인 자신에게도 한결같은 선의로 대하던 소녀의 말이 떠올랐다. 그리고 자신이 살아온 또 하나의 이유인 딸의 질책도 생각났다.

"이유가 있다고 잘못이 정당화될 수는 없으니까요."

'난…… 이 암셀은 무엇을 위해 살아온 걸까?'
그는 자문하지 않을 수 없었다. 차일드 가문은 오로지 돈을 숭상한다. 프리시엔 공국에서 시작한 그들의 계파는 자신들만의 금융 제국을 세웠고, 프랑소엔과 브리티아 제국이 대륙 전체의 운명을 건 해전을 벌일 때 주가 정보 조작을 해 대륙의 금줄을 확보하는 데 성공했다. 오로지 돈만을 바라는 가문. 그런 가문의 당주인 그는 일평생 돈을 위해 살았다.
하지만 정말 돈이 가장 중요했나? 아니다. 그의 삶의 이유는 가족이었다. 마리엔과 유리엔, 불쌍한 동생과 하나밖에 없는 딸. 그들을 위해 살았다. 하지만 제대로 산 것일까?
'잘못 살지 않았다. 잘못하지도 않았어. 다시 과거로 돌아가도 똑같이 행동했을 거야.'
암셀은 주먹을 움켜쥐었다. 유리궁에 버려져 날마다 울던 동생. 그

동생을 보는 것이 너무나 괴로웠으니까.

'하지만 정말, 정말 잘못하지 않은 걸까?'

그는 씁쓸한 표정을 지었다.

"하아."

암셀은 하늘을 올려다보았다. 자신은 앞으로 얼마나 더 살 수 있을까?

"몇 달…… 이라고 했던가?"

하지만 그는 느끼고 있었다. 자신의 삶이 얼마 남지 않았음을. 근거는 없었지만 그는 직감으로 알 수 있었다.

자신의 삶이 길게 남지 않았다고 생각한 탓일까? 그는 또다시 묻지 않을 수 없었다. 정말 잘못하지 않았나? 암셀의 얼굴에 깃든 씁쓸함이 더욱 짙어졌다.

'정말…… 후회하지 않는가?'

암셀은 그 깊은 물음에 애써 대답하지 않았다. 그 물음에 답하는 순간, 지금까지의 삶이 부정될 것 같았기에. 하지만 마음속으로는 이미 알고 있었다.

"하아."

그는 괴로운 숨을 토했다.

'남은 시간, 어떻게 해야 하는 건가?'

이제 귀족파와 황제파는 파국만이 남았다. 이제 서로가 서로의 목을 벨 것이다. 그리고 그건 결국 자신이 뿌린 씨앗 때문이었다. 만약 그날의 비극이 아니었다면, 황태자 린덴은 귀족파를 이렇게 적대하지 않았을 것이다. 귀족파도 황태자에게 칼을 겨누지 않았겠지. 그랬다면 새로운 황제를 맞아 황제파와 귀족파는 각각 신흥 상인 계층과 기존 대지주 계층을 대표하는 세력으로 각자의 역할을 하며 시대를 살았을 것이다.

'하지만 이미 늦었어.'

돌이키기엔 늦었다. 이미 파국을 앞두고 있다. 상대를 죽이지 않으면 자신이 죽는다. 그들 앞에는 피의 길밖에 남지 않았다.

"유리엔."

그는 딸의 이름을 불렀다. 어차피 얼마 남지 않은 자신의 목숨은 상관없었다. 하지만 이 싸움에서 지면 딸은 죽을 것이다. 정변을 꾸민 가문의 후계자를 살려둘 리가 없으니까. 만약 그렇게 되면 자신의 잘못 때문에 딸이 죽게 되는 것이다.

"하아."

그런데 그때였다. 생각지도 못 한 목소리가 그의 등 뒤에서 들렸다.

"이곳에 암셀, 네놈이 웬일이지?"

서늘한 분노가 담긴 낮은 목소리에 암셀은 고개를 돌렸다.

"전하."

깊은 분노가 담긴 차가운 금안이 암셀을 노려보고 있었다. 나타난 이는 바로 황태자 린덴이었다.

린덴은 비틀린 목소리를 내뱉었다.

"어찌 네놈이 감히 이곳에 올 생각을 했지?"

"……."

"이곳은 네놈 따위가 올 수 있는 곳이 아니다."

그는 주먹을 움켜쥐었다. 분노로 목소리가 파르르 떨렸다.

'감히……'

이곳이 어디라고. 저 추악한 놈이 발을 디딘단 말인가. 이 백원의 궁은 그의 아픔이 담긴 성역이었다. 다른 사람은 몰라도, 저 추악한 놈이 이곳에 오다니. 저놈이 발을 디뎠다는 것만으로도 오물로 더럽혀지는 기분이었다.

"설마 어머니와 누이를 모욕하러 온 건가?"

그 맹렬한 적의에 암셀은 쓴웃음을 지었다. 등불을 든 여인의 말이 다시 떠올랐다.

"황태자 전하는 그날의 일로 일평생을 고통스러워하셨습니다."

과거 천진난만한 얼굴로 자신을 대하던 황태자의 모습도 떠올랐다.

"후작. 후작."

순하게 웃으며 자신에게 다가오던 아이. 그 아이가 지금 자신을 차갑게 바라보고 있었다. 자신의 목숨으로 원한을 갚으려 하고 있었다.

"그런 뜻으로 온 것은 아닙니다."

"하! 그러면? 사죄라도 하려고 온 건가?"

"……."

"왜? 죽을 날이 머지않으니, 자신이 죽인 자들이 어떻게 죽어갔는지 궁금하기라도 했나 보지?"

린덴은 입꼬리를 비틀었다.

"그래도 여기까지 온 걸 보니 몸은 많이 나아졌나 보군. 그거 하나는 다행이야. 네놈이 위독하다는 말을 듣고 걱정했었는데. 죗값을 치르지도 않고 편안하게 죽으면 어떻게 하나 싶었지."

암셀은 아무런 말도 하지 않았다.

"잘됐어. 기다리고 있어라. 네놈의 목은 반드시 내 손으로 직접 쳐 줄 테니. 단두대도 필요 없어."

그러며 황태자는 등을 돌렸다. 저 추악한 놈과 한 마디의 대화도 더 나누고 싶지 않았다.

"경고하니 당장 이곳에서 꺼져. 지금이라도 네놈의 목을 날려 버리고 싶은 것을 간신히 참고 있으니."

그런데 그 순간이었다.

"황태자 전하."

암셀이 그의 등을 바라보며 나직이 불렀다.

린덴은 인상을 찌푸리며 고개를 돌렸다. 암셀은 그를 바라보고 있었다.

"뭐지?"

하지만 암셀은 입을 열지 않았다. 그저 말없이 그를 바라볼 뿐. 한참이나 지속되는 침묵에 린덴은 의아한 표정을 지었다. 뭐 하자는 거지?

암셀의 눈빛은 기이했다. 그를 바라보고 있지만, 어딘가 머나먼 곳을 더듬는 듯한 눈동자. 린덴이 다시 인상을 찌푸리려는 순간이었다. 도저히 생각지도 못 한 말이 그의 귀에 들렸다.

"……죄송했습니다."

린덴의 몸이 뻣뻣이 굳었다.

'……뭐?'

"……죄송했습니다."

린덴은 눈을 부릅떴다. 처음엔 잘못 들었나 싶었다. 도저히 저놈에게서 나올 수 있는 말이 아니었으니까. 하지만 잘못 들은 것이 아니었다. 그는 암셀을 바라봤다. 린덴의 얼굴에 담긴 감정은 놀람이 아니었다. 오히려 지극한 차가움. 그는 얼음장 같은 목소리로 물었다.

"지금…… 뭐라고 했지?"

린덴이 다시 물었다.

"지금 뭐라고 했느냐고 물었다."

"……"

"죽고 싶나, 후작?"

린덴은 암셀에게 다가가더니 멱살을 잡았다.

"죄송하다고? 나를 능멸하는 것이냐? 그래, 죽기 전 나와 어머니, 누이를 한 번에 능멸하려고 이곳에 왔나 보군."

암셀은 눈을 감았다. 멱살을 움켜쥔 린덴의 손이 파르르 떨렸다. 도저히 감정을 참을 수 없었다. 뭐라고? 죄송하다고? 그런 짓을 저질러 놓고 이제 와서?

"아니면 그냥 죽고 싶은 것인가? 이 자리에서 내 손에 죽고 싶어서 날 조롱하는 건가?"

암셀은 말했다.

"조롱하는 것이 아닙니다."

"하! 그러면? 설마 진심이라고 말하는 것이냐?! 이 가증스러운!"

린덴은 분을 이기지 못하고 멱살을 쥔 손을 팽개쳤다. 암셀은 힘없이 바닥에 쓰러져 고통스러운 신음을 흘렸다. 그런 그를 보며, 린덴은 품 안에서 권총을 꺼내었다.

찰칵!

총알을 장전하고는 그대로 암셀 후작의 미간에 겨누었다.

"그 가증스러운 입에 다시 한 번 물으마. 진심이라고?"

"……."

"대답해! 지금 당장 대답하지 않으면 쏘겠다."

총을 든 손이 부들부들 떨렸다. 평소의 그답지 않은 모습. 반면 암셀은 미간에 총이 겨눠진 상황임에도 차분히 그를 바라봤다.

"진심입니다."

"끝까지……!"

린덴은 이를 악물었다. 계속되는 능멸에 치밀어오르는 분노를 못 참고 방아쇠를 당기려는 찰나!

황태자와 암셀의 눈이 마주쳤다.

"……!"

린덴은 흠칫 놀랐다. 암셀의 눈이 동굴처럼 공허했던 것이다. 평소의 날카로운 빛이 아니었다. 마치 죽음을 앞둔 사람처럼 텅 비어 있었다. 그 순간 린덴은 직감적으로 느꼈다. 지금 암셀은 거짓말하고 있는 것이 아니란 것을. 하지만 린덴은 인정할 수 없었다. 저놈이 죄를 뒤집어쓰었다고? 있을 수 없는, 아니, 일어나서는 안 되는 일이다.

'가증스러운!'

린덴은 방아쇠를 당겼다.

타앙!

권총이 불을 뿜었고, 총알이 암셀의 머리칼을 스쳐 벽에 박혔다.

방아쇠를 당기는 순간, 총구를 틀어 목숨을 뺏는 것을 자제한 것이다. 완벽한 복수를 위해서는 저놈을 지금 이렇게 죽여선 안 된다. 린덴은 입술을 깨물며 말했다.

"분명히 말하지. 네놈은 미안해할 자격도 없다. 그리고 편하게 죽을 자격도 없어. 가증스러운 말은 닥치고 기다리고 있어라. 네놈이 이렇게 죽으려고 나서지 않아도 너와 마리엔, 그리고 귀족파의 운명은 이미 다 결정되어 있으니까."

린덴은 등을 돌려 탑의 계단으로 향했다. 그는 계단을 내려가기 전, 피식 웃으며 말했다.

"죄송했다고? 진심이라고? 내가 평생 들었던 말 중, 가장 웃기고 기분 나쁜 말이군."

그때, 암셀이 나직이 말했다.

"제가 어떻게 하면 받아들여 주시겠습니까?"

"어떻게?"

린덴은 입꼬리를 비틀었다.

"죽어."

그는 손가락으로 탑 너머를 가리켰다.

"지금 바로 이곳에서 뛰어내려. 어머니와 누이가 죽었던 것처럼, 똑같이. 그러면 네 사죄를 받아주지."

린덴은 분노를 못 이겨 말을 하면서도 속으로 실소를 터뜨렸다. 저 암셀이 자신의 말을 따를 리가 없지 않은가? 그런데 생각지도 못 한 대답이 돌아왔다.

"……그렇게 하면 저와 마리엔을 용서해 주실 수 있겠는지요?"

린덴은 입을 다물고 암셀을 바라봤다. 암셀의 눈은 여전히 비어 있었다. 둘 사이 잠시 침묵이 흘렀다.

린덴은 낮게 말했다.

"네놈이 할 수 있다면, 그러면 용서해 주지."

더없이 차갑게 말한 그는 대답을 듣지 않고 탑의 계단을 내려왔다.

'빌어먹을. 제길.'

계단을 내려가며 린덴은 욕설을 내뱉었다.

'뭐라고? 죄송?'

그는 암셀의 사과가 진심일 것이라고는 터럭만큼도 생각하지 않았다. 이건 가증스러운 능멸이 분명했다.

'제길.'

하지만 불쾌한 얼굴로 계단을 내려가던 그는 걸음을 우뚝 멈추어 섰다. 방금 본 암셀의 눈빛. 무언가 비어 보이던 그 눈동자는 거짓을 말하는 이의 것이 아니었다. 린덴은 고개를 저었다.

'그놈이 진심일 리가 없잖아.'

린덴은 입술을 짓이기듯 깨물었다. 얼마나 세게 깨물었는지, 입술이 찢어지며 피가 흘렀다.

'빌어먹을. 진심이면? 진심이면 어쩔 건데?'

어머니와 누이가 그놈 때문에 죽었다. 그런데 이제 와서 진심으로 사과한다고? 그러면 용서해 주어야 하는 건가? 말도 안 되는 소리다. 가슴이 터져 버릴 것처럼 요동을 쳐 소리라도 지르고 싶었다.

"제기랄!"

결국, 그는 주먹으로 탑의 벽을 후려쳤다. 손등에 피가 흘러내렸지만 감정을 조절할 수가 없었다.

'어머니, 누이.'

린덴은 백원의 궁 밖으로 나와 그들이 떨어졌던 장소를 찾았다. 그들을 떠올리며 흔들리는 마음을 다잡았다.

'조금만 기다려 주십시오. 곧 당신들의 한을 갚아주겠습니다. 악몽에서 벗어나게 해주겠습니다. 이제…… 정말, 정말 멀지 않았습니다.'

그래, 오늘의 일은 분명 자신의 마음을 흔들려는 수작이다. 이 능멸은 곧 갚아줄 것이다. 그렇게 린덴은 생각했다. 그런데 그 순간 생각지도 못 한 소리가 울렸다.

쿠웅!

"……!"

린덴의 몸이 뻣뻣이 굳었다. 무언가 높은 곳에서 떨어졌을 때 들리는 육중한 소리였다. 갑자기 뭐지? 뭐가 떨어진 거지?

'설마……?'

그는 침을 꿀꺽 삼켰다. 방금 자신이 암셀에게 했던 말이 떠올랐다.

"지금 바로 이곳에서 뛰어내려. 어머니와 누이가 죽었던 것처럼, 똑같이. 그러면 네 사죄를 받아주지."

아닐 거다. 저 독사 암셀이 그런 일을 저지를 리가 없다. 그런데 왜일까? 이유 없이 팔이 파르르 떨렸다. 린덴은 소리가 났던 곳으로 걸음을 옮겼다. 저 멀리서 사람들이 비명을 지르며 달려오고 있었다. 뭐라고 말하는데 잘 들리지 않았다. 그리고 그 장소에 도착한 린덴은 다리에 힘이 풀렸다.

……암셀이었다. 그가 정말로 탑에서 몸을 던졌다. 이미 생명이 빠져나간 그의 얼굴은 기이하게 평안해 보였다.

◆◉◈

린덴은 멍한 얼굴로 사자궁에 돌아왔다. 차일드 후작의 자살로 론도 전체가 난리가 났지만 정신을 차릴 수가 없었다.

'그가 죽었다고? 정말로?'

린덴은 중얼거렸다.

"왜?"

왜 자살했단 말인가? 도대체 왜?

"……죄송했습니다."

그게 정말 진심이었다고? 그래서 자살했다고?

"웃기지 마."

그는 짓눌린 신음을 뱉었다.

"웃기지 말라고!"

도대체 이게 뭐란 말인가? 어머니와 누이를 죽음으로 몰아넣고, 이런 식으로 자살을 해?

'그래도 용서할 수 없어.'

그의 손이 계속해서 떨렸다. 감정이 요동쳐 조절되지가 않았다. 그런데 지금 이 요동치는 감정의 정체가 무엇인지 알 수가 없었다.

그는 크리스를 불렀다.

"전하? 차일드 후작이······!"

크리스는 다급히 말하려다 입을 다물었다. 알 수 없는 혼란으로 요동치는 린덴의 눈동자를 본 것이다.

"전하?"

"크리스, 지금 당장 로열가드와 총기사단을 움직여라."

크리스는 놀란 표정을 지었다. 갑자기 로열가드와 총기사단을? 린덴은 짓씹듯 명했다.

"론도 내에 있는 모든 귀족파의 귀족을 다 잡아들여."

"전하?"

"정변까지 기다리지 않겠다. 기다릴 필요도 없지. 이미 그들이 길버트 백작과 연계해 역모를 꾸민다는 증거를 다 가지고 있는데."

명을 받은 크리스는 머뭇거렸다. 물론 린덴의 말이 틀린 것은 아니었다. 이미 그들은 귀족파의 인원들이 역모를 꾸미려는 증거를 다 확보한 상태다. 그러니 그 증거만으로도 일망타진할 수 있었다. 굳이 정변을 일으키기 기다린 것은 조금 더 확실히 적을 제거하기 위해서였다. 하지만 크리스는 당혹스러워하고 있었다.

'이성을 잃으셨어.'

크리스의 생각처럼 지금 린덴은 정상이 아니었다. 무슨 이유에서인지 큰 혼란에 빠져 있었다.

"전하, 잠시 진정하시고 결정하는 것이 좋을 듯합니다. 당장 수도 내에서 병력을 움직이기에는 미하일 전하와 검기사단이 걸립니다."

"아, 미하일. 검기사단."

린덴은 고개를 끄덕였다.

"그들은 내 손으로 해결하겠다. 그리고 그 전에."

그는 자리에서 일어났다. 그리고 벽에 걸린 검을 꺼내 들었다.

"마리엔 1황비. 그 죄인의 목을 먼저 베겠다."

크리스가 만류했으나 린덴은 듣지 않았다. 그는 무작정 유리궁으로 향했다.

'빌어먹을.'

그의 머릿속에 이런저런 생각이 얽혀들었다.

"……죄송했습니다."

"닥쳐!"

그는 버럭 소리를 질렀다. 그런 죄를 저질러 놓고, 이제 와서 사죄한다고? 그런다고 내가 받아들여줄 것 같은가?

'절대 용서하지 않아. 절대로.'

그는 이를 바득 갈았다. 그런데 그 순간 또 하나의 목소리가 떠올랐다.

'론.'

론. 린덴의 아명이었다. 그리고 그 이름을 부르던 이는 그의 어머니였다. 흑발의 아름다운 그녀는 늘 사랑이 담긴 차분한 목소리로 아들을 불렀었다.

'론은 나중에 어떤 사람이 되고 싶니?'

어렸던 그는 이렇게 답했었다.

'음악가가 되고 싶어요.'

'음악가?'

'네, 지난번 음악을 들었는데 너무 좋았어요. 그래서 악기로 다른 사람을 행복하게 하는 사람이 되고 싶어요.'

그 말에 레베카는 쿡쿡 웃었었다. 린덴, 아니, 어린 론은 조심스럽게 물었다.

'나 황제 되기 싫은데…….. 음악가 하면 안 될까요?'

레베카는 부드럽게 아들의 머리를 쓰다듬었다.

'그래도 된단다. 이 어미는 네가 무슨 일을 하든 상관없이 네가 행복했으면 좋겠구나.'

과거의 일을 떠올린 린덴은 입술을 깨물었다. 네가 행복했으면 좋겠구나, 란 말이 그의 가슴을 뒤흔들었다.

'이게 바로 제 행복입니다. 저들의 피로 원한을 갚지 않는 한 저에게 평안은 없습니다.'

어머니가 바라던 그의 행복은 이미 산산조각이 났다. 바로 그들 때문에!

'조금만 기다려 주십시오. 오늘 모든 것을 끝내겠습니다.'

그런데 왜일까? 검을 차고 유리궁으로 향하는데 그들의 얼굴이 자꾸 떠올랐다. 어머니와 누이. 그들은 왜인지 아릿한 얼굴로 그를 보고 있었다. 린덴은 순간 가슴이 울컥했다. 도대체 모르겠다. 그들이 왜 저런 표정으로 자신을 보는지, 왜 유리궁에 가까이 다가갈수록 표정이 슬퍼지는지.

'제기랄. 제기랄!'

그는 속으로 욕설을 내뱉었다. 그때, 그의 머릿속에 또 다른 목소리가 들려왔다.

"그들의 한을 다른 식으로 풀 수 있다면 그래도...... 그들을 살려주실 수는 없는지요."

자신이 사랑하는 그녀, 엘리제가 했던 말이다.

"그런 게 가능할 리가 없잖아!"

린덴은 버럭 소리쳤다. 이윽고 유리궁에 도착한 그는 저지하는 시종을 거칠게 밀치고 안으로 들어갔다.

"마리엔!"

쓸쓸한 궁 안에 그의 외침이 메아리쳤다.

'어디지? 어디에 있느냐?'

린덴은 시뻘게진 눈으로 안을 둘러보았다. 그가 이 유리궁에 오는 것은 처음이었다. 마리엔이 광증에 빠져 유폐된 후 한 번도 보러 온 적이 없었으니까. 널따란 유리궁 안에는 쓰러진 시종 외에는 아무도 없었다.

그는 일일이 문을 열며 방 안을 확인했다. 바로 그녀의 목을 베기 위해 한 손에는 검을 움켜쥔 채. 그리고 마지막 문을 열려고 할 때였다.

와장창!

방 안에서 무언가 요란히 깨지는 소리가 들렸다. 그리고 들리는 비명. 린덴은 그 소리에 순간 멈칫했다가 곧 차가운 표정을 지었다.

'이곳인가 보군.'

분명 마리엔이 광증에 빠져 내는 소리일 것이다.

'네년도 이제 끝이다.'

그는 벌컥 문을 열었다.

"마리엔."

단죄를 위해 그녀의 이름을 부르는 순간 린덴의 눈이 흔들렸다.

"끄, 끄⋯⋯ 페⋯⋯ 하⋯⋯."

마리엔 황비는 방구석에 쪼그려 벌벌 떨고 있었다. 자해한 것인지 흉터투성이인 팔과 드레스 곳곳이 피에 젖어 있었는데, 그가 들어온 것은 눈치도 못 챈 것 같았다. 젊은 시절 아름답게 빛나던 그녀의 금발은 푸석푸석하게 변해 있었다.

린덴은 입술을 깨물며 그녀에게 다가갔다. 그가 코앞까지 다가왔건만 여전히 마리엔은 그의 존재를 눈치채지 못했다. 오로지 벌벌 떨 뿐이었다. 그는 검을 들어 올렸다. 은색의 날이 서늘하게 빛났다. 이제 이것을 내려치기만 하면 마리엔의 목은 떨어질 것이다. 드디어 어머니와 누이의 복수를 하게 되는 것이다.

그런데 왜일까? 평생을 바라고 바라온 복수인데, 이상하게 손이 내려가지 않았다. 검을 든 손이 부들부들 떨렸다.

그 순간 떠오르는 암셸의 말.

"⋯⋯죄송했습니다."

자신의 동생, 미하일의 얼굴도 떠올랐다. 오로지 어머니를 위해 목숨을 걸고 자신과 적대하는 하나뿐인 동생.

"⋯⋯웃기지 마."

린덴은 비틀린 목소리를 흘렸다. 그때, 마리엔 황비가 다시 소리를 질렀다.

"끄⋯⋯ 페하⋯⋯ 밀러⋯⋯ 밀러⋯⋯."

밀러. 젊은 시절, 그녀가 민체스터를 부르던 이름이었다.

"⋯⋯!"

그 말을 들은 린덴의 눈이 다시 요동쳤다. 불덩이 같은 분노가 가슴속에서 솟구쳤다.

"닥쳐!"

이를 악물고 검을 더욱 높이 치켜들었다. 그리고 그대로 내리그었다. 바로 마리엔의 목을 향해 일직선으로.

그런데 그 순간이었다!

"전하!"

익숙한 목소리! 그가 사랑하는 엘리제였다! 다급한 얼굴로 나타난 그녀가 그를 불렀다. 하지만 그는 검을 멈추지 않고 더욱 힘을 주어 내리그었다.

파악!

검날이 마리엔 황비의 목, 바로 옆에 박혔다. 목숨을 뺏기 직전 마지막 순간, 방향을 튼 것이다.

"······전하."

크리스로부터 상황을 들은 것일까. 엘리제는 눈물이 맺힌 눈으로 그를 불렀다. 하지만 린덴은 돌아보지 않았다. 오로지 떨리는 눈으로 자신의 원수, 마리엔 황비를 노려볼 뿐이었다.

"끄······ 으······. 폐······ 하······."

목숨을 잃은 뻔한 상황이었건만, 마리엔은 여전히 신음만 흘리고 있었다. 아무것도 느끼지 못하는 듯했다. 자신의 목 옆에 박힌 검날도, 자신을 노려보고 있는 린덴도.

"하, 하······."

린덴은 웃음을 흘렸다. 이게 무엇이란 말인가. 도대체?

"이게 뭐냐고! 제기랄!"

버럭 소리를 질렀다. 가슴이 터져 미쳐 버릴 것 같았다.

"난 네가 행복했으면 좋겠구나."

다시 떠오르는 어머니의 목소리. 린덴은 이를 악물고 등을 돌려 방을 빠져나왔다. 검도, 마리엔 황비도 버려둔 채. 자신이 사랑하는 엘리제도 놔두고.

'빌어먹을. 제길.'

그는 자신이 어디로 가는지 의식조차 못했다. 속으로 끝없이 욕설을 내뱉으며 끝없이 걸었다. 가만히 있으면 가슴이 터질 것 같았다. 그렇게 정신없이 걸으니 익숙한 장소가 나타났다.

백원의 궁. 레베카와 이블린이 떨어졌던 비극의 장소.

"하……."

그곳에 도착한 린덴은 헛웃음을 흘렸다.

"하…… 하……."

왜일까? 갑자기 눈물이 흘러내렸다. 한번 흐르기 시작한 눈물은 끝없이 떨어졌다.

'어머니…… 누이…….'

이게 도대체 뭐란 말인가. 모르겠다. 도대체 어떻게 해야 하는지. 그냥 가슴이 터질 것 같았다.

'제길…….'

린덴은 눈물을 멈추고자 이를 악물었다. 하지만 평생의 괴로움이 터진 것일까. 도저히 멈춰지지가 않았다.

그 순간이었다.

저벅.

그의 등 뒤로 조심스러운 발걸음이 다가왔다. 그리고 곧…… 따뜻한 느낌이 등에 닿았다. 엘리제였다. 그녀가 그를 등 뒤에서 안은 것이다.

"린덴……."

"……."

린덴은 대답하지 않았다. 그저 말없이 눈물을 흘렸다. 희미한 떨림이 그녀에게 전해졌다. 아픈 떨림이었다.

"……나."

"네, 린덴."

"절대 그들을 용서하지 않아."

린덴은 강하게 되뇌었다.

"절대로. 절대로……."

그 말에 엘리제는 울컥 눈물이 나왔다. 그녀는 고개를 끄덕였다.

"네, 린덴. 그래도 괜찮으니……."

엘리제는 눈물 흘리며 말했다.

"아프지 마세요……. 제발……."

다른 건 모르겠다. 그가 아프니 그녀도 아팠다. 그녀는 양팔로 그의 가슴을 감싸 안았다. 그저 그가 아프지 않았으면 좋겠다. 그렇게 둘은 한참이나 눈물을 흘렸다.

린덴이 감정에 못 이겨 내렸던 명령은 일단 크리스의 필사적인 만류로 저지되었다. 만약 그의 만류가 아니었다면 론도 한복판에서 검기사단과 총기사단의 유혈 충돌이 벌어질 뻔하였다.

그리고 그날 밤, 어둠이 깊어졌지만 린덴은 잠들지 못했다. 그저 생각에 잠겨 있었다.

"하아."

그는 깊게 한숨을 내쉬었다.

"난 그들을 용서할 수 없어. 절대로."

어떻게 용서할 수 있단 말인가? 절대 용서할 수 없었다. 하지만 가슴에 답답함이 치밀었다. 암셀이 탑에서 떨어진 장면이 생각났다. 마리엔이 부들부들 떨던 모습도 생각났다.

왜?! 도대체! 끝까지 악하게 있을 것이지, 마지막 순간 자신의 마음을 흔들리게 한단 말인가?!

'제길. 빌어먹을.'

그는 불행하게도 죄 없이 죽은 그들을 떠올렸다.

'어머니. 누이.'

하지만 왜일까. 이전과 다르게 그들의 얼굴이 잘 떠오르지 않았다. 그저 어릴 적 어머니가 했던 말만이 귓가에 맴돌았다.

"난 네가 무슨 일을 하든 상관없이 네가 행복했으면 좋겠구나."

그리고 어머니가 따뜻한 눈으로 바라보며 했던 다른 말도 생각났다.

"사랑한다, 내 아들."

그의 눈에서 다시 눈물이 흘러내렸다.

"빌어먹을."

눈을 질끈 감았다. 뜨거운 눈물이 뺨 밑으로 떨어졌다. 문득 미하일이 떠올랐다. 자신과 마찬가지로 그날의 비극의 굴레에서 벗어나지 못하고 일평생을 괴로워한 동생. 엘리제, 자신이 사랑하는 그녀도 떠올랐다. 이런저런 생각이 뒤죽박죽 얽혔다. 도대체 뭐가 뭔지 모르겠다. 어떻게 해야 하는 건인지 알 수가 없었다.

"하아……."

그는 다시 깊게 한숨을 내쉬었다. 그렇게 시간이 지났다. 그리고 깊은 새벽. 생각에 잠겨 있던 그는 깜빡 잠이 들었다. 그런데 특이한 점이 있었다. '그날' 이후 처음으로, 어머니와 누이가 꿈에 나타나지 않았다.

◆⊙◆

다음 날, 이른 아침 린덴은 눈을 떴다. 전일 격랑에 휩싸였던 모습이 거짓말인 것처럼 그는 평소의 냉철함을 되찾았다.

그는 란돌에게 명했다.

"크리스를 불러라."

"네, 전하."

곧 크리스가 도착했다.

"부르셨습니까, 전하?"

"그래."

"어떤 일로……?"

"오늘 만찬회를 열겠다."

"네?"

크리스는 의아한 표정을 지었다. 이런 정국에 갑자기 만찬회라니?

"장소는 황궁 글로리아 홀에서, 시간은 정확히 정오에. 그리고 참석 인원은 귀족파 인원 전원."

"……!"

크리스의 눈이 커졌다. 귀족파의 인원들을 초청해 만찬회를 열겠다고? 그게 무슨?

"그리고 글로리아 홀에는 다음 서류를 준비하여라."

그러며 린덴이 건네 준 서류를 본 크리스는 다시 한 번 놀랐다. 그것은 귀족파의 인원들이 역모를 꾸몄다는 증거를 담은 서류였던 것이다!

"오늘 만찬회에서 저들 귀족파에 대한 처우를 결정하겠다."

34장
용서

린덴은 차분한 목소리로 말했다.

"그리고 3황자 미하일에게도 만찬회 전에 사자궁으로 오라 전하도록. 황제의 직권을 대리하여 내리는 황명이니 거절은 용납지 않겠다고 전해라."

그렇게 침묵 속에서 시간이 흘렀다. 째각째각 울리는 시계 소리를 들으며 린덴은 아무런 말 없이 깊은 생각에 잠긴 듯이 눈을 감고 있었다.

크리스는 그런 황태자를 걱정스러운 눈으로 바라봤다.

'귀족파 전원을 동원한 만찬회라니. 그리고 3황자 전하와 단독 면담까지.'

황태자가 어떤 생각을 하고 있는 건지 짐작이 되지 않았다. 다만 확실한 것은 어제처럼 감정에 못 이겨 내린 명령은 아니란 것이다.

지금 황태자의 분위기는 평소와 같이 냉철했다. 아니, 오히려 더 차분하게 느껴지기도 했다.

그때, 린덴이 가만히 물었다.

"크리스."

크리스는 공손히 답했다.

"네, 전하."

"엘리제는 지금 어디에 있지? 병원에 있나?"

크리스는 잠시 망설이다가 답했다.

"……암셀 후작의 장례식에 갔습니다."

황태자는 그 말을 곰곰이 생각하는 듯했다.

"……많이 슬퍼하던가?"

크리스는 씁쓸히 답했다.

"네."

"……그렇군."

린덴은 가만히 고개를 끄덕였다. 암셀의 죽음은 엘리제로서도 전혀 예상치 못한 것이었다. 화합으로 이어지는 계기를 만들려 했지만 그게 그의 죽음으로 이어질 것이라고는 생각하지 못했다.

린덴은 낮게 한숨을 내쉬고 다시 눈을 감았다. 둘 사이에 다시 침묵이 감돌았다. 그렇게 무거운 침묵 속에서 시간이 더디게 흘러갔다. 그리고 시계가 만찬회가 시작하기 한 시간 전을 가리켰을 때, 노크 소리가 들렸다.

"전하, 란돌입니다. 3황자 전하께서 오셨습니다."

그의 동생, 미하일이 도착했다.

외숙부 암셀의 죽음 때문일까? 미하일의 얼굴은 슬픔에 잠겨 있었다. 린덴은 눈을 뜨며 말했다.

"어서 와라."

"……갑자기 무슨 일이야?"

미하일은 경계 섞인 목소리로 물었다. 이런 갑작스러운 면담이라니? 또 곧 이어지는 만찬회는 무엇이란 말인가?

린덴이 동생에게 말했다.

"일단 앉지. 란돌, 차를 가져와라. 어떤 종류를 좋아하지? 그나마 백차(白茶)를 좋아했던가? 청의 백차로 가져와라."

"네, 전하."

얼마 지나지 않아 란돌이 차를 내왔다. 따뜻한 향이 방 안에 퍼졌다.

린덴은 찻잔을 입가로 가져가며 크리스와 란돌에게 말했다.

"너희는 이만 나가 봐라. 미하일과 단둘이 할 이야기가 있으니."

"전하……."

크리스는 황태자의 안위를 걱정했다. 궁지에 몰려 역모를 꾸미고 있는 3황자다. 단둘이 있는 틈을 타 검을 휘두르기라도 하면 어떻게 하려고?

하지만 린덴은 고개를 저었다.

"괜찮아. 나가 봐라."

"하지만……."

"명이다. 나가 있어."

어쩔 수 없다는 듯 둘이 나가자 린덴은 동생에게도 말했다.

"너도 앉아. 언제까지 그렇게 서 있을 거냐?"

"……."

미하일은 이해할 수 없다는 눈으로 린덴을 바라봤다.

도대체 무슨 생각인 거지? 그때 문득 엘리제가 생각났다.

'혹시 리제가 하려던 일이?'

하지만 그는 고개를 저었다. 아직 모른다. 어차피 더 악화될 상황도 없고, 다름 아닌 그녀가 시도하려는 일이기에 시간을 주었지만 애초에 성공할 가능성이 희박했다. 그는 여전히 경계를 풀지 않고 물었다.

"무슨 생각이야? 우리가 지금 이렇게 차나 마실 사이는 아니잖아."

"그렇지."

린덴은 동의했다. 서로의 목숨을 노리고 있으면서 한가롭게 차라니. 어울리지 않는 일이었다.

린덴이 말했다.

"그러면 바로 용건을 이야기하지."

미하일은 굳은 얼굴로 린덴의 말을 기다렸다. 린덴은 천천히 입을 열었다.

"미하일."

"듣고 있어."

"분명히 이야기하지만 난 마리엔 황비를 용서할 수 없다. 절대로."

"……!"

미하일은 주먹을 움켜쥐었다.

"네가 계속 마리엔 황비를 감싼다면 난 너를 죽일 수밖에 없다."

"알고 있어. 그 이야기를 하려고 부른 거야?"

미하일은 고개를 저었다. 이미 뼈저리게 알고 있는 이야기다. 애초에 둘이 싸우고 있는 이유가 그것 때문이었으니까. 린덴이 마리엔을 용서할 수 없듯 미하일도 어머니를 포기할 수 없다. 그게 바로 비극의 시작이었다.

그런데 린덴이 고개를 저었다.

"아니, 고작 그 이야기를 하러 부른 것은 아니지."

"그러면?"

린덴은 동생의 눈을 바라봤다. 자신과 닮은, 하지만 더 부드러운 눈매의 금색 눈동자.

"난 억울하게 죽은 레베카의 아들로서, 그리고 이블린의 동생으로서 마리엔 황비를 단죄할 것이다. 그리고 그 단죄의 내용을 지금 너에게 말하마."

"……!"

"마리엔 황비를 데리고 이 브리티아 섬을 떠나라. 영원히. 살아 있는 한 다시는 브리티아 섬을 밟지 마라. 마리엔 황비가 같은 땅에 있다는 것만으로도 토악질이 나올 것 같으니. 이게 바로 내가 내리는 단죄다."

그 말을 듣고 미하일은 눈을 부릅떴다.

'잠깐, 이건?'

그는 믿을 수 없다는 듯 떨리는 목소리로 물었다.

"……형님?"

린덴은 차가운 목소리로 말했다.

"선택해. 만약 받아들이지 않는다면 그때는 단두대로 다스리겠다. 마리엔 황비뿐 아니라 너까지 모두."

서릿발 같은 명령. 하지만 미하일은 흔들리는 눈으로 린덴을, 자신의 형을 바라봤다. 그의 입에서 떨리는 목소리가 새어 나왔다.

"……형님? 정말로?"

영원히 브리티아 섬에 돌아오지 못하는 혹독한 추방령. 하지만 린덴이 원래 원하던 목숨을 뺏는 것에 비하면 사실 용서나 다름없었다. 미하일은 이 생각지도 못 한 용서에 믿을 수 없다는 눈으로 그를 바라봤다. 정말로? 오로지 복수를 위해 살아온 그가 아닌가? 정말 이런 식으로 용서를 하겠다고?

"……어째서?"

그 물음에 린덴은 눈을 감았다. 왜냐고? 그 역시 자신의 결정을 동생에게 설명할 도리가 없다. 사실 지금도 마음속에서는 마리엔 황비의 목을 치고 싶은 살의가 들끓어 올랐다. 살려두고 싶지 않았다. 그럼에도 그런 선택을 할 수밖에 없었다. 그의 어머니가 했던 말 때문에.

"사랑한다, 내 아들."

어제부터 자꾸만 떠오르는 그 말을 생각한 순간 다시 가슴이 울컥했다. 린덴은 입술을 깨물었다.

'그래, 모르겠다. 그냥…… 그냥…….'

그는 다시 요동치려는 가슴을 참으며 말했다.

"선택해라. 받아들이지 않으면 피로 죗값을 치르도록 하겠다."

그 시각, 황궁의 글로리아 홀.

대연회를 하는 장소인 그곳에는 만찬회가 준비돼 있었고, 많은 귀족이 불안한 눈으로 앉아 있었다. 모두 하나같이 귀족파의 인원들이었다.

"도대체 무슨 생각일까요? 우리를 한 번에 초대하다니."

그들 중 이 자리에 오고 싶은 이는 아무도 없었다. 그럼에도 대부분의 인원이 빠지지 않고 참석한 이유는 초청장에 쓰여 있던 단 한 줄의 문구 때문이다.

참석하지 않는 자, 피로 그 대가를 치를 것이다!

그 문구 때문에 꺼림칙하면서도 참석할 수밖에 없었다. 만약 암셀 후작이 살아 있었다면 강단 있게 초청을 거부했을지도 모르지만, 암셀이 죽은 지금은 구심점이 될 자가 사라졌다.

한 귀족이 두려운 목소리로 속삭였다.

"함정은 아니겠죠? 우리를 한꺼번에 제거하려는."

다른 이가 고개를 저었다.

"설마…… 아니겠죠. 이렇게 공개적으로 만찬회를 초청해서 그런 일을 할 리가……."

귀족들은 설마 자신들을 죽이기 위한 함정은 아닐 거라 생각했다. 비밀리에 초대한 것이라면 모를까, 이렇게 공개적으로 만찬회에 초청해서 근거도 없이 살육을 일으킬 수는 없을 테니까.

모두 그런 생각으로 초청을 받아들였다. 하지만 그럼에도 마음속 불안을 떨쳐 버리지 못했다. 함정이면 어떻게 하지? 지금 이 자리에는 귀족파 인원이 대부분 모여 있었다. 황태자가 정치적 부담을 감수하기로 각오하고 독한 마음을 먹은 것이라면, 그들은 모두 끝이었다.

그렇게 그들이 마음속으로 떨고 있을 때, 음식이 나오기 시작했다. 만찬회 시작 시각인 정오가 다가온 것이다.

"황태자 전하께서 먼저 식사를 즐기고 있으라 하셨습니다."

정성스럽게 준비한 요리가 만찬회 테이블에 차곡차곡 쌓였다. 하지만 앞에 놓인 음식에 손을 대는 이는 아무도 없었다. 황실에서 솜씨를 부린 요리들이니 모두 최고의 진미들이었지만, 식사를 즐기고 있을 상황이 아니었으니까.

모두 황태자가 등장하기만 초조히 기다렸다. 그렇게 얼마나 시간이 지났을까? 드디어 시종이 큰 목소리로 말했다.

"황태자 전하 납십니다!"

홀의 문이 열리며 황태자가 만찬회장 안으로 들어왔다.

"전하를 뵙습니다."

모두가 자리에서 일어나 예를 표했다. 린덴은 무표정한 얼굴로 고개를 끄덕였다.

"그래."

암셀의 죽음으로 이제 귀족파 서열 1위가 된 메르키트 백작이 대표로 나서며 말했다.

"이렇게 만찬에 초대해 주셔서 감사합니다, 전하. 그런데 혹시 저희에게 어떤 말씀이 있으신지……."

린덴은 잠시 아무 말 없이 그를 바라봤다. 무감정한 눈동자. 메르키트는 그 눈빛에 자신도 모르게 침을 꿀꺽 삼켰다. 무감정했지만 그 안에 선명한 증오가 느껴졌다.

'좋지 않구나.'

메르키트는 불안감을 느꼈다. 저 황태자는 항상 자신들을 저렇게 바라봤다. 그에게 귀족파란 암셀 후작과 마리엔 황비의 음모에 동조해 황후를 죽음으로 몰고 간 원수, 그 이상도 이하도 아니었다.

'틀린 생각은 아니지.'

그는 속으로 한탄했다. 혈탑의 비극은 암셀과 마리엔의 주도하에 일어난 일이지만, 그들 귀족파가 동조했다. 귀족파의 인원들은 끝없이 황후를 비방했고 황후의 직위를 폐하라는 상소를 올렸다. 그리고 그 상소들은 황후의 영혼을 말라비틀어지게 했고, 끝내 죽음으로 이끌었다. 그러니 자신들은 저 황태자의 원수였다.

황태자가 입을 열었다.

"모두 모인 건가?"

"네, 전하."

메르키트는 답하였다.

"내가 너희를 부른 이유가 궁금하겠지. 우리가 사실 이렇게 마주 앉아 사이좋게 밥을 먹을 관계는 아닌데 말이야. 그렇지?"

그 말에 장내가 침묵에 잠겼다. 황태자는 차가운 얼굴로 말을 이었다.

"그럼에도 내가 너희를 만찬회에 초대한 이유가 있다. 크리스, 준비한 것을 내오도록."

"네, 전하."

크리스가 손짓하자 곧 시종들이 그릇들을 내왔다. 그릇은 원형의 철제 덮개로 덮여 있어, 안의 내용물이 보이지가 않았다.

귀족파의 인원들은 고개를 갸웃했다. 도대체 뭐 하려는 것이지? 웬 음식을?

"너희 손으로 열어보아라."

그들은 의아한 얼굴로 철제 덮개를 치웠다. 그리고 깜짝 놀랐다. 거기에는 음식이 아니라, 한 뭉치의 종이가 들어 있었다.

"이게 무슨……?"

당혹스러운 얼굴을 하고 그 내용을 읽어본 사람들은 곧 경악에 휩싸였다.

"이, 이건…… 이, 이럴 수가…….."

단순히 놀란 것이 아니었다. 그들의 얼굴에 떠오른 감정은 공포였다. 그들은 몸을 부들부들 떨었다. 서류에 쓰여 있는 내용은 다름 아닌, 그들의 역모를 증명하는 문서였다! 애초에 길버트 백작의 회유가 음모였으니, 증거를 모조리 얻을 수 있었던 것이다. 그리고 역모와 관련된 증거뿐만이 아니었다. 그들이 개인적으로 저지른 죄까지도 모조리 서류에 적혀 있었다.

"저, 전하…… 이것은……!"

"조, 조작입니다! 이건…… 아닙니다!"

귀족파는 공황에 빠져 소리를 질렀다. 정변을 일으키기도 전에 발각이 됐다. 그리고 이렇게 한자리에 모여 있다. 그들은 자신들이 단두대에 목을 들이밀고 있는 처지가 되었다는 것을 깨달았다. 저 황태자가 손짓 한 번만 하면 자신들은 모두 한 줌의 핏물로 변할 것이다. 자신들뿐만 아니라, 가문도 멸문이었다. 그리고 악몽은 그것뿐이 아니었다.

촤악!

만찬회장 벽 쪽에 서 있던 시종들이 커튼을 일제히 치웠다. 거기에서 보기만 해도 섬뜩한 무기들이 모습을 드러냈다. 수많은 총신으로 이루어진, 분당 600발의 연사가 가능한 기관총, 개틀링이었다. 무려 5대. 황태자가 손짓만 하면 만찬회장 안에 있는 이들은 모두 목숨을 잃을 것이다.

"전하, 무언가 오해가 있습니다!"

"저, 전하! 살려주십시오!"

장내가 술렁이거니 곧 모두가 허겁지겁 목숨을 구걸했다.

린덴은 낮은 목소리로 말했다.

"입 다물어라. 지금부터 한 마디라도 더하면 당장 목숨을 거두겠다."

"……!"

장내에 죽을 듯한 침묵이 가라앉았다. 귀족파는 죽음의 공포에 벌벌 떨며 황태자를 바라봤다. 린덴은 얼음 같은 눈으로 그들을 주시하다가 신호를 보냈다. 그러자 시종들이 무언가를 홀 밖에서 가지고 들어왔다. 귀족파의 눈이 커졌다. 시종들이 가져온 것은 다름 아닌, 불이 펄펄 끓어오르는 화로였던 것이다.

'왜 화로를?'

설마 자신들을 고통스럽게 태워 죽이려고 화로를 가져온 것인가? 그들은 공포에 질려 생각했다.

그때, 린덴이 가만히 입을 열었다.

"상원위원장 메르키트."

"……."

"그리고 서부의 월리엄, 중부의 에릭, 웰링턴, 매피슨."

그는 가만히 몇몇 이름을 거론했다.

"내가 왜 너희의 이름을 따로 부른지는 잘 알고 있겠지."

호명당한 이들은 침을 꿀꺽 삼켰다. 모두 백작급 이상의 대귀족으로, 귀족파의 중핵이었다. 동시에 혈탑의 비극 때 주도적인 역할을 한 인물들이었다.

아마 따로 중한 벌을 내리려고 언급한 것이라고 그들은 생각했다.

"솔직히 말하지. 난 너희를 모두 죽이고 싶다. 단순히 이름을 부른 이들뿐 아니라, 이 자리에 있는 모두를 전부 다! 모조리 목을 베어 어머니의 무덤 앞에 바치고 싶어."

그 말에 모두가 벌벌 몸을 떨었다. 이제 그의 신호 한 번이면 저 무자비한 총의 포화에 자신들은 형체도 남지 않고 사라질 것이다. 이미 눈을 질끈 감고 생을 포기한 사람도 있었다.

린덴은 한참이나 말없이 그들을 노려보았다. 숨이 막힐 듯한 적막이 홀 안에 가득했다. 그런데 어느 순간, 린덴이 깊은 한숨을 내쉬었다. 마치 탄식과도 같은 한숨. 상황에 어울리지 않는 그 한숨에 귀족파가 의아한 표정을 짓는 순간, 황태자는 전혀 생각지도 못 한 이야기를 꺼냈다.

"하지만 너희를 모두 죽여 버리는 것보단 살려두는 것이 제국에는 조금 더 낫겠지. 이런 너희라도 나름의 역할이 있는 자들이니까."

"......?"

"그러니! 단 한 번의 기회를 주겠다."

린덴은 차가운 목소리로 말했다.

"지금까지의 모든 것을 잊고 나에게 충성을 바쳐라. 목숨과 영혼을 걸고, 영원히. 그러면 공제의 이름으로 맹세하니, 너희의 죄악은

이 화로에 던지고 모두 잊겠다."

"……!"

귀족파는 눈을 찢어질 듯 부릅떴다. 그들로서는 천국과 지옥을 동시에 오가는 느낌이었다.

"저, 전하……?"

지금 꿈을 꾸고 있는 것인가? 저 황태자가 자신들을 용서해 주다니?

"물론 이름을 따로 거명한 자들은 안 돼. 간단히 용서하기엔 죄가 크니. 이름을 거명한 자들은 재산을 몰수하고 작위를 박탈해 평민으로 강등시키겠다."

그 말에 귀족들은 다시 한 번 놀랐다. 용서하지 않는다고 하지만, 그래도 저 정도면 굉장히 자비로운 처사였다. 이름이 거명되었던 자들은 귀족파의 중핵임과 더불어 혈탑의 비극 때 황후가 목숨을 끊는데 주도적인 역할을 했기 때문이다. 다른 이들은 몰라도 저들만큼은 단두대에 보낼 것으로 생각했다.

린덴은 제왕의 눈으로 그들을 내려다보았다.

"거절해도 좋다. 원하지 않는 것을 강요하진 않겠다. 하지만 거절하면 나도 국법으로 너희의 죄를 엄단할 수밖에 없다."

역모에 대한 국법. 그건 두말할 것도 없이 가문의 멸문이었다.

'도대체 어째서?'

귀족들은 서로를 바라봤다. 물론 황태자의 제안은 그들로서는 천국에서 내려온 밧줄과도 같았다. 하지만 왜 그가 이런 자비를 내리는지 이해할 수 없었다. 물론 이렇게 자신들을 거두면 정치적으로 이득이 있긴 했다. 황제파뿐 아니라, 자신들 귀족파까지 휘하로 거두면 모든 귀족 세력을 망라하는 강력한 황권을 얻게 되는 것이니까.

그것도 피 한 방울 흘리지 않고. 그러나 그 이유만으로는 설명되지 않았다. 그 절대 황권은 자신들을 모조리 죽여도 얻을 수 있기 때문이다. 아마도 자신들을 한꺼번에 죽이면 제국에 혼란이 일기야 하겠지만, 오로지 복수에 눈이 먼 황태자가 그런 걸 신경 쓸 리가 없지 않은가? 하지만 황태자는 그 이유를 따로 설명해 주지 않았다. 그저 지엄한 목소리로 명했다.

"지금 당장 선택해라."

그 말에 귀족파는 흔들리는 눈동자로 서로를 바라보았다. 망설이는 눈빛이었지만, 이렇게 된 이상 사실상 정권 다툼은 끝난 것이다. 그들의 패배였다. 이제 남은 선택지는 하나밖에 없었다. 죽음이냐, 아니면 새로운 황제의 시대를 맞아 충성을 바칠 것이냐. 고민은 길지 않았다. 한두 명 무릎을 꿇기 시작하더니 이윽고 그 자리의 모두가 무릎을 꿇고 황태자에게 고개를 조아렸다.

"전하께 충성을 맹세합니다!"

길고 길었던 정쟁이 끝을 맺는 소리였다. 그렇게 론도의 비극은 막을 내렸다.

◆◈◆

미하일도 황태자의 제안을 받아들였다. 이미 기운 싸움이었고, 그가 황위 다툼을 벌였던 이유 자체가 어머니의 목숨을 지키기 위해서였다. 애초에 그는 황위 따위에는 별 관심이 없었다. 미하일은 준비되는 대로 곧바로 마리엔과 함께 브리티아 섬을 떠나기로 했다.

귀족파는 글로리아 홀에서 맹세했던 대로 황태자에게 충성을 바치기로 했다. 단, 메르키트를 비롯해 혈탑의 비극 때 핵심적인 역할을 한 중핵들은 재산이 몰수당하고 평민으로 강등되었다. 굴욕적인 처벌이었지만 가문의 몰살을 피한 것만으로도 그들은 감사했다.

그렇게 황태자는 정쟁에서 완전히 승리했고, 황제파를 비롯해 귀족파까지 제국의 모든 정치 세력을 한 손에 움켜쥔 절대 황권의 주인이 되었다. 바야흐로 새로운 시대의 막을 연 그날, 황태자는 혈탑에 올랐다.

무슨 생각을 하는 걸까? 오롯한 제국의 주인이 되었지만, 그의 얼굴에 기쁨의 빛은 없었다. 그저 가라앉은 눈빛으로 어머니가 죽은 곳에서 론도의 전경을 바라볼 뿐. 그렇게 한참의 시간이 지났지만, 린덴은 미동도 하지 않았다.

날이 저물어가며 황혼이 지고 있을 때, 그의 등 뒤에서 인기척이 들렸다.

"……전하."

익숙한 목소리. 그가 사랑하는 그녀였다.

"왔나."

린덴은 고개를 돌려 엘리제를 바라봤다. 담담하지만 아픔이 흐르는 눈동자에 엘리제는 가슴이 울컥했다.

"전하……. 린덴."

그는 쓸쓸히 웃더니, 다시 고개를 돌렸다.

"바람이 차다. 나는 괜찮으니 내려가 보도록."

"……."

하지만 엘리제는 내려가지 않았다. 저렇게 온몸으로 아파하는데, 어떻게 홀로 두고 내려가겠는가. 그녀는 그에게 다가갔다. 그리고 살며시 그를 뒤에서 껴안았다.

"……!"

등에 와 닿는 부드러운 감촉에 린덴은 흠칫 놀랐다가 눈을 감았다. 왜일까? 괜찮았는데, 괜찮다고 생각하고 있었는데, 그녀의 따뜻함을 느끼니 다시 가슴이 흔들렸다.

"……괜찮으신가요?"

린덴은 잠시 입술을 깨물었다. 괜찮다고 답하려다가 고개를 저었다. 괜찮은 줄 알았는데, 괜찮지 않은 것 같다. 아팠다.

"괜찮지…… 않은 것 같군."

"……린덴."

"사실 잘 모르겠다."

린덴은 저 멀리 펼쳐진 론도를 바라보며 말을 이었다. 그의 목소리가 아파 보여, 엘리제는 더욱 힘을 주어 그를 껴안았다.

"난 어머니와 누이의 원한을 갚길 원했어. 그리고 그 마음은 지금도 변하지 않았다. 이 순간에도 그들을 죽음으로 몰았던 마리엔 황비와 귀족파의 목을 치고 싶어."

"……."

"하지만 그런데…… 내가 왜 이런 선택을 했는지, 나도 잘 모르겠어……."

다만 계속해서 그가 어릴 적 들었던 어머니의 말이 떠오를 뿐이었다.

"사랑한다, 내 아들."

린덴은 깊은 한숨을 내쉬었다. 모르겠다. 왜 계속 저 말이 떠오르는지, 왜 자신이 그런 선택을 한 것인지. 그때, 그의 등을 감싸 안고 있던 엘리제가 조심히 입을 열었다.

"전 그 두 분이 복수를 바랐는지, 아니었는지는 잘 모르겠어요. 다만…… 이건 제 생각이지만 그분들은…… 린덴의 지금 선택을 싫어하진 않았을 것 같아요."

"……어째서지?"

린덴이 묻자 엘리제는 답했다.

"왜냐면 그분들은…… 복수보다는 린덴이 행복하길 바랐을 테니까요."

그 말에 린덴은 입술을 깨물었다.

"……그런가?"

"네."

엘리제는 조심히 말을 이었다.

"저도 당신이 행복했으면 좋겠어요. 간절히요. 왜냐면…… 사랑하니까요."

그 말에 린덴은 그녀의 품 안에서 벗어났다. 그리고 의아하게 자신을 올려다보는 엘리제를 그대로 꺼안았다. 자신의 품 안으로. 강하게, 으스러지게.

린덴은 눈을 감았다. 어린 시절, 어머니가 자신에게 했던 말이 다시 떠올랐다.

"난 네가 무슨 일을 하든 상관없이 네가 행복했으면 좋겠구나."

린덴은 가만히 물었다.

"리젠."

"네, 린덴."

"나도…… 이런 나도 행복해질 수 있을까?"

그 물음에 엘리제는 고개를 들어 그의 눈을 바라봤다.

"네, 행복해질 수 있어요."

"그럴까?"

"네, 왜냐면…… 제가 옆에 있을 거니까요."

"……!"

그 말에 린덴의 눈동자가 흔들렸다. 엘리제는 손을 들어 그를 마주 안았다. 그리고 말했다.

"제가 옆에 있을게요. 계속…… 계속 영원히…….."

"……."

"사랑해요, 린덴."

린덴은 말없이 그녀를 더욱 깊게 껴안았다. 그렇게 그녀를 느끼며 말했다.

"정말 내 곁에 계속 있을 건가?"

"네, 계속요."

"정말로?"

"네."

"나중에는 귀찮을지도 몰라. 내가 떨어지지 않아서. 난…… 네가 없으면 안 되니까."

엘리제는 미소를 지었다.

"저도 당신이 없으면 안 돼요, 린덴."

그렇게 둘은 서로를 마주 봤다. 많은 아픔, 눈물과 상처의 길을 지난 후의 마주 봄이었다. 엘리제는 가만히 속으로 기도했다.

'우리의 앞날에 축복과 행복이 가득하길.'

그런 그들을 축복하듯, 황혼이 내려앉아 론도가 붉게 물들었다. 아름다운 정경이었다. 자신들의 앞날도 저렇듯 아름답길, 그렇게 엘리제는 기도했다.

시간이 흘렀다.

그 후 많은 일이 있었다. 그중 하나는 황태자 린덴의 대관식이 있었다. 그는 대성당에서 만인의 축복을 받으며 황관을 썼다. 대브리티아 제국의 12대 황제, 공제의 즉위였다. 이후 제국은 그의 통치 아래 공전의 발전을 이룩하게 된다. 미래에 프러시엔에서 발족한 게르마니아 제국에서 세계대전이 시작되고, 그 후 역사의 축이 신대륙, 신연방에 넘어갈 때까지 지속할 팍스 브리티아나의 탄생이기도 했다.

엘리제의 지난 삶과 다른 점이 있다면 지극히 평화로운 대관식이었다는 것이다. 과거엔 3황자, 마리엔 황비는 물론 귀족파를 모조리 단두대에 보내고 나서 린덴은 황위에 올랐다. 그 핏빛 운명이 바뀐 것이다.

모두가 고개를 숙이고, 박수 쳤지만 당시의 분위기는 공포 그 자체였다. 하지만 이번엔 달랐다. 우선 귀족파, 그들이 모두 살아 무릎을 꿇고 있었다. 자신들을 용서한 새로운 황제에게 감읍하며 진정으로 충성을 바치기로 했다. 그들은 엘리제에게도 감사를 보냈다. 다들 알고 있었다. 이 화합에 이르기까지 그녀가 뒤에서 많은 노력을 했다는 것을. 실제로 그녀가 아니었다면 그들의 목은 모조리 단두대에 잘려 나갔을 것이다.

한 가지 더 감격스러운 일은 바로 선황인 뇌제 민체스터가 직접 린덴의 머리에 황관을 씌워주었다는 것이다.

"축하한다, 린덴"

민체스터는 황관을 넘기며 미소를 지었다. 엘리제의 헌신적인 치료 덕분일까? 길고 긴 시간이 지나고, 드디어 의식을 차렸다. 몸은 형편없이 쇠약해졌지만, 그래도 가끔 그녀와 장미정원에서 차 한잔 할 수 있을 정도까지 회복하였다.

금색 관이 린덴의 머리에 씌워지자 대주교가 선포했다.

"이로써 린덴 드 로마노프가 브리티아 제국의 12대 황제가 되었음을 주님의 이름으로 선포하겠습니다."

우레와 같은 함성이 터져 나왔다. 그렇게 황태자 린덴은 황제가 되었다.

◈◈◈

그리고 또 다른 중요한 일이 있었다. 바로 3황자 미하일의 추방이었다.

대관식이 있기 전, 늦은 밤 섬 동쪽의 작은 항구.

조막만 한 작은 배가 놓여 있었다. 그와 마리엔 황비가 탈 배였다. 배웅하는 인파는 없었다. 한때 황태자와 더불어 정국을 양분하던 3황자였지만, 쓸쓸하기 그지없는 모습이었다.

하지만 3황자는 만족했다. 그는 태어나서, 아니, 혈탑의 비극 이후 처음으로 편안함을 느끼고 있었다. 우선 어깨에 놓인 짐이 없어졌다. 그리고 형제에게 칼을 겨누지 않아도 된다. 청의 친우 운학이 준 검, 비천검(飛天劍)이란 이름처럼 그는 이제야말로 하늘을 나는 새가 된 것이다. 그것만으로도 그는 만족했다.

미하일은 고개를 돌렸다. 항구에는 그의 발걸음을 쓸쓸하지 않게 하는 한 사람이 서 있었다.

"리제."

그가 사랑하는 작은 소녀가 그를 위해 배웅 나와 있었다.

"이 멀리까지 왜 왔어? 힘들게."

"밀."

엘리제는 안타까운 목소리로 그를 불렀다. 이제 앞으로는 영원히 그를 볼 수 없으리라. 밝게 웃던 그의 미소도 오늘이 마지막이었다. 그 사실이 그녀의 가슴을 울컥하게 했다.

미하일은 그녀를 보며 잔잔히 미소 지었다. 이전과는 다른 편안한 웃음이었다.

"어디로 갈 거예요?"

"글쎄. 일단 로우랜드에 내려서 서대륙을 한 바퀴 돌려고. 프랑소엔은 요즘 하루에도 몇 번씩 정권이 뒤집어지고 있어 분위기가 흉흉해. 거긴 어머니와 가기에는 조금 그렇고, 오스트리엔이나 갈까 싶어."

미하일은 웃으며 말을 이었다.

"짤츠감머구트랑 알프스의 풍광이 예쁘던데. 그 예쁜 풍광들을 보다 보면 어머니의 증상도 좀 좋아지시지 않을까? 짤부르크에서는 음악도 듣고, 수도 비엔에서는 공연도 보고 하지 뭐."

말을 잇는 그의 목소리는 다행히 밝아 보였다.

"그리고 어머니가 조금 좋아지시면 비단길을 따라 청에 한번 가보려고. 친구들은 다 잘 있는지 모르겠네. 결혼은 했으려나?"

"그렇군요. 밀."

"응?"

엘리제가 그에게 말했다.

"꼭 건강하세요."

그 말에 미하일의 눈빛이 살짝 흔들렸다. 그도 이제 그녀를 보는 것이 마지막이란 것을 알고 있었다.

'같이 갈 수 있으면.'

이전 크림반도에서 알버트를 수술할 때 했던 약속처럼 그녀와 같이 훨훨 여행을 떠날 수 있으면 얼마나 좋을까. 물론 불가능한 일이다. 사정도 안 될뿐더러 그녀의 마음에 있는 것은 그가 아니었으니까.

"리제."

"네?"

"나…… 사실…… 할 말이 있어."

"뭔데요? 말해보세요."

하지만 미하일은 입을 다물고 말을 꺼내지 않았다. 엘리제는 의아한 표정을 지었다. 과거에도 그는 자신에게 저런 말을 한 적이 있었다. 하지만 결국 말해주지 않았다. 도대체 무슨 말일까? 이번에는 듣고 싶었다.

"괜찮으니 편히 말해보세요."

"……."

그러나 미하일은 좀처럼 꺼내지 못했다. 사랑해. 그가 하려는 말은 바로 이것이었으니까. 어차피 이제 아무런 의미도 없는 말이었지만, 그래도 하고 싶었다. 마지막이니 해도 괜찮지 않을까? 아니야, 떠나는 마당에 괜히 혼란스럽게 만들지 말자. 이런저런 생각이 그의 마음을 흔들었다.

"무슨 말이든 괜찮아요. 듣고 싶어요. 말해주세요."

그 말에 결국 미하일이 용기를 내 말하려는 순간, 생각지도 못 한 목소리가 그의 귀에 들렸다.

"출발 시각은 언제지?"

"……!"

둘 다 놀라 목소리가 들린 쪽을 바라봤다. 검은 머리의 금색 눈. 조각 같은 외모. 린덴이었다. 미하일은 얼떨떨한 표정을 지었다. 왜 형님이 이곳에? 설마 날 배웅하러?

동생의 놀란 시선에 린덴은 헛기침을 하였다.

"특별히 널 배웅하러 온 것은 아니다. 그냥…… 이 근처에 볼일이 있어서 왔을 뿐이다."

볼일? 이 깡촌 항구에, 저 지고한 분이? 거짓말하지 말라는 미하일의 눈빛에 린덴은 인상을 찌푸렸다.

"정말 배웅 온 것 아니다."

"아, 네."

미하일은 쿡쿡 웃음을 지었다. 솔직하지 않은 면이 참 형님다웠다. '그래도 단둘뿐이지만, 제국에서 가장 지고한 두 명이 배웅 왔으니, 나름 나쁘지 않은 송별식이군.'

미하일은 그렇게 생각했다. 아니, 신분이 문제가 아니었다. 그는 다른 이도 아닌 그녀와 형님, 이 두 사람이 배웅을 왔다는 것이 기뻤다.

그때, 린덴이 무뚝뚝한 얼굴로 손을 내밀었다.

"……!"

미하일은 놀라 그 손을 봤다. 악수 신청이었다.

"왜? 안 잡나?"

"……아니."

미하일은 그 손을 힘껏 마주잡았다. 이렇게 형님과 악수를 하는 것은 난생처음이었다. 차갑지만, 왠지 따듯하고 가슴 뭉클한 느낌이 손바닥에 닿았다.

"미하일."

"응, 형님."

"잘 지내라."

"……!"

미하일은 입술을 다물고 고개를 끄덕였다.

"형님도."

그렇게 두 형제는 작별 인사를 나누었다.

미하일은 마리엔 황비가 미리 타고 있는 작은 배에 올랐다. 그리고 브리티아 섬의 마지막 풍경을 눈에 담고 등을 돌리려는 찰나에 린덴이 말했다.

"미하일."

"응?"

"시간이 지나면 로마노프령으로 와라."

미하일이 의아한 표정을 짓자, 린덴이 지나가듯 말했다.

"술이나 먹자."

그 말에 미하일은 미소 지었다.

"그래, 기다릴게."

그렇게 미하일을 태운 배가 멀어졌다. 엘리제는 그 배가 완전히 멀어져 눈에서 안 보일 때까지 그 모습을 지켜보았다.

❀

린덴이 황제에 오른 후, 많은 것이 변했다.

일단 의회 체계가 황제파와 귀족파가 주축이 된 양당 체계로 변하였다. 황제파와 귀족파는 서로 대표하는 입장은 다르지만, 하나의 주군을 섬기는 이로써 건전한 대립을 이어갔다. 그것은 엘리제의 이전 삶과는 다른 모습으로, 이는 제국에 굉장히 좋은 효과를 가져왔다. 한 측으로만 정책이 편향되는 것을 막을 수 있었기 때문이다.

린덴은 절대 황권을 쥐었지만, 의회의 권한을 상당 부분 인정해 주었다. 국제 정세에 밝은 그는 시대의 흐름을 읽고 있었다.

"지금 당장은 아니더라도 궁극적으로 브리티아는 입헌군주국으로 가야 할 것이다."

어느 날 그는 엘리제에게 이런 이야기를 하였다.

"입헌군주국이요?"

"그래, 날이 갈수록 시민들의 힘은 커지고 있으니까. 언젠가는 이런 신분제가 없어지거나 유명무실해지는 날이 올 것이다. 당장 신대륙의 신연방과 프랑소엔만 해도 그렇지 않으냐?"

엘리제는 고개를 끄덕였다. 현대 지구의 삶을 살다 온 그녀는 그의 말을 알아들었다. 그의 예측은 정확했다.

"물론 지금 당장은 아니다. 하지만 언젠가는 조금씩 그런 방향으로 가야 하지 않을까 싶다."

그가 말한 것은 바로, '군림하되 지배하지 않는다(Kings reign but do not govern)'였다.

그렇게 브리티아는 새로운 황제의 통치하에 조금씩 새 시대를 향해 나아갔다. 브리티아 역사상 가장 영화로웠다는 공제의 시대, 황금시대의 시작이었다.

그러던 어느 날, 엘리제는 그 황금시대의 새로운 축을 맡게 된 유리엔을 만났다.

유리엔 드 차일드. 이제는 암셀을 대신해 차일드 후작이 된 그녀는 의회의 양당을 구성하는 귀족파의 수장으로서의 역할을 맡고 있었다.

"당 이름을 바꾸신다고요?"

"응, 아무래도 기존 귀족파란 이름을 그대로 가져갈 수는 없으니까. 그리고 애초에 귀족파란 이름 자체가 조금 웃기잖아."

엘리제가 끓여 준 차를 마시며 유리엔은 고개를 끄덕였다. 아버지의 죽음을 극복한 그녀는 이전보다 한층 성숙해 보였다. 실제로 그녀는 뛰어난 정치적 역량을 보이며 귀족파를 이끌었고, 제국을 위해 일하고 있었다.

'전 후작의 죄를 사죄한다는 의미로 막대한 재산도 기부했지.'

차일드 가문은 재산과 작위를 유지했다. 암셀이 죽음으로 죄를 갚았기 때문이기도 했지만, 사실 브리티아 황실이라도 그들의 작위와 재산을 몰수할 수 없었다. 그들의 작위는 브리티아에서만 내린 것이 아니기 때문이다. 그들의 계파는 온 서대륙에 뿌리를 내리고 있기 때문에 브리티아의 후작이자 전 프랑소엔 제국의 백작, 프러시엔의 백작, 스페냐의 자작 위를 가지고 있었다.

"귀족파가 아니면 당 이름은 무엇으로 하시려고요?"

"등불당."

"네?"

엘리제는 황당한 표정을 지었다. 뭔가 촌스러운 것 같은? 아니, 그것보다 어째 당 이름이 어디서 들은 것 같은 느낌인데……?

"이 브리티아 제국의 앞날을 밝게 비추는 당이 되자는 뜻의 이름이야."

"아…… 네."

유리엔은 웃으며 말했다.

"물론 네 별명에서 따왔다는 것도 맞아. 사실 어둠을 밝히는 등불이란 의미도 있지만 다들 너에게 감사하는 의미를 담아 이름을 짓고 싶어 했어."

"……."

"엘리제, 너는 우리의 은인이니까."

그렇게 등불당이 발족하였다. 훗날 황제파의 후신인 시민당과 더불어 브리티아 정계를 양분하는 당파였다.

흐르는 시간 속에서 이처럼 사사로운 일들도 있었다.

"크음. 너희 둘, 오늘 이 아비와 이야기 좀 하자."

"……?"

엘 후작의 말에 두 아들, 렌과 크리스는 어리둥절한 표정을 지었다. 아버지의 표정이 왠지 좋지 않았다. 무슨 일이지? 최근 정계에 안 좋은 일은 없었는데? 해외에서 갑자기 돌발 변수라도 생겼나? 그런 의문으로 크리스가 물었다.

"아버지, 무슨 일이신지? 혹시 안 좋은 일이라도?"

"안 좋은 일? 안 좋은 일이야 있지! 바로 너희 때문에!"

"네?"

"일단 앉아라!"

아버지뿐만이 아니었다. 새어머니와 엘리제도 아버지 옆에 앉았다. 두 아들은 고개를 갸웃하며 그들 앞에 앉았다. 스스로 이런 말 하긴 좀 그렇지만, 자신들은 새 황제의 측근으로 차기 정부의 실세가 될 가문의 자랑이었다. 그런데 우리 때문에 안 좋은 일이라니?

엘 후작은 말을 돌리지 않고 단도직입적으로 말했다.

"너희! 도대체 결혼은 언제 할 거냐!"

"……!"

렌과 크리스의 눈이 커졌다. 결혼! 생각지도 않고 있었던 일이다. 두 아들의 당황스러워하는 표정을 보고 엘 후작은 땅이 꺼져라 한숨을 내쉬었다.

"이놈들아! 도대체 너희 나이가 몇인데, 무슨 생각들이냐! 내가 너희 나이 때에는……! 크흡! 크흠!"

그는 리즈 시절의 여성 편력을 꺼내려다 옆구리에서 느껴지는 통증에 신음을 삼켰다. 새어머니가 꼬집은 것이다. 멍들 정도로 강하게. 애들 앞에서 못 하는 소리가 없다는 표정으로 잠시 남편을 흘겨본 그녀는 아들들에게 말했다.

"그래, 이제 너희도 결혼할 시기가 되었는데, 어디 만나는 레이디는 있니?"

"……."

없다. 렌은 론도의 모든 시민이 인정하는 천연기념물 벽창호였고, 크리스는 엘리제처럼 일중독에 동생 바보였다.

엘은 푹푹 한숨을 내쉬었다.

"이놈들아, 이제 곧 막내인 엘리제는 결혼하는데, 너희는 어쩌려고 그러는 거냐?"

엘은 생각만 하면 화가 났다. 품에만 두고 싶은 딸은 곧 결혼해 떠날 거고, 내보내고 싶은 이 시커먼 놈들은 결혼은커녕, 여자를 만날 생각도 안 하고 있으니!

"아무나 괜찮다! 평민이어도 좋으니 아무나 데려와! 단 한 가지 조건이 있다!"

"……?"

"1년 안에 만나는 여자가 안 생기면, 그때는 구제의 여지가 없다고 보고 내가 강제로 짝을 정해 주겠다!"

식겁할 이야기. 그런데 크리스의 반응이 이상했다.

"정말로 아무나 괜찮습니까?"

"응?"

"정말 아무나 괜찮습니까? 아버지가 말씀하신 거죠?"

"그, 그래. 너 혹시……?"

엘과 새어머니, 엘리제는 눈을 동그랗게 떴다. 혹시 크리스에게 레이디가?

크리스는 쓸쓸히 웃으며 고개를 저었다.

"뭐, 아직입니다만. 그래도 마음에 두고 있는 레이디는 있습니다."

"누구냐! 내가 당장 밀어주마! 혹시 레이디를 꼬실 노하우를 모르는 거면 내가 오늘 밤 데이트부터 첫날밤까지의 노하우를……! 크흡!"

엘은 다시 허리를 꼬집혀 신음을 흘렸다. 크리스는 고개만 저을 뿐, 누구인지 말하지 않았다.

"워낙 콧대 높은 고양이라서 쉽지가 않군요. 기다려 주십시오."

그는 단지 이렇게 알쏭달쏭한 말을 할 뿐이었다.

이제는 벽창호 렌의 차례. 그는 입을 꾹 다물고 있었다. 엘은 그에게선 아예 기대도 하지 않았다. 왕년의 잘나가던 바람둥이였던 엘의 기준에선 저놈은 구제 불능이었다. 저놈은 중매만이 답이었다!

"너는 여자 없지? 내가 아무나……."

그런데 렌이 정말 의외의 말을 하였다.

"아버지."

"응?"

"그 노하우, 저한테 알려주시면 안 되겠습니까?"

"……!"

엘 후작은 눈을 크게 떴다. 이게 무슨 말?

렌은 평소와 똑같은 딱딱한 말투로 말했다.

"마음에 두고 있는 레이디가 있는데, 접근하는 방법을 모르겠습니다."

그 자리의 모두가 입을 벌렸다. 저 목석같은 렌이 마음에 두고 있는 이가 있다고? 생각지도 않은 돌발 선언이었다. 물론 그도 그 레이디가 누구인지는 밝히지 않고 그저 이렇게만 말했다.

"최선을 다해 보겠습니다."

묵묵한 의지가 느껴지는 목소리였다. 과연 그가 론도 최고의 천연 기념물에서 벗어날 수 있을지는 두고 볼 일이었다.

한편, 엘리제를 사랑한 또 다른 남자, 그레이엄. 그는 황실십자병원의 교수실에서 한숨을 내쉬고 있었다.

'괴롭구나.'

특별히 안 좋은 일이 있는 건 아니다. 아니, 모든 것이 순조로웠다. 각고의 노력 덕에 그는 황실십자병원의 최고의 의사 중 하나로 인정받고 있었다. 린덴의 즉위 후, 본격적으로 황실의 일을 챙기느라 병원 일에서 손을 많이 뗀 엘리제를 대신하여 병원을 주도적으로 이끌고 있는 것도 바로 그였다.

물론 아직 부족한 점이 많지만 그레이엄은 그래도 엘리제의 실력을 가장 많이 전수받은 의사로 여겨지고 있었다. 전임 어의인 엘리제 이후, 새로운 어의가 된 피터 교수가 몇 년 뒤 은퇴하면 차기 어의로 가장 유력시되고 있기도 했다. 그야말로 의사로서 최고로 전도유망한 미래만 남은 상태. 하지만 그의 마음은 늘 그렇듯 행복하지 않았다. 바로 엘리제 때문이었다.

'언제 벗어날 수 있을까?'

그는 쓸쓸히 생각했다. 바라볼 수만 있다면 괜찮다고 생각해 왔지만 아무래도 그렇지가 않았다. 그녀의 미소를 보는 것이 늘 아팠다.

앞으로 어의가 되면 어떻게 하지? 자신이 황궁 어의가 되면 그녀의 진료를 전담하게 될 것이다. 그녀가 아픈 모습을 보게 될 거라 생각하니 벌써부터 가슴이 답답했다.

'하아, 도대체 난 무슨 죄를 지어서.'

이 고통에서 벗어나지 못하는 걸까?

그때, 노크 소리가 들렸다.

"그레이엄 교수님, 손님이 왔습니다."

"아."

그레이엄은 까먹고 있던 사실을 떠올렸다. 그러고 보니 오늘 손님이 오기로 했었다. 그는 밖을 향해 물었다.

"오늘 오기로 한 새로운 도제인가요?"

"네."

원래 황실십자병원은 도제를 거의 받지 않지만, 최고의 자질을 가진 이들에 한하여 도제를 받았다. 지금 새로 온 도제도 그레이엄이 익히 알고 있던 이다.

그는 과거 테레사병원에서 엘리제를 처음 도제로 봤을 때를 떠올렸다. 그녀와 자신의 만남도 이렇듯 스승과 도제로 시작했었다. 그때, 자신은 그녀를 부랑자 병실로 쫓아냈다. 당시만 해도 자신이 이런 마음을 가지게 될 거라고는 생각지도 못 했었다.

"교수님?"

밖에서 들리는 소리에 그레이엄은 고개를 저어 상념을 털어냈다.

"들어오라 하세요."

다른 생각은 그만. 지금은 새로 온 도제를 맞을 차례다.

'이번에 오는 도제는 모르는 사이도 아니니.'

새로운 도제는 그도 익히 알고 있는 사람이었다.

끼익.

문이 열리자 그레이엄은 반갑게 새로운 도제의 이름을 불렀다.

"오랜만입니다, 레이디 제이. 잘 지냈습니까?"

바로 크림반도에서 생사고락을 같이한 어린 도제 제이였다. 그녀는 실력을 인정받아 이곳 황실십자병원으로 오게 되었다.

"네, 교수님."

그리고 그녀가 방문을 열고 들어선 순간, 그레이엄은 흠칫 놀랐다. 예뻤다. 2년이 넘는 시간이 지난 탓일까? 제이는 얼굴에 흐르던 어린 티가 없어지고, 어엿하게 아름다운 소녀가 되어 있었다. 특히 어깨에서 찰랑거리는 갈색 머릿결이 싱그러웠고, 푸른 눈이 기분 좋게 빛나고 있었다.

"교수님도 잘 지내셨나요?"

"……아, 네."

그레이엄은 멍하니 있다가 고개를 저었다.

"정말 오랜만이네요. 반갑습니다."

그 인사에 제이는 활짝 웃었다. 보는 이를 절로 기분 좋게 만드는 미소였다.

"네, 앞으로 잘 부탁합니다, 교수님."

그리고 왜일까? 그레이엄은 그 밝은 미소를 보고, 어떤 운명에 직면한 듯한 묘한 느낌을 받았다. 그렇게 그레이엄은 새로운 도제를 맞았다.

✦◈✦

흐르는 시간 속에서 많은 일이 있었지만, 그것과는 별개로 엘리제는 바쁜 시간을 보내고 있었다. 린덴이 즉위한 후, 아직 결혼식을 올린 것은 아니었지만 안주인이 없는 황궁의 일에도 본격적으로 나섰다. 대신 황실십자병원의 일은 많이 줄였다. 황후가 될 텐데 지금처럼 병원의 일에 주로 매어 있을 수는 없으니까. 민체스터가 의식을 회복한 후에는 어의직도 사퇴하였다.

하지만 그럼에도 그녀는 눈코 뜰 새 없이 바빴다. 이전부터 진행한 프로젝트들 때문이었다. 일단 천연두 예방접종 프로젝트! 수만 명의 목숨이 걸린 중요한 일이었다. 그녀는 과거의 기억을 떠올려, 이 시기 대규모 천연두가 유행해 수만 명의 사망자가 나왔던 남부 지방에 먼저 예방접종을 시행했다. 덕분에 실제로 천연두가 유행했을 때 피해는 정말로 경미했다. 마치 천연두가 아니라 감기가 유행했나 싶을 정도로 가벼운 피해였다. 그녀에 대한 찬사가 다시 한 번 쏟아졌다. 그렇게 엘리제는 일단 남부 지방의 피해를 막은 후, 브리티아 전역으로 예방접종을 확대해 나갔다. 브리티아뿐이 아니었다.

'천연두는 지구에서도 19세기에만 수억 명의 사망자를 낸 질환이야. 예방법을 온 세계에 전파해야 해.'

황실의 협조를 통해 프러시엔도, 스페냐 왕국도, 오스트리엔도, 적국인 프랑소엔도. 가능한 모든 곳에 예방접종을 전파했다. 천연두로 피해를 겪던 그들 나라가 그녀에게 큰 경의를 표한 것은 두말할 것도 없는 일이었다.

예방접종의 창시자.
천연두 퇴치자.

이번 일로 그녀가 얻게 된 별칭이었다. 그녀가 진행하고 있는 중요 프로젝트는 그것뿐만이 아니었다. 가장 대표적인 것은 정식 의과대학의 설립이었다. 기존의 주먹구구식의 도제 양성 방식에서 벗어나, 현대적인 커리큘럼을 갖춘 세계 최초의 의과대학이 설립됐다. 클로랜스 가문의 재정 지원을 받아 세운지라, 클로랜스 의과대학이라 이름 붙였다.

훗날 세계 3대 의과대학이라 불리게 될 곳으로, 그녀는 그 의과대학의 설립자이자 초대 총장직을 역임했다. 의과대학의 커리큘럼 자체가 그녀의 머릿속에서 나온 것이기 때문에 자리가 잡히기 전까지는 다른 이에게 맡길 수가 없었다.

또한 그녀는 머릿속의 지식을 이 시대의 과학 수준에 맞추어 풀어내 의학서를 새로 집필하였다. 훗날 의학의 바이블이라 불리게 될 저서로, 그녀를 '현대 의학의 어머니'라 불리도록 만들었다. 그 와중에 황실십자병원의 교수들에게 자신의 지식과 기술을 전수해 주었다. 이제 황후가 되면, 지금보다도 더욱 의사 일을 할 시간이 제한될 것이다. 그러니 최대한 많은 내용을 전파해야 했다.

그렇게 그녀는 몸이 두 개, 아니, 세 개, 네 개라도 모자랄 정도로 바쁜 시간을 보냈다. 그런 시간을 보내던 중 중요한 일도 했다. 바로 새어머니의 병을 치료한 것이다.

"리제……."

수술대에 누운 새어머니가 떨리는 목소리로 그녀를 불렀다. 엘리제는 웃으며 그녀를 안심시켰다.

"걱정하지 마세요, 어머니. 한숨 자고 일어나면 끝나 있을 거예요."

이전 삶, 새어머니는 질병으로 사망했다. 그녀가 앓았던 병은 다름 아닌 유방암. 이번에 엘리제는 시기를 기억하고 있다가 초기에 발병을 잡아냈다. 워낙 초기라 간단한 수술만 하면 완치될 것이다. 딸의 따뜻한 말에 새어머니는 눈을 감았다.

"네가 어릴 때가 엊그제 같은데, 벌써 이렇게 크다니."

"어머니."

이전 못되게 굴던 아이가 어찌 이렇게 훌륭하게 자랐는지. 아니, 단순히 훌륭하게 자랐다는 말로 표현할 게 아니었다. 그 어떤 단어로도 지금까지 엘리제의 업적을 표현하기는 어려웠다. 거룩할 정도로 대단했다.

"편히 한숨 주무세요. 금방 끝날 테니."

"……그래."

새어머니는 딸을 믿고 눈을 감았다. 그렇게 마취가 끝나자, 엘리제는 외과의사로 돌아와 수술칼을 들었다.

"오픈합니다."

❖❖❖

정신없이 지내다 보니, 어느덧 시간이 흘렀다. 그리고 린덴이 그토록 고대했던 대망의 결혼식이 눈앞에 다가왔다. 엘리제는 그 결혼식을 앞두고도 정신없이 바쁜 시간을 보냈다. 아니, 결혼식 전이라 더 바빴다.

그런데 이제 결혼식 준비와 다른 대부분의 일이 마무리되어 한숨을 돌리고 있을 때였다. 생각지도 못 한 일이 일어났다. 엘리제가 납치당한 것이다. 바로 백마 탄 왕자님, 아니, 이제 황제인 린덴에 의해.

1박 2일의 짧은, 하지만 행복한 두 번째 납치였다. 이번엔 엘리제도 저항을 하지 않았다. 사실 둘은 이미 미리 이야기가 어느 정도 되어 있었다.

　　"계속 그렇게 바쁘게만 지내면 납치해 버린다?"

　　얼마 전, 린덴이 그렇게 말했었다.

　　"안 돼요."

　　"해야 할 일은 대부분 정리되지 않았나?"

　　"그렇기야 하지만 그래도……."

　　그렇게 말하긴 했지만 그녀도 특별히 싫지 않은 눈치라 린덴은 눈을 빛냈다.

　　"어디로 납치당하고 싶지?"

　　"그게 뭐예요."

　　"골라, 특별히 납치될 장소를 선택할 수 있게 해주지."

　　그 말에 엘리제는 웃었다. 어차피 그는 자신을 납치할 마음을 굳힌 것 같았다. 그래서 그녀는 꼭 한 번쯤 그와 함께 가보고 싶은 곳을 떠올렸다.

　　"바다가 보고 싶어요. 아, 그렇다고 납치를 해도 된다는 것은 아니고요."

　　"알겠다, 바다. 바다."

　　린덴은 중얼거렸다.

　　그가 예고했듯, 오늘 그녀를 납치했다. 자신을 태우고 론도 남쪽으로 빠져나가는 마차를 보며 엘리제는 멍하니 중얼거렸다.

"또 납치당했네요."

"왜, 싫은가?"

린덴은 웃으며 물었다. 엘리제는 고개를 젓고 옆에 앉은 그에게 몸을 기대었다.

"안 싫어요, 납치범님."

"왜?"

"제가 납치범님을 사랑하니까요."

그 말에 린덴은 어깨에 기댄 그녀의 얼굴을 바라보며 옅게 미소를 지었다. 그녀도 그를 바라봤다. 이어지는 사랑이 담긴 입맞춤. 서로의 혀가 느껴지고, 타액이 섞였다. 아무리 해도 익숙해지지 않는 강렬한 느낌에 린덴은 한숨을 내쉬었다.

"리제."

"네?"

"오늘 너무 자극하지 마."

"네? 네?"

"오늘 밤 참기 힘드니까."

그 말에 엘리제의 얼굴이 시뻘게졌다. 그러고 보니 잊고 있는 것이 있었다. 여행, 아니, 납치당했으니 오늘 밤은 그와 함께 같은 방에서 보내야 한다.

'설마?'

그 생각을 하자 심장이 주책없이 뛰었다. 지난번 납치당했을 때가 떠올랐다. 그때는 그가 지켜주었지만 이번에는? 슬쩍 그의 얼굴을 보니, 왠지 그의 얼굴도 살짝 붉었다. 그 모습을 보니 심장이 더욱 뛰었다.

마차는 둘을 태우고 가도를 달렸고, 그들은 곧 기차로 갈아탔다. 기차가 향한 곳은 론도 남부의 항구 도시, 브이튼. 그곳은 브리티아 해협과 접해 있는 미항이었다.

✥

가을이 다가오는지 하늘은 높고 날씨는 선선했다. 기차에서 먼저 내린 린덴은 손을 들어 그녀가 내릴 수 있도록 에스코트해 주었다.

"와, 바다 냄새 나요."

"좋나?"

"네, 시원해요."

그 말에 린덴은 잔잔히 미소 지었다. 그의 따뜻한 미소를 보니, 엘리제는 절로 가슴이 뭉클해졌다. 정권 다툼을 끝낸 후, 귀족파를 용서한 이후 그는 조금 변했다. 뭐랄까, 조금 부드러워졌다고 해야 할까? 무뚝뚝한 성격은 여전했지만, 날 선 면이 사라졌다. 그리고 괴로운 짐을 내려놓은 것처럼 평안해 보였다.

'정말 다행이야.'

이전 삶과는 정반대의 변화였다. 그때는 피의 무게를 이기지 못하고 스스로를 자책하며, 날카롭게 변해갔으니까. 그와 본격적으로 틀어지기 시작한 것도 그 피의 비극 이후부터였다. 그 전까지는 그저 무뚝뚝하게 그녀를 대했다면, 마음이 망가진 이후부터는 철저히 그녀를 냉대했다. 그 냉대를 못 견디고 그녀는 돌이킬 수 없는 죄를 저질렀었다.

주변을 둘러보던 린덴이 말했다.

"조금 더 좋은 미항에 갔으면 좋을 텐데. 시간이 워낙 없었으니."

"여기도 충분히 아름다운걸요. 좋아요."

그는 옆에 선 그녀의 허리를 손으로 껴안았다.

"그대와 가보고 싶은 곳이 많아. 같이 가주겠나?"

허리에서 느껴지는 그의 손길에 그녀는 살짝 얼굴을 붉히며 고개를 끄덕였다.

"어디에 가고 싶은데요?"

"그대가 바다를 좋아하니, 브리티아 섬의 아름다운 항구들, 리버항, 휘니항도 가고 싶고. 그렇게 아름답다던 니스항도 가보고 싶군."

"니스항이요? 거긴 적국인 프랑소엔의 항구잖아요."

"뭐, 밀입국하면 되지. 아니면 점령해 버리거나. 요즘 혁명이다 뭐다 해서 정신없어 보이던데, 1함대로 미리 점령해 놓을까?"

참고로 1함대는 브리티아에 주둔하는, 전 세계 최고의 화력을 가진 최강 함대였다. 엘리제는 그의 농담에 쿡쿡 웃었다. 그가 황제니까 할 수 있는 농담이다.

"같이 가줄 건가?"

그녀는 고개를 끄덕였다.

"얼마든지요. 어디든 함께 가요."

그 말에 린덴은 만족스럽게 미소를 지었다. 그래, 어디든, 어디라도 이제 그와 그녀는 그렇게 영원히 하나의 길을 걸을 것이다.

"조금 걷지."

"네."

브이튼은 조그만 항구였다. 역 옆으로 아기자기한 예쁜 건물들이 줄지어 있었고, 길 끝에 푸른 바다와 항구가 보였다. 둘은 손을 잡고 그 길을 걸었다. 바닷바람이 기분 좋게 불었다. 특별한 말은 하지 않았다. 그저 천천히 서로를 느끼며 풍경을 감상했다. 아무런 말을 하지 않아도, 그저 같이 있다는 것만으로도 행복했다.

"린덴."

"왜 그러지?"

"무슨 생각하고 있어요?"

린덴은 답했다.

"그대 생각?"

엘리제는 살짝 얼굴을 붉히며 고개를 저었다.

"거짓말. 농담하지 말고요."

"농담 아니다. 진짜야."

린덴은 진지한 목소리로 답했다. 그래, 거짓말이 아니었다. 그는 그녀를 생각하고 있었다. 그녀를 사랑한다. 세상 그 무엇보다, 목숨보다도. 자신이 받은 가장 큰 축복은 바로 그녀가 아닐까. 그녀가 없었다면 자신은 어떤 삶을 살았을까. 그는 그렇게 생각했다.

'내 삶에 의미가 있었을까.'

그때, 엘리제가 조심히 물었다.

"그때…… 많이 힘들지는 않으셨나요?"

그 물음에 린덴은 입을 다물었다.

'그때'. 귀족파를 용서해 주었을 때 이야기다.

"조금은. 하지만 지금 생각해 보면 잘했던 것 같기도 하다."

"그런가요?"

"그래."

린덴은 고개를 끄덕였다. 그때의 용서 이후, 짐을 내려놓은 탓일까. 더 이상 어머니와 누이는 그의 꿈에 나타나지 않았다. 그리고 그도 그들을 놓아줄 수 있게 되었다. 알 수 없는 일이었다. 그토록 원하던 복수를 포기했는데, 마음이 평안해지다니. 만일 피로 복수를 했어도 이렇게 마음이 평안했을까? 그것은 알 수 없는 일이다. 하지만 린덴은 왠지 그렇지 않았을 것 같다는 느낌이 들었다.

엘리제가 조심스러운 목소리로 말했다.

"죄송해요. 그때 주제넘게 나선 것은……."

린덴은 고개를 저었다. 그도 알고 있다. 그녀가 뒤에서 어떤 일들을 했는지. 암셀이 뒤늦게나마 죄를 뉘우친 것은 다 그녀 때문이다. 당사자가 아닌 그녀가 그런 일들을 했던 것은 분명 주제넘은 일이었다. 하지만 그는 당시 그녀의 행동이 잘못됐다고 생각하지 않았다.

"사과하지 마라."

"네?"

"조금 주제넘으면 어떤가. 우리는 서로 사랑하는 사이인데."

"……!"

"나도 그대에게 중요한 문제가 있다면, 그대를 위해 주제넘게 나설 것이다. 그러니 사과하지 마."

그 말에 엘리제는 배시시 웃으며 그에게 몸을 기대었다.

"고마워요."

린덴은 생각했다. 그날의 용서는…… 그래, 사실은 정확히는 모르겠다. 그래도 그렇게 잘못하지 않은 것 같다. 지금 그녀와 길을 걷는 게 이렇게 행복하니까. 그러니 됐다.

린덴은 그녀의 어깨를 감싸 안았다. 그리고 귓가에 대고 말했다.

"사랑한다."

"네…… 저도요."

그렇게 둘은 해변가에 도착했다. 푸르게 펼쳐진 바다에 엘리제가 탄성을 터뜨렸다.

"와아."

"볼만한가?"

"네, 예뻐요."

"더 좋은 곳도 많다던데. 이번에는 워낙 시간이 없어서."

이번 1박 2일도 간신히 만든 것이었다. 돌아가면 대신들이 얼마나 그를 들들 볶아댈지 모른다.

"잠깐 앉을까?"

"네."

그들은 해변가에 놓인 벤치에 앉았다. 아직 날이 따뜻해서 그런지 바닷가에는 물놀이하는 사람이 제법 있었다. 해변가와 사람들을 구경하다, 문득 무언가를 생각한 엘리제가 가방을 뒤졌다.

"시장하지 않으세요?"

"아, 조금은. 그대는?"

"저도 조금요. 그래서……."

엘리제는 무언가를 꺼내었다. 그녀가 꺼낸 것을 본 린덴은 눈을 살짝 크게 떴다.

"저…… 드셔 보실래요?"

"그대가 직접 만든 건가?"

"네, 좋아하신다고 해서……."

엘리제가 민망한 얼굴로 말했다. 샌드위치였다. 이전 그가 말한 취향대로 만든. 오늘 납치한다고 해서 직접 싸온 것이었다.

린덴은 샌드위치를 한입 베어 물었다.

"맛있다."

"정말요?"

"응. 황궁의 메인 쉐프가 만드는 것보다 훨씬 맛있군. 그대에게 배우라고 해야겠어."

그 말에 엘리제는 미소를 지었다. 빈말인 것은 알지만 기분이 좋았다. 린덴도 그녀를 마주 보며 미소를 지었다. 이 소녀는 왜 이렇게 사랑스러울까. 보는 것만으로도 가슴이 벅차올랐다.

그렇게 간단히 요기를 마친 그는 가방에서 다른 무언가를 꺼내었다. 부스럭부스럭 뒤져 나온 것은 사진기였다. 같이 여행을 온 것을 기념하기 위해 사진을 찍으려는 것이다.

"이걸 찍으면…… 영상이 남는 것인가?"

린덴은 신기하다는 듯 중얼거렸다. 사진기가 서대륙에 도입된 지 이제 겨우 2년째였다. 크림전쟁 때 최초로 사용되었고, 이제 웬만한 신문사에서는 널리 사용하고 있었다.

"어떻게 사용하는 거지?"

린덴은 커다란 사진기를 이리저리 살폈다. 대충 설명을 듣긴 했지만, 처음 보는 신식 도구인지라 익숙하지가 않았다. 반면 엘리제에게는 아주 익숙한 물건이었다. 초기 형태의 물건이지만, 곧 사용법을 파악하고 린덴에게 알려주었다.

"저기 서 보세요. 제가 찍어드릴게요."

하지만 린덴은 고개를 저었다.

"아니, 나는 됐고. 그대가 저쪽에 서 봐라."

그러며 그녀의 눈을 보며 말했다.

"그대의 모습을 남기고 싶어. 영원히."

그 말에 엘리제의 얼굴이 붉어졌다. 그의 눈에 담긴 사랑 때문일까? 괜히 부끄러운 마음이 들었다.

찰칵! 찰칵!

린덴은 해변을 배경으로 그녀의 모습을 사진에 담았다. 그렇게 한참이나 사진을 찍은 후 엘리제가 말했다.

"우리 같이 찍어요."

"같이?"

"네."

그러며 그녀는 대신 찍어줄 사람을 찾았다. 마침 항구에 정박해 있던 해군 함선의 장교가 해변가를 걷고 있는 것이 보였다.

"저, 실례지만…… 부탁을 하나 해도 될까요?"

"네?"

젊은 장교는 웬 인형처럼 아름다운 소녀가 자신에게 말을 걸자 의아한 표정을 지었다. 어디서 많이 본 얼굴인데? 그리고 곧 뒤에 서 있는 린덴의 얼굴을 보고 장교는 화들짝 놀라 부동자세를 취했다.

"추, 충성! 폐, 폐하를 뵙습니다!"

아니, 황제와 예비 황후가 왜 이 작은 항구에?!

린덴은 쓸데없는 예는 됐다는 듯 고개를 저었다.

"거기 사진이나 찍어주도록."

"네, 네! 명에 따르겠습니다!"

엘리제는 사진기의 조작법을 알려주었다.

"이걸 이렇게 조작하면 돼요. 어렵지 않아요."

"네, 알겠습니다!"

젊은 장교는 평생을 통틀어 가장 중요한 명령이라도 받은 것처럼 열심히 그 설명을 숙지했다.

"찌, 찍겠습니다."

워낙 긴장한 모습에 린덴이 혀를 찼다.

"손 흔들린다. 이상하게 나오면 안 돼."

"아! 죄, 죄송합니다! 조심하겠습니다!"

그와 그녀는 하얀 백사장을 배경으로 섰다. 푸른 바다가 싱그럽게 철썩였다. 린덴은 가만히 그녀의 어깨에 손을 올렸다. 엘리제는 그를 슬쩍 보았다. 그는 그녀를 보며 웃고 있었다.

"사진 찍으니 앞을 보세요."

"그래. 그대도."

엘리제는 그에게 살짝 몸을 기대었다. 그는 조금 더 힘을 주어 그녀를 감싸 안았다.

"찍습니다!"

찰칵!

둘의 모습이 사진에 담겼다. 밝게 웃고 있는, 행복해 보이는 사진이었다. 그 뒤로 둘은 즐거운 시간을 보냈다. 물놀이도 했다. 황제와 예비 황후가 물놀이라니, 상상이 안 가는 일이었지만 뜻하지 않게 그렇게 됐다. 엘리제가 해변가를 걷고 있는데, 누군가 그녀에게 물을 끼얹은 것이다.

"꺄악!"

깜짝 놀란 엘리제가 비명을 질렀고 한창 즐겁게 놀던 어린이들이 웃음을 터뜨렸다.

"깔깔!"

그 모습을 보며 린덴이 눈에 불꽃을 튀긴 것은 당연한 일. 엘리제가 말렸으나 그는 처절한 복수를 해주었다. 무려 초상 능력을 이용한 물놀이! 해변가는 그에 의해 평정되었다. 물론 그 와중에 그와 그녀 모두 쫄딱 젖은 것은 당연했다. 그들은 물에 젖은 서로를 바라보며 웃음을 터뜨렸다. 이전 토마토 축제가 생각났다. 즐거웠다.

맛있는 식사도 했다. 바닷가에서 바로 잡힌 해산물 요리였다.

"와아."

싱그러운 왕새우와 게, 바닷가재, 거기에 최고급 화이트 와인까지. 밤바다 파도 소리를 들으며 하는 식사는 행복했다.

어둠이 깔리자 해변가에 모닥불이 피어올랐다. 그리고 항구 사람들이 모여 기분 좋게 악기를 연주했다. 둘은 같이 그 음악을 감상했다.

린덴은 가만히 중얼거렸다.

"행복하군."

"……!"

그 말에 엘리제는 놀라 그를 바라봤다. 처음이다. 그가 행복하다는 말을 한 것은. 린덴이 그녀를 돌아보고 잔잔히 웃었다.

"그대와 있으니 행복해."

"……저도요."

엘리제는 작게 답했다. 그녀도 행복했다. 이렇게 그와 같이 있는 것이. 시간이 멈추었으면 싶을 정도로. 그렇게 즐거운 시간을 보내고, 밤이 깊어져 둘은 숙소로 향했다. 숙소는 황궁 시종장이 된 란돌이 예약한 최고급 호텔이었다. 조용한 여행을 할 것이라고, 소란 없도록 하라고 미리 단단히 이야기해 둔 덕에 큰 소요는 없었다. 그런데 문제가 생겼다. 란돌, 이 시종 놈이 또 방을 하나만 예약한 것이다.

'음…….'

린덴은 신음을 삼켰다. 이를 어쩌지? 여기까지 왔는데, 당연히 그녀와 한방에서 밤을 보내고 싶었다. 하지만 한방에서 밤을 지새우면 참을 수 있을까? 못할 것 같다. 지금도 이렇게 그녀를 가지고 싶은데, 옆에서 누워 있는 것을 보고도 그녀를 지켜줄 수 있을까?

'불가능하겠지.'

그는 쓴웃음을 지었다. 지난번에도 그토록 괴로웠는데, 이번에는 절대 불가능이다. 자신을 주체하지 못할 것이다.

'두고 보자. 결혼만 하면.'

그는 순백한 엘리제의 얼굴을 보며 그렇게 생각했다. 이제 정말 얼마 남지 않았다! 그때는 지금까지의 괴로움을 수백 배로 돌려주리라. 침대에서 놔주지 않을 것이다.

"방을 하나 더 준비하도록."

"하나 더 말입니까?"

"그래."

호텔의 대표는 의아한 표정을 지었지만, 누구 앞이라고 의문을 표하겠는가. 화급히 또 다른 최고급 방을 준비시켰다.

린덴은 실망한 듯 한숨을 내쉬었다.

'방이 있긴 있군.'

그런데 돌발 사태가 발생했다. 엘리제가 그의 손을 잡더니 기어들어가는 목소리로 이렇게 말한 것이다.

"저…… 같은 방에서 자면…… 안 돼요?"

"……!"

린덴은 눈을 찢어질 듯 크게 떴다. 이게 지금 무슨 소리이지? 그녀는 사과처럼 붉어진 얼굴로 고개를 숙였다.

"그냥…… 오늘은 같이 있고 싶어서요."

그 사랑스러운 모습에 린덴의 가슴이 쿵 내려앉았다. 이 여자가!
오늘 나를 또 얼마나 고문하려고!

❀

그렇게 둘은 같은 방에 들어왔다.

'빌어먹을.'

방에 들어오자마자 린덴은 인상을 찌푸렸다. 그저 방에 들어왔을
뿐인데, 벌써부터 가슴이 세게 뛰었다. 깊은 밤. 한 공간에 그녀와 단
둘이 있다니.

'바늘도 안 가져왔는데, 어떻게 참지.'

그는 깊게 한숨을 내쉬었다. 가지고 싶었다, 그녀를. 진정으로 하
나가 되고 싶었다. 그녀의 온몸에 자신의 흔적을 새기고 싶었다. 그
렇게 자신의 품에 영원히 가두고 싶었다. 벌써부터 이렇게 그녀를 향
한 갈망이 타오르는데, 오늘 밤새 어떻게 해야 할지 막막했다.

그때, 엘리제가 말했다. 왠지 그녀도 긴장한 듯했다.

"씻으시겠어요, 아니면 먼저 씻을까요?"

"아, 그대 먼저 씻도록."

"네, 금방 씻고 나올게요. 쉬고 계세요."

욕실 안에서 그녀가 씻는 소리가 들렸다. 적나라하게 들려오는 그
소리에 그는 다시 한 번 인상을 찌푸렸다.

'도대체 이놈의 호텔들은 왜 방음이 하나도 안 되는 거야!'

물론 싫은 것은 아니다. 아니, 더없이 좋았다. 그래서 더욱 괴로울 수밖에 없었다.

'양 하나, 양 둘, 양 셋…….'

그렇게 세계 최강국의 황제 폐하는 궁상맞게 양의 숫자를 세기 시작했다. 물론 늘 그렇듯, 별 효과는 없었다. 샤워를 끝낸 두 사람에게 곧 잠잘 시간이 다가왔다.

발칙한 시종, 란돌의 모략일까? 누워 잘 수 있는 침대는 단 하나였다. 심지어 큰 방에 어울리지 않게 침대는 작은 사이즈였다. 나란히 누운 상태에서 몸을 움직일 때마다 슬쩍슬쩍 그녀의 살결이 스쳤고, 그때마다 그는 그녀를 향한 욕망을 억누르기가 힘들었다. 그는 혼신의 힘으로 흔들리는 마음을 다잡았지만, 쉽지 않았다.

'사랑하니까, 그리고 이제 곧 결혼할 것이니, 괜찮지 않을까.'

그런 생각이 끝없이 그를 괴롭혔다. 그런데 그렇게 시간이 지나가고 있을 때였다. 가만히 누워 있던 엘리제가 입을 열었다.

"린덴, 자요?"

"……아니."

린덴은 쓴웃음을 지었다. 잘 수 있을 리가 있나. 그대가 이렇게 옆에 있는데.

그때 그녀가 고개를 옆으로 돌려 그를 바라봤다.

"저…… 린덴."

"왜 그러지?"

"사랑해요."

"……!"

"사랑해요, 정말로."

왜일까. 그 말이 그의 가슴을 흔들었다. 그녀는 그의 품으로 파고들었다.

"고마워요, 지금까지. 그리고 앞으로도, 항상."

그 사랑스러운 말에 결국 린덴의 이성이 뚝 끊어졌다. 그는 그녀의 턱을 손으로 잡아 들어 올렸다. 그리고 거칠게 입을 맞췄다.

"읍? 리, 린덴?"

그녀는 당황해 피하려 했으나 그는 놔주지 않았다. 집요하게. 한 손으로 그녀를 가두고 입안을 농락했다.

"아……."

그 강렬한 키스에 엘리제는 곧 몽롱한 신음을 흘렸다. 그는 손을 들어 그녀의 머리를 쓰다듬었다. 그리고 귓가를 어루만지고, 목을 쓰다듬었다. 그의 손이 닿은 곳마다 그녀는 감전이라도 된 듯 움츠렸다. 이윽고 그녀의 쇄골을 어루만지며 그가 말했다.

"리제."

"……네, 린덴."

그와 그녀의 눈동자가 마주쳤다. 그 금색 눈동자에 타오르는 욕망을 느끼고, 엘리제의 심장이 쿵쾅거렸다.

"너를 가지고 싶다."

"……!"

그 직접적인 말에 엘리제의 얼굴이 시뻘겋게 물들었다. 린덴은 긴장이 섞인 목소리로 물었다.

"혹시…… 싫은가?"

엘리제는 눈을 내리깔았다. 이 바보 남자.

"그런 걸…… 말로 물어보면 어떻게 해요, 이 바보."

하지만 역시 연애 바보 린덴. 그녀의 말뜻을 정확히 이해하지 못했다.

"시, 싫은가?"

그녀는 민망함에 더욱더 얼굴을 붉혔다. 아, 진짜 바보. 그녀는 고개를 아예 푹 숙이며 중얼거렸다.

"시, 싫지…… 않아요. 사, 사랑하니까……."

그 말이 끝나자마자 그가 그녀의 어깨를 거칠게 잡았다.

"……!"

놀라서 보니 그가 타오르는, 정말 불처럼 타오르는 눈빛으로 그녀를 바라보고 있었다.

"지금…… 내가…… 잘못 듣지 않은 거지?"

"……."

엄마야. 그녀는 지금이라도 말을 취소해야 하나 고민했다. 눈빛만으로도 잡아먹히는 것 같다.

그가 그녀의 옷을 벗겨 내렸다. 워낙 긴장해서 그런지, 손이 떨려 간단한 침의를 벗기는 데도 자꾸 헛손질을 했다.

"사랑한다…… 사랑해, 내 엘리제."

"……저도요."

그가 다시 입을 맞추었다. 이윽고 실오라기 하나 없는 하얀 나신이 완전히 드러났다. 린덴은 침을 꿀꺽 삼켰다. 아름다웠다. 달빛에 새하얀 살결이 빛났다.

엘리제는 민망함에 몸을 가렸다.

"그렇게 보지 마세요. 부끄러워요."

그는 그녀의 손을 치웠다. 그리고 그녀의 몸 위로 올라왔다. 둘 모두의 심장이 미친 듯이 뛰었다. 이윽고 운명의 시간.

그가 걱정스레 물었다.

"처음엔 아프다던데……."

그녀를 가지고 싶지만, 그녀가 아픈 것은 싫었다. 하지만 엘리제가 고개를 돌리며 답했다.

"……괘, 괜찮아요."

그녀의 목소리가 부끄러움으로 떨렸다.

"당신이니까……."

"……!"

그렇게 그날 밤, 둘은 완전한 하나가 되었다. 길고 긴 밤이었다.

◆◈◆

다음 날, 정오가 가까운 늦은 아침.

엘리제는 힘겹게 눈을 떴다.

'아파.'

전신이 두드려 맞은 듯 아팠다. 온몸 여기저기가 울긋불긋했다. 어젯밤의 일을 떠올린 엘리제는 얼굴을 붉혔다. 그간의 괴로움을 복수한 것일까? 밤새 얼마나 괴롭히던지.

그때, 옆에서 그의 목소리가 들렸다.

"일어났나? 식사를 준비하라고 하지."

그녀와 다르게 맑은 목소리. 그가 미소를 지은 채 자신을 보고 있었다.

"미워요."

"뭐가?"

"몰라요. 전부 다요."

그 말에 린덴은 쿡쿡 웃었다. 확실히 자신이 생각해도 지난밤, 너무 괴롭히긴 했다.

'하지만 네 책임이야.'

린덴은 그렇게 생각했다. 이렇게나 사랑스러운데 자신이 어떻게 멈추겠는가? 그러니 어젯밤의 일은 전부 그녀의 책임이었다.

'이제 같이 살기만 해봐라.'

궁을 따로 마련할 필요도 없었다. 계속 같이 지낼 것이다. 그렇게 다짐한 그는 그녀의 이마에 입술을 맞추었다.

"사랑한다."

"몰라요."

"몰라? 어젯밤 사랑이 부족했나?"

그 말에 엘리제의 얼굴이 붉어졌다. 그녀는 짐승을 보듯 그를 바라봤고, 그는 의뭉스러운 표정을 지었다. 이전에 비해 참 많이 능글맞아진 그다. 결국, 엘리제는 한숨을 내쉬었다.

"저도 사랑해요."

"목소리에 사랑이 부족한데? 역시 어젯밤 사랑이 부족해서……."

"충분했거든요!"

그녀가 화를 내자, 린덴은 다시 웃었다. 너무나 사랑스럽다. 이렇게 보고 있는 것만으로도 행복할 정도로. 그는 와락 그녀를 껴안았다. 어젯밤 기억이 나 그녀는 바둥거렸다.

"이거 놔요."

"또 할까?"

"그만해요! 결혼해도 당분간은 금지예요!"

"뭐? 그건 안 돼. 황명이다."

대제국의 황제님은 기존 자주 사용하던 말투인, '명령이다'에서 한층 업그레이드된 '황명이다'를 사용했다. 그렇게 아옹다옹 투닥거리다, 오전이 지나갔다.

둘은 침대에 나란히 앉아 호텔에서 준비한 식사를 하였다. 그리고 원래는 점심 기차를 이용해 론도로 올라가려고 했으나, 그녀의 몸이 좋지 않아 하루 미뤘다.

"오늘 올라가야 하는데……."

"괜찮아. 하루 늦어도 된다. 어차피 급한 일은 다하고 왔잖아?"

"저야 그렇긴 하지만…… 국정은 괜찮아요?"

린덴은 입을 다물었다. 사실 안 괜찮았지만, 대신들이 난리 치겠지만 무시하기로 했다.

'크리스, 그놈이 알아서 해결하겠지.'

그렇게 둘은 미항에서 하루 연장된 시간을 보냈다. 그녀의 몸이 안 좋아, 주로 호텔에 머물면서 시간을 보냈다. 아무런 일도 하지 않았지만 그래도 좋았다. 둘이 같이 있었기에.

저녁이 되었을 때, 엘리제의 몸이 많이 나아져 그들은 간단히 산책하러 호텔을 나섰다. 시간이 늦어, 이미 짙게 어둠이 깔려 있었다. 하지만 밝은 달빛과 바닷가에 늘어선 건물의 불빛 덕분에 산책하는 데 지장은 없었다. 오히려 고즈넉한 느낌이 좋았다. 둘은 가만히 손을 잡고 바닷가를 걸었다. 말없이 서로를 느끼며. 기분 좋은 밤이었다.

그렇게 얼마나 걸었을까? 항구의 만에 도착했다. 달빛을 받은 바다가 끝없이 펼쳐져 있는 모습에 그녀는 탄성을 토했다.

"앞으로도 종종 이렇게 나들이를 오지. 더 좋은 곳도 많이 가고."

엘리제는 웃었다.

"또 납치하시게요?"

"그래, 매일매일 납치해서 살아야겠어."

그 말에 웃은 엘리제는 그의 품에 기대었다. 그녀는 눈을 감고 과거를 떠올렸다. 처음 그와 다시 재회했을 때의 순간. 그를 밀어내던 기억들. 크림 반도에서 그와 함께한 시간. 그리고 서로를 마주 보기 시작한 후의 시간. 그 밖에 함께 걸었던 순간순간들. 모든 것이 소중했다.

린덴이 그녀의 머리를 가만히 쓰다듬었다. 그리고 더욱 깊어진 눈으로 말했다.

"사랑한다, 내 엘리제."

"네, 저도요."

"앞으론 놔주지 않아. 영원히 함께할 거다."

"네."

앞으로 그들은 함께 길을 걸을 것이다. 그 길의 순간순간들은 어떨 때는 기쁘고, 어떨 때는 아프기도 하며, 슬플 때도 있을 것이다. 하지만 행복할 것이다. 서로 사랑하니까.

영원히.

종장

1

행복한 납치극이 끝나고, 다시 시간이 흘러 대망의 결혼식 전날이
되었다. 결혼식 전야를 맞아 시민들은 기쁜 얼굴로 대화를 나누었다.

"두 분이 드디어 결혼식을 올리는구나."

"그러게 말이야. 이날을 얼마나 기다렸는지."

"제국의 홍복이야. 자네도 결혼식에 참석할 거지?"

"당연하지. 이미 가게 문도 다 닫았다고."

등불을 든 여인은 온 제국 시민의 사랑을 받는 여인이었다. 평민
이든, 귀족이든 남녀노소 할 것 없이 모든 사람이 그녀를 아끼고 사
랑했다.

결혼식 일주일 전부터 거리는 온통 축제 분위기였고, 사람들은 마
치 제 가족이 결혼하는 것처럼 그녀의 결혼을 기뻐했다. 원래 전통
적으로 황실의 결혼식은 대성당에서 치러지지만, 이번만큼은 대경

기장에서 진행하기로 했다. 워낙 많은 시민이 결혼식에 참석하길 원했기 때문이다. 어마어마한 인원이 참석하기를 희망해, 수만 명을 수용 가능한 대경기장도 자리가 모자랄까 걱정이었다. 물론 그녀의 결혼식을 모두가 기뻐하는 것은 아니었다. 약혼식 때처럼 슬퍼하는 이들도 있었다.

"크흑, 내가 등불을 든 여인을 사모한 게 벌써 2년째인데!"

"나도 마찬가지야! 크림전쟁 때부터 짝사랑했다고!"

"등불을 든 여인은 만인의 여인으로 남아 있어야 하는데!"

바로 엘리제의 열성팬들. 그들은 한숨을 내쉬며 그녀의 결혼을 아쉬워했다. 그렇게 론도 전체가 축제 분위기로 떠들썩하며 결혼식 전야가 깊어갈 때였다.

만인의 축복의 주인공, 엘리제는 가문의 호위 기사만 대동하여 홀로 대경기장을 찾았다. 엘리제는 말없이 경기장을 바라봤다.

'이곳에서 결혼식을 하게 되다니.'

엘리제는 속으로 중얼거렸다. 대경기장은 그녀에게 깊은 의미를 가진 곳이었다. 첫 번째 삶, 악녀 황후의 삶을 살 때 죄악을 저지르고 단두대에 처형된 장소가 바로 이곳이었기 때문이다.

"죽어라, 악녀!"

"목을 베어라!"

당시 그녀를 향하던 비난이 생각났다. 떠올리기만 해도 아픈 기억들. 참으로 후회되는 삶이었다. 하지만 이번 삶은 달랐다. 엘리제는 회귀 후의 시간을 하나하나 떠올렸다.

모두의 반대를 무릅쓰고 의사가 되겠다고 선포했던 일.

의사가 되어서 했던 일.

전쟁에 참전했던 일.

귀족파와 황제파 사이에서 있었던 일.

그리고 그와의 사랑.

'이번 삶, 후회하지 않아.'

그녀는 그렇게 생각했다. 이제 아무도 그녀를 저주하지 않는다. 오히려 그녀는 만인의 사랑을 받는 진정한 퍼스트레이디가 되었다. 물론 그녀라고 모든 것을 잘했다고 할 수는 없다. 실수도 있었고, 더 잘할 수 있는 일도 있었을 것이다. 그래도 모든 일에 최선을 다해 왔다. 그렇기에 그녀는 이번 삶을 후회하지 않았다.

'바로 내일. 이제부터가 진정한 시작이야.'

그래, 끝이 아니었다. 그녀는 대경기장을 바라봤다. 대경기장은 국가적 결혼식을 맞아 미리 성대하게 꾸며져 있었다. 그녀는 내일 이곳에서 모든 이의 축복을 받으며 그와 진정한 하나가 될 것이다. 그러니 그와의 사랑도, 다른 삶도 이제부터가 진정한 시작이었다.

⊰⊱

드디어 국가적 결혼식 날이 밝았다. 아직 예식까지 몇 시간이나 남았음에도 대경기장은 새벽부터 달려온 시민들로 인산인해를 이루고 있었다.

"등불을 든 여인 만세!"

"퍼스트레이디 만세!"

"황제 폐하 만세!"

모두가 기쁨의 환호성을 지르며 결혼식을 기다렸다. 그리고 대경기장 안쪽에 마련된 신부 대기석에 순백의 드레스를 곱게 차려입은 엘리제가 얼굴을 붉힌 채 예식을 기다리고 있었다.

"나 이상하지는 않니, 마리?"

"전혀 안 이상해요. 너무 예뻐요. 마치 천사가 내려온 것 같아요."

"빈말하지 말고."

"빈말 아닌데, 정말 너무너무 예뻐요."

정말 빈말이 아니었다. 새하얀 드레스와 면사포를 쓴 엘리제의 모습은 지극히 순결하면서도 아름다웠다. 세상의 것이 아닌 천상의 아름다움을 보는 듯했다.

찾아온 손님들 모두 그녀의 모습을 보고 말을 잃고 감탄을 터뜨릴 정도였다.

"정말…… 아름답습니다, 마마."

귀족파, 아니, 등불당의 대표로 찾아온 유리엔 후작이 멍하니 중얼거렸다. 이제 황후가 될 엘리제이니, 그녀는 경어를 사용했다.

엘리제는 민망하다는 듯 고개를 저었다.

"아니에요. 와줘서 고마워요, 언니."

"아닙니다. 당연히 참석해야지요. 누구 결혼식인데요."

황제와 황후의 결혼식이니 예법상 오는 것이 당연했다. 하지만 오늘 결혼식에 온 이들은 단순히 예를 차리기 위해 온 것이 아니었다. 모두 마음으로 그녀와 그를 축하해 주기 위해 왔다.

유리엔을 시작으로 엘리제와 연이 있었던 수많은 사람이 그녀에게 축하의 인사를 건네기 위해 대기실로 찾아들었다. 병원에서 같이 일했던 이들, 그녀에게 치료받았던 이들, 크림에서 도움을 받았던 이들, 은혜를 입었던 귀족파, 셀 수도 없었다.

너무 찾아오는 사람이 많아 일일이 인사를 받고 있다가는 예식 시작까지 시간이 모자랄까 걱정이 될 정도였다. 그들 중에는 생각지도 못 한 사람이 오기도 했다.

"결혼 축하합니다, 백작님. 아니, 이제는 황후 마마로 불러드려야 겠군요."

"알버트 백작님!"

엘리제는 깜짝 놀라 나타난 이의 이름을 불렀다. 의족에 목발을 짚고 있는 남자의 이름은 알버트 드 차일드! 크림전쟁에서 그녀의 도움을 받아 목숨을 건진 이였다. 원래 차일드가의 차기 당주였던 그는 부상 후 본가가 있는 프러시엔으로 돌아가 백작위를 물려받았다. 현재 프러시엔 중앙은행의 부총재직을 맡고 있다고 했다.

"불편하실 텐데…… 이곳까지."

엘리제는 고마움과 미안함이 섞인 목소리로 말했다. 저 외발로 프러시엔에서 이곳까지 오는 게 보통 힘든 일이 아니었을 것이다. 하지만 알버트 백작은 고개를 저었다.

"당연히 와야지요. 덕분에 목숨을 건져, 삶을 이어갈 수 있었던걸요. 이 목숨은 엄밀히 말하면 당신이 준 것이라고 해도 과언이 아닙니다."

그는 진심으로 감사의 인사를 하였다.

"당신에게 항상 감사하며 살고 있습니다. 결혼식, 진심으로 축하하며 주님의 축복이 임하길 기원합니다."

엘리제는 감사의 미소를 지었다.

"네, 알버트 백작님께도요."

그렇게 그녀의 도움을 받았던 수많은 이가 찾아왔다. 정신없이 인사를 받다 보니 시간이 지났고, 곧 식장으로 나갈 시간이 다가왔다. 그녀가 마리의 손을 잡고, 이제 자리에서 일어나려는 찰나.

"엘리제."

"아버지."

아버지, 엘 후작이 그녀를 찾아왔다.

"다 준비됐느냐?"

"네, 아버지."

"축하한다."

아버지의 축하를 듣는 순간, 엘리제는 문득 가슴이 뭉클해졌다. 아마 아버지의 눈가에 씁쓸함이 감돌고 있었기 때문일 것이다. 이제 오늘부터 그녀는 '엘리제 드 클로랜스'가 아닌, '엘리제 드 로마노프'가 된다. 아버지의 품에서 떠나 다른 이의 아내가 되는 것이다.

모든 딸 가진 아버지가 다 그렇듯, 그도 딸의 결혼을 기뻐하면서도, 한편으론 서운해하고 있었다.

"크흠, 내 이렇게 서운할 줄 알았으면 이전에 무슨 수를 써서라도 이 약혼을 취소시킬 걸 그랬다."

아버지는 섭섭함을 떨쳐 버리려는 듯 괜한 농담을 했다. 하지만 그 농담을 하는 아버지의 눈가에는 애정 어린 눈물이 맺혀 있었다. 엘리제는 미소를 지었다. 그녀도 아버지의 품에서 떠나는 것이 아쉬웠다.

"아버지."

"응?"

그녀는 아버지의 팔짱을 끼었다.

"사랑해요. 결혼 후에도 궁에 자주 찾아오실 거죠?"

엘 후작은 그 말에 스르르 미소를 지었다.

"그래. 사랑한다, 내 딸. 매일 찾아가마."

◆◇◆

"와아아!"

우레와 같은 함성을 받으며 결혼식이 진행되었다. 원래 황가의 결혼식은 엄숙한 분위기 속에서 진행되는 종교 예식이 주였지만, 약혼식 때 학을 뗀 린덴의 주장으로 대폭 생략해 버렸다. 물론 궁내부장 등 깐깐한 대신들이 반대했지만 그는 한마디로 일축해 버렸다.

"또 그런 무식한 예식을 진행하다가 몸이 약한 황후가 쓰러지기라도 하면 너희가 책임질 것인가!"

실제로 선황이 약혼식 때 장시간 예식을 못 견디고 쓰러진 게 1년도 되지 않은 일이라, 대신들도 강하게 반대하지 못했다. 그 덕분에 허례허식이 대폭 축소된, 오로지 서로를 위한 결혼식을 진행할 수 있게 되었다.

"황제 폐하 입장하시겠습니다!"

결혼 예복을 차려입은 린덴은 비단 카펫이 깔린 길을 걸어 들어왔다. 평소 무뚝뚝한 표정과 달리 만면에 행복이 가득해 시민들은 웃음을 터뜨렸다.

"황제 폐하 만세!"

"로맨티스트 만세!"

황제의 위에 올랐건만 아직도 시민들 사이에서 로맨티스트라 불리는 그였다. 어찌 보면 불경하다 할 수도 있었지만, 브리티아는 황제를 천자(天子)로 모시는 동방이 아니었다. 이 정도의 친근함은 눈감아줄 수 있었다. 그리고 무엇보다 로맨티스트란 별명은 린덴 본인이 마음에 들어 하는 별명인지라, 더욱더 특별한 제지를 하지 않았다.

다음 차례는 엘리제. 새하얀 드레스와 기다란 면사포를 쓴 그녀는 아버지, 엘 후작의 에스코트를 받으며 나타났다.

"와아아!"

"등불을 든 여인 만세!"

"마이 레이디! 퍼스트 레이디!"

그녀가 나타나자 대경기장에 떠나갈 듯한 함성이 울려 퍼졌다.

"행복해라! 황제는 황후를 울리지 마라!"

"꼭 행복하세요!"

"레이디 클로랜스 만세!"

그 함성을 들은 엘리제는 순간 가슴이 울컥했다. 이전 삶, 저주를 받으며 생을 마쳤던 이곳에서 이렇게나 큰 축복을 받고 있다는 사실이 그녀의 마음을 흔들었다. 그리고 더욱더 그녀를 흔들리게 하는 건 자신이 다가오기를 기다리고 있는 한 남자 때문이었다.

"엘리제."

린덴.

그가 행복한 얼굴로 그녀를 바라보고 있었다. 그녀가 사랑하는, 그리고 그녀를 사랑하는 그. 정말 멀고도 멀었던 길이었다. 그 시간 동안 서로 얼마나 엇갈리고 아파했는지. 그래도 괜찮다. 이제 이렇게 하나가 될 것이니까.

둘은 단상 앞에 나란히 섰다. 대성당의 대주교가 주례를 섰다.

"음……. 대브리티아 제국의 황제 폐하와 황후 마마의 결혼식을 주님의 이름으로 거행하겠습니다."

원래대로라면 최소 4시간은 진행해야 할 식순이었지만 황제의 요청하에 허례허식을 대폭 생략했다. 어차피 결혼식에서 중요한 것은 딱 두 개 아니겠는가? 바로 사랑의 언약과 약속의 입맞춤.

먼저 축가, 축도, 축언 등 둘을 축복하는 식순들이 지나가고, 대주교가 말했다.

"그러면 둘의 결혼을 주님의 이름으로 축복합니다. 그러면…… 이제 사랑의 언약을 하도록 하겠습니다. 먼저 폐하께 여쭙겠습니다. 황후 마마를 맞이함에 앞서, 일평생 동안 그녀를 사랑할 것을 맹세하십니까?"

그 말에 린덴은 엘리제를 바라보았다. 강한 열망이 담긴 눈동자. 그의 대답은 짧았다.

"당연히. 물어볼 필요도 없는 일이다. 이 세상천지가 무너져 내린다고 해도, 그대를 향한 내 사랑은 영원할 것이다."

그저 미사여구가 아니었다. 그의 눈동자에 담긴 열망은 강하게 말하고 있었다. 이 순간 너를 바란다고, 그리고 앞으로도 영원히 바라고 또 바랄 것이라고, 넌 오로지 내 것이니 날 벗어날 생각 따위는 하지도 말라고.

그 갈망에 엘리제의 얼굴이 붉어졌다.

이번엔 대주교가 그녀를 향해 물었다.

"황후 마마께 여쭙겠습니다. 폐하를 부군으로 맞이함에 앞서, 영원히 사랑으로 대할 것을 맹세합니까?"

엘리제는 붉어진 얼굴로 고개를 숙였다.

"……네, 맹세합니다."

그 사랑의 맹세가 끝나자, 대경기장이 환호성으로 뒤덮였다!

"와아!"

"황제 폐하 만세! 황후 마마 만세!"

단 한 명, 엘 후작만이 흐르는 눈물을 닦고 있었다. 기쁜 날인데 왜 이렇게 눈물이 흐르는지 모르겠다. 주책 맞은 일이었다.

드디어 식순의 마지막 순서. 약속의 입맞춤. 사랑을 맹세하며 하는 입맞춤으로, 그 순서가 되자 대경기장이 떠나갈 것 같은 함성에 휩싸였다.

"와아!"

"황제 폐하 만세! 로맨티스트 만세!"

"황후 마마 만세!"

"뽀뽀해라!"

"뽀뽀!"

엘리제의 얼굴이 사과처럼 붉어졌다. 그와 처음 입을 맞추는 것도 아니고 결혼식 때 으레 하는 입맞춤이거늘, 왜 이렇게 가슴이 떨리는지.

그녀가 주저하자 린덴이 한 걸음 다가왔다. 엘리제는 긴장으로 흠칫 한 걸음 물러났다. 하지만 도망가지 말라는 듯, 린덴이 그녀의 허리를 감싸 안았다.

그가 그녀를 바라봤다. 오로지 사랑이 담긴 눈동자. 그 깊은 타오름에 엘리제의 가슴이 두근거렸다.

"엘리제."

"네, 폐하."

"사랑한다, 영원히."

그 말에 엘리제는 눈을 감았다.

"저도요."

둘의 얼굴이 천천히 겹쳐졌다. 그렇게 수많은 사람의 축복을 받으며 둘은 하나가 되었다.

앞으로 영원히 함께할 그녀와 그의 이야기의 시작이었다.

2

시간이 흘렀다.

브리티아 제국은 역사상 가장 영화로웠다던 공제 시대를 거쳐 최고의 번영을 이룩한다. 하지만 역사의 축은 움직이는 법. 게르마니아 제국으로 인해 일어난 두 차례의 세계대전으로 역사의 축은 서쪽으로 기울기 시작했다. 어쨌든 그건 린덴과 엘리제 후대의 일.

그리고 150년이 지난 뒤, 동쪽의 한 나라.

"송! 일어나!"

검은 머리의 젊은 아가씨가 기숙사 2층 침대에 누워 있다가 힘겹게 눈을 떴다.

"조금만…… 어제 너무 늦게까지 공부해서……."

"뭘 조금만이야! 도대체 시험도 없는데, 어제는 왜 공부한 거야?!

비행기 시간 늦겠어!"

"몇 신데?"

"10시야! 비행 출발 시각까지 4시간밖에 안 남았어!"

송이라 불린 아가씨는 고개를 갸웃했다. 작은 체구의 이십 대 초반으로 보이는 귀여운 인상의 여인이었다.

"4시간이면 넉넉하지 않아?"

"이게 비행기 안 타본 티 내네! 면세점도 들러야 하고, 늦지 않게 보딩하려면 3시간 전에는 도착해야 한단 말이야! 당장 일어나!"

"하암."

"빨리! 이러다 여행 못 가겠어! 안 가도 돼?"

'안 가도 돼?'란 물음에 송이라 불린 여인은 고개를 저었다.

그건 안 된다. 목적이 있는 여행이었으니까.

"아니, 가야지."

"그러니까 당장 일어나!"

그렇게 친구로 보이는 둘은 허겁지겁 준비해 기숙사를 나섰다. 그들은 공항버스를 타고, 국제공항에 도착했다. 다행히 늦지 않게 도착할 수 있었다.

"하아, 너 때문에 늦을 뻔했잖아."

"미안."

송은 혀를 살짝 내밀며 미안하단 표정을 지었다.

"도대체 어제 공부는 왜 한 거야? 물론 송, 네가 지독한 공부벌레란 것은 알고 있지만 여행 전날까지 공부하는 것은 심했잖아."

"그냥……."

"으이구, 말 안 해도 알겠다. 이번에 직접 클로랜스 가문의 생가(生

家)에 가본다고 생각하니, 떨려서 본 거지?"

"……응."

송은 민망한 표정을 지었다.

"이번에 32판 새로 나왔던데, 그것 봤어?"

"응."

그녀가 본 책은 바로 '현대 의학의 어머니'가 기술한 교과서였다. 이 시대 모든 현대 의학서는 바로 '그녀'가 기술한 교과서에 기반을 두고 있었다. 무려 150년 전에 작성한 내용이지만 과학기술의 발달에 따라 조금씩 손을 볼 뿐, 지금도 크게 개정할 만한 내용이 없다는 것은 경악스러운 일이었다.

"우리 항공사가 어디지?"

"BA. 본토가 아니라 섬으로 바로 가는 직항편이야."

"돈은 얼마나 환전해야지?"

"섬에서 시작해 본토까지 한 달 가까이 여행하는 거니, 200만 원 정도 환전했는데?"

"통합 단일 화폐로 대부분 되는 거지?"

"응, 아. 본토에서는 주로 기차로 이동할 거니 패스 확인하고. 섬에서 파리스로 이동할 때 탈 승차권도 챙겼어?"

"응, 다 가져왔어."

"그러면 빨리 탑승하자."

둘은 비행기에 탑승했다.

스튜어디스의 안내를 따라 일반석에 앉았고, 곧 비행기가 이륙했다.

"으, 기대된다. 난 파리스가 제일 기대되는데, 너는?"

"나야, 뭐. 알잖아."

송의 대답에 친구는 혀를 찼다.

"하여튼 너도 특이해. 그 멀리까지 여행 가는 목표가 그것이라니. 물론 위대한 위인이기야 하지만……."

송은 그 말에 겸연쩍게 미소를 지었다. 그녀도 자신이 조금 특이하단 것을 알았다.

'하지만…… 내 꿈인걸.'

'그녀'. 자신에게 의사의 꿈을 꾸게 한 인물. 송은 '그녀'의 위인전을 읽고 의사의 꿈을 품었다. 송은 지금 자신의 꿈과 만나러 가는 중이었다. '그녀'가 황후가 되기 전, 살았다던 클로랜스 가문의 생가. 그곳이 이번 여행의 목적지였다.

❄❀❄

긴 비행 끝에 공항에 도착했다. 둘은 완전 녹초가 되어 비행기에서 내려 입국 절차를 밟고 시내로 향하는 버스에 탔다.

"우리 숙소가…… 피카딜리 거리 쪽에 있나?"

"응, 그곳 유스호스텔이야."

이곳의 물가는 세계 최고 수준이었다. 가난한 학생인지라 호텔에 묵을 엄두도 못 냈다. 그들은 숙소로 향하는 버스에 몸을 싣고 시내를 구경했다.

"와, 완전 건물들 예쁘다. 저것 봐. 그림 같아."

친구의 말에 송도 거리를 구경했다. 정말 근대의 거리에 들어온 듯한 건물들이 그녀들을 반겼다. 고풍스러우면서도 현대적인 모던함이 섞인 거리의 풍경이었다.

"와, 저기 근위대다!"

"어디?"

친구의 말에 버스 창밖으로 시선을 돌렸다. 정말로 말을 탄 붉은 제복의 군인이 보였다. 허리춤에 기병용 검이 매달려 있었다. 물론 의장용 근위대였지만, 덕분에 과거를 느낄 수 있었다.

1시간여가 지나자 그들은 숙소에 도착할 수 있었다. 공항과 거리가 멀기도 했지만 길이 막혀 더 걸렸다. 세계 어디를 가나 수도의 교통 체증은 다 비슷한 것 같다.

친구가 짐을 풀며 물었다.

"오늘은 시간이 늦었는데, 어떻게 할 거야? 도착하자마자 생가에 가보려고 했잖아?"

"음……. 오후 4시까지라서, 오늘은 늦은 것 같고. 내일 아침에 가야지, 뭐."

"그러면 나가서 관광하자! 이 근처에 맛있는 케이크 집 있는데! 150년 넘는 전통의!"

친구가 가이드북에서 찾아 이끌고 간 곳은 딸기 케이크가 맛있다는 카린 베이커리!

"황후가 사랑하던 베이커리라고 하던데?"

"그래?"

"진짜인지는 모르지만 맛은 정말 좋네."

송은 고개를 끄덕였다.

"근데 좀 달지 않아?"

"황후도 단거 좋아했나 보지. 딸기 케이크를 제일 좋아했다고 여기 가이드북에 적혀 있어."

그러며 둘은 시내 여기저기를 관광했다. 과거 최강대국이자 지금도 세계 최고의 강국 중 하나인 나라의 수도인지라 볼 것은 무궁무진했다.

뮤지컬도 보고, 빅밴도 가고. 피시 앤 칩스(Fish and chips)와 더불어 흑맥주도 먹고.

"피시 앤 칩스는 그냥 튀김이네. 별로 맛은 없다."

친구의 말에 송은 쿡쿡 웃었다. 동감이었다. 친구가 맥주를 쭈욱 마시며 말했다.

"역시 볼 게 많네. 이 도시 기원이 라틴족 아니었나?"

"난 잘 모르겠네. 그래?"

"응, 아마 2,000년 전쯤 섬에 도착한 라틴족이 세운 게 맞을 거야. 그때 이름이 론디니움인가 그랬을걸?"

여행을 오기 전에 미리 이것저것 공부했는지 친구는 설명을 해주었다.

"그런데 송."

"응?"

"네가 내일 만나러 가려는 그분. 남편이 참 공처가였던 것 같지 않아?"

그 말에 송은 웃었다. 하루 동안 관광을 해보니 맞는 말인 것 같았다.

"'내 엘리제를 위하여'란 말이 적혀 있는 곳이 한두 군데가 아니야. 정말 남 보기에 부끄럽지 않았나. 물론 황후로서도 워낙 온 시민의 사랑을 받은 분이었다고 하지만."

송이 내일 만나러 갈, '그녀'. '그녀'가 역사에 길이길이 전해질 이름을 남긴 것은 의학 때문이었지만 황후로서도 굉장히 훌륭했다고 한다. 황금시대라는 공제의 시대가 있었던 것은 어쩌면 황후인 그녀가 있었기 때문일지도 모른다는 이야기가 있을 정도. 그렇게 둘은 이런저런 이야기를 하다 맥주를 마시다 잠이 들었다.

다음 날 이른 아침.

송은 일찍 일어났다. 바로 여행의 목적인 클로랜스 생가를 방문하기 위해.

"화이트가…… 화이트가……."

그녀는 지하철를 타고 화이트가로 향했다. 수백 년 전부터 대귀족들의 거주지였다는 화이트가는 지금도 이 나라의 내로라하는 부호들이 살고 있었다.

"이곳인가?"

그녀는 지도를 가방에 집어넣으며 한 저택을 바라봤다. 가이드북과 비교해 볼 필요는 없었다. 이전부터 사진으로 숱하게 봐서 알고 있었던 곳이니까.

클로랜스 공작가.

엘리제 드 로마노프가 어린 시절 살았던 생가. 제국의 명문가인 클로랜스 후작가는 그녀의 사후, 이곳을 생가로 지정해 보존하기로 했다. 이후 대를 이어온 숱한 공으로 공작가가 된 클로랜스 가문은 근교로 저택을 옮겼고, 이곳을 그녀를 기리는 수많은 사람을 위한 공간으로 보존했다.

"관광 오신 건가요?"

정문에 서 있던 중년의 백인 남성이 물었다. 공무원이었다. 저택 자체는 클로랜스 가문의 소유였지만, 국가 지정 문화재로 관리는 국가에서 하고 있었다.

"아, 네. 입장할 수 있을까요?"

"얼마든지요. 라디오 가이드를 드릴까요? 아니면 따로 비용을 지불하면 직접 안내원의 가이드를 받을 수도 있습니다."

비용을 확인한 송은 입을 다물었다. 안내원의 가이드는 원화로 치면 무려 4만 원. 대충 30분 코스라 들었는데, 비싸다.

하지만 송은 고개를 끄덕였다.

"안내원의 가이드를 받을게요."

"네, 잠시만 기다려 주세요."

곧 전문 안내원이 나와 그녀를 이끌었다. 안내원은 중년의 여성이었다.

"환영해요. 의대생이신가요? 아니면 벌써 의사?"

"아, 네. 의대생이에요."

어떻게 알았지? 안내원은 친절하게 웃었다.

"이곳에 관광 오시는 분들은 의료 기관에 종사하시는 분이 많거든요. 그러면 안내를 해드리겠습니다."

안내원은 차분히 그녀, 엘리제가 지내던 생가를 설명해 주었다. 그녀가 어디에서 지냈고, 어디에서 공부했고, 어디에서 일했는지. 그러며 중간중간 그녀의 삶에 대해서도 말했다.

"그분이 처음 의사가 된 것은 16살 때였습니다. 그전까지는 못 말리는 말괄량이였다고 하더군요."

"말괄량이요?"

송은 믿을 수 없다는 표정을 지었다. 안내원은 짓궂게 웃었다.

"사실은 말괄량이가 아니라, 정말 못된 성격으로 사교계에서도 유명했다고 해요."

"에이, 그건 못 믿겠어요. 지어낸 이야기 아니에요?"

"어쨌든 그 뒤 테레사병원에서 일을 시작해 최단기간에 의사 자격증을 따셨죠."

테레사병원.

현재 세계 3대 의과대학 중 한 곳인 클로랜스 의대의 교육 병원으로, 전 세계에서 최고로 손꼽히는 병원 중 하나였다.

"재미있는 것은 그때 그분이 그레이엄 백작의 제자로 들어갔다는 거예요."

"닥터 그레이엄의 제자로요?"

그건 모르던 이야기다. 송은 신기한 표정을 지었다.

닥터 그레이엄. 일반인들은 잘 모르지만 그는 무수히 많은 의학적 업적을 남긴 인물이다.

"네, 그리고 콜레라를 퇴치하고. 크림전쟁에 참전한 것은 아시죠?"

"아, 네."

당연히 모를 리가 없다.

"그런데 그것 아세요? 그분이 왜 크림전쟁에 참전했는지?"

"그거야 죽어가는 생명을 한 명이라도 더 살리기 위해서가 아닌가요?"

안내원은 고개를 저었다.

"그것도 틀린 이야기는 아니겠지만 사실은 황제 폐하와의 결혼을 피하기 위함이란 설이 유력해요."

"네?"

송은 황당하단 표정을 지었다.

"정말이요?"

"네, 당시 그녀의 주변 인물들이 남긴 비공식적인 기록을 보면 그런 개인적인 이유가 있었다고 합니다."

사실 당시 엘리제가 참전했던 이유는 작은오라버니를 살리기 위해서였다. 하지만 그건 전해지지 않은 진실. 어쨌든 송은 안내원에게 의심의 눈초리를 보냈다. 이거 국가에서 운영하는 문화재라고 했으면서 왠지 사이비 안내원이 안내하는 듯한 느낌이다. 그렇게 이런저런 이야기를 들으며 안내를 받았다.

그리고 마지막 장소.

"이곳이 그분의 침실이에요. 벽면에 사진과 간단한 이력들이 있으니 읽어보세요."

"아……."

송은 그 방에 들어온 순간, 가슴이 떨리는 것을 느꼈다. 그녀가 썼던 것으로 보이는 침대 맞은편 벽면에 액자에 담긴 사진이 걸려 있었다.

바닷가를 배경으로 찍은 작은 소녀와 한 남자의 사진. 남자는 소녀의 어깨를 감싸 안고 있었는데, 소녀는 활짝 웃고 있었다. 둘 모두 행복해 보이는 얼굴이었다. 그 밑으로 그녀의 간단한 이력과 별칭들이 쭈욱 적혀 있었다.

엘리제 드 로마노프.

브리티아 제국의 12대 황후.

제국 최초의 여성 황실 장미 훈장 수훈자.

최연소 데임 서임자.

콜레라의 정복자.

역학의 어머니.

광휘의 천사.

등불을 든 여인(The Lady with the Lamp).

제국 의무 사령부 초대 대장.

최연소 제국 대령 임명자.

기적의 천사.

최연소, 최초 여성 황실십자훈장 수훈자.

최연소, 여성 백작 서임자.

화합자.

예방접종의 창시자.

천연두 퇴치자.

세계 최초 의과대학의 창시자.

현대 의학의 어머니.

그 뒤로도 무수히 많은 문구가 적혀 있었고, 마지막에는 이런 문구가 적혀 있었다.

린덴의 사랑하는 아내.

〈완결〉

외전

길거리 데이트

황궁의 평화로운 아침.

따사로운 햇살이 창틈 사이로 쏟아지고 있었다.

"음……."

넓은 침대 이불에 파묻혀 있던 백금발 소녀는 눈부신 햇살에 인상을 찌푸렸다. 피곤한지 눈을 뜨기 힘든 모습이었다. 그때 조각 같은 외모의 남자가 소녀의 이마에 입을 맞추었다.

"조금 더 자도록."

"으음, 지금 시간이……?"

소녀는 멍하니 눈을 뜨며 중얼거렸다.

"얼마 안 됐어. 더 자."

남자의 손길이 아직 정신을 차리지 못한 그녀의 가슴을 부드럽게 쓰다듬었다. 간지러운 느낌에 소녀는 자신도 모르게 신음을 흘렸다.

몽롱한 정신 속에서도 몸에 전기가 흐르는 듯한 느낌이 들었다.

"아…… 마, 만지지 마요, 린덴."

"뭘?"

"그, 그……."

소녀는 민망함에 말을 더듬었다. 점점 더 자신의 민감한 부위로 와 닿는 그의 손길에 그녀의 얼굴이 붉어졌다.

"그, 그만……."

"싫은데?"

결국, 소녀는 항의하듯 말했다.

"어, 어제 분명 그만한다고 약속하셨잖아요!"

아무리 그만해 달라 애원해도 끝없이 괴롭혀서 도대체 몇 시에 잠들었는지 모르겠다. 그런데 아침 해가 뜨자마자 또 괴롭히려 하다니! 하지만 남자, 황제 린덴은 짓궂게 말할 뿐이었다.

"내가 그랬나? 잘 기억이 안 나는데?"

더 집요해지는 그의 손길에 소녀의 얼굴이 달아올랐다.

"정, 정말 그만하세요!"

싫은 것은 아니었다. 아니, 그 반대였다. 이제 그와 결혼한 지 벌써 3년. 그와의 사랑은 조금도 식지 않았다. 아니, 시간이 흐를수록 깊어져만 갔다. 그가 없었던 과거를 상상할 수도 없을 정도. 육체적인 사랑도 마찬가지다. 단순히 쾌락을 위한 관계가 아닌, 사랑의 나눔이어서일까? 그 행복은 말로 표현할 수 없었다. 다만 문제는.

'너무 힘들어.'

그녀는 울상을 지었다. 그는 도무지 자신을 가만히 놔두지 않았다. 그것도 매일매일 밤늦게까지. 물론 그를 사랑하니 자신도 싫지 않았으나, 아니, 좋았으나 그에게 밤새도록 시달리고 나면 몸이 녹초가 되어 다음 날 정신을 차릴 수가 없었다.

"린덴, 이제 더는 안 돼요."

엘리제는 결국 달아오르는 몸을 못 참고 그의 손을 밀어냈다.

"왜?"

엘리제는 붉어진 얼굴로 고개를 숙였다.

"오늘 바쁘단 말이에요. 보건정책과와 회의도 해야 하고, 곧 다가올 탄신연회 예산도 검토해야 하고, 오후에는 수술도 잡혀 있어요. 그리고 수술 전에 잠깐 귀부인들과 다과회도……."

줄줄이 나오는 그녀의 스케줄에 린덴은 미간을 좁혔다. 끝이 없었다.

'도대체!'

이전부터 늘 불만이었다. 이 소녀는 왜 항상 이렇게 바쁘단 말인가! 결혼 전에도 그랬지만, 결혼 후도 마찬가지였다. 황후로서 내명부의 일을 완벽히 하면서 의사 일까지 같이하려니 몸이 두 개라도 모자랄 지경이었다.

물론 이전보다 의사 업무는 많이 줄었다. 현재 그녀의 주 업무는 의사가 아닌, 황후로서의 일이다. 그래도 그녀만이 가능한 업무나 수술이 아직도 많아 적지 않은 시간을 병원에서 보내고 있다.

'황제인 나보다 더 바쁘니.'

린덴은 불만스런 표정을 지었다.

'마음에 안 들어, 정말로.'

의사 일과 황후로서의 일을 누구보다 완벽하게 처리하니 뭐라 탓할 수 없었다. 다만 자신과 보내는 시간이 적은 것이 불만이었다. 마음 같아선 품 안에 가둬놓고 항상 같이 지내고 싶지만 현실은 저녁에

나 간신히 얼굴을 보는 정도다.

"오늘 일은 몇 시쯤 끝나지? 저녁은 같이 먹을 수 있는 거겠지?"

"저녁에는 예술 협회 후원회에 잠시 참석해야 할 것 같아서 늦을 것 같아요. 먼저 드세요."

린덴은 와락 인상을 찌푸렸다.

"또? 어제도 늦게 들어오지 않았는가? 그제도 일이 늦게 끝났던 것 같은데. 도대체 그대와 저녁을 같이 먹은 게 언제인지 모르겠군."

그 불만 섞인 목소리에 엘리제는 미안한 표정을 지었다.

"아…… 죄송해요. 그래도 오늘 후원회는 꼭 참석해야 하는 모임이라."

엘리제는 린덴의 눈치를 살폈다. 확실히 본인이 생각해도 심하게 바쁘긴 했다. 황후의 일과 의사의 일 모두 완벽히 해내려니 시간이 너무 부족했다. 그녀는 불만스러운 표정을 짓고 있는 린덴에게 쭈뼛 쭈뼛 말했다.

"죄송해요. 내일은 꼭 일찍 일을 끝낼게요."

"……"

그래도 그가 대답하지 않자 엘리제는 조심스럽게 애교를 부렸다.

"응? 응? 네? 화 푸세요, 네? 대신 내일은 지난번에 말씀하셨던 연극 보러 가요. 일 꼭 일찍 끝낼 테니."

"하아."

린덴은 한숨을 내쉬었다. 서운하긴 하지만 어쩌겠는가. 이런 그녀를 사랑한 것은 자신이니. 그는 한 손으로 그녀를 품으로 끌어안았다.

얇은 파자마 너머로 느껴지는 그의 단단한 가슴에 엘리제의 얼굴이 살짝 붉어졌다.

"말로만?"

"네?"

엘리제는 잠시 말뜻을 이해하지 못하고 물었다.

"말로만 미안하다고 하는 것이냐?"

"아……."

삐쭉한 말에 그가 원하는 것을 깨달았다. 그녀는 주저하다 고개를 들어 그의 뺨에 입술을 갖다 대었다. 베이비 키스였다. 입술에 닿는 그의 느낌에 엘리제의 가슴이 뛰었다.

"됐…… 죠?"

하지만 그는 고개를 저었다.

"아니."

"그러면?"

"거기 말고 다른 곳에."

그는 그녀의 입술을 바라봤다. 금색 눈동자 깊은 곳에 흐르는 욕망이 느껴져 엘리제의 얼굴이 화악 달아올랐다. 그녀는 주저주저하다가 그의 입술에 자신의 입술을 갖다 대었다.

서로의 입술이 닿는 순간! 그가 그녀의 머리를 끌어안더니 안으로 혀를 강렬하게 덮쳐 들어갔다.

"아웃…… 린덴……."

전기에 감전되는 듯한 키스. 자신을 애태운 것을 혼내주려는 듯 집요하고 강렬한 키스였다. 그는 농락하듯 그녀의 입안 깊은 곳까지 철저히 괴롭혔다.

"리제."

린덴은 그녀의 귓가로 입술을 가져갔다. 귓가에 느껴지는 그의 입김에 엘리제는 몽롱하게 답했다.

"네, 린덴……."

그는 그녀의 귓불을 지그시 깨물며 말했다.

"날 너무 애타게 하지 마라."

🙢❀🙠

린덴과 엘리제가 부부가 된 지 벌써 3년이 지났다. 린덴은 하루도 빠짐없이 그녀의 궁을 찾았다. 아니, 찾았다기보다는 아예 그녀의 궁에서 살았다. 본인의 사자궁은 정무를 볼 때만 방문하고, 정무가 끝난 후에는 꼭 그녀의 백합궁으로 돌아왔다. 결혼해도 각자 다른 궁에 머무는 것이 아닌, 마치 한 집에 사는 평범한 부부처럼 지냈다. 궁내부에서 예법에 어긋난다고 몇 차례나 상소를 올렸으나 린덴은 들은 척도 안 했다.

결혼하기 전 그가 간절히 바랐던 것. 삶을 그녀와 함께하는 것. 예법 때문에 그 행복을 포기하라고? 절대 그럴 수 없었다. 결국 시종들은 어쩔 수 없이 황제가 머무는 데 불편함이 없도록 물품들을 황후의 궁으로 조금씩 옮기기 시작했고, 3년이 지난 지금, 사자궁은 황제의 궁이라기보다는 정무만 보는 집무실이 되어버렸다.

'엘리제.'

린덴은 사자궁의 회의실에서 대신들과 회의를 마치고 잠시 그녀를 떠올렸다.

'보고 싶군.'

방금 봤는데 또 보고 싶었다. 그녀와의 결혼 생활은 나날이 행복한 일상이었다. 아니, 이 벅차오르는 감정을 단순히 행복이란 한 단어로 표현할 수가 있을까? 지독한 중독, 갈망. 그녀를 보고 있으면 가슴이 터질 듯한 느낌이 들었다. 마치 심장이 고장 난 것 같았다. 복수만 바라던 과거에는 상상도 할 수 없었던 모든 것이 벅차고 충만한 시간들.

'그 문제만 아니면 완벽할 텐데.'

린덴은 그녀와의 유일한 문제를 떠올리고 살짝 인상을 찌푸렸다. 자신은 그 문제에 대해 크게 개의치 않고 있었지만 시간이 지남에 따라 점점 주변에서 압박이 들어오고 있었다. 물론 그런 압박이야 아무래도 상관없었지만 엘리제가 많이 걱정하고 있는 것이 마음에 걸렸다.

'난 엘리제, 너만 있으면 되는데.'

린덴은 혀를 차며 생각을 떨쳐 냈다. 시간이 걸리는 것일 뿐 열심히 노력하고 있으니 곧 해결될 것이다.

'지금쯤 수술하고 있으려나? 의사 놈들은 도대체 언제쯤 그녀 대신 완벽히 수술을 해낼 수 있는 거야.'

황실십자병원의 의사들은 제국, 아니, 세계 최고의 의사인 그녀의 수술을 배우려 부단히 노력하고 있지만 여전히 미흡했다. 그들의 실력이 나아지면 그녀가 바쁠 일도 많이 줄어들 텐데.

'조금 더 닦달해야겠어.'

특히 그레이엄, 그놈을 독촉해야겠다. 마음에 안 드는 놈이었지만 그나마 가장 나은 실력을 가지고 있으니까. 그렇게 린덴은 그녀에 대해 생각하며 정무를 보았다.

다음 날, 엘리제는 최대한 빨리 일을 마쳤다. 린덴과 이전부터 약속한 데이트를 하기 위해서였다.

"일은 다 끝난 건가?"

"네, 다 마무리하고 왔어요. 많이 기다리셨죠? 죄송해요."

린덴은 고개를 저었다.

"괜찮다. 그나저나 오늘은 응급수술 때문에 중간에 안 돌아가도 되는 거지?"

"아…… 네. 아마도요."

지난번 데이트 때 갑자기 그녀 외에는 손쓸 수 없는 환자가 발생해 연극 중간에 일어난 일이 있었다. 그가 항상 그녀와의 데이트를 얼마나 고대하는지 알고 있기에 엘리제는 미안한 표정을 지었다. 아마 오늘은 괜찮을 것이다. 지난번 같은 사태를 막기 위해 린덴이 친히 황명으로 최고의 의사들이 철통같은 당직을 서도록 명령했으니까.

"잠시만 기다려 주세요. 금방 옷 갈아입고 올게요."

병원에서 바로 돌아온 상태라 그녀는 간편한 복장을 하고 있었다. 암행에 가까운 비공식적인 외출인지라 예복을 갖춰 입을 필요는 없지만 그래도 그에게 예쁘게 보이고 싶었다. 하지만 린덴은 고개를 저었다.

"괜찮아. 그냥 그대로 나가지."

"네? 하지만."

린덴은 부드럽게 그녀를 감싸 안았다. 허리에 와 닿는 그의 단단한 팔에 그녀의 얼굴이 붉어졌다. 그는 그대로 그녀의 귓가를 살짝 깨물며 낮게 말했다.

"지금도 충분히 예뻐. 바로 덮치고 싶을 정도로."

엘리제의 얼굴이 사과처럼 물들었다. 그녀는 민망한 마음에 그의 품에 얼굴을 묻으며 말했다.

"지, 짐승."

"뭐가?"

"어제도 그렇게나 힘들게 했으면서!"

"그런가?"

"그, 그래요."

엘리제가 원망스럽게 답했다. 하지만 린덴은 씨익 웃었다.

"난 잘 모르겠는데. 왜냐하면……."

그는 그녀의 귓불을 부드럽게 혀로 쓸어내렸다. 그의 혀에 닿은 귓불에 전기가 흐르는 듯한 느낌이 들어 그녀의 몸이 뻣뻣하게 굳었다.

"아직도 난 모자라거든."

"……!"

갈망이 담긴 목소리에 엘리제는 침을 꿀꺽 삼켰다. 이러다 데이트를 나가기도 전에 침실로 끌려갈 것 같다는 위기감이 스멀스멀 올라왔다. 일단 도망쳐야 했다.

"빠, 빨리 갈아입고 올게요."

"괜찮다니까?"

"제, 제가 안 괜찮아요!"

엘리제는 그의 품에서 벗어나 드레스룸으로 달아났다. 린덴은 아쉬운 듯 멀어지는 그녀의 뒷모습을 바라봤다. 그대로 덮쳐 버리고 싶은 충동이 굴뚝같았지만.

'뭐, 오늘 밤도 있으니까.'

그는 그렇게 생각하며 아쉬움을 억눌렀다.

그녀와의 외출은 린덴의 가장 큰 행복 중 하나였다. 그녀와 손을 잡고 거리를 구경하며 연극을 관람하고 맛있는 식사와 디저트를 먹는다. 그렇게 시간을 보내면 온 세상에 오로지 둘만 있는 듯한 느낌이 든다. 모든 것을 잊고 서로만 바라보게 된다.

"다 준비되었나?"

"네."

편안한 외출복으로 차려입은 그녀가 그에게 다가왔다. 사람들의 시선을 피하려고 챙이 넓은 모자를 깊숙이 눌러썼다. 물론 그 정도로 이목을 피할 수는 없다. 그들은 모든 시민의 사랑을 한 몸에 받고 있는 황제와 황후였으니까. 그래서 린덴은 자신은 물론 그녀에게도 변검(變劍) 능력을 걸었다. 이전 그녀와 가까워지기 전 정체를 숨기고 '론'으로 만나기 위해 사용했던 능력이었다.

린덴은 옆에 선 엘리제를 가만히 바라보았다. 엘리제는 의아한 표정으로 그 시선을 받았다.

"왜요? 혹시 뭐 이상해요?"

"손."

"네?"

"팔짱 끼라고."

그 말에 엘리제는 배시시 웃으며 그의 팔에 자신의 손을 걸었다. 그녀가 팔짱을 끼자 린덴의 무뚝뚝한 표정에 옅은 미소가 걸렸다. 행복이 담긴 그 미소를 보며 엘리제는 말했다.

"그거 알아요?"

"뭐가?"

"고마워요."

그녀는 속으로 중얼거렸다.

'나 사랑해 줘서. 그리고 같이 있어줘서. 저도 정말로 많이 사랑해요.'

그 속마음을 들은 것일까? 린덴은 깊은 눈으로 그녀를 바라봤다.

"……왜요?"

괜히 민망한 마음에 엘리제는 고개를 돌리려 했다. 하지만 그 순간 그의 차가운 손가락이 그녀의 얼굴을 잡고 자신 쪽으로 향하게 하였다. 그리고 그대로 그녀의 입술에 입을 맞추었다.

"……하아."

생각지 않은 키스에 그녀는 옅은 신음을 흘렸다. 부드럽지만 정열적인 감촉. 결혼한 지 3년이나 지났음에도 그와의 키스는 도저히 익숙해지지가 않았다. 언제나 뜨겁고, 전기가 흐르는 듯하고, 정신이 몽롱해졌다. 자신의 모든 것을 삼키는 듯한 입맞춤이었다.

"그, 그만."

다리에 힘이 풀려 그의 팔목을 움켜잡는 순간, 린덴이 낮은 목소리로 말했다.

"사랑한다, 정말로."

엘리제의 뺨이 살짝 붉어졌다. 그녀는 고개를 끄덕였다.

"네, 저도요."

둘은 마차를 타고 시내로 향했다. 마차는 고급스러운 자재를 썼지만 황가의 문양은 새겨져 있지 않았다. 황족이 암행을 나갈 때 이용하는 마차였다.

엘리제는 새삼스러운 눈으로 마차의 내부를 살폈다.

"왜 그러지?"

"아니, 그냥요. 옛날 생각이 나서요."

'로제'로 '론'을 만나던 때의 이야기였다. 당시 린덴은 '론'으로 그녀를 만나러 올 때 종종 이 마차를 이용했었다.

'그때만 해도 폐하와 이렇게 되리라고는 상상도 못 했었는데.'

론이 그일 것이라고도 상상하지 못했다. 크림반도에서 그 사실을 알았을 때 얼마나 놀랐었는지. 당시만 해도 그가 자신에게 어떤 마음을 가지고 있었는지 몰랐었다. 아니, 스스로의 감정에 대해서도 자각하지 못하고 있었다. 덕분에 많은 엇갈림이 있었고, 그에게 많은 상처를 주었었다.

'정말 많은 일이 있었지.'

고비도 많았고 괴로운 일도 많았다. 하지만 그럼에도 이렇게 그의 옆에 있을 수 있게 된 것은 그가 자신을 사랑해 주었기 때문이다. 그런 그가 고마웠다. 그의 곁에 있는 것이 행복했다.

'한 가지 걱정만 아니면…… 모든 것이 행복할 텐데.'

엘리제의 얼굴이 어두워졌다. 행복 속에 숨어 있는 한 가지 걱정.

'언제 아기가 생기는 걸까?'

그녀는 속으로 한숨을 내쉬었다. 모든 것이 행복한 결혼 생활이었지만 큰 문제가 있었다. 금실이 나쁜 것도 아닌데, 도통 아기가 생길 기미가 보이지 않은 것이다. 갑작스레 어두워진 그녀의 얼굴을 보고 린덴이 의아한 목소리로 물었다.

"왜 그러지?"

"아…… 별것 아니에요."

웃으며 고개를 저었으나 린덴은 속지 않았다.

"아기 문제 때문에 그러는가?"

엘리제는 잠시 머뭇거리다 고개를 끄덕였다.

"네."

그는 혀를 찼다.

"괜찮대도. 곧 생길 거다."

"하지만 벌써 3년이잖아요……."

엘리제는 어두운 얼굴로 말했다.

'도대체 뭐가 문제지?'

그녀는 한숨을 삼켰다. 처음에야 그러려니 생각했지만 2년, 3년이 되어가니 점차 주변에서도 걱정하고 그녀도 근심이 이만저만이 아니었다.

"괜찮다. 원래 우리 로마노프 가문이 손이 귀해. 곧 생길 거다."

린덴이 걱정하지 말라는 듯 따뜻하게 말하며 그녀의 어깨를 감싸 안았다.

"그리고 난 그대만 있으면 돼. 아이는 없어도 괜찮아."

엘리제는 거짓말하지 말라는 듯 고개를 저었다.

"그런 게 어디 있어요."

"정말이야. 난 정말 너만 있으면 돼."

린덴의 말은 진심이었다. 물론 그도 안다. 황제로서 대를 잇는 것은 굉장히 중요한 일이란 것을. 하지만 솔직한 심정으로는 아이를 갖고 싶지 않았다. 그렇지 않아도 바빠 자신에게 소홀한 그녀다. 만약 아이가 생기면 얼마나 또 그쪽에 관심을 쏟을 것인가! 자신은 한 걸음 더 관심에서 멀어질 게 분명하다. 태어나지도 않은 자식에게 질투하는 꼴이지만 원래 그는 그녀의 일에 관해선 질투심이 넘쳤다.

'정 안 되면 다른 황족을 입양해서 대를 이으면 되잖아. 로마노프 령에 간 미하일, 그놈이 나중에 아들을 낳으면 데려와도 되고.'

그는 그렇게 생각했다.

그때 엘리제가 작은 목소리로 말했다.

"저도…… 가지고 싶단 말이에요. 저와 린덴의 아기…….'"

그 말에 린덴은 그녀의 이마에 부드럽게 입술을 맞추었다.

"걱정하지 말아라."

"……."

"아이는 생길 거다. 반드시."

확신에 찬 어조에 엘리제는 의아한 표정을 지었다.

"정말 그럴까요?"

"오늘 밤도 노력하고, 내일 밤도 노력하고, 앞으로도 계속해서 노력할 거니까. 이렇게 열심히 노력하는데 안 생길 리가 있느냐?"

엘리제의 뺨이 화악 붉어졌다. 린덴의 얼굴이 짓궂게 변했다. 데이트가 끝나고 궁으로 돌아가서 그녀를 괴롭힐 생각을 하는 것 같았다.

"리, 린덴!"

"뭐가? 분명히 말하지만 이건 제국의 미래를 위해서라고."

엘리제는 붉어진 얼굴로 화제를 돌리기 위해 물었다.

"그런데 이번에도 저희만 가는 건가요?"

경호에 대한 물음이었다. 린덴은 혀를 찼다.

"저 뒤에서 로열가드 몇 명이 따르고 있다. 그렇게 필요 없다는데도."

둘만의 데이트를 즐기고 싶은데, 부득부득 따라오는 근위대가 마음에 안 드는 듯했다.

"하여튼 궁내부장 이놈을 갈아치워야지."

엘리제는 그 말에 쿡쿡 웃었다. 둘이 이렇게 비공식 외출을 나갈 때마다 꼬장꼬장한 궁내부장은 혹시나 변고라도 생기면 어떻게 할 것이냐고 펄쩍펄쩍 뛰었다.

"이 론도에서 무슨 일이 생긴다고."

선황 민체스터의 치적부터 그에게 이르기까지. 거듭된 선정으로 론도의 치안은 대륙 최고였다. 혹시나 무슨 일이 생긴다고 해도 군대가 몰아치지 않는 한 그의 털끝 하나 상하게 할 수 없거늘, 궁내부장은 막무가내였다.

"절대 안 됩니다! 꼭 외출하셔야겠다면 근위대를 데리고 가십시오! 최소 100명은 데리고 가야 합니다!"

100명이라니! 그럴 바엔 외출을 안 하는 게 낫다. 결국, 황제는 궁내부장과 옥신각신한 끝에 최소 인원만 대동하기로 합의를 보았고 로열가드들은 변복한 후 멀찍이 그들을 따랐다.

"지금 바로 극장으로 가는 거죠?"

"그래야 할 것 같다. 시간이 얼마 없어서."

시간이 있다면 전망 좋은 카페에서 간단히 차를 마시고 가는 것도 좋겠지만 연극 시작 시간에 도착하기 빠듯했다.

"그런데 린덴은 오늘 하는 연극 별로 안 보고 싶어 하지 않았나요? 그냥 다음번에 다른 연극을 볼까요?"

엘리제가 조심히 물었다. 그들이 지금 보려는 연극 제목은 '애절한 사랑'. 왠지 삼류극 같은 제목의 연극은 비극적인 사랑 이야기로 그녀가 가장 좋아하는 장르였다. 하지만 린덴은 고개를 저었다.

"아니, 보고 싶다."

"정말요? 저 때문에 보는 것 아니에요? 그런 거면 괜찮으니 그냥 다른 극을…….”

"아니야, 정말 좋아해."

그건 거짓말이 아니었다. 린덴은 그녀와 함께 보는 연극이라면 어떤 장르라도 다 좋았다. 애초에 그의 관심사는 연극이 아니라 그녀였으니까. 사실 연극의 내용은 먼지만큼의 흥미도 없었다. 그냥 그녀가 자신의 옆에 앉아 즐겁게 연극을 구경하고 있으면 그것만으로 자신은 행복했다.

연극을 보며 다채롭게 변하는 그녀의 사랑스러운 표정을 구경하는 것은 덤이고. 그녀의 얼굴은 아무리 봐도 질리지 않았다. 아마 평생 봐도 질리지 않을 것 같았다. 보고 또 봐도 갈망만 늘어나지. 단 하나 불만이 있다면 그녀의 눈이 자신을 향하지 않을 때가 많다는 것이다. 물론 그녀의 마음에 자신이 있음을 알고 있지만 그녀는 신경 쓰는 것이 너무 많았다. 나만 바라봐 줬으면 좋겠건만…….

'콱 납치해 버릴까? 아무도 없는 곳으로?'

린덴은 그렇게 속으로 중얼거렸다. 이미 같이 살고 있지만 그것만으로는 모자랐다. 그 누구의 방해도 받지 않는 곳으로 가서 단둘이 서로만 보고 싶었다. 그녀의 눈이 자신만 향했으면 좋겠다. 물론 불가능한 일이다. 그는 황제고, 그녀는 황후이자 제국 최고의 의사이니까. 잘 알고 있지만 종종 그런 생각이 들었다.

"무슨 생각하세요?"

린덴은 옆에 앉은 그녀의 어깨를 다시 껴안으며 자신 쪽으로 끌어

당겼다.

"잡아 옆에 두고 싶다고."

"늘 옆에 있잖아요?"

"모자라."

그리고 말했다.

"턱없이."

이런저런 이야기를 하는 사이, 대극장에 도착했다. 론도 최대 규모의 대극장은 프랑소엔의 자랑, 파리스의 오페라에 뒤지지 않는 웅장함을 지니고 있었다. 대극장의 관장인 랑콤 준남작이 그들을 맞았다.

"대브리티아 제국의 황제 폐하와 황후 마마를 모시게 되어 지극한 영광입니다."

그러며 장황한 예를 다하려는 관장에게 린덴은 고개를 저었다.

"됐다. 한두 번 오는 것도 아니고. 조용히 시간을 보내다 가고 싶으니, 아무에게도 알리지 말고 쓸데없는 소란을 삼가도록."

"명을 다하겠습니다, 폐하! 그러면 늘 모시던 자리로 안내하겠습니다."

"그래."

엘리제가 연극을 좋아하기 때문에 둘은 대극장에 종종 방문했다. 그때마다 남들의 눈이 닿지 않는 사각지대에 위치한, 그러면서도 연극이 가장 잘 보이는 VVIP석에서 극을 관람했다. 그런데 발걸음을 옮기고 있을 때였다. 그들은 뜻밖의 인물들을 발견했다.

"어?"

크림같이 부드러운 얼굴과 은은한 백금발을 지닌 따뜻한 느낌의 미남자가 도도한 인상의 아름다운 레이디를 에스코트하고 있었다.

"레이디 차일드, 이쪽으로 오십시오."

"가고 있어요. 그리고 에스코트는 괜찮으니 손은 안 잡으셔도 돼요."

쌀쌀한 말투였지만 부드러운 인상의 남자는 미소를 잃지 않았다. 아니, 오히려 그런 그녀의 반응이 귀엽다는 눈빛이었다.

"어쨌든 늦지 않아서 다행입니다. 간신히 표를 예매할 수 있었는데."

"안 봐도 되는데, 왜 표를 예매해서. 분명히 말씀드리지만 제가 이 연극을 보러 온 것은 원래부터 보고 싶었던 극이어서 그렇지, 딱히 경과 함께 오려고 한 것은 아니에요. 절대로."

"네, 네. 알고 있습니다."

"그러니까 오해하지 마세요."

"네, 안 합니다."

어쩐지 능글맞은 웃음으로 남자는 답했다. 여인은 그 대답이 불만족스러운지 입술을 삐죽거렸다. 그리고 무언가 말을 하려는 찰나, 엘리제가 반가운 목소리로 그들을 불렀다.

"크리스 오라버니! 레이디 차일드!"

"……!"

생각지도 못 한 목소리에 유리엔과 크리스는 고개를 돌렸다.

"리제? 아, 아니, 마마?"

유리엔은 자신도 모르게 그녀의 이름을 부르다 뒤에 서 있는 황제를 보고 깜짝 놀라 예를 표했다. 크리스도 같이 예를 표했다.

"제국의 황제 폐하와 황후 마마를 뵙습니다."

"일어나라."

유리엔, 이제는 암셀 후작의 뒤를 이어 후작이 된 그녀는 조심히 자리에서 일어났다. 린덴은 그녀의 얄미운 오라버니에게 시선을 돌렸다.

"이곳에는 무슨 일이지?"

"연극을 관람하러 왔습니다. 폐하께서도?"

"그래."

린덴은 유리엔의 손을 잡고 있는 크리스를 보며 의아한 표정을 지었다. 둘이 무슨 사이인 거지? 그의 시선에 유리엔이 얼굴을 붉히며 급히 손을 빼내었다. 그리고 누가 묻지도 않았는데 변명하듯 말했다.

"보고 싶은 연극이 있어서 우연히 함께 오게 되었습니다. 특별히 크리스 경과 같이 오려고 한 것은 아닙니다."

"그래?"

"네, 네. 폐하."

하지만 그녀의 대답은 의구심만 키웠다.

린덴은 피식 웃었다.

'크리스, 저놈은 그렇게 생각하지 않는 것 같은데?'

크리스는 평소처럼 옅게 미소를 짓고 있었지만 눈빛은 뜨거웠다. 저 눈빛이 무엇을 뜻하는지 모르면 바보였다.

'괜히 방해하고 싶군.'

이전 크리스가 자신과 엘리제 사이를 방해했던 일이 떠올랐다. 분위기 좋게 무언가를 하려고만 하면 귀신같이 나타나 분위기를 깼었지.

'황명으로 일이나 잔뜩 던져 줄까. 연애 따위는 꿈도 못 꿀 정도로 바쁘게.'

참 황제답지 않게 린덴이 쪼잔한 생각을 하고 있을 때였다.

엘리제가 말했다.

"오랜만에 만났는데 연극 같이 볼래요? 자리가 넓어서 4명이 충분히 같이 볼 수 있을 것 같은데."

"아, 그럴까요, 마마?"

유리엔이 밝은 얼굴로 고개를 끄덕였다. 그런데 그 순간, 두 남자가 동시에 답했다.

"이놈이랑? 싫다."

"아니, 괜찮습니다, 마마."

두 남자의 완강한 거절에 엘리제가 놀란 표정을 지었다.

"그래도 오랜만에 만났는데 다 같이 보면 좋을 텐데……."

린덴은 팍 인상을 찌푸렸다. 좋긴 뭐가 좋단 말인가? 자신이 관심도 없는 연극을 보러 온 것은 그녀와 단둘이 보내는 시간을 즐기기 위해서인데. 저 얄미운 크리스 놈이 끼는 것은 절대로 사절이었다. 그가 그런 생각으로 입을 열려고 할 때였다. 크리스가 부드러운 목소리로 먼저 끼어들었다.

"배려에 감사드립니다, 마마. 하지만 오늘은 레이디 차일드와 단둘이 극을 관람하기로 약속한지라 다음 기회로 미뤄야 할 것 같습니다."

"아니, 나는 상관……."

유리엔이 뭐라 말을 하려 했지만 크리스가 웃으며 고개를 저었다.

"전 상관있습니다."

"네?"

"전 레이디 차일드, 당신과 함께 보고 싶어 연극을 보러 온 것이니까요."

유리엔의 얼굴이 화끈 달아올랐다. 그 모습을 보며 린덴은 입꼬리를 올렸다.

'저놈의 연애사라면 무엇이라도 방해하고 싶지만⋯⋯.'

둘만의 시간을 방해받고 싶지 않은 것은 마찬가지인지라, 그는 엘리제의 손을 잡아끌었다.

"가지."

"아, 아, 네."

유리엔을 향한 작은오라버니의 애정 표현에 놀란 엘리제는 얼떨떨하게 린덴을 따라갔다. 그리고 복도에는 크리스와 유리엔만 남게 되었다. 유리엔이 여전히 홍조를 띤 얼굴로 따지듯 말했다.

"가, 갑자기 폐하와 마마 앞에서 그게 무슨 말씀이세요? 괜한 오해를 불러일으킬 말은 삼가주세요."

"오해 아닙니다."

"네?"

"알고 계시지 않습니까? 제가 어떤 마음을 가지고 있는지."

그 말에 유리엔은 크리스의 시선을 피했다. 이상하게 자꾸만 가슴이 뛰어서 저 푸른 눈동자를 마주하기가 어려웠다.

"모, 몰라요."

"그렇습니까?"

"네, 몰라요. 아니, 알고 싶지 않아요."

"그러면 다시 말씀드리죠."

크리스는 말했다.

"전 당신을 바라보고 있습니다. 항상. 언제나. 아니, 정확히 말씀드리죠."

파르르 떨리는 그녀의 가슴 위로 크리스의 목소리가 내려앉았다.

"전 당신을 사랑하고 있습니다. 모르고 계십니까?"

"⋯⋯!"

유리엔은 입술을 깨물었다. 처음 듣는 고백은 아니었다. 저 남자가 자신에게 다가온 지도 벌써 3년이나 지났으니까. 하지만 그 시간 동안 자신은 그를 밀어내기만 하였다. 반대 계파인 클로랜스가의 차남인 그를 받아들일 수 없었고, 무엇보다 아직 그녀의 마음엔 린덴이 남아 있었기 때문이다. 하지만 언제부터일까? 늦은 밤, 홀로 있을 때 떠오르는 얼굴이 검은 머리의 린덴이 아니라, 저 백금발의 크리스로 변한 것은. 문득문득 그의 생각을 하기 시작한 것은. 저 크리스의 말 한마디에 가슴이 떨리기 시작한 것은.

"뭐, 상관없습니다. 얼마든지 차여도."

크리스는 미소를 지었다. 그의 웃음은 당신을 사랑하니 언제까지 기다리겠다고 말하고 있는 듯했다. 그가 하얀 장갑을 낀 손을 그녀에게 내밀었다.

"시간이 많이 늦었군요. 이미 시작했겠습니다. 가시죠, 레이디."

유리엔은 말없이 그의 에스코트를 받아 공연장으로 발걸음을 옮겼다. 그리고 공연장에 들어가기 전, 그녀가 작은 목소리로 말했다.

"크리스 경."

"네?"

"혹시 다음 주에 저희 차일드가에 방문해 주실 수 있으신가요?"

크리스가 놀라 그녀를 바라보았다. 유리엔은 어딘지 모르게 붉어진 얼굴을 돌리며 말을 이었다.

"아⋯⋯ 다른 건 아니고 혹시나 시간이 괜찮으시면 식사나 한번 대접하고 싶어서요."

그녀는 변명하듯 입을 열었다.

"저, 정말 다른 의미는 아니고 오늘 보는 연극에 대한 답례로요."

크리스는 잠시 말없이 그녀를 바라보았다. 유리엔은 떠듬떠듬 말했다.

"요즘 정무가 많은 것 같은데, 시간이 안 되면 괜찮고요. 그냥 특별한 의미는 없으니……."

크리스가 웃음을 지었다. 크림처럼 달콤한 미소였다.

"무슨 일이 있어도."

그는 유리엔의 손을 자신 쪽으로 이끌었다. 그리고 그녀의 하얀 손등에 부드럽게 입술을 맞추며 말했다.

"설사 황명이 있어도 방문하겠습니다."

⚜

린덴이 잔뜩 기대했던 것과 다르게 연극 관람은 즐겁지 않았다.

'이게 뭐야.'

린덴은 인상을 구겼다. 연극 수준이 떨어졌던 것은 아니다. 아니, 연극 자체는 훌륭했다. 사랑과 비극을 다룬 주제도 좋았고, 배우들의 연기도 멋졌다. 다만 치명적인 문제가 있었다.

'자리 배치가 왜 이렇게 되었냐고.'

린덴은 고개를 돌렸다. 그의 옆에는 크리스가 린덴과 같은 표정으로 앉아 있었다.

'왜 하필 좌석에 문제가 생기느냐고. 극장 관리를 어떻게 했길래!'

분명 따로 보려고 했으나 크리스가 예약한 자리에 문제가 발생해 그들 근처로 옮기게 된 것이다. 남는 자리가 그들 주위밖에 없어 어쩔 수 없는 일이었다.

'결혼 전에도 사사건건 훼방하더니. 이 소중한 시간까지.'

린덴은 마음에 안 든다는 표정으로 크리스를 바라보았다. 원래 예약했던 자리에 문제가 생긴 것은 크리스가 아닌, 극장 관리자의 잘못이지만 그냥 마음에 안 들었다. 물론 황족과 최고위 귀족만을 위한 VVIP석인지라, 좌석 사이에 공간은 널찍하고 쾌적했다. 그래도 옆에 저렇게 아는 사람들이 앉아 있으니 신경이 쓰였다.

'그녀와 단둘이 공연을 즐기고 싶었는데…….'

린덴은 한숨을 내쉬고 엘리제를 힐끗 바라봤다. 자신의 불만은 전혀 모르는지 그녀는 연극에 완전히 열중해 있었다. 연극을 보러 왔으니 집중하는 것이 당연하지만 린덴은 그것도 마음에 들지 않았다.

'뭘 저렇게 집중하고 있는 거야. 나도 좀 봐달라고.'

그는 입술을 삐죽거리며 생각했다. 그렇게 뭔가 불만족스러운 연극 공연이 끝났다.

"아, 너무 좋았어요. 그렇죠, 레이디 차일드?"

"네, 마마."

"배우들 연기도 훌륭하고, 내용도 너무 가슴 아프고……."

두 여자는 크게 감동했는지 붉어진 눈으로 연극에 대해 말했다. 물론 감동한 것은 그녀들뿐, 두 남자는 별로 만족한 표정은 아니었다. 특히 린덴은 크리스를 얄미운 눈으로 바라보며 말했다.

"크리스."

"네, 폐하."

"다음에 연극을 보러 올 때는 꼭 미리 좌석을 확인하도록."

"……네, 명심하겠습니다."

불만족스러웠기는 자신도 마찬가지였던지라 크리스는 고개를 끄덕였다.

그때 엘리제가 유리엔에게 물었다.

"이제 어떻게 할 거예요? 식사하러 안 가세요?"

3시간짜리 공연이라 어느덧 저녁을 먹을 시간이 되었다.

"아, 네. 그렇지 않아도 시간이……."

유리엔이 고개를 끄덕이며 대답하려는 순간 린덴이 말을 잘랐다.

"그러면 좋은 시간 보내도록. 크리스, 레이디 차일드."

크리스는 황제의 의도를 바로 알아챘다. 얼른 다른 곳으로 사라지라는 뜻이렷다.

"가시죠, 레이디 차일드. 그렇지 않아도 지난번 말씀드렸던 레스토랑을 예약해 놓았습니다."

"경?"

그는 엘리제가 뭐라고 말을 하기도 전에 유리엔의 손을 잡고 사라져 버렸다.

엘리제는 번개같이 사라지는 그들을 멍하니 바라봤다. 린덴은 만족스러운 표정으로 고개를 끄덕인 후 그녀의 어깨를 감싸 안았다.

"불청객도 사라졌으니 이제 제대로 시간을 보내볼까?"

연극 관람 후 다음 코스는 멋들어진 저녁 식사였다. 식사 메뉴는 그녀의 취향을 잔뜩 고려한 스테이크 코스에 달달한 디저트였다.

"어서 오십시오. 안내해 드리겠습니다."

그들은 시종장 란돌이 예약한 레스토랑에 들어갔다. 비밀 데이트를 즐기고 싶은지라 정체는 말하지 않았다.

"와, 분위기가 좋아요."

엘리제는 즐거운 얼굴로 말했다. 귀족과 상류 부르주아층을 대상으로 하는 레스토랑은 옅은 조명과 고풍스러운 인테리어로 꾸며져 있었다. 론도의 최고 번화가, 피카딜리에서 최근 가장 유명한 레스토랑답게 식당은 만석이었다. 주로 젊은 귀족 남녀가 데이트를 즐기고 있는 듯했다.

"이쪽으로 앉으시면 됩니다."

깔끔하게 차려입은 종업원이 거리가 내려다보이는 전망 좋은 좌석으로 그들을 안내했다.

"식사는 예약하신 코스 요리로 내드리면 되겠습니까?"

"그렇게 해주도록."

"네, 알겠습니다. 그러면 좋은 시간 되십시오."

종업원은 식전 와인을 따른 후, 사라졌다.

"맛있을 것 같아요. 기대돼요."

엘리제의 말에 린덴은 살짝 웃었다.

'맛이야 황궁이 더 맛있겠지.'

브리티아 전역에서 최고라 칭송받는 쉐프들이 황궁 요리를 담당하고 있다. 음식을 특히나 좋아하는 엘리제를 위해 그가 일부러 초빙한 것이다.

'그래도 가끔 이런 것도 나쁘지 않군.'

린덴은 사랑이 담긴 눈으로 그녀를 바라보았다. 그녀와 함께 평범한 사람들처럼 식당에서 음식을 먹는 것도 그의 즐거움이었다. 음식의 맛보다는 밖에서 그녀와 함께하는 식사가 기분이 좋았다.

"옆 테이블도 예약석인가 봐요."

"그런가 보군."

식당 전체가 만석이었지만 그들 옆 테이블만 '예약'이란 팻말과 함께 비어 있었다.

'설마 또 아는 사람이 오는 건 아니겠지?'

린덴은 괜히 불안한 생각이 들었다. 예를 들면, 그녀의 또 다른 오라버니인 렌이라든지 말이다.

"병원 일은 힘들지 않은가?"

"괜찮아요."

"다른 의사 놈들의 실력이 빨리 늘어야 그대가 편해질 텐데."

린덴은 혀를 찼다. 황후가 된 후 병원 업무를 많이 줄인 상태지만 여전히 일이 많았다. 그녀만 할 수 있는 수술이 아직도 많았기 때문이다. 늘 피곤해하는 그녀를 보면 다 때려치우고 쉬라고 하고 싶었지만 사람의 생명이 걸린 일이니 또 그러지도 못 했다. 해결책은 빨리 다른 의사들의 실력이 느는 것이었지만 최고 고난도 수술의 경우는 아직도 지지부진했다.

'그레이엄, 그놈을 또 닦달해야겠군.'

희망은 그레이엄, 재수 없게 생긴 그놈밖에 없었다.

'마음에는 안 들지만 그나마 제일 나으니.'

끝없이 최선을 다하는 그레이엄의 노력은 그를 엘리제 다음 가는 명의로 만들었다. 피터 교수에 이어 차기 황궁 어의로 낙점된 상태다.

"병원 일 말고 특별히 신경 쓰이는 일은 없고?"

"아, 특별히는 없는데 지난번에……."

그렇게 식사를 하며 둘은 두런두런 대화를 나누었다. 주로 엘리제가 이야기하고, 린덴은 듣는 편이었다.

'좋군.'

특별한 이야기를 하는 것은 아니지만 그녀의 이야기를 듣는 것만으로 행복했다. 극장에서 크리스 놈 때문에 방해받았던 시간이 보상받는 느낌이었다.

그런데 애피타이저를 먹는 중이었다. 엘리제가 린덴의 등 뒤를 보고 놀란 목소리를 내었다.

"어?"

린덴도 고개를 돌렸다. 그곳에는 생각지도 못 한 인물이 서 있었다. 보도(寶刀)와도 같이 냉막한 아름다움의 남자, 렌이었다. 변장하고 있었지만 크리스와 마찬가지로 렌도 그들을 알아보고 놀란 표정을 지었다.

"폐하, 마마?"

주변을 의식한 작은 목소리.

엘리제가 물었다.

"어떻게 오신 거예요, 오라버니?"

렌은 어색한 표정을 지으며 말했다.

"약속이 있어서."

"약속이요?"

"로잔 가문의 영애와 식사를 하기로 했습니다."

렌은 황후가 된 동생에게 경어를 사용했다.

"로잔 가문이요?"

엘리제와 린덴은 의아한 표정을 지었다. 로잔 백작가는 중부의 전통 깊은 명가였다. 하지만 총기사단의 단장인 렌과 특별한 인연이 있을 법한 곳은 아니었다.

렌이 나직이 한숨을 내쉬었다.

"아버지의 소개로 한번 만났었습니다."

"아."

그제야 엘리제는 렌의 용무를 깨달았다. 구제 불능의 노총각인 아들을 위해 엘 후작이 만남을 주선한 것이다.

'큰오라버니…….'

엘리제는 안쓰러운 눈으로 큰오라버니의 무뚝뚝한 얼굴을 바라봤다.

'이번엔 제발 잘되어야 할 텐데.'

그녀는 몇 년이나 계속된 렌의 수난사(?)를 떠올렸다. 지금으로부터 2년 전쯤이었다. 그들의 아버지 엘 후작은 가문을 이어야 할 큰아들을 불러놓고 잔소리를 하였다.

"넌 도대체 결혼은 언제 할 거냐! 일만 하다 늙어 죽을 생각이더냐?"

엘은 아들을 보며 답답한 표정을 지었다. 늘 반복되는 잔소리였다. 아무리 총기사단의 단장이자 젊은 장성, 차후 군부의 실권자 불리면 뭐하는가? 일만 하다 늙어 죽을 것도 아니고! 다른 가문의 아버지들은 이렇게 뛰어난 아들을 둔 것을 부러워하지만 엘은 답답하기만 했다.

"내가 네 나이 때는……! 레이디들을! 크윽!"

자신의 화려한 경험을 이야기하려다 부인에게 꼬집힌 엘은 신음을 삼켰다. 후작 부인은 남편을 흘겨보더니 렌에게 물었다. 부드러운 목소리였지만 논지는 엘과 같았다. 나이가 찼는데 결혼은 언제 할 거냐고. 무슨 생각이라도 있는 거냐고.

"……알아서 하겠습니다."

하지만 렌은 이렇게만 답할 뿐이었다. 중매라도 시키려 했으나 그
건 또 완강히 거절했다.

"도대체 무슨 생각을 하는 거냐?!"

그렇게 렌은 집에 들어올 때마다 구박을 받았다. 가문의 자랑스러
운 장남에서 한순간에 천덕꾸러기가 되어버린 것이다. 집 안에서 렌
의 편인 것은 그와 별다를 것 없는 처지인 크리스밖에 없었다.

그러던 어느 날이었다. 엘 후작이 자포자기 심정이 되어서 누구라
도 좋으니 아무라도 데려오기만 하면 좋겠다고 생각하고 있을 때, 렌
이 폭탄선언을 했다.

"마리와 결혼하겠습니다."

모두가 경악했다. 마리? 우리가 아는 그 하녀 마리? 갑자기 웬?
후작 부부도 놀라고, 크리스도 놀라고, 엘리제도 놀라고, 모두가 놀
랐다. 물론 가장 놀란 것은 마리 본인이었다.

"……저요?"

마리는 자신을 손가락으로 가리키며 눈을 깜빡거렸다. '사람을 착
각하셨겠죠?'란 얼굴이었다. 렌은 무뚝뚝한 얼굴로 고개를 끄덕였다.

"……왜요?"

모두가 알다시피 렌은 론도의 대표적인 천연기념물이다. 그의 무
뚝뚝함은 또 다른 천연기념물이었던 황태자를 아득히 능가했다. 그
는 놀란 마리에게 이렇게 말했다. 왜인지는 자신도 모르겠다고. 어
느 순간부터 좋아졌다고. 결혼해 달라고.

"……."

낭만과 분위기라고는 먼지만큼도 찾아볼 수 없는 고백을 들은 마리의 얼굴이 하얘졌다. 저 차가운 큰공자가 자신을 좋아한다고? 정말로? 믿을 수 없었다. 어쨌든 그녀의 대답은 거절이었다.

"죄송해요."

고민도 없는 깨끗한 거절이었다. 난생처음 한 고백에서 완벽히 차인 렌은 꿀 먹은 벙어리가 되었다. 마리는 의외로 단호했다.

"받아들일 수 없어요. 죄송해요. 전 공자님께 특별한 마음을 가진 적이 없어요."

애초에 그녀에게 렌은 존경하고 어려운 공자일지언정 이성으로 생각한 적은 단 한 번도 없었다. 물론 렌이 이렇게 다짜고짜 폭탄선언을 하지 않고 부드럽게 접근했다면 그녀도 마음을 열었을지도 모른다. 하지만 벽창호 렌이 그런 부드러움을 보이는 것은 불가능에 가까운 일이었다.

그렇게 깔끔하게 마리에게 차인 렌은 실의에 빠졌고, 꽤 오랜 시간 동안 낙심한 채 지냈다. 겉으론 티가 나지 않았지만 엘리제는 그가 많이 힘들어했다는 것을 알고 있었다. 이후 시간이 지난 후, 마음을 추린 그는 부모님이 주선해 주는 선 자리에 여러 번 나갔으나, 결과는 매번 좋지 않았다.

"죄송해요, 남작님. 남작님과 저는 잘 어울리지 않는 것 같아요."

"죄송해요. 좋은 여성 만나세요, 남작님."

객관적으로 볼 때 렌은 그 누구 못지않은 1등 신랑감이다. 뛰어난 능력, 가문, 잘생긴 외모까지. 하지만 그 모든 장점을 무시해 버릴 만큼의 무지막지한 무뚝뚝함이 문제였다. 소개를 받은 레이디들은 그의 상상을 초월하는 무뚝뚝함에 두 손 두 발 들고 도망가기 일쑤였다. 원체 잘났으니, 조금만 부드러운 모습을 보이면 넘어갈 여자가 한 아름은 넘겠지만 그의 무뚝뚝함은 철옹성이나 다름없었다.

엘리제는 한숨을 내쉬었다.

'큰오라버니도 알고 보면 좋은 남자인데.'

물론 그녀도 오라버니의 성격이 심하게 무뚝뚝한 것은 알고 있지만 매번 레이디들에게 차이는 모습을 보니 마음이 좋지 않았다.

"로잔 영애와 이곳에서 만나기로 한 거예요, 오라버니?"

렌은 고개를 끄덕였다.

"시간이 지났는데 안 오는군요. 뭐, 곧 오겠지요."

엘리제는 속으로 응원했다.

'이번엔 꼭 좋은 결과 있길. 파이팅, 오라버니.'

그런데 아무리 시간이 지나도 렌과 약속한 로잔 영애는 나타나지 않았다.

엘리제는 조심히 물었다.

"저…… 오라버니, 이곳에서 약속한 게 맞나요? 아니, 로잔 영애가 나온다고 했었나요?"

"……거절의 답장은 없었습니다."

"그러면 나온다는 답장은……?"

힐끗 눈치를 보니 없었던 것 같다. 왠지 또 차인 것 같았다!

그때, 옆에서 스테이크를 썹던 린덴이 속으로 한숨을 내쉬었다. 답답한 친우도 마음에 안 들었고, 하필 이곳에서 차여 자신과 엘리제와의 시간을 방해하는 것도 마음에 안 들었다. 하지만 그렇다고 또다시 레이디에게 차인 친우에게 뭐라고 할 수도 없어 린덴은 위로의 의미로 술잔을 들었다.

"술이나 한잔하겠는가?"

"……맥주 말입니까?"

"아니, 위스키로."

"……사양하겠습니다."

식사를 마치니 어느덧 거리에는 어둠이 깔려 있었다. 결국, 로잔 영애는 시간이 지나도 나타나지 않았다.

'오라버니, 파이팅. 꼭 좋은 여자 만날 거예요. 기도할게요.'

엘리제는 떠나는 오라버니의 등을 보며 속으로 중얼거렸다. 어서 큰오라버니도 좋은 짝을 만났으면 좋겠다.

렌과 헤어진 그들은 테즈강 인근으로 향했다. 오늘의 마지막 데이트 코스인 강변 산책이었다. 강을 보며 린덴은 한숨을 내쉬었다.

'이제야 단둘이 되었군. 이제 훼방 놓는 놈은 없겠지?'

간만에 데이트인데, 자나 깨나 기대했건만 가는 곳마다 아는 사람이 나타나 그는 침울했다.

'이제는 누가 나타나도 무시한다. 이제 더 이상의 방해는 절대 용납하지 않겠어.'

산책이 끝나면 궁으로 돌아가야 한다. 서로 너무 바빠서 언제 또 데이트할 기회가 생길지 모른다. 그러니 린덴은 남은 시간이라도 그녀와 단둘이 오붓하게 보내고 싶었다. 하지만 오늘따라 일이 안 풀리려는 것일까? 또 아는 사람을 만나 버렸다.

"선생님?"

"……!"

린덴은 팍 인상을 찌푸렸다. 까칠한 인상의 미남이 놀란 표정을 짓고 있었다.

"폐하와 마마를 뵙습니다."

엘리제의 스승이었던 그레이엄 드 팰론이었다! 옆에는 밝은 인상의 여인, 제이도 함께였다.

엘리제는 두 사람이 같이 있는 것을 보고 고개를 갸웃했다. 두 사람이 밖에서 웬일이지? 황실십자병원에서 두 사람은 도제 관계였지만 별로 친근한 사이는 아니었다.

"같이 산책하시는 거세요?"

"아, 네. 마마."

그레이엄은 겸연쩍은 표정으로 답했다.

"두 분께서도……?"

그러며 린덴을 바라본 그레이엄은 흠칫 놀랐다. 황제의 강렬한 눈빛을 본 것이다. 그의 금안은 이렇게 말하고 있었다.

'방해하지 말고 갈 길 가라!'

그레이엄은 눈치 빠르게 행동했다.

"저희는 따로 할 이야기가 있어서 먼저 실례하겠습니다. 좋은 시간 되십시오."

그는 레이디 제이의 손을 잡고 급히 사라졌다.

"아…….'

마치 도망이라도 치는 모습에 엘리제는 당황한 표정을 지었다. 그때 린덴이 그녀의 어깨를 감싸 안았다.

"엘리제."

"네, 린덴?"

"다른 놈 신경 쓰지 말고 나만 바라봐."

그 말에 엘리제는 배시시 웃으며 그의 품에 몸을 기대었다. 자꾸 데이트를 방해받아 그가 살짝 삐쳤음을 눈치챈 것이다. 브리티아 제국을 번영으로 이끌고 있는 명군인 황제가 고작 이런 일로 삐치다니. 남들이 들으면 절대 믿지 않겠지만 원래 그는 그녀와 관련된 일에는 지극히 유치해졌다.

"린덴, 사랑해요."

그녀의 이마에 입을 맞추며 린덴도 말했다.

"나도 사랑한다."

이마에 와 닿는 뜨거운 입술에 그녀의 얼굴이 붉어졌다. 엘리제는 그의 손을 잡고 하늘을 올려다보았다.

"달빛이 예뻐요."

"그렇군."

린덴은 고개를 끄덕였다.

"그럼 조금 걸을까?"

"네, 좋아요."

그렇게 둘은 나란히 서서 강변을 산책했다. 그 뒤 데이트는 즐거웠다. 간식도 사 먹고, 찻집에 들어가 커피도 마시고. 행복한 시간이었다. 거듭된 훼방으로 시무룩했던 린덴의 마음도 조금 달래졌다. 어쨌든 그렇게 시간을 보내다 보니 어느덧 궁으로 돌아갈 때가 되었다.

"아, 벌써 시간이……."

엘리제가 서운한 표정을 지었다.

"아쉽나?"

"네."

엘리제가 고개를 끄덕이며 투정 부리듯 말했다.

"좀 더 이렇게 같이 있고 싶어요."

린덴도 똑같은 마음이었다. 국정은 때려치우고 이렇게 그녀만 바라보며 오붓하게 시간을 보내고 싶었다.

"그래도 이제 들어가야지. 그대와 중요하게 할 일이 있으니까."

"중요한 일이요? 저랑요?"

"그래, 아주 중요한 일."

엘리제는 의아한 표정을 지었다. 그때 린덴이 그녀의 귀에 속삭이듯 말했다.

"아기 만들어야지."

엘리제의 얼굴이 화악 붉어졌다.

"리, 린덴!"

"응? 난 국가적으로 중요한 대사를 치르는 것인데?"

"지, 짐승."

"뭐가?"

"……아니에요."

린덴은 작은 목소리로 짓궂게 물었다.

"싫나?"

"모, 몰라요."

부끄러워하는 그녀를 감싸 안으며 쿡쿡 웃었다.

"어쨌든 이제 들어가지."

"네."

둘은 마차를 타고 황궁으로 향했다. 그런데 잠시 말없이 창밖을 보던 엘리제가 말했다.

"린덴."

"왜 그러지?"

엘리제는 바로 이야기하지 않고 잠시 주저했다.

"우리…… 아기 생기겠죠?"

린덴은 걱정하지 말라는 듯 고개를 끄덕였다.

"생길 거다."

"그렇죠?"

"그래."

그 흔들림 없는 대답에 엘리제는 미소를 지었다.

"네, 고마워요."

임신 대작전

그 뒤로 시간이 지났다. 린덴과 엘리제 사이는 여전했다. 서로를 깊이 사랑했고 둘은 행복했다. 단 한 가지 문제를 제외하면 말이다. 바로 후손 문제였다.

"아직도 소식이 없지요?"

"그러게 말입니다."

"허. 금실이 그렇게나 좋은데 이게 어떻게 된 일인지……."

"빨리 후사를 보셔야 할 텐데."

대신들은 목소리를 낮추어 대화를 나누었다. 린덴은 황제였다. 황위를 이을 후손이 없는 것은 제국 전체의 걱정이 아닐 수 없었다. 원래대로라면 진즉 다른 여인을 후궁으로 받아들였을 상황이다. 하지만 황후가 만인에게 성녀라 추앙받는 등불을 든 여인이었고, 황제가 그녀를 얼마나 아끼는지 알고 있었기에 아무도 후궁을 맞으라는 이야기를 꺼내지 못했다.

"참 걱정이오."

"곧 좋은 소식이 있겠지요. 조금만 더 기다려 봅시다."

시민들도 아기 소식을 기다리는 것은 마찬가지였다. 엘리제와 린덴은 시민들의 사랑을 한 몸에 받는 황제와 황후였으니까. 모두 둘의 아기가 태어나는 것을 기대하고 있었다.

"아기님 소식은 아직인가?"

"그러게 말이야."

"난 오늘부터 성당에 나가 기도하려고. 빨리 아기씨가 잉태되길."

"난 진즉부터 하고 있었어."

그리고 아기 소식을 가장 기다리는 것은 당연히 엘리제 본인이었다.

'도대체 뭐가 문제일까?'

엘리제는 깊게 한숨을 내쉬었다. 린덴은 걱정하지 말라고 그녀를 달랬지만 초조한 마음이 들 수밖에 없었다.

'몸에 문제는 없었는데.'

혹시나 하는 마음에 검사를 해보았다. 이 시대의 기술력상 검사의 한계는 있지만 둘 모두 특별한 이상은 없었다. 그나마 다행이었다. 하지만 왜 임신이 되지 않는 걸까?

'역시 나 때문일까?'

엘리제는 우울한 얼굴로 생각했다.

'생각해 보면 이전 삶 때도 임신을 못 했지.'

사이가 좋진 않았어도 의무적으로 합방을 계속했음에도 불구하고 임신하지 못했다.

"하아."

그녀가 한숨을 내쉴 때 노크 소리가 들리며 환자가 들어왔다. 들어온 환자는 링켄 남작 부인으로 마침 임산부였다.

"아, 남작 부인. 특별히 불편하신 곳은 없으시죠?"

"네, 마마. 항상 감사합니다."

엘리제는 작게 웃으며 이것저것 물었다.

"한창 피곤하실 텐데 괜찮으신가요? 입덧은 어떻죠?"

"네, 많이 괜찮아졌어요."

중간중간 엘리제의 시선이 남작 부인의 배로 향했다.

'저곳에 아기가……'

사랑하는 남자의 아기라니. 부러웠다.

'나도 린덴의 아기를 가졌으면.'

그런 엘리제의 눈빛을 눈치챈 남작 부인이 조심히 말했다.

"너무 걱정하지 마세요, 마마."

"네?"

"마마께서 더 잘 알고 계시겠지만 원래 임신에 오래 걸리는 경우도 많다고 들었어요. 대신 오래 기다린 만큼 튼튼하고 훌륭하신 아기님이 태어나실 거예요."

엘리제는 미소를 지었다.

"네, 고마워요."

❀❀❀

하지만 시간이 지나도 여전히 아기 소식은 없었다. 임신에 좋다는 방법은 모조리 해보았지만 아무런 효과가 없었다. 결국, 기다리다 못

한 대신들이 조심스럽게 후궁 이야기를 꺼냈다. 물론 린덴은 들은 척도 하지 않았다. 오히려 역정을 내었다.

"아기는 생길 거다. 그리고 그녀 외에는 그 누구도 받아들일 생각이 없으니 그 이야기는 다시는 꺼내지 말도록!"

그렇게 못 박아버렸다. 하지만 대신들도 쉽게 물러서지 않았다. 그들도 그들이 얼마나 사랑하는지 잘 알고 있었지만 대제국의 미래가 걸린 일이었다.

"폐하, 제발 다시 한 번 생각해 주십시오!"

"황실의 대를 잇는 일입니다!"

특히 사사건건 예법으로 시비를 걸던 궁내부장이 가장 열심이었다. 마치 후궁을 들게 하는 것이 자신의 마지막 사명이라는 듯 날마다 찾아와 린덴을 괴롭혔다. 결국, 참다못한 린덴은 대신들이 모인 대전 회의 자리에서 버럭 화를 내었다.

쾅!

"그만! 누누이 이야기했지만 절대 후궁을 맞지 않을 것이다! 그러니 그 이야기는 그만하도록."

"하지만 폐하! 제국의 미래가!"

린덴이 입꼬리를 비틀었다.

"제국의 미래? 그게 문제인가? 그러면 내가 이 황위를 내려놓으면 되는 건가? 그렇게 하면 아무 말 하지 않을 건가?"

"폐, 폐하!"

황제의 과격한 발언에 모두 깜짝 놀라 고개를 조아렸다.

"난 다른 무엇보다도 그녀가 소중하다. 그러니 다시는 그 이야기는 꺼내지 말도록! 황명이다!"

그렇게 소리친 그는 회의실을 박차고 뛰쳐나왔다.

'젠장.'

린덴은 속으로 욕설을 내뱉었다.

'황위야 꼭 내 후손이 이을 필요가 있나? 로마노프령에 간 미하일 그놈의 핏줄이 이어도 되고, 정 안 되면 양자를 받아도 되고.'

그는 넌덜머리가 난다는 듯 고개를 저었다.

'난 엘리제, 너만 있으면 되는데.'

린덴은 후손 문제 때문에 생긴 노이로제성 스트레스를 풀기 위해 황실십자병원으로 향했다. 그녀의 얼굴을 봐야 마음이 진정될 것 같았다.

"아, 폐하?"

마침 수술을 끝내고 방에서 휴식을 취하던 엘리제가 그를 맞았다.

"이 시간에 무슨 일이세요?"

"그냥. 그대 얼굴을 보고 싶어서."

"오늘 아침에 봤잖아요."

"그래도 보고 싶었어."

엘리제는 미소 지었다.

"고마워요. 사실 저도 그렇지 않아도 할 말이 있었어요."

"무슨 할 말?"

린덴이 의아한 표정을 지었으나 엘리제는 바로 용건을 꺼내지 않고 고개를 저었다.

"먼저 앉으세요. 차 한잔 드릴게요."

린덴은 인상을 찌푸렸다. 왠지 느낌이 좋지 않았다.

'뭐지?'

엘리제는 말없이 차를 끓이기 시작했다. 린덴이 가장 좋아하는 청의 차향이 그윽하게 방 안에 퍼졌다. 엘리제가 건네준 차를 한 모금 마신 린덴이 물었다.

"그래, 무슨 일이지?"

"폐하…… 아니, 린덴."

그의 곁에 앉은 엘리제가 가만히 그의 어깨에 몸을 기대었다.

"한 가지 물어봐도 돼요?"

"물어봐라."

"저 사랑해요?"

린덴은 눈썹을 찌푸렸다.

"그건 왜 물어보지? 그걸 모르는가?"

"그냥요. 그냥 듣고 싶어서요."

린덴은 엘리제를 꽉 껴안았다.

"사랑하지. 당연히. 이 세상 그 무엇보다도 더."

엘리제는 배시시 웃었다.

"고마워요. 저도 사랑해요."

린덴은 알 수 없다는 듯 고개를 저었다.

"도대체 무슨 이야기를 하려는 거지? 불안하게."

"이전에 저에게 황실 십자가를 주셨잖아요."

"그랬지."

결혼 전, 선황인 민체스터의 목숨을 구해 준 공로로 그는 그녀에게 백작위와 절대 면책권을 지닌 황실 십자가를 수여했었다.

"그 황실 십자가에는 면책권 외에 한 가지 부탁을 폐하께 드릴 수 있는 권한이 있는 거 알고 계시죠?"

"알고 있다."

린덴은 인상을 찌푸렸다. 모를 리가. 잘 알고 있었다. 가끔 드물게 의견 충돌이 있거나, 곤란한 부탁을 할 때마다 그녀가 저 황실 십자가를 내밀었던 것이다.

'내가 왜 황실 십자가를 수여해 가지고는.'

물론 그녀가 안 좋은 부탁을 한 적은 없었다. 오히려 너무 착한 일이어서 문제였지. 전염성이 있는 환자를 직접 치료한다거나, 환자들을 위해 업무 시간을 늘린다거나, 자연재해 지역에 직접 나가 구명 활동을 하려고 한다거나 등. 그런 문제로 부부 싸움을 할 때마다 그녀는 저 십자가를 들이밀었다.

'이번엔 뭐지?'

엘리제가 입을 열었다.

"사실 한 가지 부탁이 있어요."

"말해봐라. 내가 언제 그대의 부탁을 들어주지 않은 적이 있는가?"

"고마워요."

엘리제는 차를 한 모금 마신 후, 한참을 머뭇거렸다. 의아함이 커질 때, 그녀가 입을 열었다.

"후비를 맞아주세요."

"……뭐?"

린덴의 얼굴이 굳어졌다.

"내가 지금 잘못 들은 거겠지? 뭐라고?"

하지만 잘못 들은 것이 아니었다. 그녀가 입술을 지그시 깨물며 다시 말했다.

"……후사를 잇기 위해 후비를 맞아주세요."

그의 표정이 한없이 딱딱해졌다.

"후비…… 라고? 그 말 진심인가?"

린덴이 낮은 목소리로 물었다. 화가 난 목소리였지만 엘리제는 물러서지 않았다. 굳은 얼굴로 고개를 끄덕였다.

"네, 진심이에요."

"하!"

린덴은 손으로 이마를 짚었다.

"누구지? 누가 그대에게 그런 이야기를 하라고 한 거지?"

"아무도 아니에요. 제가 이전부터 생각해 왔던 거예요. 제국의 미래가 걸린 일인데, 이렇게 마냥 기다릴 수는 없으니까요."

린덴은 한숨을 토했다. 그녀의 입에서 후궁 이야기가 나오니 화가 나고 서운했다. 난 너밖에 없는데! 그래도 그는 화를 억눌렀다. 지금 상황에서 가장 속상할 사람이 그녀라는 것을 알기에. 자신에게 저 말을 꺼내는데 얼마나 가슴이 아팠겠는가? 그는 최대한 부드러운 말투로 타이르듯 말했다.

"아이는 금방 생길 거야. 아니, 안 생기면 어때? 내가 그대를 이만큼이나 사랑하는데. 난 그대만 있으면 돼."

자신을 생각하는 그의 말에 엘리제는 울컥했다. 그녀도 그가 후궁을 맞는 것이 싫었다. 그 누가 좋겠는가? 자신이 사랑하는 남자가 다른 여자를 맞는 것이.

하지만 더는 기다릴 수 없었다. 싫더라도 이제는 후궁을 맞아 후사를 잇도록 해야 했다. 엘리제는 눈시울이 붉어지려 해 손등으로 눈가를 닦은 후 강한 어조로 말했다.

"저도 린덴을 사랑해요. 누구보다도 제가 당신의 아기를 갖고 싶어요. 하지만 안 되는 걸 어떻게 해요. 제발 저를 위해서라도 후궁을 맞아주세요. 부탁이에요."

그 말을 마치고, 참으려 했지만 결국 한 방울 눈물이 떨어졌다.

린덴은 굳게 입을 다물고 그녀를 바라보았다.

'젠장. 마음에 안 들어.'

물론 그도 알고 있다. 자신이야 누가 황위를 잇든 크게 상관없었지만 다른 사람들 입장에서는 그렇지 않다는 것을. 특히나 가장 곤란한 것은 그녀이리라.

'그래도 후궁을 맞을 수는 없어.'

린덴은 고개를 저었다. 그녀 외에 다른 여자를 품으라고? 상상도 할 수 없었다. 자신의 영혼과 몸은 오로지 그녀에게만 허락된 것이었다.

'난 엘리제, 너 외에는 그 누구도 받아들일 생각이 없어.'

차라리 황위를 내려놓으면 내려놓았지 말이다.

그렇게 둘 사이에는 침묵이 감돌았다. 이윽고 린덴이 입을 열었다.

"아이만 가지면 되는 건가?"

"네?"

"그러면 해결책은 간단하군. 네가 내 아기를 가지면 될 것 아닌가?"

엘리제는 눈을 깜빡거렸다. 그걸 누가 모르는가? 그녀가 가장 바라는 일이다. 하지만 안 되는 걸 어떻게 하는가?

"안 되잖아요."

"아니, 돼."

황제는 강한 확신이 담긴 목소리로 말했다.

"무조건 돼."

"……?"

엘리제는 이해할 수 없다는 표정을 지었다.

"내가 그렇게 만들 거니까."

린덴은 입꼬리를 들어 올렸다.

"이제부터 오로지 아기를 만드는 일에 집중한다. 아기가 생길 때까지는 모든 일은 중단이다. 엘리제, 너는 내가 시키는 대로 따르도록. 도망갈 생각하지 말고."

그렇게 린덴의 명으로 대제국의 미래가 걸린 아기 만들기 프로젝트가 시작되었다.

"폐, 폐하?"

엘리제는 당황해 그를 불렀다.

"어떻게 하시려고?"

"어떻게 하긴."

한 손으로 엘리제의 손을 잡고 어딘가로 끌고 가는 린덴은 짙게 웃었다.

"납치하는 거지."

"네? 납치요? 무슨?"

"아무도 없는 우리 둘만 있는 곳으로 말이야."

부부끼리 무슨 납치인가? 농담하는 건가 싶어 그를 바라봤지만 그의 눈은 진지했다.

"내가 가만히 생각해 봤는데, 우리가 아이가 안 생기는 이유는 하나야."

"어떤?"

"그대가 너무 바빠."

그 말에 엘리제는 입을 다물었다. 린덴은 불만 섞인 목소리로 말했다.

"그렇지 않아도 몸이 약한데, 하는 일이 좀 많아? 내명부 일은 물론이고, 수술에 진료에 사실상 보건정책과 일을 전담하고 있고, 의대 학장 일에, 논문 집필에……."

아직 반도 안 이야기했건만 징글징글하게 많았다. 저 작은 몸으로 해내는 게 신기할 지경이었다.

"좋은 음식만 먹고, 푹 자고, 편안하게 있어도 임신이 될까 말까 하는데 그렇게 늘 과로해서 아기가 생기겠는가?"

엘리제는 할 말이 없었다. 의학적으로 몸이 바쁘다고 해서 임신이 안 되는 것은 아니었지만 아예 영향이 없다고 하기는 어려웠다.

린덴은 아무 말 못 하고 있는 엘리제를 보며 혀를 찼다.

"물론 안다. 여러 분야에서 그대의 능력이 필요하다는 것을. 하지만 가끔은 휴식이 필요한 법인데, 그대는 스스로를 너무 몰아쳐. 그래서는 생기려는 아기도 도망갈 거야."

"하지만……."

그래도 엘리제는 고개를 끄덕이지 못하고 머뭇거렸다. 일하는 기계도 아니고, 그녀라고 쉬고 싶지 않은 것은 아니었다. 하지만 그녀가 해야만 하는 일이었다. 그 일들을 외면하고 쉴 수가 없었다.

그때 그가 그녀를 부드럽게 껴안았다.

"엘리제."

"……네."

"너는 책임감이 너무 강해서 문제다. 이곳에 있어서는 절대 일에서 못 벗어날 테니 궁을 벗어나 우리 둘만 있는 곳으로 가자. 쉬면서 아기 만드는 일에 집중하자고. 참고로 이건 황명이다. 정식으로 칙서를 내릴까? 황후는 모든 일을 내려놓고, 황제와 아기를 만들러 떠날 것."

그 장난 섞인 말투에 엘리제는 웃었다. 확실히 자신에겐 휴식이 필요하긴 했다.

'쉬면…… 나도 그의 아기를 가질 수 있을까?'

엘리제는 속으로 중얼거렸다. 모른다. 꼭 과로가 불임의 원인이라 볼 수는 없으니까. 그래도 가능성이 있다면 어떤 방법이라도 해보고 싶었다. 그의 아이를 갖고 싶은 마음은 그녀가 가장 컸으니까.

"그러면 언제까지 쉬다 와요?"

"언제까지긴."

린덴은 자신에게 안겨 있는 그녀에게 속삭이듯 말했다.

"아이가 생길 때까지지."

엘리제가 고개를 숙이며 물었다.

"임신…… 안 되면요?"

"될 거야. 내가 반드시 되게 만들 거거든."

그는 그녀의 귓불을 살짝 깨물며 혀로 핥아 내렸다. 귓불에서 전해지는 찌릿한 느낌에 엘리제는 신음을 흘렸다.

"아……."

그는 짓궂은 목소리로 말했다.

"아기가 생길 때까지 끝없이 괴롭혀 줄 테니 각오하고 있어."

황제와 황후가 갑작스레 궁을 비운다니, 황궁이 발칵 뒤집어졌다.

특히 사사건건 트집 잡는 게 특기인 궁내부장은 팔짝팔짝 뛰었다.

"출궁이라니요! 말도 안 됩니다!"

"폐하와 마마는 제국의 중심입니다!"

하지만 린덴은 한마디의 말로 모두의 반대를 잠재웠다.

"후손을 만들어 돌아오겠다!"

그 말에 모두가 입을 다물었다. 그런 이유라면 반대할 수 없었다. 아니, 두 손 들고 환영해야 할 일이었다. 대신들은 우렁찬 인사와 함께 그들의 출궁을 배웅했다.

"꼭 좋은 소식 기원하겠습니다!"

"건강한 황자님의 탄생을 기원합니다!"

어디서 소식을 들었는지 론도를 떠나는 마차를 배웅 나온 시민들도 있었다. 린덴과 엘리제는 온 시민의 사랑을 받는 부부. 그들의 2세 소식은 모두가 기다리는 일인지라 열렬한 응원이 쏟아졌다.

"황제 폐하 파이팅!"

"로맨티스트의 힘을 보여주십시오!"

"돌아오실 땐 꼭 두 분이 아니라 세 분이 되어 돌아오십시오!"

"쌍둥이도 좋습니다!"

대제국의 황제 부부에게 외치기에는 다소 편안한(?) 말이었으나, 워낙 시민에게 친근한 이미지의 그들이었기에 모두 대수롭지 않게 넘어갔다. 떠나 있는 동안 엘리제의 일은 그레이엄을 비롯한 여러 적임자가 빈틈없이 맡기로 했다. 그녀가 직접 하는 것보다야 못하겠지만 다들 열정이 넘치는 인재들이었다. 그들은 의욕을 불태웠다.

'염려하지 마십시오. 아무런 문제 없이 처리해 놓고 있겠습니다!'

'수술도 다 맡겨 주십시오!'

린덴의 경우는 재상인 엘 후작에게 많은 부분을 위임했고, 중요한 일은 자신에게 전령이나 대신을 보내도록 하였다.

그렇게 둘은 아기를 만들기 위한 휴가를 떠났다. 기한은 아기가 생길 때까지였다.

❈

엘리제와 린덴이 향한 곳은 브리티아 섬 동부 해안가에 위치한 황실 별장이었다. 고풍스럽게 꾸민 별장에 들어가니 백사장과 바다가 한눈에 내려다보였다.

"와……."

시원하게 펼쳐진 바다에 엘리제가 감탄을 뱉었다.

"마음에 드는가?"

"네, 너무 예뻐요."

"나도 마음에 드는군."

그는 창가에 서 있는 그녀에게 다가가더니 등 뒤에서 그녀의 허리를 감싸 안았다. 단단히 느껴지는 그의 가슴에 엘리제는 얼굴을 붉혔다.

"린덴?"

"이제 우리 둘밖에 없군."

"네."

"마음에 들어."

그 말과 함께 그는 그녀의 턱을 살짝 들더니 그대로 입술을 겹쳤다. 그의 혀가 그녀의 입안 깊숙한 곳을 농락했다. 마치 그녀의 모든 것이 자신의 소유라는 듯한 강렬한 키스였다.

"아…… 린덴."

다리에서 힘이 풀려 엘리제는 그의 팔을 붙잡았다.

"그만……."

하지만 린덴은 멈추지 않았다.

"아직 멀었어."

그의 입술이 볼을 스치며 귀로 향했다. 그녀의 귓불을 손가락으로 쓸어내리며 속삭였다.

"사랑한다, 엘리제."

이어지는 농밀한 사랑의 접촉. 혀와 혀가 섞여 들어갔고, 그의 입술이 그녀의 하얀 피부를 탐닉했다. 정신이 아득해지는 느낌. 그의 혀가 피부에 닿을 때마다 그녀의 몸이 떨렸다. 더 참을 수가 없어 엘리제는 그에게 애원했다.

"아……. 제…… 제발……."

린덴이 짓궂게 물었다.

"뭘?"

"그, 그만……."

엘리제가 울 것 같은 표정으로 말했다. 물론 그런다고 멈출 그가 아니었다. 그녀는 알까? 그녀의 그런 표정이 자신을 얼마나 더 달아오르게 하는지. 그는 더 참지 못하고 강한 팔로 그녀의 몸을 안아 들었다.

"……리, 린덴? 뭐 하려고요?"

"뭐 하긴?"

그는 그녀를 안아 든 채 방 한쪽에 놓인 침대로 성큼성큼 걸어갔다. 엘리제는 놀라 외쳤다.

"지, 지금 대낮이에요!"

"알아."

침대에 내려앉은 그는 그녀를 부드럽게 쓰러뜨리며 속삭였다.

"아기 만들어야지."

짓궂으면서 농밀한 말에 엘리제의 얼굴이 사과처럼 익었다.

"하, 하지만 아직 시간이. 이제 시간도 많은데, 조금 있다가 밤에……."

그러나 그녀는 말을 끝맺지 못했다. 그의 손가락이 봉긋 솟은 그녀의 가슴을 쓸어내린 것이다. 아찔한 느낌에 그녀는 흡 하고 숨을 들이켰다. 그는 그녀의 부드러운 피부를 어루만지며 말했다.

"그때도 만들고, 지금도 만들고."

그의 입술이 그녀의 입술을 다시 한 번 범했다.

"대제국의 미래가 걸린 일이니 같이 열심히 노력해야지? 안 그런가, 황후?"

그 욕망 가득한 목소리를 들으며 엘리제는 직감했다. 아기를 만든다는 핑계로 그가 얼마나 자신을 괴롭힐 것인지.

※

한차례 격렬한 폭풍이 몰아닥치고, 엘리제는 녹초가 된 얼굴로 침대에 늘어졌다. 완전히 지친 얼굴이었다. 반면 린덴은 전혀 지쳐 보이지 않았다. 오히려 조각 같은 얼굴에는 아까 전보다 더 생기가 넘쳐 얄미운 마음이 들어 그녀는 입술을 삐죽거렸다. 자신은 이렇게나 힘든데.

"미워요."

"뭐가?"

"그냥요."

린덴은 쿡쿡 웃었다. 고개를 숙여 땀이 맺힌 그녀의 이마에 입술을 맞추며 말했다.

"미우면 더 사랑을 주어야겠는데?"

"……!"

그가 말하는 사랑이 무엇인지는 안 들어도 뻔했다. 엘리제는 놀라 그를 바라보았다. 왠지 눈빛이 심상치 않았다. 방금 그렇게 탐닉했음에도 그녀를 향한 욕망이 타오르고 있었다. 뭔가 분위기가 심상치 않아 엘리제는 허겁지겁 고개를 저었다. 더는 안 됐다. 죽을 것 같았다.

"괘, 괜찮아요!"

"왜? 밉다며? 미우니 사랑을 받아야지."

"아, 아니. 안 미워요."

잡아먹히지 않기 위해 그녀는 뒤로 엉금엉금 도망쳤다. 하지만 그래 봤자 침대 위에서 어디로 가겠는가? 얼마 가지도 않아 등에 벽이 닿았다.

"역시 사랑이 모자랐던 것 같아."

"아, 안 모자랐어요!"

"모자랐던 것 같은데?"

린덴은 엘리제를 와락 껴안았다.

"꺄악!"

바동거리는 그녀를 강한 팔로 붙들며 린덴은 소리 내어 웃었다. 그리고 그녀의 귓가에 속삭였다.

"사랑한다."

"……!"

"그 어떤 것보다도. 나의 엘리제."

부드럽고 달콤한 목소리. 왜일까? 늘 듣는 사랑 고백이지만 들을 때마다 가슴 떨리고 행복한 것은.

엘리제는 눈을 감았다.

"네, 저도요."

둘의 입술이 다시 한 번 겹쳐졌다. 따스한 햇살이 축복하듯 그들의 몸에 내려앉았다.

❦

둘은 새로운 생활을 시작했다. 모든 것에서 벗어나 오로지 서로만 바라보는 생활이었다.

"여기 정말 전망이 좋네요."

"마음에 드나?"

"네, 꼭 와 보고 싶었던 곳이에요."

휴식 장소로 이곳을 선택한 것은 그녀가 이곳에 와보고 싶다고 했기 때문이다. 어스름한 황혼이 깔릴 때쯤, 둘은 서로의 손을 잡고 해변가를 산책했다. 찰싹찰싹 파도 소리가 기분 좋게 울렸다.

"잠깐 앉았다 갈까?"

"네."

벤치에 앉은 그들은 잠시 아름다운 풍광을 즐겼다. 황혼이 내려앉은 바다는 붉게 빛났다. 그리고 그 옆으로 펼쳐진 마을들. 마치 그림에서나 볼 법한 광경이었다.

"거기랑 비슷해요."

"어디?"

"그때 저 납치했던 곳 있잖아요."

린덴은 고개를 갸웃했다. 그가 그녀를 납치(?)한 것이 한 번이 아니었던 것이다. 하지만 곧 그녀가 어디를 말하는 것인지 깨달았다. 결혼 전, 프러포즈했던 항구 마을을 말하는 것이리라.

"그렇군. 조금 다르긴 한 것 같은데."

"그곳이랑 이곳, 둘 다 예쁘고 좋아요."

그러며 둘은 이런저런 이야기를 나누었다. 특별한 주제가 있는 것은 아니지만 마음이 편안해졌다.

"뭔가 신기해요."

엘리제는 그의 어깨에 가만히 머리를 기대며 말했다.

"뭐가 신기하지?"

"이렇게 아무것도 안 하고 있는 게요."

그녀의 삶은 오로지 일의 연속이었다. 황후가 되기 전에도 그랬고, 황후가 된 후에도 그랬다. 그건 지구에서 살 때도 마찬가지였다. 일 중독으로 살다가 이렇게 휴식을 취하니 뭔가 어색했다. 린덴은 한 손으로 그녀의 백금발을 쓸어내리며 답했다.

"아무것도 안 해도 되는 거 아닌데?"

"아기 만드는 거요?"

"그것도 중요하지만 한 가지 더 있어."

"뭐요?"

"나한테 집중해야지."

"아……."

린덴은 그녀의 눈가에 살짝 입술을 맞추며 말했다.

"나만 바라봐."

엘리제는 물었다.

"린덴은요?"

그 물음에 린덴은 피식 웃었다.

"난 원래부터 그대만 바라보고 있다. 언제나. 항상."

네가 곧 내 삶이니까.

둘이 이곳에 온 것은 후사를 보기 위함이었지만 당연히 그것만 하는 것은 아니었다. 이런저런 알콩달콩한 일도 많이 하였다.

"음, 린덴? 이게 무슨 냄새예요? 웬 타는 냄새가?"

엘리제가 졸린 눈을 비비며 2층 침실에서 내려왔다. 어제도 밤새 시달린 끝에 세상모르고 늦잠을 자고 있었는데, 이상한 냄새가 나서 깨버렸다. 주방으로 가보니 놀라운 모습이 보였다. 조각 같은 미남자가 앞치마를 두르고 프라이팬에 무언가를 '태우고' 있었던 것이다.

"……린덴?"

엘리제는 자신이 헛것을 보나 눈을 깜박였다. 린덴이 그녀를 보고 말했다.

"일어났나? 피곤할 텐데 조금 더 자도록 하지 그러나?"

"아, 그건 괜찮은데 지금 무얼 하시는……?"

린덴이 프라이팬을 노려보며 말했다. 얼마나 열심인지 이마에 살짝 땀도 맺혀 있었다.

"그대에게 줄 요리를 하고 있다. 거의 다 됐으니 조금만 더 누워 있도록."

"아, 아니…… 황궁에서 함께 온 주방장이 있는데 어째서 린덴이 직접?"

당연히 이 별장에는 둘만 온 것이 아니었다. 수발을 들어줄 인원도 함께 왔다. 그런데 왜 직접? 린덴은 마치 전문 요리사가 하듯 프라이팬을 위로 흔들며, 다른 손으로는 냄비를 휘저었다. 프라이팬 위에 놓여 있던 정체불명의 검은 물체가 파삭하고 부서졌다.

"그야 내가 해주고 싶어서 그렇지."

엘리제는 손으로 입을 가렸다. 황제인 그가 자신을 위해 이렇게 요리를 하다니. 감동이었다. 하지만 그러면서 동시에,

'……요리하시는 게 맞는 거야? 왜 저런 형태가? 저건 뭐지?'

옆에 계란이 여러 개 깨져 있는 걸로 보아 오믈렛을 하려는 것 같다. 그런데 왜 계란 요리가 짙은 갈색이지?

'그리고 왜 냄비를 휘저으실 때마다 타는 냄새가 올라오는 거야?'

린덴이 이마의 땀을 훔치며 말했다.

"조금만 기다려라. 곧 될 테니. 그런데 조금 간이 안 맞는군."

아니, 간이 안 맞는 게 문제가 아닌 것 같은데……. 저 정체불명의 형상을 볼 때 과연 먹을 수 있을지, 요리는 맞는지 의문이었다.

린덴도 뭔가 생각대로 요리가 안 풀리는지 연신 고개를 갸웃했다.

"뭐가 문제인 거지? 분명 주방장이 하라는 대로 했는데. 젠장, 어렵군."

그러며 그는 머쓱한 표정을 지었다.

"조금만 더 기다려야 할 것 같다. 배고플 텐데 미안하다."

엘리제는 웃었다. 앞치마를 두르고 요리하는 황제님이라니. 그녀

는 프라이팬과 사투를 벌이는 린덴의 뒤로 다가갔다. 그리고 등 뒤에서 그를 껴안으며 몸을 기댔다.

"너무 고마워요. 감동이에요."

사랑해요, 린덴. 그는 등 뒤에서 느껴지는 그녀의 감촉에 잠시 움직임을 멈췄다. 그리고 몸을 돌려 그녀의 입술에 입을 맞추었다.

"아……."

이어지는 깊은 키스. 사랑과 함께 전해지는 강렬한 느낌에 그녀는 신음을 흘렸다. 아무리 해도 익숙해지지 않았다.

"린덴…… 그만……."

"어떻게 하지?"

"네?"

"멈추고 싶지 않은데?"

엘리제의 얼굴이 빨개졌다.

"아, 안 돼요. 아직 아침이잖아요."

"아침이 뭐?"

"요, 요리해 주신다면서요."

그 말에 린덴은 아쉬운 얼굴로 떨어졌다. 그래, 그에겐 지금 중요한 미션이 남아 있었다. 그녀에게 맛있는 아침을 해주어야 한다!

"그래, 조금만 기다려라. 꼭 그대의 눈이 휘둥그레질 정도의 요리를 만들어낼 테니."

그러며 그는 이리저리 프라이팬을 휘저었다. 하지만 이미 망한 요리가 노력한다고 살아날 리가 있겠는가? 손을 대면 댈수록 이상해질 뿐이었다.

'왜 이렇게 어려운 거야. 그냥 장작 구이나 할 걸 그랬나.'

야전에서 여러 번 해본 장작 구이라면 나름대로 자신이 있었다. 그냥 굽기만 하면 되니까! 그때 뒤에서 진땀을 흘리는 남편을 보며 웃은 엘리제가 옆으로 다가왔다.

"제가 해볼게요."

"그대가?"

엘리제는 당당하게 고개를 끄덕였다.

"네, 저 요리 되게 잘해요."

'예전에 자취하며 많이 해봤으니까.'

사실 그렇게까지 잘하는 솜씨는 아니었지만 그래도 황제님보다는 나을 거다.

"그래도 내가 해주고 싶은데……."

"오늘은 제가 해드릴게요. 저도 해드리고 싶어요."

그녀는 앞치마를 두르고 머리를 묶은 다음 린덴의 앞에 서서 요리를 시작했다.

"잠시만 기다려 주세요. 금방 해드릴게요."

린덴은 대답 없이 가만히 그녀를 바라보았다. 그녀가 자신의 바로 앞에 선 탓에 향긋한 체향이 느껴졌다.

'왜 이렇게 사랑스러운 거지.'

엘리제는 오랜만에 하는 요리가 좋은지 즐거운 표정이었다. 탁탁 식칼을 움직이며 콧노래를 흥얼거렸다. 사랑하기 때문일까? 린덴은 앞치마 차림으로 요리하는 그녀의 모습에 시선을 뗄 수가 없었다. 자꾸 하얗게 드러난 목덜미로 시선이 갔다.

"가서 편히 앉아 있으세요. 오래 안 걸릴 거예요."

엘리제가 웃으며 말할 때였다. 그가 그녀를 뒤에서 껴안았다.

"린덴?"

갑작스레 안긴 그녀가 놀라 그를 돌아보았다. 그리고 그 순간, 기습적인 키스.

"리, 린덴?"

엘리제는 놀라 눈을 동그랗게 떴다. 하지만 린덴은 그녀를 놔주지 않았다. 집요하게 입맞춤을 이어가며, 한 손으로 그녀의 몸을 부드럽게 쓰다듬었다.

"아……!"

아찔한 느낌에 엘리제는 신음을 흘렸다.

"리, 린덴. 요, 요리해야 해요."

"하지 마."

"하, 하지만……."

"요리는 나중에 내가 다시 해줄게."

"리, 린덴."

린덴은 그녀의 하얀 목덜미를 살짝 깨물며 혀로 훑었다. 엘리제는 숨을 흡 하고 들이켰다.

"그대가 자꾸 날 미치게 하니까 그렇지."

"제가 언제……."

하지만 그녀는 말을 잇지 못했다. 그가 다시 입술을 맞추어 온 것이다.

"아……. 린덴……."

"사랑한다, 엘리제."

"네…… 저도요."

그렇게 불타오르는 사랑과 함께 둘의 요리 만들기 프로젝트는 실패로 돌아갔다.

"신기해요."

그의 품에 안긴 채 엘리제가 중얼거렸다. 그의 가슴에서 느껴지는 단단함이 기분 좋았다.

"뭐가?"

"이렇게 서로만 보고 있는 것이요."

"싫나? 빨리 병원으로 돌아가고 싶나?"

엘리제는 고개를 저었다.

"아니, 좋아요. 너무나……."

의사로서의 삶은 소중하다. 황후로서의 업무도 중요하다. 하지만 이렇게 서로를 향하고 있는 시간이 왜 이렇게 행복한지. 그녀는 자신이 그를 정말 사랑하고 있다는 것을 다시 깨달았다.

"그거 알아요? 제가 린덴을 많이 사랑하는 거?"

린덴은 따뜻한 눈으로 그녀의 눈을 바라보았다.

"나도. 나도 그렇다."

그러다 문득 든 생각에 린덴은 웃었다.

"왜 그러세요?"

"아, 옛날 생각이 나서. 처음에 그대가 날 참 싫어했었지."

엘리제가 민망한 표정을 지었다. 분명 그랬었다. 그와 결혼하지 않으려고 선황과 내기까지 하고. 크리스 오라버니를 전쟁에서 빼기 위해 그와 약혼하기로 했을 때는 펑펑 울기도 했었다.

"그때는 린덴도 저를 싫어했잖아요."

"싫어하지 않았어."

린덴은 고개를 저었다.

"그저 한 가지 일로 머리가 꽉 차 다른 것을 바라볼 여유가 없었던 것이지."

엘리제는 입을 다물었다. 그녀는 잠시 주저하다 물었다.

"혹시…… 그들을 용서하신 것 후회하지는 않으세요?"

"후회하지 않아."

린덴은 답했다. 그의 목소리는 담담했다.

"복수를 바란 것은 나였지. 어머니와 누이가 바란 것은 아니었을 테니까. 그들이 진정 바란 것은 내 행복이었을 거라 생각한다."

엘리제는 고개를 끄덕였다. 그 뒤 잠시 둘은 대화 없이 가만히 있었다. 린덴이 그녀의 머리를 어루만지며 입을 열었다.

"그러고 보니 미하일, 그놈은 잘 지내는 것 같더군."

"아! 편지 왔었어요?"

"얼마 전에."

그 말에 엘리제가 그의 품에서 벌떡 몸을 일으켰다. 반가움이 가득한 얼굴이었다.

"말씀해 주시지. 그렇지 않아도 잘 지내는지 궁금했단 말이에요."

"그 못난 놈 잘 지내는지 뭐가 궁금해서."

"친구잖아요. 당연히 궁금하죠. 편지 보여주세요. 네? 네?"

"없어. 버렸어."

"안 버렸잖아요. 보여주세요. 네?"

그녀의 반가워하는 모습에 린덴은 괜히 심통이 나 입술을 삐죽거렸다. 그래도 그녀의 애교 공세에 버티지 못하고 편지를 보여주었다.

'밀.'

엘리제는 그의 애칭을 속으로 중얼거렸다.

잘 지내지, 형님? 리제도 잘 지내고?

린덴이 그 문구를 보며 투덜거렸다.
"형수님이라 하라니까. 어디서 리제야."

난 잘 지내고 있어. 형님 명대로 로마노프령에 도착했어.

그 뒤에는 그의 근황이 쭉 적혀 있었다.
"밀은 그러면 청에서 돌아와 로마노프령에 있는 건가요?"
"로마노프 대공의 몸 상태가 좋지 않아서 일을 도와주고 있다."
정권 다툼 후, 브리티아 섬에서 추방당한 미하일은 마리엔 황비와 함께 서대륙을 떠돌았다. 그렇게 1년쯤 지내다 마리엔 황비는 급환이 닥쳐 갑작스레 병사했고, 슬픔과 함께 어머니의 장례를 치른 그는 모든 것을 떨쳐 버리기 위해서 머나먼 동방으로 여행을 떠났다.
얼마나 요란하게 여행을 다녔는지, 브리티아 섬까지 그의 무용이 전해질 정도였다. 그 이야기들을 엮어 '검제의 모험 2탄!'이란 책이 나왔는데, 웬만한 소설 뺨치는 스펙타클한 모험담이었다. 그렇게 바람 같은 여행을 다니다 최근에는 로마노프령으로 돌아왔다. 로마노프 대공의 몸 상태가 악화하여 린덴이 부탁했기 때문이다.
"밀에게 로마노프령을 맡길 생각이신가요?"
"글쎄, 이전 정권 다툼 문제가 걸려 대신들과 상의해 봐야겠지."
서대륙 북단의 황제 직할령인 로마노프령을 다스리는 대공은 대대로 황제의 형제가 맡는 것이 로마노프 황가의 전통이었다.

"나야 그놈이 딴마음 품을 리 없다는 것을 알지만 다른 사람들은 그렇게 생각하지 않을 수 있으니까. 사실 다른 황가의 인물을 임명하는 것이 정답이지만 적임자가 없어서 문제군."

"그렇군요. 근데 밀이 대공이 되려고 할까요?"

"글쎄, 모르겠군. 어쨌든 차차 생각해 봐야지."

엘리제는 잠시 고민하다가 입을 열었다.

"린덴, 저 하나만 부탁해도 돼요?"

"당연히 되지. 말해봐라."

"나중에…… 로마노프령 방문하실 때 저도 데려가 주면 안 돼요?"

"미하일, 그놈 때문에?"

린덴은 인상을 찌푸렸다. 엘리제는 조심히 고개를 끄덕였다.

"못 본 지 오래되어서요. 한번 보고 싶은데……."

린덴은 단박에 답했다.

"안 돼."

"예? 어째서요?"

"몰라. 안 돼."

"지금 심술부리는 거죠?"

"아니야. 어쨌든 안 돼."

엘리제는 입술을 부풀렸다.

"그러면 황실십자가의 권한으로 부탁드릴 테니……."

린덴은 얼굴을 구겼다.

그놈의 황실십자가! 내가 저걸 왜 줘서.

"알겠다. 대신 조건이 있다."

"네, 뭐요?"

린덴은 자신의 뺨을 그녀에게 내밀었다.

"뽀뽀."

시간이 흘렀다. 린덴과 엘리제는 마을 구경도 하고, 축제도 참가하고, 예쁜 풍광도 감상했다. 린덴은 계속 요리를 시도했는데, 실력이 좀처럼 늘지 않았다. 엘리제가 말려도 언젠가 그녀가 좋아하는 딸기 케이크에 성공하겠다는 일념을 불태웠다.

행복한 시간이었다. 그저 이렇게만 지낼 수 있으면 좋겠다는 생각이 들 정도로. 하지만 행복과 별개로 고대하고 고대하는 아기는 좀처럼 생기지 않았다. 엘리제는 점차 초조해했다.

"걱정하지 마라. 아기가 하루아침에 생길 리가 있는가. 오래 걸릴 거 생각하고 온 거다."

엘리제는 고맙다는 듯 고개를 끄덕였다. 하지만 표정이 좋아지진 않았다.

'역시 안 되는 걸까.'

이런 생각이 끊이질 않았다. 엎친 데 덮친 격으로 엘리제의 몸이 안 좋아졌다. 큰 병이 도진 것은 아니지만 시름시름 앓기 시작한 것이다.

"하아, 왜 또 아프느냐."

"……죄송해요."

속상한 표정을 짓는 린덴에게 엘리제는 미안한 표정을 지었다. 린덴은 한숨을 내쉬었다. 그녀가 아플 때마다 매번 가슴이 찢어졌다.

'차라리 내가 대신 아플 수 있으면 좋을 텐데.'

엘리제가 걱정하지 말라는 듯 고개를 저었다.

"그냥 컨디션이 안 좋은 거니 금방 좋아질 거예요. 너무 걱정하지 마세요."

"황궁에 연락해 의사를 보내라고 했다."

"아니, 그럴 필요 없어요. 정말 금방 좋아질 거예요."

둘은 잠시 말없이 있었다. 린덴은 그녀에 대한 걱정으로, 엘리제는 복잡한 마음 때문에.

엘리제가 천천히 입을 열었다.

"린덴."

"응?"

"저…… 몸 좋아지면 황궁으로 돌아갈까요?"

린덴은 인상을 찌푸렸다.

"왜?"

엘리제는 씁쓸히 웃었다.

"그냥…… 안 되는 것 같아서요."

린덴은 고개를 저었다.

"그게 무슨 말이야. 아기는 곧 생길 거야."

"많이 노력했잖아요. 전 안 되는 것 같아요. 그러니 폐하도 이제 후비를 맞으세요."

그 말에 린덴은 역정을 내었다.

"후비? 말도 안 되는 소리 하지 마. 나한테는 그대밖에 없다!"

"폐하."

"신에게 맹세하건대 만약 정말로 아기가 안 생긴다 하더라도 후비를 맞을 생각은 없어. 차라리 황위를 내려놓으면 내려놓았지."

린덴은 자리에서 일어났다.

"그러니 다시는 그런 이야기하지 말도록."

"……린덴."

엘리제는 눈을 감았다. 그의 마음이 고마웠지만 가슴이 답답했다.

'몸이라도 빨리 나았으면.'

하지만 그녀의 바람과 다르게 몸 상태는 쉽게 좋아지지 않았다. 마치 병든 병아리처럼 시름시름 앓더니 속이 안 좋아지며 헛구역질까지 시작하였다.

"엘리제!"

그녀의 헛구역질을 들은 린덴은 깜짝 놀랐다. 엘리제는 손을 내저었다.

"아, 그냥 속이 안 좋아서. 웁!"

린덴은 급히 말했다.

"지금 당장 황궁에 연락해 어의를 부르겠다."

엘리제는 고개를 저었다.

"아, 괜찮아요. 특별한 건 아닌 것 같아요."

열이 나는 것도 아니고, 복통이나 다른 증상이 있는 것도 아니어서 배에 특별한 문제가 생긴 건 아닌 것 같았다.

'조금 쉬면 괜찮아지겠지.'

그러나 상태는 좋아지지 않았다. 오히려 점점 심해지더니 엘리제는 식사도 제대로 못하게 되었다.

"곧 황궁에서 의사들이 도착할 거다. 조금만 버텨다오, 엘리제."

린덴은 초조한 얼굴로 말했다. 엘리제는 걱정하지 말라는 듯 고개를 저었다.

"괜찮아요. 좋아질 거예요."

하지만 그렇게 말하는 그녀의 안색은 핼쑥했다. 린덴은 그런 그녀의 얼굴을 보니 가슴이 찢어지는 것 같았다.

'도대체. 하아.'

린덴은 하늘을 올려다보며 한숨을 내쉬었다. 자신은 이렇게나 그녀를 사랑하는데, 자꾸 속상한 일만 일어나는지 모르겠다. 아기는 안 생기고 몸만 아프다니.

'정말 아기는 안 생겨도 좋으니 빨리 나아다오. 차라리 내가 대신 아플 수 있으면 좋으련만.'

엘리제는 괜찮다고 말하려 했으나 다시 헛구역질이 올라왔다.

"웁!"

그런데 다시 헛구역질하는 순간 그녀의 머릿속에 한 가지 진단명이 스쳐 지나갔다.

'설마? 그러고 보니 마지막 생리가?'

엘리제는 떨리는 눈으로 생각했다. 생리가 없고 헛구역질이 나는 상태.

'내가 왜 이걸 생각 못 했지?'

그녀의 가슴이 기대감으로 떨렸다.

'아니야. 아직 확실하진 않아.'

그녀는 괜한 기대심을 품지 않으려고 고개를 저었다. 기대했다가 아니라고 밝혀지면 너무 실망할 것 같았다.

'하지만 정황상 분명 가능성은 있어. 제발……'

그 순간이었다. 저택 입구에서 로열가드의 목소리가 들렸다.

"폐하! 황궁에서 어의가 도착했습니다!"

"들어오도록 해라!"

노심초사 의사만 기다리던 린덴이 반색해 외쳤다. 곧 황궁 어의인 피터와 제국의 두 번째 명의 그레이엄이 헐레벌떡 들어왔다. 간호사를 비롯한 의료진도 우르르 들어왔다. 그들이 존경하는 황후, 엘리제에게 급환이 생겼다는 이야기에 모두 몰려온 것이다.

"폐하! 마마께서는?"

"이곳이다. 빨리 진료하도록."

피터 교수와 그레이엄은 다급한 린덴의 표정과 창백한 엘리제의 안색을 보고 표정이 굳어졌다.

"잠시 실례하겠습니다, 마마."

엘리제는 자신이 짐작한 바를 먼저 이야기할까 했으나 입을 다물었다. 아직 정확한 것은 아니니, 다른 의사의 의견도 듣고 싶었다. 피터와 그레이엄은 신중한 태도로 엘리제를 진찰했다. 그들의 진찰이 길어지자 린덴이 초조한 표정을 지었다.

"괜찮은 건가? 괜찮은 거겠지?"

"정확히 알기 위해서 검사를 해봐야겠습니다."

"검사? 혹시 안 좋은 상태인 건가?"

린덴이 놀라 다급히 물었다.

"아닙니다. 오히려 축하를 드려야겠지요."

"축하?"

린덴이 인상을 찌푸렸다. 황후가 저렇게 아픈데 축하라니?!

그때 피터가 빙그레 웃었다.

"너무 초기여서 아직 정확한 것은 아니지만 좋은 소식을 기대해 봐도 좋을 듯합니다."

"초기? 좋은 소식이라니?"

이해할 수 없다는 표정을 짓던 린덴의 눈이 갑작스레 커졌다. 피터가 무슨 말을 하는지 깨달은 것이다.

"설마?"

"네, 태기가 있으십니다."

"……!"

린덴은 엘리제를 바라보았다. 엘리제도 커다란 눈에 눈물을 그렁그렁한 채로 그를 바라보고 있었다.

"엘리제."

"폐하……."

그가 그녀를 와락 껴안았다. 기쁨의 포옹이었다.

"잘됐다. 정말 잘됐어!"

엘리제는 그에게 안긴 채 고개를 저었다.

"아직 정확한 것은 검사해 봐야 알 수 있어요."

"당연히 맞을 거다! 맞고말고."

린덴은 기쁨에 차 외쳤다. 엘리제는 눈을 감았다.

❈✿❈

검사 결과, 임신으로 확인되었다. 황후의 임신 소식에 론도는 순식간에 축제 분위기에 휩싸였다. 엘리제의 임신 소식은 모두가 기다리던 것. 시민들 모두 거리로 나와 기쁨의 환호성을 질렀다.

"황제 폐하 만세! 황후 마마 만세!"

"황자님 만세!"

"아니야, 공주님일 거야!"

"무슨 소리야, 당연히 황자님이겠지."

"난 공주님이었으면 좋겠는데. 황후 마마 닮은 공주님이면 얼마나 귀엽고 아리땁겠는가?"

누군가의 말에 옆에 서 있던 시민들이 침묵했다. 황후 마마를 닮은 아기라. 인형보다 더 귀여우리라.

"아, 몰라. 이번엔 공주님! 다음엔 황자님이면 되지!"

"그래, 한 5명쯤 낳아주세요!"

"아니, 10명!"

"그래, 10명 좋다!"

시민들은 린덴이 들으면 식겁할 요구를 거침없이 하며 환호성을 질렀다. 그리고 임신 소식에 가장 기뻐한 것은 당연히 엘리제와 린덴이었다. 임신이라는 검사 결과를 듣는 순간, 엘리제는 참았던 눈물을 흘렸다. 얼마나 바라고 바라던 아기인가? 그런 그녀를 린덴이 안아주었다.

"울긴 왜 울어."

"흐윽. 그냥 좋아서요."

린덴은 쉽게 진정하지 못하는 그녀를 부드럽게 쓰다듬었다. 엘리제는 눈물을 닦으며 말했다.

"고마워요, 린덴."

"뭘 고맙나. 고생은 그대가 했지."

"아니에요. 정말로 너무 고마워요."

이렇게 힘든 길을 버틸 수 있었던 것은 모두 그가 자신을 지탱해준 덕분이었다.

"사랑해요."

린덴은 잔잔히 웃으며 고개를 끄덕였다.

"나도 사랑한다, 엘리제. 그런데 아기가 생긴 것은 좋은데 하나 걱정이 되는군."

"네?"

엘리제는 의아한 표정을 지었다. 가장 큰 근심이 해결되었는데, 무슨 걱정?

"아기 낳으면 나한테 소홀해지는 것은 아니겠지?"

그냥 하는 말이 아니었다. 그렇지 않아도 하는 일이 많은 그녀 아닌가? 린덴은 아기가 태어나면 자신은 완전히 찬밥 신세가 되는 것은 아닌지 걱정이었다.

"음……. 확실히 아가한테도 사랑을 주어야 할 테니 이전보다는……."

그녀의 말에 린덴은 눈썹을 찌푸렸다.

"뭐야? 정말로?"

엘리제는 쿡쿡 웃었다.

"농담이에요. 전 당신밖에 없어요. 사랑해요."

그녀가 그를 달래었으나 그는 걱정의 눈빛을 거두지 않았다. 정말로 아기가 태어나면 찬밥 신세가 되는 건 아니겠지?

'그건 싫은데.'

린덴은 시무룩하게 생각했다. 왠지 아기한테 질투하게 될 것 같은 느낌이 강하게 들었다.

시간은 빠르게 흘렀다. 홀쭉하던 그녀의 배도 조금씩 불러오기 시작했다.

"이 안에 아기가 자라는 건가?"

"네, 신기하죠."

그녀는 따뜻한 미소를 지었다. 린덴은 그녀의 배를 만졌다가 깜짝 놀라 손을 뗐다. 무언가 움직였던 것이다.

"이건?"

엘리제가 배를 감싸 안았다.

"태동이에요. 우리 아기가 움직이고 있어요."

린덴은 조심히 다시 배에 손을 가져갔다. 무언가 볼록볼록 느껴졌다.

"아기가 배를 발로 차는 거예요."

린덴은 인상을 찌푸렸다.

"그대 배를 찬다고? 아무리 우리 아기라도 혼내줘야겠군."

"뭘 혼내요. 건강하고 다행인 거지. 그나저나 열심히 움직이는 걸로 볼 때 왕자님인가 봐요."

"그런가? 난 딸이었으면 좋겠는데."

"딸이요?"

린덴은 고개를 끄덕였다. 물론 황위 계승 측면에서는 황녀보다야 황자가 더 좋기야 하지만 개인적인 아빠 입장에서는 딸을 갖고 싶었다. 그녀를 꼭 빼닮은 공주면 얼마나 귀여울까? 더욱 많이 사랑해 줄 수 있을 것 같았다. 하지만 엘리제는 반대로 생각했다.

"저는 린덴 닮은 왕자님이요. 너무 귀여울 것 같아요."

린덴은 인상을 찌푸렸다.

"아니야, 나 닮으면 하나도 안 귀여울 거야. 맨날 인상이나 찌푸리고 있겠지."

엘리제는 린덴을 똑 닮은 꼬마가 인상을 찌푸리고 있는 것을 떠올렸다. 너무 귀여울 것 같았다! 그녀는 자신의 배를 쓰다듬었다. 린덴을 닮은 아들이든, 딸이든 모두 행복할 것 같았다. 빨리 만나고 싶었다.

'무럭무럭 건강히 자라주렴.'

이윽고 출산일이 다가왔다. 만 하루에 걸친 진통 끝에 모두가 기다리던 아기가 태어났다.

"괜찮은가, 엘리제?!"

밖에서 발을 동동 구르던 린덴이 허겁지겁 뛰어 들어왔다. 얼마나 걱정을 했는지 얼굴이 팍 상해 있었다. 엘리제가 지친 얼굴로 미소를 지었다.

"당신을 닮은 아들이에요."

그녀의 분만을 이끌었던 피터 교수가 웃으며 말했다.

"씩씩한 황자님입니다. 경하드립니다, 폐하!"

린덴은 막 태어난 아기를 바라보았다. 비단 포대기에 쌓인 아기는 우렁차게 울고 있었다.

'우리의 아기.'

조그만 아기가 꼬물딱거리는 것을 본 그의 가슴이 두근 뛰었다. 간질간질하며 무언가 설명하기 어려운 기분이었다.

"너무 예쁘지 않아요?"

"……안 예쁜데."

그 말에 그녀가 그를 흘겨보았다.

"첫날이어서 그래요."

원래 아기가 태어난 첫날은 쭈글쭈글 못나 보이지만 하루만 지나도 피부가 탱글탱글해지며 귀엽게 변한다.

"안아보세요."

린덴은 아기를 품 안에 안았다. 포근한 느낌과 함께 정체 모를 간질간질한 느낌이 더욱 커졌다.

"어떠세요?"

그는 주저하다 입을 열었다.

"행…… 복하군."

그래, 잘은 모르겠지만 이 정체 모를 느낌은 행복인 것 같았다.

"저도요. 행복해요. 고마워요, 저와 함께해 줘서."

린덴은 가만히 그녀의 이마에 입술을 맞추었다.

나의 사랑, 엘리제. 신이 내게 내린 가장 큰 축복.

"엘리제, 명령이 있다."

"네, 명령이요?"

"건강하도록, 영원히. 아프면 안 돼. 영원히 나랑 행복해야 하니까."

엘리제는 그 말에 가만히 미소를 지었다.

"네, 린덴도요. 우리 영원히 함께 행복해요."

로마노프령에서 온 편지

'내가 왜 그놈이 태어났을 때 행복하다고 했지?'

린덴은 사자궁에서 인상을 찌푸리며 생각했다. 온 시민의 축복을 받으며 황자가 태어난 지 벌써 1년이 지났다. 처음 아기를 품에 안았을 때를 떠올렸다. 자신과 사랑하는 그녀를 반씩 섞은 듯한 아이의 얼굴에 가슴이 떨렸었다. 그때만 해도 자신이 이런 처지가 될 것이라고는 생각지 못했다.

'에드워드, 이놈.'

그는 아들의 이름을 속으로 중얼거렸다. 이제 갓 돌이 지난 놈이지만 얄밉기 그지없었다.

"하아."

그의 한숨 소리를 들은 신임 비서관이 의아한 표정을 지었다. 전임 비서관이었던 크리스는 능력을 인정받아 행정부의 부부장으로 승진했다.

"왜 그러십니까, 폐하? 혹시 국회에서 새로 입안한 법안에 무슨 문제라도?"

"아니네. 이대로 진행하면 될 것 같아."

"그러면 이번 프랑소엔과의 일 때문에?"

"그것도 큰 문제는 없다. 다행히 이번 총통은 우리 브리티아에 친화적인 성향의 인물인 것 같으니 큰 문제 없이 진행될 것이야."

하지만 그렇게 답하는 황제의 얼굴은 여전히 좋지 않아, 신임 비서관은 혹시 국정에 자신이 모르는 문제가 있나 걱정하였다.

'최근에 특별한 문제는 없었던 것 같은데?'

문제가 없는 정도가 아니었다. 브리티아 제국은 저 눈앞의 조각 같은 미남, 공제의 통치 아래 눈부신 발전을 거듭하고 있었다. 군사면 군사, 경제면 경제, 외교면 외교, 문화면 문화. 그 어느 것 하나 할 것 없이 브리티아 제국은 최고의 번영을 누리고 있었다. 이전 민체스터의 시대 때도 브리티아는 세계 최강국이었지만 지금은 가히 역사상 가장 눈부신 시대라 불릴 만하였다. 그야말로 황금시대.

그런 번영을 이끌고 있는 황제의 얼굴에 왜 이렇게 근심이 가득한 것일까? 자신이 놓치고 있는 게 있는 걸까? 황제에 대한 존경심으로 똘똘 뭉쳐 있는 신임 비서관은 충성심 가득한 목소리로 말했다.

"폐하, 혹시라도 제가 헤아리지 못한 것이 있다면 말씀해 주십시오. 만약 소신이 할 수 있는 일이라면 그 어떤 일이라도 최선을 다하겠습니다."

그 말에 황제는 잠시 말없이 그를 바라보았다. 성군이라 칭송받는 황제답지 않게 뭔가 뚱한 눈빛이었다.

"자네."

"네, 말씀만 해주십시오, 폐하!"

"애 잘 보나?"

"……네?"

전혀 생각지도 못 한 질문에 신임 비서관은 얼떨떨한 표정을 지었다.

"아이…… 말씀이십니까?"

"그래."

"아니, 소신은 미혼이라……. 한데 그건 어째서?"

그 말에 황제는 도움이 안 된다는 듯 혀를 찼다.

"결혼은 했나?"

"이번 가을에 할 예정이옵니다, 폐하."

"그러면 짐이 한 가지만 충고하지."

황제는 당황한 표정의 비서관에게 진지한 목소리로 말했다.

"신혼을 즐기게. 아기는 최대한 늦게 가지는 게 좋아."

해가 어둑하게 지며 고단한 국정이 끝나고 린덴은 사랑하는 그녀가 머무는 궁으로 향했다. 그런데 그의 표정이 좋지 않았다. 궁에 돌아갈 때는 그녀를 본다는 생각에 늘 옅은 미소를 띠던 그였는데, 미간을 찌푸리고 있었다.

'오늘도 마찬가지겠지?'

린덴은 속으로 중얼거렸다. 아니길 바랐지만 그럴 일은 없을 것이다.

'이렇게 될 줄 알았어. 에드워드, 그놈이 태어나기 전에 내가 누누이 이야기했건만.'

그는 한숨을 내쉬었다. 역시나 그녀가 머무는 방에 가까워지니 '그 소리'가 들렸다.

"꺄르르~!"

"와! 에드워드, 잘했어요."

"어마, 어마!"

천진난만한 아기 목소리와 그녀의 목소리가 함께 들렸다. 행복이 가득한 음성이었지만 그의 표정은 펴지지가 않았다. 저 천진난만한 음성이 근심의 근원이었기에.

"크흠."

헛기침과 함께 방에 들어서자 엘리제가 밝은 표정으로 그를 맞았다. 그녀의 품에는 그를 똑 닮은 흑발의 아기가 안겨 있었다.

"린덴, 오셨어요?"

엘리제가 아기를 살짝 내려놓고 자신에게 다가오자 린덴은 부드럽게 그녀를 끌어안았다.

"오늘 하루 잘 보냈나?"

"아, 네."

"특별히 힘든 일은 없었고? 보고 싶었다."

린덴이 키스하려 하자 엘리제는 얼굴을 붉히며 고개를 저었다.

"에드워드가 봐요."

"보면 어때서. 어차피 모르는데."

"뭘 몰라요. 하여튼 안 돼요."

린덴은 팍 인상을 찌푸렸다. 최근 들어 그녀는 이런 거부가 많아졌다. 모두 다 저 에드워드 놈 때문이다.

"괜찮으니……."

그가 그렇게 말하며 입술을 가져갈 때였다. 돌연 빼액! 울음소리가 들렸다.

"으아앙! 어마! 어마!"

"에드워드! 우리 왕자님. 왜 울어요?"

엘리제는 그를 내버려 두고 아들에게 달려가 토닥토닥 달래주었다. 버려진 린덴이 입술을 삐죽거렸다.

"저놈은 왜 맨날 우는 거야?"

"아기니까 당연히 울죠. 우쭈쭈. 에드워드, 울지 마렴."

엘리제가 달래자 아기는 곧 울음을 멈추고 방긋방긋 미소를 지었다. 아기가 웃자 그녀도 같이 환하게 웃었다. 엄마와 아들이 서로 꺄르륵 웃으며 행복해하자 린덴은 한숨을 내쉬었다. 왠지 소외감이 들었다.

'나도 좀 신경 써 달라고, 엘리제. 아들만 신경 쓰지 말고.'

일이 끝나 보러 와도 그녀는 에드워드한테만 신경 쓴다. 자신은 찬밥이 된 지 오래였다.

'이래서 애를 갖고 싶지 않았는데.'

그는 자신에게 꼭 후손을 가져야 한다고 상소를 올리던 대신들을 모조리 잘라 버리고 싶었다.

그때, 엘리제가 아들을 사랑스런 눈으로 바라보며 말했다.

"우리 아들 너무 잘생기지 않았어요?"

린덴은 힐끗 아들을 바라봤다. 뽀얀 피부와 짙은 흑발, 자신을 빼다 박은 듯 닮았다.

'그녀를 닮았으면 더 좋았을 텐데.'

그는 엘리제를 닮은 공주를 바랐었다. 그녀와 똑같이 생긴 아기가 아장아장 걸어 다니면 얼마나 귀여울까! 하지만 저 에드워드는 아무리 봐도 자신과 판박이였다.

"잘생겼죠?"

거듭된 물음에 린덴이 퉁명스럽게 답했다.

"내가 더 잘생겼어."

"그게 뭐예요."

"내가 더 잘생겼다고."

뚱한 대답에 엘리제는 웃음을 터뜨렸다.

"설마 아들에게 질투하는 건 아니죠, 폐하?"

린덴은 눈썹을 찌푸렸다.

"질투? 아니야."

"그렇죠?"

"그래."

하지만 누가 봐도 질투하는 표정이었다. 세계 최강국 브리티아 제국의 황제가 한 살배기 아들에게 질투하고 있다니! 아무도 안 믿을 이야기지만 언제나 그는 그녀에 관해서는 질투심이 넘쳤다.

"린덴, 이쪽으로 오세요."

여전히 뚱한 표정의 그를 껴안으며 그녀가 말했다.

"사랑해요. 전 에드워드와 당신밖에 없으니 질투하지 마세요."

"누가 먼저야?"

"네?"

"누굴 더 사랑하느냐고. 에드워드야, 나야?"

'엄마가 좋아, 아빠가 좋아'에 버금가는 유치한 질문에 엘리제는 일순 말문을 잃었다.

"두, 둘 다 사랑하죠."

"그러니까 누굴 더?"

그때 아장아장 걸어온 에드워드가 그녀의 치마를 붙들며 외쳤다.

"어마! 어마!"

'나 더 사랑하지?' 하는 듯한 목소리에 린덴도 질세라 재차 물었다.

"그러니까 누굴 더 사랑하느냐고."

그렇게 큰아이, 작은아이에게 둘러싸인 그녀는 울상을 지었다.

❦

에드워드가 태어난 후 부부의 일상은 늘 그런 식으로 흘러갔다. 린덴이 질투하고, 엘리제가 달래고. 물론 그렇다고 린덴이 아들을 진심으로 미워하는 것은 아니었다.

그도 아버지. 에드워드를 마음속 깊이 아꼈다. 다만 그가 그녀를 너무 사랑할 뿐이었다. 원체 바쁜 그녀다 보니 원래부터 자신과 함께할 시간이 적었는데, 아기가 태어나니 완전 뒷전이 되어버렸다. 이해를 못 하는 것은 아니었지만 심술이 나는 것은 어쩔 수가 없었다. 에드워드가 잠든 후, 엘리제는 그에게 붙어 애교를 피우며 말했다.

"사랑해요, 린덴. 삐치지 말고요."

삐치다. 황제에게 어울리는 단어는 아니었으나 이제 둘 사이에는 익숙한 단어였다.

린덴은 낮게 한숨을 내쉬었다.

"말로만?"

"네?"

"말로만 사랑하느냐고."

그가 무슨 말을 하는지 이해한 엘리제의 얼굴이 살짝 붉어졌다. 그녀는 조금 머뭇거리다 입술을 그의 볼에 가져갔다. 하지만 린덴은 고개를 저었다.

"거기 말고."

그러며 그녀의 입술을 바라보았다. 그의 강렬한 시선에 엘리제의 뺨이 화악 달아올랐다. 아이가 있어도 둘은 언제나 신혼 같았다. 그의 저런 눈빛을 볼 때마다 가슴이 떨렸다. 그녀는 조심히 그의 입술에 자신의 입술을 가져갔다. 그리고 서로의 입술이 맞닿는 순간.

"읍."

그의 혀가 거칠게 입안을 파고들었다. 그녀를 향한 열망이 가득한 키스였다. 강렬한 자극에 엘리제는 신음을 흘렸다.

"아……. 린덴…… 그만……."

하지만 그는 멈추지 않았다. 오히려 그녀를 침대 위로 부드럽게 넘어뜨리며 그 위에 올라갔다.

"리, 린덴?"

당황한 엘리제가 불렀으나 그는 뜨거운 눈빛으로 그녀를 내려다볼 뿐이었다. 그의 손이 그녀의 봉긋 솟아오른 가슴으로 향했다. 그의 손가락이 그녀의 민감한 곳을 스치자 엘리제는 숨을 들이켰다.

"하, 하지 마요. 에드워드도 있는데……."

마침 에드워드는 그들의 방에서 잠이 든 상태였다. 하지만 린덴은 고개를 저었다.

"자잖아."

"그래도……."

린덴은 뭐라고 말을 하려는 엘리제의 입술을 다시 한 번 덮쳤다. 그만 말하라는 듯.

"엘리제."

"네……."

"넌 내 거야. 누구에게도 양보하지 않아. 알고 있어?"

그는 그녀의 목덜미를 지그시 깨물었다. 마치 자신의 흔적을 새기려는 듯이. 엘리제는 그의 감촉을 느끼며 눈을 감았다.

"네, 전 당신 거예요."

그 말에 린덴은 입꼬리를 씨익 올렸다.

"다시. 다시 말해봐. 넌 누구 거라고?"

그의 손길이 점점 자신의 은밀한 곳으로 향하자 엘리제의 얼굴이 달아올랐다.

"저…… 전 린덴 거예요."

"다시."

옴짝달싹못하게 하는 독점욕. 은밀한 곳에서 전해져 오는 강렬한 자극에 엘리제는 신음을 흘리며 답했다.

"전 당신 거예요."

"그래."

린덴은 고개를 끄덕였다. 그와 그녀가 점차 하나로 합쳐졌다.

"넌 내 것이니, 절대 잊지 마."

길고 긴 밤이 이어진 후, 날이 밝았다. 원래 잠이 적은 린덴이 먼저 일어나 격렬한 사랑 끝에 곤히 잠들어 있는 그녀의 이마에 입을 맞추었다.

"사랑한다, 엘리제."

"우웅."

엘리제가 몸을 뒤척이자 그가 부드럽게 말했다.

"오늘은 병원도 쉬는 날 아닌가? 조금만 더 자라."

그는 방 한편 아기 침대에 누워서 쌔근쌔근 잠들어 있는 에드워드도 바라봤다.

'이 얄미운 놈…….'

매번 자신에게서 그녀를 뺏어가는 얄미운 놈이지만 그도 아빠인 것일까? 이렇게 잠들어 있는 아들을 가만히 볼 때마다 설명하기 어려운 느낌이 들었다. 가슴 안쪽에서 간지러운 무언가가 피어올랐다. 아마 사랑일 것이다. 그녀를 향한 사랑과는 조금 다른. 그는 허리를 숙여 아들의 이마에 입을 맞추었다.

'꼭 건강히 자라라. 엄마 속 썩이지 말고.'

린덴은 자신의 사자궁으로 향했다. 휴일이지만 황제에게 휴일이 어디 있겠는가. 더구나 최근 급하게 처리해야 할 현안이 많아 더욱 바빴다. 그런데 사자궁에 도착하자 시종장 란돌이 그에게 의외의 소식을 전했다.

"로마노프령에서 나에게 서신을 보냈다고?"

"네, 폐하."

"발신인은?"

"미하일 전하이십니다."

린덴은 놀란 표정을 지었다. 동생이? 무슨 일이지? 의아한 마음으로 편지를 확인하니 이런 문구가 적혀 있었다.

형님, 미안한데 리제 좀 빌려줄 수 있어?

이게 무슨 멍멍이 소리야? 린덴은 인상을 찌푸리며 생각했다. 읽어볼 가치도 없는 일이라 생각한 린덴은 편지를 찢어버리려 했다. 누굴 빌려줘? 무슨 말도 안 되는. 그런데 막 종이를 찢으려는 순간, 한 문구가 그의 시선을 붙들었다.

숙부께서 위독하셔.

린덴은 멈칫했다. 숙부. 선황인 민체스터의 동생이자 현 로마노프 대공을 뜻한다. 최근 미하일은 로마노프령에 머물며 대공의 업무를 도와주고 있었다. 린덴은 책상을 두드리며 잠시 고민하다 시종장 란돌에게 말했다.

"황후를 불러와라."

병원으로 나갈 채비를 하던 엘리제가 도착했다.

"폐하?"

"엘리제."

린덴의 얼굴이 좋지 않아 그녀는 의아한 표정을 지었다.

"무슨 일이에요?"

"잠깐 앉지."

그는 그녀에게 미하일에게서 온 편지의 내용을 전해 주었다. 설명을 들은 엘리제의 얼굴이 굳어졌다.

"그러면 대공께서……."

"그래, 많이 위독하신 모양이야. 나야 의사가 아니어서 봐도 정확한 상태를 모르겠지만."

편지에는 대공의 주치의가 보낸 소견서가 들어 있었다. 엘리제는 말없이 소견서를 살폈다. 내용을 읽어 내려갈수록 그녀의 표정이 심각해졌다.

린덴이 주저하다 말했다.

"어떻게 하겠는가?"

"……."

"난 솔직히 말해 그대가 안 갔으면 좋겠어."

그건 린덴의 진심이었다. 그녀가 의료적인 문제로 황궁을 잠시 떠나는 것도 끔찍이 싫은데, 로마노프령이라니. 도대체 몇 날을 떨어져 있어야 하는 건가? 그것도 싫지만 그녀가 대해를 건너는 것도 싫었다. 별일이 있을 확률은 낮겠지만 혹시라도 그녀에게 무슨 일이라도 생기면 자신은 버틸 수 없을 것이다.

"그래도 가야겠지?"

하지만 그녀는 갈 것이다. 그녀는 의사니까. 엘리제는 잠시 가만히 있다가 고개를 끄덕였다.

"네, 가봐야 할 것 같아요. 죄송해요."

린덴은 한숨을 내쉬었다. 어쩔 수 없는 일이었다. 저 철혈의 의사를 사랑한 건 자신이었으니까.

여행 준비는 빨리 마무리되었다. 황후의 행차이지만 대공의 상태가 급박해 시간이 없었던 것이다.

출항하는 날, 항구까지 엘리제를 배웅하러 온 린덴은 연신 걱정스러운 표정을 지었다.

"꼭 조심히 다녀와야 한다. 알았지?"

"네, 폐하."

"그대는 몸이 약하니 절대 무리하지 말고. 밥도 거르지 말고, 피로하지 않게 꼭 명심해라."

도대체 몇 번째인지 모를 걱정을 들으며 엘리제는 어색하게 웃었다. 남편은 자신을 갓난아기 대하듯 걱정한다. 자신은 정말 괜찮은데.

"내가 같이 가야 하는데."

린덴은 인상을 찌푸렸다. 이렇게 된 것, 자신이 직접 그녀와 같이 로마노프령에 다녀오려고 했다. 하지만 비서관, 행정부 부장, 외무대신 등 수많은 사람이 그를 뜯어말렸다. 국내외 여러 현안 때문에 절대 안 된다고. 린덴도 고집을 부렸으나 그들의 주장을 꺾을 수가 없었다. 사실 최근 여러 복잡한 문제가 많아 황제인 그가 대해 너머에 있는 로마노프령에 가는 것은 무리였다.

'마음에 안 들어.'

그는 고개를 돌려 옆에 뻣뻣이 서 있는 장년의 남자를 바라봤다.

제국 2함대의 사령관 갤런 제독이었다.

"잘 부탁하네, 제독."

"네, 폐하! 염려치 마십시오. 2함대의 모든 것을 걸고 안전히 모시도록 하겠습니다!"

제국, 아니, 세계 최강의 화력을 가진 2함대가 함께하기로 하였지만 린덴은 여전히 마음이 놓이지 않았다. 특별한 이유가 있다기보다는 그녀와 떨어지니 그냥 불안한 것 같았다.

'다른 환자면 가지 말라고 하겠는데.'

그는 속으로 혀를 찼다. 로마노프 대공은 높은 직위도 직위이지만 린덴의 숙부였다.

"꼭 조심히. 무리하지 말고……."

린덴이 다시 한 번 걱정의 말을 할 때였다. 엘리제가 살짝 발을 들어 그를 껴안았다. 갑자기 확 다가온 그녀에 린덴은 입을 다물었다.

"폐하, 너무 걱정하지 마세요. 잘 다녀올게요."

그는 잠시 머뭇거리다 말했다.

"……그래."

"에드워드를 잘 부탁해요."

그 말에 린덴은 눈썹을 찌푸렸다. 자신만 보면 우는 아들이 떠오른 것이다. 엘리제는 다른 것보다 아들과 잠시 떨어져 있어야 하는 것이 마음에 걸리는 듯싶었다.

"금방 다녀올게요."

그렇게 아쉬운 작별 인사를 하고, 엘리제는 배에 올라탔다. 증기선이 높은 고음을 내며 떠날 준비를 할 때, 린덴이 말했다.

"엘리제."

"네, 린덴?"

린덴은 잠시 입을 다물었다가 말했다.

"미하일, 그놈에게 안부 전해 줄 수 있겠나?"

엘리제는 웃으며 고개를 끄덕였다.

"네, 그럴게요."

철갑을 두른 함선들이 푸른 바다를 갈랐다. 엘리제를 호위하는 2함대였다. 그중에서도 눈에 띄는 규모의 기함 선미에 인형같이 아름다운 외모의 여인이 서 있었다.

'내가 치료할 수 있을까?'

엘리제는 소견서에서 본 로마노프 대공의 상태를 떠올렸다. 짐작하건대 폐암 말기로 보였다.

'아무리 나라도.'

폐암 말기면 현대 지구에서도 완치가 불가능하다. 아무리 그녀가 뛰어난 의술을 가지고 있어도 무리일 것이다.

'그래도 도움을 줄 수 있을지도 모르니까.'

그럼에도 그녀가 이렇게 배를 타고 직접 로마노프령으로 향하는 것은 지금 대공에게 온 급성 합병증을 치료하기 위해서였다. 이 급성 합병증을 해결해 주면 완치는 불가능하더라도 어느 정도 생명을 연장해 줄 수 있을지도 몰랐다.

'그나저나.'

엘리제는 소견서를 품 안에 집어넣고 바다를 바라봤다.

'오랜만이네. 이렇게 상트부르로 가는 것도.'

배는 현재 발토해를 지나고 있었다. 곧 머지않아 로마노프령의 중심지인 상트부르항에 입항할 예정이다. 군함을 타고 상트부르항에 가는 것은 처음이 아니었다. 이전 크림원정에 참전할 때도 이렇게 발토해를 지났었다.

'그때는 밀이 날 많이 챙겨 주었었는데.'

배에 익숙하지 않은 자신의 곁에서 이런저런 도움을 많이 주었었다.

'시간이 많이 지났구나.'

정권 다툼 후 미하일이 론도를 떠난 지도 벌써 5년이 지났다. 그동안 그는 어떻게 지냈을까? 잘 지냈는지, 변한 건 없는지 궁금했다.

'이제 곧 볼 수 있겠구나.'

증기선이 연기를 뿜어내는 소리가 높게 울려 퍼졌다. 그 소리를 들으며 엘리제는 속으로 생각했다.

'밀.'

함대가 상트부르항에 도착했다. 서대륙 북단에 위치한 로마노프령은 단순히 황제 직할령이라 칭하기에는 굉장히 광활한 지역이었다. 직할령 자체의 국력도 어지간한 나라에 못지않았다. 브리티아 본섬과는 인종도 다르고, 문화, 기후 등 모든 것이 다른, 사실상 다른 나라나 다름없는 곳이었다. 그래도 한 가지 공통점이 있다면 바로 로마노프 가문을 섬긴다는 것이다. 전통적으로 로마노프령을 다스리는 대공은 황제의 형제 중 한 명이 맡곤 했다.

'원래 전통대로라면 다음 대 대공은 밀이 맡는 것이 맞지만…….'

이전 정권 다툼 문제가 걸리고, 무엇보다 미하일이 대공 자리를 원할지 의문이었다.

'밀이 대공이라. 안 어울려.'

엘리제는 미하일이 대공이 된 모습을 떠올려 봤다. 아무래도 잘 떠오르지 않았다.

타앙! 타앙!

그녀가 상념에 잠겨 있는 사이, 항구에서 축포가 울려 퍼졌다. 황후의 방문을 환영하는 축포였다.

"와아!"

"로마노프 황제 만세! 황후 만세!"

"성(St). 엘리제 만세!"

수많은 시민이 항구에 몰려와 그녀를 향해 환영의 함성을 질렀다. 비록 브리티아 섬과 멀리 떨어져 있지만 로마노프령의 시민들도 성녀라 불리는 그녀의 명성을 익히 알고 있었던 것이다. 엘리제는 자신을 향한 환호에 살짝 미소를 지으며 손을 흔들었다.

"와아!"

"대공 전하를 꼭 치료해 주세요!"

그렇게 열렬한 환호를 받으며 배가 정박했다. 로열가드의 호위를 받으며 배에서 내려온 엘리제는 순간 멈칫했다. 수많은 시민 사이에서 익숙한 얼굴을 본 것이다.

'아……!'

화사한 금발과 부드러운 눈매, 그리고 어딘지 장난기 어린 입가. '그'였다. 미하일 드 로마노프. 바로 그녀의 소중한 친구가 자신을 마중 나와 있었다.

엘리제는 입을 열지 못했다. 너무나 오랜만에 만난 소중한 친구의 모습에 감정이 뒤엉켰다. 미하일이 시민들 사이를 헤치고 그녀를 향해 걸어왔다. 한 걸음, 한 걸음 그의 얼굴이 가까워졌고, 그녀의 가슴이 뛰었다. 이윽고 그녀의 앞에 다가온 그가 고개를 숙이며 예를 올렸다.

"미하일 드 로마노프가 브리티아 제국의 황후 마마를 뵙습니다."

격식을 차린 인사. 하지만 엘리제는 그의 눈빛에서 이전과 같은 장난기를 읽을 수 있었다. 그다. 5년의 세월을 넘어 밀이 자신 앞에 있다. 그 사실에 엘리제는 쉬이 입을 열 수가 없었다. 지금껏 하고 싶었던 말들이 떠올랐다 명멸하기를 반복했다. 잘 지냈느냐. 어디 아픈 데는 없느냐. 지금까지 어떻게 지냈느냐. 힘들진 않았느냐. 그 수많은 말 중 하나를 엘리제는 간신히 끄집어내었다. 희미하게 떨리는 목소리로.

"……안녕히 지내셨나요, 전하?"

그 물음에 미하일이 고개를 들었다. 5년 전, 헤어질 때 보여주었던 옅은 미소를 띤 얼굴로.

"안녕히 지내지 못했습니다."

그는 어두운 표정을 지었다.

"아……."

엘리제는 입을 다물었다. 생각해 보니 자신은 린덴과 행복한 시간을 보냈지만 그는 아니었을 것이다. 모든 것을 잃고 떠돌아다녀야 했으니까. 그런데 그가 다시 밝은 표정을 지었다. 방금 어두운 얼굴을 했던 게 거짓말이었다는 듯이.

"다른 거는 다 괜찮았습니다. 여행도 즐거웠고, 오랜만에 만난 친구들도 반가웠고, 이 로마노프령의 생활도 편안하고요."

"그러면……?"

"단 하나."

미하일이 미소를 지었다.

"저의 가장 소중한 친구를 뵙지 못해서 슬펐습니다."

그가 엘리제의 손을 부드럽게 잡으며 무릎을 꿇었다. 그리고 그녀의 손등에 입을 맞추며 말했다.

"보고 싶었습니다. 그러니 이전처럼 편하게 밀이라 불러주십시오."

엘리제는 눈을 감았다.

"네, 밀……."

시민들의 열렬한 환영을 받은 엘리제는 미하일과 함께 로마노프령의 궁으로 향했다.

"숙부님께서 직접 마중 나오지 못해 사죄드린다고 전해 달라 합니다."

엘리제는 고개를 저었다. 환자인 로마노프 대공이 직접 못 나온 것은 당연한 일이었다.

"어느 정도로 안 좋으신가요?"

"원래도 기력이 없으셨는데, 최근에는 거의 침상에서 일어나시질 못하고 있습니다."

슬하에 자식이 없는 로마노프 대공을 가장 가까이 모시고 있는 자는 다름 아닌 조카인 미하일이었다. 그는 그녀에게 로마노프 대공의 상태를 자세히 알려주었다.

"네, 고마워요. 그러면 밀은 대공 전하의 일을 보필하고 있는 건가요?"

"조금씩 도와드리고 있습니다. 실제로 도움이 되는지는 잘 모르겠지만요."

미하일은 살짝 웃으며 말했다. 엘리제는 그 미소를 보고 입을 잠시 다물었다.

'밀이 존댓말이라니.'

자신에게 예를 차리는 그가 어색했다. 하지만 어쩔 수 없는 일이었다. 지금의 자신은 일개 귀족이 아닌 제국의 황후였으니까. 아무리 황족인 그라도 예를 다해야 했다.

'변한 건 없어 보이네.'

여전히 꽃같이 화사한 외모와 밝은 웃음은 5년 전 헤어졌던 밀 그대로였다. 마치 시간이 정지한 듯한 얼굴이었다. 하지만 이전과 똑같아 보이는 미소 끝에 어딘지 모를 아픔이 느껴졌다.

"밀."

"네, 마마."

엘리제는 주저하다 입을 다물었다.

"마마?"

"……아니에요."

그녀는 고개를 젓고 마차 밖으로 시선을 돌렸다. 창밖에는 론도와는 다른 느낌의 건물이 즐비한 상트부르 시내가 지나가고 있었다.

'밀, 정말 잘 지냈나요?'

그녀는 원래 꺼내려고 했던 물음을 속으로 삼켰다.

오랜만에 재회한 미하일과 조금 더 회포를 풀고 싶었지만 그럴 만한 시간이 없었다. 생사를 오가는 대공을 치료해야 했던 것이다. 궁에 도착한 엘리제는 곧바로 대공을 만나 진료를 시작했다.

"황후…… 마마…… 를 뵈옵니다."

"그냥 편히 누워 있으세요. 예는 괜찮습니다."

병색이 완연한 상태에서도 몸을 일으켜 예를 표하려는 대공을 만류하며 엘리제는 대공의 몸 상태를 살폈다.

"언제부터 이렇게 상태가 악화되신 거죠?"

"얼마 되지 않았습니다. 호흡곤란이 악화되더니, 손발이 붓고 얼굴도 부기가 빠지지 않고……."

대공의 주치의가 상태를 설명하였다. 엘리제는 가만히 대공을 살피며 추정 진단을 떠올렸다.

'상대정맥 증후군이야. 폐의 종괴가 심장으로 가는 혈관을 틀어막았어.'

상대정맥 증후군(SVC syndrome).

폐암 환자에게 흔하게 발생하는 합병증으로 심장에 인접한 폐의 종괴가 대혈관을 틀어막아 혈액 순환을 막는 상태다.

'막힌 혈관을 뚫어주지 않으면 결국 사망하게 돼. 응급수술을 해야 해.'

현대 지구라면 방사선 치료를 했겠지만 불가능하니 수술밖에 방법이 없었다.

'그래도 다행히 다른 장기로의 전이는 심하지 않아 이 합병증만 해결해 주면 생명 연장이 가능해.'

아예 폐암 자체를 해결해 주면 좋겠지만 시기가 늦어 그건 불가능했다.

"다른 합병증은 현재 없나요? 다른 부위의 장기 손상이나 혈액 검사상 이상은?"

"괜찮습니다."

판단을 끝낸 엘리제는 고개를 끄덕였다.

"지금 바로 수술을 해야 할 것 같습니다."

"지금이요?"

주치의가 놀라 물었다.

"네, 이런 수술은 최대한 빨리 할수록 경과가 좋아요. 이미 조금 늦은 감이 있어서 서둘러서 해야 할 것 같습니다."

"하지만 막 도착하셨는데 괜찮으시겠습니까?"

주치의가 조심히 물었다. 그녀는 방금 막 대해를 건너왔다. 그런데 조금의 휴식도 없이 수술이라니. 저 연약해 보이는 몸으로 괜찮을까 걱정이 들었다.

'겉으로 보기엔 피 한 방울도 못 볼 것 같은 인상인데.'

기적과도 같은 일화를 수없이 들었지만 저 여린 몸으로 험한 수술을 해낸다는 게 믿어지지 않았다. 그러나 그녀의 진면목을 몰라서 하는 생각이다.

엘리제는 주저 없이 고개를 끄덕였다.

"네, 전 괜찮아요. 바로 진행하겠습니다."

그렇게 곧바로 응급수술이 진행되었다. 상트부르 최고의 시설을 갖춘 로마노프 병원으로 대공을 이송 후 그녀는 수술복으로 갈아입었다.

"준비되었습니다, 마마."

어시스트를 서기로 한 의사들이 공손히 그녀에게 말했다. 로마노프령에서 최고의 수술 실력을 지닌 의사들로 대륙, 아니, 세계에서 최고의 외과의사라 불리는 그녀에게 경의의 눈빛을 보내고 있었다.

엘리제는 수술 장갑을 낀 후 메스를 잡았다.

"오픈합니다."

수술이 시작되었다.

쉽지 않은 수술이었지만 다행히 성공적으로 끝났다. 모두 그녀의 뛰어난 수술 실력 덕분이었다. 로마노프령의 의사들은 말로만 듣던 황후의 수술 실력에 경탄을 보냈다.

"하, 역시 대단하군요."

"그러게 말입니다. 처음 뵈었을 때는 전해진 이야기가 과장된 게 아닌가 했었는데, 오히려 반도 제대로 표현하지 못한 거였습니다."

"혈압이 떨어지는 급박한 상황에서 어떻게 그런 손놀림을 보여줄 수 있는 것인지, 두 눈으로 보고도 믿어지지가 않습니다."

엘리제의 치료를 목격한 의사들은 브리티아 섬으로 가서 연수를 받아와야겠다느니 등의 이야기를 나누었다. 론도의 의사들이야 그녀의 수술을 종종 볼 수 있어 어느 정도 면역이 되어 있지만 그들은 아니었다. 지금까지 알던 패러다임이 바뀔 정도의 충격을 받았다.

"놀라운 것은 단순히 수술 실력뿐이 아니지요. 그 뒤의 치료나, 환자를 대하는 태도도 정말 본받을 점이 많습니다."

"그러게 말입니다. 누구보다 존귀한 분이신데, 몸을 아끼지 않으시고, 봉사하듯 환자를 대하시니. 왜 그분이 성녀라 추앙받는지 알

것 같습니다."

수술을 한다고 곧바로 상태가 회복되는 것은 아니다. 몸 상태가 좋아질 때까지 보존적인 수술 후 처치를 해야 하는데 시간이 걸렸다. 그래서 그녀는 곧바로 론도로 돌아가지 못하고 상트부르에 더 머물기로 했는데, 소문을 들은 환자들이 몰려들었다. 모두 지금껏 치료가 힘들다고 이야기 들었던 난치 환자들이었다. 깜짝 놀란 상트부르의 귀족들이 '어딜 감히!' 하며 내쫓으려 했으나, 엘리제는 고개를 젓고 신분에 상관없이 그들을 치료해 주었다.

황후가 평민을 치료하다니! 브리티아 섬에 비해 다소 신분제가 경직된 분위기인 로마노프령에서 그건 가히 혁명과도 같은 충격이었다.

"황후 마마, 그렇게 무리하다 건강이 상할까 염려되옵니다."

귀족들이 만류하였으나 엘리제는 미소를 지을 뿐이었다.

"이 정도는 괜찮아요. 론도에 있을 때와 비교하면 무리하는 것도 아닌걸요."

빈말이 아니었다. 일중독인 그녀에게 이 정도는 별로 부담되는 업무량이 아니었다. 론도에 있을 때는 수술하랴, 의대 강의하랴, 보건 정책 검토하랴, 논문 쓰랴, 내명부 일 살피랴, 육아하랴 등등 몸이 열 개라도 모자랐으니까. 덕분에 그녀의 명성이 로마노프령에서도 높게 울려 퍼졌다. 로마노프령의 시민들은 앞다투어 그녀를 칭송했다.

물론 엘리제가 환자만 보며 시간을 보낸 것은 아니었다. 그녀는 의사인 동시에 제국의 황후였다. 황제 직할령인 로마노프령을 방문했으니, 마땅히 황후로서 중요한 행사에 참석해 자리를 빛내주고 주요 귀족들과의 만남도 가졌다.

그렇게 그녀는 의사로서도, 황후로서도 바쁜 시간을 보냈다. 나름대로 의미 있는 시간이었다. 그런데 흠잡을 것 없는 로마노프령의 생활 중 마음에 걸리는 것이 있었다.

"마마?"

궁의 회랑을 걷던 중 발걸음을 멈춘 엘리제를 보며 뒤따르던 시녀가 의아한 표정을 지었다. 그녀는 어딘가를 보고 있었는데, 그 시선 끝에 근위대를 훈련시키는 금발의 남자가 있었다.

'밀.'

엘리제는 입술을 깨물었다. 마음에 걸리는 일. 그건 다름 아닌 미하일이었다.

'도대체 무슨 일이 있는 걸까?'

상트부르에 머물며 그녀는 미하일과 자주 만나 이야기를 나눴다. 소중한 친구이기도 했고, 이곳 로마노프령의 인물 중 대공을 제외하고는 가장 높은 신분을 지녔기 때문이다. 그런데 만날 때마다 어딘지 모르게 그의 얼굴이 좋지 못했다. 밝게 웃고 있지만 웬지 모를 어둠이 담겨 있었다.

'특별히 지내는 데 문제는 없어 보이는데.'

이곳에 머물며 살핀 바로 특별히 그에게 문제는 없어 보였다. 오히려 걱정하던 것과 다르게 매우 잘 지내고 있었다. 린덴에게 편지로 투덜대던 것과 달리 대공의 업무 대행도 훌륭하게 처리하고 있었고, 시민들과 귀족들의 신망도 두터웠다. 하지만 그 어둠은 무엇일까? 어머니를 잃은 슬픔일까?

'아니야. 그런 게 아니야.'

엘리제는 고개를 저었다. 근거는 없지만 느낌이 그랬다. 분명 무언가 다른 마음에 걸리는 일이 있는 듯했다.

'도대체 뭘까?'

엘리제는 속으로 한숨을 내쉬었다. 그때 시녀가 미하일을 보더니 자신도 모르게 중얼거렸다.

"멋져."

엘리제가 자신을 보자 시녀가 얼굴이 시뻘게져 당황했다.

"아, 아. 죄, 죄송합니다, 마마. 저도 모르게……."

엘리제는 슬쩍 웃었다.

"괜찮아요. 미하일 전하 멋지죠?"

"아, 아…… 네."

시녀는 사과 같은 얼굴로 고개를 끄덕였다. 얼핏 눈치를 보니 미하일을 연모하고 있는 눈치였다.

'혹시 밀에게 무슨 일이 있는지 알고 있을까?'

엘리제는 주저하다 물었다.

"저."

"네, 마마."

"혹시 미하일 전하께 최근 안 좋은 일이 있었나요?"

그 물음에 시녀는 의아한 표정을 지었다.

"안 좋은 일이라면 어떤 일을 말씀하시는지……?"

"아니, 특별한 건 아니고요. 전하의 얼굴이 계속 안 좋은 것 같아서요."

시녀는 고개를 갸웃했다.

"그러고 보니 이전에는 안 그러셨는데……."

"이전에는 안 그러셨다고요?"

"네, 최근 갑자기 조금 어두워지신 느낌이세요."

그 말에 엘리제는 알 수 없다는 얼굴을 했다. 이전에는 안 그랬는데, 최근 들어 그렇다고? 도대체 뭐지?

✦◆✦

다시 며칠이 지났다. 수술을 받은 대공의 상태도 점차 좋아져 간단한 거동을 할 수 있게 되었다.

"감사합니다. 정말 감사합니다, 마마."

대공은 몇 번이고 허리를 숙이며 그녀에게 감사를 표했다. 근본적인 병이 치료된 것은 아니지만 그래도 급한 고비를 넘겼으니 어느 정도 생명이 연장될 것이다.

'이제 떠날 때가 됐구나.'

생각보다 많은 시간을 상트부르에서 보냈다. 린덴도 에드워드도 기다리고 있을 테니, 더 늦기 전에 돌아가야 할 것 같았다.

'밀. 도대체 무슨 일일까.'

엘리제의 안색이 어두워졌다. 떠나려니 미하일이 걸렸다. 무슨 일인지 모르지만 자신이 도울 수 있는 일이면 도와주고 싶었다. 그는 자신의 소중한 친구니까.

'오늘은 꼭 제대로 이야기를 해봐야겠어.'

이제 곧 출발해야 하니 시간이 얼마 없었다. 그녀는 오늘 밤 연회에 기회를 봐서 미하일과 깊은 대화를 나눠 보기로 결심했다.

그날 밤의 연회는 엘리제의 귀국을 배웅하는 행사였다. 화려한 것을 싫어하는 그녀의 성격상 휘황찬란한 연회는 아니었지만 로마노프 령의 중요 인사들은 대부분 참석했다. 실질적으로 대공의 일을 대행하고 있는 미하일도 주최자로 참석했다.

"이대로 돌아가신다니 너무나 아쉽습니다, 마마."

"다음에 폐하와 더불어 꼭 다시 한 번 방문해 주시기를 부탁합니다."

귀족들이 그녀에게 몰려와 인사를 올렸다. 엘리제는 부드럽게 웃으며 하나하나 인사를 받았다.

"네, 다음에 폐하와 함께 다시 한 번 방문하겠습니다."

특별히 춤을 추거나 하지는 않았지만 인사를 받아주는 것만으로도 엘리제는 정신없이 바빴다. 모든 인물이 그녀와 한마디의 대화라도 나눠보기를 바랐던 것이다. 대공을 치료해 준 것에 대해 감사해하는 사람, 고귀한 신분으로 노블레스 오블리주를 보여준 그녀에게 감탄하는 사람, 로마노프 황가에 대해 경의를 표하는 사람, 심지어차후 브리티아 섬에 방문해 그녀에게 수술을 배워보고 싶다는 의사들까지. 수많은 사람이 그녀에게 모여들었다. 웃음을 띤 채 하나하나 그들에게 답해 주며 엘리제는 시선을 돌렸다.

'밀은?'

처음에 자신 옆에 있다가 지금은 보이지 않았다. 연회장을 살펴보니 그는 홀 구석에서 홀로 창밖을 바라고 있었다. 영애들이 흠모의 시선으로 그를 훔쳐보고 있었지만 그는 무언가 깊은 생각에 잠겨 있는 듯했다.

'도대체 무슨 생각을 하고 있는 걸까?'

엘리제는 고개를 갸웃했다. 그때, 마침 고개를 돌린 미하일의 눈이 그녀와 딱하고 마주쳤다.

"······!"

엘리제의 눈동자가 흔들렸다. 자신과 마주친 순간 그의 표정이 굳어졌던 것이다. 짧은 순간이었지만 분명했다.

'내가 잘못 봤나?'

하지만 잘못 본 것이 아니었다. 그렇게 먼 거리가 아니었기에 똑똑히 알 수 있었다. 분명 자신을 보고 표정을 굳혔다.

'왜?'

그녀는 혼란에 빠졌다. 밀이 왜 자신을 보고 얼굴을 굳힌단 말인가? 다시 고개를 돌려 창밖을 보던 미하일은 조용히 홀 밖으로 빠져나갔다. 그런데 이해하기 힘든 건 홀을 빠져나가기 전 그가 다시 한번 자신을 바라본 것이다. 그냥 슬쩍 본 것은 아니었다. 어색함을 느낄 때까지 자신을 보던 그가 몸을 돌려 홀 밖으로 사라졌다. 어떤 표정으로 자신을 봤는지는 거리가 멀어 확실하지 않았다.

'이대로는 안 되겠어.'

엘리제는 입술을 깨물었다. 사실상 오늘이 그와 대화를 나눌 수 있는 마지막 밤이었다. 이번에 헤어지면 언제 다시 만날 수 있을지 몰랐다.

'도대체 무슨 일인지 꼭 들어봐야겠어.'

그렇게 결심한 그녀는 자신을 둘러싼 사람들에게 양해를 구하고 미하일을 향해 발걸음을 옮겼다.

미하일은 연회장 근처의 성벽 위에 상트부르 시내를 내려다보고

있었다. 궁전을 감싸고 있는 성벽은 규모가 크지는 않지만 시내 야
경이 한눈에 보였다. 그를 뒤따라온 엘리제는 잠시 머뭇거렸다. 허
공을 응시하는 그의 눈이 왠지 모르게 아릿했던 것이다.

"……밀?"

"아, 마마."

미하일이 엘리제를 보고 놀란 표정을 짓고 예를 차렸다.

"여기에는 어떻게 오셨습니까?"

"밀을 따라왔죠. 무얼 하고 있나요?"

미하일은 와인 병을 들어 흔들었다.

"술을 마시려 하고 있었습니다."

"술이요? 여기서 혼자?"

"네, 그냥 갑자기 당겨서요. 야경이 멋지지 않습니까?"

엘리제는 그의 말에 시선을 돌렸다. 과연 론도, 파리스에는 못 미
칠지라도 서대륙 최고의 도시 중 하나라는 상트부르답게 멋진 야경
이었다. 그녀는 낮게 한숨을 내쉬고는 그의 옆으로 다가갔다.

"저도 한잔 주세요."

"마마?"

"멋진 야경을 보니 저도 한잔하고 싶네요. 부탁해요."

"하지만……."

엘리제는 곤란해하는 미하일을 똑바로 바라보았다.

"이전에 술 한잔하기로 했잖아요. 설마 잊어버린 거예요?"

"……!"

이전, 그가 브리티아 섬을 떠나기 전을 뜻한다. 미하일의 눈동자
가 잠시 추억을 더듬듯 아련해졌다.

"네, 알겠습니다."

그가 잔을 구해 와 그녀에게 와인을 따라주었다. 붉은빛 와인이 달빛을 받아 넘실거렸다.

"프랑소엔산인가요?"

"네, 아무래도 브리티아산 와인은 제대로 맛이 안 나니까요."

엘리제는 유리잔에 찰랑거리는 와인을 보며 중얼거렸다.

"이전이 생각나네요."

"어떤 것 말씀이십니까?"

"저희 처음 만났을 때요."

"아……."

미하일은 엘리제가 언제를 말하는 것인지 깨달았다. 당시 그녀는 하버 공작 부인을 기관절개로 구한 후, 황족 시해라는 누명을 쓰고 갇혔다가 우연히 미하일을 만났다.

"그때도 프랑소엔산 와인을 마셨었죠."

당시 그녀가 몇 잔 마시지 못하고 잠이 들었던 기억이 나 미하일은 웃음을 지었다. 엘리제는 고개를 끄덕인 후 한 모금 맛을 보더니 쭈욱 와인을 들이켰다.

"마마?"

"밀."

한 번에 술을 들이켠 탓일까? 그녀의 하얀 얼굴이 살짝 붉어졌다.

"저 서운해요."

"네?"

"서운하다고요, 저."

"어떤……?"

엘리제가 그의 눈동자를 똑바로 바라봤다.

"전 밀을 소중한 친구라고 생각하고 있어요. 밀은 저를 그렇게 생각하고 있지 않나요?"

대답은 조금 늦게 나왔다.

"……그렇게 생각하고 있습니다."

"그런데 왜 저에게 거리를 두는 거예요? 힘든 일이 있으면서 말해주지도 않고."

"힘든 일 없습니다."

미하일이 급히 고개를 저었다.

"거짓말하지 마요. 계속 어두운 표정을 하고 있었으면서! 난 계속 걱정되는데, 무슨 일인지 말해주지 않고."

그녀는 그의 손에서 와인 병을 낚아채 자신의 잔에 따랐다. 그리고 다시 쭈욱 들이켠 후 말했다.

"저에게 밀은 정말 소중한 사람이란 말이에요."

"……!"

그 말에 미하일의 눈동자가 흔들렸다. 미하일은 엘리제를 바라봤다. 그녀는 입술을 지그시 깨문 채 그를 바라보고 있었다.

'아아, 이 눈치 없는 여자.'

미하일은 속으로 한탄했다. 자신의 얼굴이 왜 안 좋았겠는가. 왜 일부러 거리를 두었겠는가. 모두 그녀 때문이거늘.

'하아, 역시 안 되는구나.'

지난 5년간 그녀가 보고 싶었다. 저 하늘을 나는 새처럼 그토록 원하던 여행을 할 때도 그녀의 얼굴이 머릿속에서 지워지지 않았다. 이루어질 수 없는 것을 알기에 잊으려고 노력했으나 잘 되지가 않았다.

'그래도 많이 마음을 추슬렀다고 생각했는데. 5년이나 지났으니까.'

하지만 아니었다. 5년 만에 그녀와 재회한 순간, 잔잔하던 마음은 다시 해일을 만난 듯 흔들렸다. 그리움이 쌓인 탓일까? 오히려 이전보다 더 흔들리는 느낌이었다. 감정이 조절되지 않아 이전처럼 친근하게 그녀를 대할 수가 없었다. 그래서 그녀와 거리를 둘 수밖에 없었다. 서운할 거로 생각했지만 도저히 어쩔 수가 없었다.

"밀은 저를 소중하다 생각하지 않는 건가요?"

그 물음에 미하일은 피식 웃었다. 그럴 리가.

"아닙니다. 저도 마마를 소중한 친구라 생각하고 있습니다."

그녀는 모를 것이다. 자신이 그녀를 어떤 마음으로 바라봤는지, 어떤 마음을 품고 있는지, 그리고 얼마나 소중하다고 생각하는지. 그녀는 전혀 짐작도 못 하고 있을 것이다. 전혀.

"그런데 왜……."

"사실 고민이 있었습니다."

미하일이 그녀의 말을 잘랐다.

"고민이요?"

"네."

미하일은 고개를 끄덕였다.

"앞으로의 삶에 대해서 고민이 많았거든요. 어떻게 살아야 하는지."

거짓말이다. 그런 고민 따위는 하지 않고 있다. 남은 삶이야 어떻게든 되겠지. 그는 거짓말을 들키지 않기 위해 시선을 돌려 시내를 바라보았다.

"그래서 마음이 복잡했습니다. 서운하셨다면 죄송합니다."

"……그런가요?"

엘리제는 무언가 석연치 않은 느낌에 고개를 갸웃했다. 하지만 미하일은 맞는다는 듯 미소를 지었다.

"네, 그래도 마마가 걱정해 주신 덕분인지 마음이 한결 낫군요. 역시 기적의 명의, 등불을 든 여인답습니다."

그러며 그는 걱정하지 말라는 듯 과장되게 웃어 보였다.

"정말 다른 문제는 없는 거죠?"

"네, 걱정하지 마십시오. 저 이래 봬도 검제입니다. 나름 엄청 멋진 놈이니 걱정 안 해도 됩니다."

엘리제는 한숨을 내쉬었다. 뭔가 더 있는 것 같은데 말을 안 하니 모르겠다. 하지만 그래도 아까보다는 얼굴의 어두운 기색이 덜해졌다. 이전의 밀과 같았다.

"무슨 일 있으면 꼭 말해주세요. 저희는 친구니까요."

그 말에 밀이 잔잔히 미소를 지었다.

"마마."

"네?"

"저희는 친구이지요?"

"당연하죠."

"그러면 한 가지만 부탁해도 되겠습니까?"

"네, 말씀하세요. 무엇이든 들어드릴게요."

그런데 그의 부탁은 생각지 못한 의외의 것이었다.

"저와 춤 한번 춰주시겠습니까?"

엘리제는 눈을 동그랗게 떴다.

"춤이요?"

"네."

미하일은 어깨를 으쓱했다.

"등불을 든 여인과 춤을 추면 그 기운을 받아 뭐든지 잘될 것 같아서요."

"그게 뭐예요."

"어쨌든 안 되겠습니까?"

엘리제는 고개를 저었다. 춤이야 어려울 것 없었다.

"그러면 연회장으로 돌아가서."

하지만 미하일은 그녀를 성벽 밑의 정원으로 이끌었다.

"안은 번잡하니 추고 들어가죠."

"여기서요?"

"싫으십니까?"

"그건 아니지만……."

"제가 사실 야밤에 달빛을 받으며 춤을 춰보고 싶었거든요."

"그, 그게 뭐예요."

"진담입니다."

농담 같은 말을 진담같이 한 그는 그녀에게 손을 내밀었다.

"저에게 함께 춤을 출 수 있는 영광을 허락해 주겠습니까, 레이디?"

왠지 민망한 마음이 들어 엘리제의 얼굴이 살짝 붉어졌다. 그렇게 정원에서 둘만의 춤이 펼쳐졌다. 달빛 외에는 특별한 배경 음악도 없었지만 아름다운 춤이었다. 곧 춤이 끝나고, 미하일은 허리를 숙이며 예를 표했다.

"영광이었습니다, 레이디."

짧은 춤을 추었건만 어딘지 홀가분해 보이는 그의 얼굴에 엘리제는 고개를 갸웃했다. 도대체 뭐가 뭔지 모르겠다. 그래도 기분이 조금 나아 보이니 다행이긴 한데.

"이제 들어가시죠, 마마."

"네."

미하일은 그녀를 연회장으로 에스코트하였다.

"먼저 들어가십시오."

"밀은요?"

"달빛이 맑아 조금만 더 보다 들어가겠습니다."

엘리제는 고개를 끄덕인 후 홀 안으로 들어갔다. 그녀가 완전히 사라지자 미하일은 씁쓸히 웃었다.

"역시 사랑은 아프단 말이야."

얼마나 지나야 이 아픔이 사라질까. 1년, 2년, 아니면 5년? 아니면 계속? 알 수 없었다.

"형님이 부럽군."

그는 한숨을 내쉬었다.

✦✦✦

다음 날, 엘리제는 상트부르를 떠나는 배에 올라탔다.

"조심히 돌아가십시오, 마마."

미하일이 그녀를 배웅하며 인사했다.

"네, 밀. 고마워요."

엘리제는 그의 안색을 살폈다. 다행히 그의 얼굴은 한결 나아져 있었다.

"밀."

"네, 마마?"

"정말 괜찮은 거죠?"

미하일은 미소 지었다.

"네, 걱정하지 마십시오. 마마가 걱정해 준 덕분에 다 좋아졌습니다."

엘리제는 한숨을 내쉬었다.

"혹시라도 안 좋은 일 있으면 편지하세요. 꼭 몸 챙기고 건강하고요."

엘리제는 마치 가족을 챙기듯 몇 번이고 당부했다.

"너무 걱정하지 마십시오, 마마. 인제 그만 들어가 보셔야 할 것 같습니다."

엘리제는 고개를 끄덕였다. 모두가 그녀를 기다리고 있었다.

"네, 그만 가볼게요."

그녀가 등을 돌리고 배 안으로 들어갈 때였다. 그녀의 뒷모습을 보며 입술을 깨문 미하일이 목소리를 높여 말했다.

"마마!"

"밀?"

엘리제는 눈을 동그랗게 떴다.

"시간이 많이 지나도 좋으니 언제 다시 한 번 로마노프령에 방문해 주실 수는 없으시겠습니까? 형님과 같이 오셔도 좋으니."

그녀는 고개를 끄덕였다.

"네, 꼭 다시 올게요."

그 대답에 미하일은 미소를 지었다.

"감사합니다. 다시 뵐 날을 기다리고 있겠습니다."

그녀를 태운 증기선이 상트부르항을 떠나기 시작했다. 점차적으로 멀어지는 배를 보며 미하일은 조용히 중얼거렸다.

"행복하길, 내가 사랑하는 이여."

이루어질 수 없는 사랑이지만, 자신을 얼마나 더 괴롭힐지 모르는 사랑이지만 그래도 그는 기원했다. 영원히 행복하길. 아프지 않고 축복과 웃음만이 가득하길. 왜냐면 자신이 사랑하는 그녀이니까. 그렇게 그는 기도했다.

〈외전 완결〉

작가 후기

안녕하세요, 유인입니다.

이렇게 외과의사 엘리제를 사랑해 주셔서 너무나 감사드립니다.

사실 외과의사 엘리제는 부족함이 많은 글입니다. 그럼에도 너무나 많은 독자분께서 사랑해 주셔서, 이렇게 종이책 출판으로까지 이어지게 되었습니다. 정말 너무나 감사드립니다.

늘 글을 쓰면서 하는 생각이 부족하지만, 그래도 제 글을 읽는 독자분들이 조금이라도 행복을 느낄 수 있으면 좋겠다, 라는 것입니다. 외과의사 엘리제를 읽으며 조금이라도 기쁘셨다면, 글쟁이로서 여한이 없을 것 같습니다.

그리고 이 글이 종이책으로 나오는 데 많은 도움을 주셨던 편집자님, CL 프로덕션의 대표님 등 많은 관계자분께도 감사를 올립니다.

또한, 많은 힘이 되어주셨던 가족과 하나님께도 감사를 드리며, 무엇보다 가장 큰 감사를 독자님들께 올립니다.

독자님들 덕분에 외과의사 엘리제도 있을 수 있었습니다. 감사합니다.

독자님들 모두 항상 행복하시기를 기원합니다.

-유인